KB035895

<u>일러두기</u>

1. 번역에 쓰인 원전은 2013년 중국 장강문예출판사에서 출간한 '얼웨허 문집' 제1판을 사용했다.
2. 맞춤법과 띄어쓰기는 한글 맞춤법과 외래어 표기법에 따랐다.
3. 한자는 우리말로 표기하고, 꼭 필요한 경우에만 괄호 속에 원음을 병기해 이해하기 쉽도록 했다.
   예 : 다이곤多爾滾(도르곤)
4. 인명과 지명은 우리말로 표기했다. 단, 이미 굳어진 표현은 원지음을 존중했다.
   예 : 나찰국羅刹國(러시아). 이후에는 '러시아'로 표기
5. 본문 중의 괄호 안에 뜻을 풀이한 것은 모두 옮긴이의 설명이다.

【전면개정판】

인류 역사상 최대의 제국을 지배한 위대한 황제

건륭황제

7

얼웨허 역사소설

홍순도 옮김

더봄

건륭황제 7권

개정판 1판 1쇄 인쇄   2016년 6월 13일
개정판 1판 1쇄 발행   2016년 6월 18일

지은이   얼웨허(二月河)
옮긴이   홍순도
펴낸이   김덕문

펴낸곳   더봄
등록번호   제399-2016-000012호 (2015.04.20)
주소   경기도 남양주시 별내면 청학로중앙길 71, 502호(상록수오피스텔)
대표전화   031-848-8007   **팩스** 031-848-8006
전자우편   thebom21@naver.com
블로그   blog.naver.com/thebom21

ISBN 979-11-86589-59-5 04820
ISBN 979-11-86589-52-6 04820(전18권)

책값은 뒤표지에 있습니다.

경복慶復

　?~1749. 만주양황기滿洲鑲黃族 출신으로, 성姓은 동가佟佳이다. 강희제 때
영시위내대신을 지낸 동국유佟國維의 여섯째아들로, 건륭제 초기 대만과 준갈이
전투에서 큰 공을 세워 정변대장군, 문화전대학사, 양강총독으로 승승장구했다.
그러나 건륭 12년(1747)에 서부 금천金川의 반란을 진압하는 과정에서 대패하고
기군죄를 범해 투옥되었다가 건륭 14년에 자결하라는 명을 받는다.

綏疆懋績

조혜兆惠

1708~1764. 만주정황기滿洲正黃族 출신으로, 성은 오아烏雅이고,
자는 화보和甫이다. 옹정제의 생모인 효공인황후의 친척이다. 병부 낭중,
도통을 역임하면서 여러 차례 원정에 참여하였으며, 특히 서부 몽고족의
일파인 준갈이准噶爾 부족과 신강위구르 지역의 회족回族을 평정하여 중국의
영토가 파미르고원까지 확장되는 데 큰 공을 세웠다. 그 과정에서 두 번씩이나
운 좋게 절망적인 포위망을 벗어났다고 해서 '운수 좋은 장군'으로 불렸다.
최종 관직은 협판대학사 겸 형부상서에 오르고, 태자태보가 더해졌다.
시호는 문양文襄이다.

해란찰海蘭察

?~1793. 만주양황기 출신으로, 성은 다이랍多爾拉이다. 흑룡강에서 세력을
일으킨 건륭제 시기의 명장이다. 금천 전투에 참가하여 큰 공을 세웠으며,
복강안福康安과 함께 대만 원정에도 참전했다. 몽고 도통蒙古都統,
참찬대신參贊大臣, 영시위내대신을 역임했다. 그가 병으로 사망하자 건륭제는
두등시위頭等侍衛, 자광각공신紫光閣功臣을 추증했다. 시호는 무장武壯이다.

3부 일락장하日落長河

1장
금천金川의 전운戰雲

만물이 소생하는 춘삼월이 왔다. 중원의 대지에는 봄기운이 완연했다. 그러나 사천성四川省 서북쪽의 감자아패甘孜阿壩 일대는 아직도 긴 겨울의 연장선에 있는 듯 춥고 황량했다. 옥문관玉門關 밖에서부터 광활한 사막을 가로지르면서 무섭게 몰아쳐오는 삭풍 때문에 개펄은 마치 딱지 않은 환부처럼 딱딱하게 얼어붙어 있었다. 군데군데 드러나 있는 누런 흙탕물은 을씨년스러운 느낌까지 주고 있었다. 게다가 자줏빛 구름이 굼뜨게 움직이면서 때로는 빙수 같은 겨울비, 때로는 가는 소금 같은 싸라기눈을 흩뿌리고 지나갔다.

그랬으니 봄은 커녕 누렇게 메마른 갈대와 잡초들만이 거침없이 휘몰아치는 삭풍의 서슬에 게딱지같은 개펄에 납작 엎드린 채 떨고 있었다. 그곳은 비나 눈이 없는 날이라도 맑게 개는 경우를 거의 찾아볼 수 없었다. 어디 그뿐인가. 동남쪽의 대금천大金川에서 시작되는 습한 열기와 사천성 북쪽의 한풍寒風이 만나면서 하루 종일 희뿌연 안개가 개펄을 장막처럼 뒤덮는 지역이었다. 한마디로 새도 날기 싫어한다는 다습한 환경이었다. 이런 곳에서는 두 시간만 행군해도 물에 들어갔다 나온 듯 의복이 흠뻑 젖기 일쑤였다. 또 뼛속까지 스며드는 추위에 머리부터 발끝까지 아프지 않은 구석을 찾기가 힘들었다.

바로 이 대, 소 금천 지역에서는 장장 20년 동안 전사戰事가 이어지고 있었다. 사천 서부와 북부에 주둔한 관군과 사라분 토사土司 부족들 간에도 수백 리 개펄을 사이에 두고 교전이 벌어지고 있었다. 그 바람에 인근에서 염량거마鹽糧車馬 교역으로 생계를 꾸려가던 한족漢族, 회족回族과 장족藏族들은 대부분 도망가거나 이주를 해버렸다. 남아 있는 사람은 거의 없었다. 관군의 대본영인 쇄경사刷經寺에서 동서로 300리 길에 병영만 끝없이 늘어서 있었던 것은 그 때문이었다. 당연히 금방이라도 스러질 듯 위태로운 시골집 마당에는 온통 진흙투성이인 마차와 식량, 땔감들만 어지럽게 널려 있었다. 또 질척거리는 황톳길에는 가축의 분비물과 군인들의 가죽장화로 짓이겨진 오물이 사방에 넘쳐나고는 했다. 그 광경은 마치 비가 새는 축사를 방불케 했다.

사마하梭磨河라는 천막촌의 상황 역시 그다지 나을 게 없었다. 양곡을 실어 나르는 선박 수백 척이 갈수기를 맞아 오도 가도 못한 채 완전히 꽁꽁 묶여 있었다. 그 때문에 수천 명의 선원과 인부들까지 모두 발목이 잡혀 길가에 천막을 치고 증수기가 오기만을 기다리고 있었다. 길을 사이에 두고 대영大營과 마주 한 이 천막촌은 그래도 여느 시골 마을과 비슷한 풍경을 연출하고 있었다. 때문에 살기로 가득 찬 군영에 그나마 일말의 생기를 불어 넣고 있었다.

안개가 잠깐 걷힌 정오 무렵이었다. 말을 탄 관병 50여 명이 저 멀리 서쪽에서 모습을 드러냈다. 그러는가 싶더니 온몸에 누런 흙탕물을 얼룩덜룩하게 뒤집어쓴 말들이 지친 기색이 역력한 병사들을 싣고 4척尺 넓이의 역로를 쫓기듯 달려왔다. 순간 길 양옆의 우피牛皮 천막에 흙탕물이 우박처럼 튕겼다. 병사들이 밖에 내다 놓고 햇볕에 말리던 이불은 예외 없이 흙탕물에 더럽혀지고 말았다. 말을 타고 지나가는 관병들의 뒤에 대고 병사들의 욕설이 빗발쳤다.

"제기랄 것들, 애비, 어미가 뒈졌나, 왜 저리 미친 듯 달려? 마른 이불이라고는 이거 하나밖에 없는데!"

이불을 널던 대머리 사내가 투덜거렸다. 그의 이마에는 시커먼 흙탕물이 훈장처럼 턱 달라붙어 있었다. 사내는 저만치 멀어져간 관병들을 향해 다시 악을 쓰면서 삿대질을 해댔다.

"저 새끼들, 허구한 날 식량창고에 붙어 앉아 군량미만 축내더니 갑자기 뭔 똥줄 탈 일이 생겼기에 저리 지랄이야! 야야, 빨랫줄 넘어간다! 뭘 해? 어서 붙잡지 않고!"

천막 안에서 웃고 떠들던 병사들이 사내의 말을 듣더니 황급히 뛰쳐나왔다. 이어 비틀대는 빨랫줄을 돌로 받쳤다. 그때 키가 땅딸막한 사내가 싯누런 이를 드러내고 낄낄댔다.

"어이, 대머리! 식량창고에 있는 술을 꼭 한번 마셔보고 싶다더니, 지나가는 말 새끼의 오줌을 마신 소감이 어떤가?"

대머리 사내가 바로 콧방귀를 뀌었다.

"내가 못 먹으면 눌친 그 자식도 못 먹어! 사라분에게 창고째로 빼앗기지 않나 봐라! 정말 이상하다는 말이지, 눈을 감고도 군사軍事를 다루는 장광사 군문을 제쳐두고 구린 먹물 냄새나 풍기는 눌친에게 군사를 맡기다니! 그 자식이 주둥아리 나불대는 것 빼고 할 줄 아는 게 뭐가 있어?"

대머리 사내의 말이 떨어지기 무섭게 주위 사람들 사이에서 요란한 박수갈채가 터져 나왔다. 그러더니 너 나 할 것 없이 크게 공감한다는 듯 한마디씩 던졌다.

"대머리가 어쩌다 말 한 번 제대로 했네!"

"중군中軍에 있을 때도 허구한 날 똥물 튄 상판 닦는 게 일이더니 북로군으로 옮겨왔어도 개선된 게 하나도 없으니! 폭신폭신한 이불 한 번 덮고 자봤으면 소원이 없겠네!"

"아마 전장에서 싸우다 죽은 사람보다 몇 백 리 개펄에 빠져죽고 병들어 죽은 사람이 열 배는 더 될 거다!"

"장 군문이 전처럼 호랑이 같은 패기를 간직하고 있었다면 우리가 이 지경까지는 되지 않았을 것 아닌가? 장 군문께서 묘강苗疆 지역을 평정할 때 반군들이 칠십이 개 동굴에서 벌떼처럼 뛰쳐나왔어도 우리는 승승장구했었잖아!"

누군가의 말이 끝나기도 전에 대머리 사내가 나뭇가지를 힘껏 걷어차면서 냉소를 터트렸다.

"호랑이 담배 피울 적 얘기는 하지도 마! 고양이도 늙으면 쥐를 피해 도망 다니게 되는 법이야. 장광사가 그 옛날의 장 군문이었다면 어찌 소금천에서 돼지게 얻어맞았겠어? 사라분이 인심을 쓰지 않았더라면 내가 보기에는 장광사도 사로잡혀 갔을 거야."

그러자 땅딸보가 째지는 듯한 목소리로 고함을 쳤다.

"그게 다 눌친의 수작이야. 눌친이 군무에 끼어들지 않았더라면 장 군문이 전처럼 살림을 도맡아 했을 거야. 그랬다면 소금천에서 그 정도로 죽을 쑤지는 않았을 거야."

땅딸보의 말이 끝나기 무섭게 얼굴에 구레나룻이 검불처럼 뒤덮인 사내가 차갑게 받아쳤다.

"장 군문? 흥! 그 밴댕이 소갈머리로 큰 방귀를 뀔 거라고 생각해? 자기들끼리 소금천에서 사라분과 강화조약을 맺고는 아계 군문이 자신들의 기군欺君 행각을 폭로할까봐 모함을 해서 죽여 없애려 했던 위인이야. 토사구팽兎死狗烹의 달인이지! 그러니 제물이 되고 싶어 환장하지 않은 이상 그자를 따를 사람이 어디 있겠어?"

천막 밖으로 고개를 내밀고 두리번거리던 구레나룻 사내가 다시 목소리를 낮춰 덧붙였다.

"기祁 관대管帶(1개 병영의 책임자)가 순시를 다니는 것 같아. 저게 장광사의 앞잡이 노릇을 몇 년 하더니 출세했네, 조용히 해!"

구레나룻 사내가 이어 주위의 병사들에게도 갑자기 큰 소리를 질렀다. 그러자 그때까지 찧고 까불던 병사들은 아무 일도 없었던 양 천막 여기저기에 흩어진 채 노래를 흥얼거렸다. 그도 아니면 질펀한 농지거리를 해대면서 기 관대가 지나가기를 기다렸다.

그 무렵 사방에 흙탕물을 뿌리면서 질주하던 기병들은 어느덧 쇄경사 범탑梵塔 앞에 당도해 있었다. 무리의 인솔자인 듯한 앞장 선 두 군관은 산문山門 앞에 이르자 말에서 내렸다. 이어 채찍과 고삐를 수행한 친병에게 던져줬다. 중군中軍의 문관門官이 그들을 정중히 맞이했다.

"눌친 대인과 장광사 군문께서는 회의 중이십니다. 조혜兆惠, 해란찰海蘭察 두 분 군문께서는 대기실에서 대령하라는 지시가 있었습니다."

"알겠소."

해란찰이라고 불린 젊은 군관이 군례를 행하면서 대답했다. 그리고는 뒤에 서 있는 다른 군관을 향해 웃으면서 말했다.

"화보和甫(조혜의 호), 보나마나 대기실에는 이미 골초들로 꽉 찼을 거야. 나는 담배연기를 맡으면 머리가 아파서 참을 수가 없어. 들어가려면 혼자 들어가라고. 나는 밖에서 옷이나 좀 말릴까 해."

조혜가 무슨 소리냐는 듯 입을 열었다.

"나도 골초들이 지긋지긋해. 밖에서 기다리다가 부르면 들어가지 뭐."

조혜는 말을 마치고는 움직일 생각이 없는 듯 해란찰을 보고는 눈을 찡긋거렸다. 둘은 마주보면서 웃음을 흘렸다.

두 사람은 나이가 서른 초반쯤으로 비슷했다. 키도 별 차이가 없었다. 게다가 홍포紅袍에 검은 갑옷을 즐겨 입는 것까지 약속이나 한 것처럼 똑같았다. 언뜻 보면 쌍둥이처럼 보일 정도였다.

두 사람은 전쟁터에 나갈 때나 업무 때문에 출타를 할 때나 항상 그림자처럼 붙어 다녔다. 그럴 수 없이 막역한 사이였다. 따라서 군중에서는 '쌍둥이 홍포 장군'으로 불리고 있었다. 둘 다 부장副將 직급에 식량 창고 관리를 맡고 있었다. 병사들에 대한 애정도 남달랐다. 그러나 찬찬히 살펴보면 두 사람은 출신부터 성격, 외모까지 크게 달랐다. 조혜는 핏기 없이 길고 수척한 얼굴, 우묵하게 꺼져 들어간 눈, 빗자루 같은 눈썹에 늘 무표정한 것이 인상적이었다. 간혹 눈빛이 보석처럼 살아 움직일 때가 있으나 그런 경우는 대단히 드물었다. 그와 달리 해란찰은 둥글고 혈색 좋은 대춧빛 얼굴, 독수리 날개처럼 치켜 올라간 짙은 눈썹, 전혀 귀엽지 않은 주먹코 때문에 강한 인상을 풍겼다. 그러나 생긴 것과 달리 성격이 무난하고 쾌활한 사람이었다.

조혜는 오래간만에 따뜻하게 정수리를 내리쬐는 정오의 햇볕에 잠이 밀려오는 듯 두 눈을 스르르 감았다. 그러나 잠시도 가만히 있지 못하는 해란찰은 제자리에서 뜀박질을 하는가 하면 장화를 벗어 흔들어 털었다. 또 신발 바닥에 무겁게 붙은 진흙을 떼어내는 등 한시도 가만히 있지를 못했다. 그가 다시 나뭇가지로 진흙을 긁어대다가 쇄경사 앞의 돌비석을 가리키면서 말했다.

"저건 글씨야, 오리발이야? 죽으라는 건지 살라는 건지 통 모르겠네?

자네는 몽고에 가봤으니 알 것 아닌가? 무슨 뜻이야?"

"저건 몽고 글이 아니야. 장족藏族의 글이야. 육대명왕六大名王의 진언眞言이지."

조혜가 말을 끝내면서 볼을 가볍게 움찔거렸다. 이어 마치 깊은 잠에서 깨어난 듯 머리를 흔들어 정신을 차리더니 한 글자씩 떼어 읽기 시작했다.

"안唵, 마嘛, 니呢, 바叭, 미彌, 훙吽……."

조혜는 글을 읽다 말고 실눈을 한 채 햇살이 눈부신 파란 하늘을 바라봤다. 그리고는 잠시 말이 없었다. 침울한 모습이었다. 그의 시선이 닿는 곳에는 울울창창한 소나무 숲이 누렇게 메마른 산에 약간의 생기를 불어넣고 있었다. 그가 다시 눈에 잘 띄는 쇄경사를 마주보는 쪽으로 고개를 돌렸다. 노란 테두리의 남색 장군기가 보였다. 깃발은 아침에 내린 안개비에 젖어 채 마르지 않은 듯 후줄근하게 처져 있었다. 낮잠을 자고 일어나 나른하게 기지개를 켜는 사람처럼 가끔 바람에 무겁게 펄럭이는 그 장군기에는 여섯 개의 주먹만 한 글씨가 적혀 있었다.

무원초토사눌
撫遠招討使訥

눌친의 장군기였다. 워낙 황량하고 적막한 공산空山에 그런 후줄근한 깃발까지 가세하자 주위 분위기는 더욱 쓸쓸해졌다. 해란찰이 한참동안 깃발을 바라보더니 조혜의 가까이에 다가갔다. 이어 짓궂게 손가락으로 조혜의 겨드랑이를 찌르며 익살스럽게 물었다.

"또 왜 그래? 부처님 전에 오니 저절로 마음이 숙연해진 거야? 방금 전에 읽었던 육대진언 말이야. 나도 읽을 줄은 알아. 절간마다 다 붙어 있는 걸 누가 읽을 줄 모르겠어? 돼지고기를 먹지 않는다고 돼지가 어떻게 생겼는지도 모를 거라고 오해하면 안 되지. 그런데 우吽자를 어찌 엉뚱하게 '훙'이라고 읽는 거야? 그건 누가 봐도 '우'자잖아!"

조혜가 고개를 돌려 한심하다는 듯 피식 실소를 터트렸다.

"그러니 손가감孫嘉淦을 '손가금'이라 읽어서 웃음거리가 되지! 소 우牛자가 들어갔다고 전부 '우'라고 읽는다는 건 또 무슨 발상이야?"

"헤헤!"

해란찰이 무안함을 달래려는 듯 멋쩍은 웃음을 흘렸다. 코를 킁킁대면서 익살스런 표정도 짓더니 다시 입을 열었다.

"무슨 생각을 그리 깊게 하는 거야? 축 처진 낡은 깃발이 뭐가 볼 게 있다고 눈길을 떼지 못하고 그래?"

조혜가 길게 숨을 들이마시면서 대답했다.

"식량창고가 걱정돼서 그래. 아무리 생각해도 우리 식량창고는 소금천에서 너무 가깝단 말이야. 백리 길밖에 안 되니 사라분이 마음만 먹으면 얼마든지 덮칠 수 있어."

조혜는 핏기 없는 긴 손가락을 깍지를 낀 채 꼭 움켜잡았다. 동시에 불안스레 비벼댔다. 꾹꾹 깍지를 누를 때마다 관절 꺾이는 소리가 딱딱 들려왔다. 조혜의 그런 음울하고 심각한 표정은 해란찰을 긴장시키기에 충분했다. 해란찰이 웃음기를 거두고 발끝을 내려다보면서 한참 생각하더니 입을 열었다.

"아계 공이 있을 때는 이런 걱정까지는 안 했었는데, 홀쩍 떠나가 버리니 빈자리가 얼마나 큰지 알 것 같아. 건아장군建牙將軍으로 고북구古北口에 들어갔으니 이 꼴 저 꼴 안 보고 속이 다 시원하겠지?"

해란찰이 말을 마치고는 인기척 하나 없이 조용하기만 한 쇄경사 산문을 턱짓으로 가리키며 욕설을 퍼부었다.

"저 인간들은 하루 종일 대가리를 맞대고 뭘 하는지 원!"

해란찰이 말하는 '저 인간들'은 다른 사람들이 아니었다. 바로 눌친과 장광사였다. 장광사는 원래 옹정황제 때의 무원대장군撫遠大將軍 연갱요 휘하의 장수였다. 그러나 아집과 포악한 성정 때문에 주장主將과 불화가 잦았다. 결국 사천 총독 악종기의 휘하로 옮길 수밖에 없었다. 그러다 연갱요가 청해 전투에서 나포장단증의 주력군을 섬멸시키지 못하자 2000 인마를 거느리고 출전하는 기회를 잡았다. 그런데 뜻밖에 3만 명의 적군을 생포하고 크게 개가를 올려버렸다. 그때부터 장광사는 서서히 조정의 주목을 받게 되었고, 얼마 후에는 운귀雲貴 제독 자리를 제수 받았다.

가는 날이 장날이라고, 그가 운귀에 간 지 얼마 안 된 옹정 원년에 현지 묘족들은 조정의 개토귀류改土歸流(수렵이나 목축으로 연명하던 운남·귀주성의 묘족들에게 농사를 짓게 하는 소수민족 중국화 정책)에 반발하는 반란을 일으켰다. 이렇게 해서 묘강苗疆 지역에서는 곳곳에 산불이 일어나고 눈먼 화살에 관리들이 맞아죽는 등 심각한 국면이 초래됐다. 당시 군기대신 겸 운귀 총독이었던 악이태는 반란을 시기적절하게 진압하지 못했다는 책임을 지지 않으면 안 됐다. 관직이 날아감과 동시에 북경으로 소환되었다. 이어 장광사가 그의 후임으로 운귀 총독 자리에 올랐다. 놀랍게도 장광사는 반란을 제압하면서 승전보를 거듭 울렸다. 마치 날개 돋친 호랑이처럼 5000명밖에 안 되는 군사력으로 불과 3개월 만에 70개의 묘채苗寨를 함락하는 개가까지 올렸다. 그 결과 기세등등하게 시작됐던 묘족들의 반란은 1년 반도 채 안 돼 허무하게 끝나고 말았다. 묘족들은 자신들이 옹립했던 묘왕苗王을 생포해 조정에 바치고 신하라는 사실을 인정했다. 혁혁한 군공을 세운 장광사는 이렇게 일거에 만인이 우러러 보는 대장군이 됐다. 옹정의 두터운 성총까지 받게 된 그는 이후 어디를 가나 큰 주목을 받았다. 나중에는 후작侯爵의 반열에까지 올랐다. 운남, 귀주, 광동, 광서, 사천, 호북 여섯 개 성의 주둔 군을 휘하에 거느리게 됐다. 대청 개국 이래 그처럼 단기간에 욱일승천의 기세를 올린 사람은 연갱요 외에 아무도 없었다. 그래서 사람들은 사적인 자리에서는 그를 '천하병마대원수'天下兵馬大元帥라고 부르면서 우러러 보기도 했다.

평생 패배가 뭔지 모르고 전쟁터를 종횡무진 누비던 대장군이 지금은 영 체면이 말이 아니었다. 사천 서부에서 한줌도 안 되는 서장西藏의 오랑캐들에게 이리저리 휘둘리는 상황이었기 때문이다.

건륭은 즉위 초 서장 지역으로 통하는 도로를 확보하기 위해 대학사였던 경복慶復을 서부에 파견한 바 있었다. 서장으로 통하는 요새인 상, 하첨대를 장악하도록 지시했다. 당시 상, 하첨대는 반곤斑滾이라는 자가 통제하고 있었다. 물론 두 곳을 합쳐봤자 별로 크지는 않았다. 내지內地의 웬만한 촌락보다도 작은 면적이었다. 그럼에도 불구하고 경복은 2년 동안 자그마치 수백만 냥의 은자를 탕진하고도 이렇다 할 성과를 거두지 못했다. 반곤은 이후 상, 하첨대를 버리고 금천으로 잠입했다. 이후 그곳에서 장족 백성들을 이끌고 반란을 일으켰다. 급기야 전화戰火는 사천성 전체로 번졌다. 하마터면 청해성에까지 옮겨 붙을 뻔했다. 진노한 건륭은 경복의 아버지인 동국유佟國維의 보도寶刀를 회수하는 극단적인 조치를 취하고 경복에게는 자결을 명했다. 그리고는 장광사에게 현지에서 경복의 지휘봉을 넘겨받으라는 지시를 내렸다.

장광사는 이후 충분한 준비도 없이 15만 정예병을 이끌고 무리하게 삼면협공을 시도했다. 그러나 사라분의 털끝 하나도 건드리지 못했다. 오히려 교묘한 유인작전에 걸려들어 하마터면 전군이 섬멸하는 대패를 불러올 뻔했다. 워낙 무모했던 장광사의 '독불장군'식 전술은 건륭의 화를 돋우기에 충분했다. 그러나 건륭은 장광사를 죽이지 않았다. 그저 가볍다면 가볍고 무겁다면 무거운 '대죄입공'戴罪立功의 처벌만 내렸다. 계속 대영에 남아 군무를 보필하도록 했다.

건륭의 수석보정재상首席輔政宰相이자 군기처의 '제일선력대신'第一宣力大臣인 눌친은 강희 연간 효성孝誠황후의 적친질손嫡親姪孫이었다. 때문에 어떻게 보면 그의 지위는 한창 잘 나가는 국구國舅인 부항보다도 위에 있다고 말할 수도 있었다. 태평재상太平宰相으로 승승장구를 하고 있던 그가 갑자기 봉후封侯에 눈독을 들인 것도 바로 그 무렵의 일이었다. 결국 그는 군공에 집착한 나머지 자천自薦해 금천으로 달려갔다. 그러자 '군무를 보필하던' 장광사는 '병'을 핑계로 멀찌감치 사천성 성도成都로 물러나 버렸다. 물론 장광사가 수십 년 동안 키워온 교병맹장驕兵猛將들은 모두 군영에 남아 있었다. 그들은 당연히 총자루 한 번 잡아보지 못한 백면서생인 눌친을 얕잡아 보았다.

쇄경사 대영에서는 그동안 군무회의가 여러 차례 소집됐다. 그러나 번번이 눌친이 혼자서 북 치고 장구 치는 식으로 한 탓에 흐지부지되고 말았다. 그 때문에 장광사의 옛 부하 장군들은 눌친에게 예의를 깍듯이 갖추면서도 그의 말은 전혀 귀담아듣지 않았다. 회의 때마다 하품을 하거나 수군대면서 낄낄대고는 했다. 회의가 끝날 때면 대답만 우렁차게 하고 정작 군량미나 말먹이 운송처럼 중대한 군무에 관해서는 서로 책임을 회피하면서 전혀 움직여주지 않았다. 결국 눌친은 울며 겨자 먹기로 성도에 있는 '장 원수'님을 대영으로 '모셔' 오는 수밖에 없었다. 장광사의 전횡과 발호가 꼴도 보기 싫었으나 어쩔 도리가 없었다. 그렇게 웅심은 하늘을 찌르나 전략, 전술은 바닥인 눌친과 그 옛날의 무용담으로 제갈공명 행세를 하던 장광사는 서로 무릎을 맞대게 됐다. 그러나 두 사람이 동상이몽의 길을 걸은 것은 필연적인 결과였다.

조혜가 해란찰의 당돌한 말에 웃음을 머금었다.

"소리 좀 낮춰! 여기가 어딘지 깜빡했는가? 괜히 긁어 부스럼을 만들 필요는 없지 않아? 지난번 회의 때 자네가 한 욕설이 귀에 들어갔는지 장 군문이 몇 번이나 마광조馬光祖를 시켜 나에게 묻더군. 자네가 어떤 사람인지 말이야. 평소에 장 군문에 대한 험담을 많이 하느냐고도 물어 보더라고. 좋은 게 좋은 거라고 그 입 좀 단속하게."

조혜의 말에 해란찰이 조소하듯 입을 비죽거렸다. 이어 불만이 다분한 소리를 내뱉었다.

"자네는 흑룡강에서 된통 당하고 오더니 완전히 겁쟁이가 다 됐구먼! 둘 다 꼴이 하도 우스워서 하는 말인데 내 입으로 말도 마음대로 못해? 마광조 그자도 웃기는군! 나한테 와서는 자네에 대해 쿡쿡 찔러 보더니 거기 가서는 또 나를 찔러봐? 군사를 이끄는 장군은 뭐니 뭐니 해도 의리가 있어야 하고 은혜를 갚을 줄 알아야 해. 저 두 사람은 은의恩義를 모르는 사람들이야. 지휘관이라는 작자들이 지휘력 부족으로 전사戰事를 망쳐 놓고는 밑에서 뭐라고 할까봐 염탐꾼을 붙여 우리를 도둑처럼 감시하는 걸 보라고!"

"황제와 멀리 떨어진 곳에 있으니 지금 자신들이 작은 황제 노릇을 하고 있는 거지. 우리 같은 사람은 쥐도 새도 모르게 죽여 없앨 수 있는 막강한 권력을 행사하고 있다는 말이야. 자기들이 궁지에 몰리면 우리 부하들에게 책임을 떠넘길 텐데 우리는 적어도 꼬투리 잡힐 일은 하지 말아야지."

조혜의 말에 해란찰은 돌멩이를 힘껏 걷어찼다. 그리고는 다시 입을 열었다.

"빼앗길 마누라도 없고 던져줄 첩도 없어. 해볼 테면 해 보라지. 막료 채경蔡京이 엊그제 그러는데 식량창고를 이쪽으로 옮긴다는구먼. 현재 식량창고의 위치가 사라분의 진영에서 너무 가깝다는 아계의 주청을 폐하께서 받아들이셨다고 들었어. 이쪽으로 옮기는 건 더할 나위 없이 바람직하지만 저 둘이 경쟁하듯 간섭을 할 테니 그것도 골치 아플 것 같아. 에잇, 징그러워!"

조혜가 즉시 말을 받았다.

"우리를 회의에 부른 것도 그때문인 것 같아. 자네는 오리아소대烏里雅蘇臺(외몽고)에서, 나는 흑룡강黑龍江에서 불려왔잖아. 의붓어미 품에서 애교를 부려봤자 아무 소용 없을 테니 조심하는 게 좋을 것 같아!"

조혜와 해란찰은 계속 얘기를 주고받으면서 기다렸다. 그러자 산문 쪽에서 중군 병사 한 명이 달려오더니 소리를 질렀다.

"눌상과 장 군문께서는 벌써 의사청으로 들어가셨는데 여태 안 들어가시고 뭘 하십니까?"

조혜와 해란찰은 즉각 대답을 한 다음 함께 산문으로 들어갔다. 서쪽으로 몇 걸음 가자 대기실이 보였다. 친병들이 기러기 진영으로 산문 양측에 정렬해 있는 모습이 눈에 들어왔다. 둘은 의사청 문 앞에 당도한 다음 목소리를 가다듬고 큰 소리로 아뢰었다.

"무원초토사 휘하의 관량管糧 대장 조혜, 해란찰이 대령했습니다!"

방 안에서는 잠시 아무런 기척도 없었다. 조혜와 해란찰이 어리둥절해서 마주 보고 있을 때였다. 갑자기 뒤늦게 눌친의 메마르고 차가운 목소리가 들려왔다.

"들어오시게!"

"예!"

조혜와 해란찰은 대답과 함께 쇄경사의 라마승이 평일에 만과晚課 공부를 하는 방 안으로 들어갔다. 네 칸짜리인 방은 일반 집의 대여섯 칸보다 더 넓어 보였다. 또 가운데 딱 버티고 서 있는 붉은 기둥도 매우 튼튼해 보였다. 바닥에는 습기 방지용 청색 벽돌이 깔려 있었다. 그러나 창문이 작아 방 안은 어둡고 음침했다. 햇살이 눈부신 밖에서 들어선 두 사람은 갑자기 캄캄한 땅굴로 기어든 것처럼 아무것도 보이지 않았다.

한참 후 서서히 방 안의 모습이 보이기 시작했다. 동서 양측의 경궤經櫃(경전을 넣어 두는 나무 상자) 앞에는 긴 의자가 놓여 있었다. 장군들이 두 줄로 숙연히 앉아 있었다. 요도腰刀에 손을 얹은 채 눈 하나 깜짝하지 않고 있는 모습들이 마치 목석 같았다. 그 뒤 부처를 모신 불상 앞에는 커다란 공대供臺가 보였다. 크기가 한 아름은 될 것 같은 모래판도 놓여 있었다.

눌친은 바로 그 앞에 구망오조九蟒五爪의 관포에 화려한 색깔의 선학 보복을 받쳐 입은 채 미동도 하지 않고 마치 그린 듯 앉아 있었다. 목에 건 밀랍 조주朝珠만이 은은한 빛을 발하고 있었다. 또 산호 정자 뒤에 꽂은 공작 화령은 위엄을 잔뜩 높여주고 있었다. 그의 등 뒤에는 5품 교위校尉가 똑바로 서 있었다. 두 손에 샛노란 술이 달린 구룡九龍 보검을 받쳐 든 채였다. 수를 놓은 노란 보자기로 한 쪽 끝을 살짝 가린 그 보검은 바로 지고무상한 권위의 상징물인 '천자검'天子劍이었다.

조혜와 해란찰은 예를 올렸다. 그러나 눌친은 선뜻 둘에게 자리를 권하지 않았다. 별로 그럴 생각이 없는 듯했다. 혈색이라고는 없이 창백해 보이는 그의 긴 얼굴에는 표정도 하나 없었다. 또 올챙이처럼 생긴 눈썹 밑의 작은 세모눈은 말라버린 우물 같았다. 그가 꼿꼿한 눈길로 지각을 한 두 사람을 노려보더니 드디어 입을 열었다.

"늦었구먼. 앉게."

조혜와 해란찰은 장내 사람들의 시선을 한 몸에 받으면서 눌친이 가리키는 빈자리에 가서 앉았다. 이어 조혜가 태연하면서도 정중한 예를 갖추고는 정좌를 했다. 해란찰은 약간 긴장한 듯 평소의 그와는 조금

달랐다. 우선 고개를 돌려 평소에 잘 알고 지내던 사람들에게 혀를 내밀면서 우스꽝스러운 표정을 지었다. 그리고는 고개를 돌리다가 눌친의 오른쪽에 자리한 장광사와 시선이 딱 마주치고 말았다. 두 사람은 누가먼저라 할 것도 없이 슬며시 서로를 외면했다. 대군의 군량미를 전담한 참의도參議道 늑민은 눌친의 맞은편에 자리해 있었다. 멍하니 생각에 잠겨 있는 모습이었다. 늑민의 옆자리에는 작고 왜소한 세 명의 문관이 콩알처럼 작은 눈을 반짝이고 있었다. 다들 예사롭지 않아 보였으나 해란찰이 아는 얼굴들은 아니었다.

눌친이 다소 휜 허리를 펴면서 천천히 입을 열었다.

"여러분! 반곤이 상, 하첨대를 버리고 금천에 잠입한 이후부터 지금까지 십삼 년 동안 전사가 끊이지 않고 있소. 지금까지는 아군과 적이 치열한 대치국면에 처해 있는 중이오. 구중궁궐에서 천하를 두루 내려다보시면서 불출주야 다망하신 폐하께서는 이 사람을 경략대신經略大臣으로 이곳에 파견하신 이후로 거의 이삼 일에 한 번씩 조서를 내리시고 군사 동향을 하문下問하신다오. 하지만 우리는 아직까지 폐하께 기쁜 소식을 드리지 못하고 있소. 고작 대, 소금천 주위에 포위망을 쳐놓았을 뿐이오. 그 사이에 수차례 접전이 있었으나 천길 개펄과 백리 초원을 사이에 두고 있어 별 재미를 못 봤소. 이 사람은 경략대신이라는 높은 자리에 있으면서도 여태껏 티끌만 한 공적 하나도 이룩하지 못했으니 창피하기 이를 데 없소. 가끔 한밤중에 잠에서 깨어나서 내 처지를 생각해 보면 부끄러워 다시 잠을 이루지 못하오. 거룩하신 폐하의 크나큰 기대에 부응하지 못하는 것이 안타깝고 삼군三軍 장사들의 목숨을 건 사투가 빛을 보지 못해 속이 상하오. 이대로는 조정에서도 우리를 곱게 봐줄 수가 없소. 뿐만 아니오. 우리 자신도 폐하와 백성들을 대할 면목이 없을 게 아니오?"

눌친이 장황하게 말을 이어 나가다가 가볍게 한숨을 내쉬었다. 이어 늑민의 옆에 있는 관리를 향해 말했다.

"이분은 북경에서 어지를 전하기 위해 내려온 이시요 대인이오. 육십오 만 냥에 이르는 군비와 군량미를 운반해오고 삼군을 위로하는 차원에서 삼십만 근에 달하는 말린 쇠고기를 가져오셨소. 자, 군사회의 본론에 들어가기에 앞서 이 대인께서 훈시말씀을 한마디 해주시오!"

눌친이 좌중에게 하는 말을 마치기에 앞서 옆에 있는 이시요에게 한마디 할 것을 권했다. 그 말에 좌중의 장군들은 모두 의외라는 눈치를 보였다. 자신들은 아무리 못해도 3품 참장參將 이상인데 볼품없는 관리가 무슨 자격으로 이런 자리에서 훈시를 한다는 말인가? 한결같이 그렇게 생각한다는 표정이 역력했다.

"나는 폐하를 대신해 훈시 말씀을 올릴까 하오!"

이시요가 자리에 앉은 채 입을 열었다. 그의 얼굴에는 천연두를 앓았던 흔적이 딱지처럼 남아 있었다. 맑고 쟁쟁한 목소리에 가끔 가는 쇳소리도 섞여 있었다. 그러나 얼굴이 그래서인지 크게 권위 있게 들리지는 않았다. 그가 말을 이었다.

"나는 원래 어지를 받고 운남 동정사로 가려던 참이었소. 떠나기에 앞서 작별 문후를 올리러 건청궁으로 갔더니 폐하께서 노군勞軍을 하고 가라는 준엄한 지령을 내리셨소. 하지만 빈손으로 와서 맨입으로 '군사들을 위로할 수'는 없는 게 아니겠소? 그래서 호부의 전도와 상의해 은자 육십오만 냥을 조달했소. 호광湖廣의 번고藩庫에서 이 먼 금천까지 경유지 아문衙門의 도움을 일절 받지 않고 오로지 나 혼자만의 힘으로 운반해 왔소. 아문의 도움을 받을 수도 있었으나 속이 시커먼 서리胥吏들이 내리막길에 밀어주는 시늉을 하고는 돈을 뜯어갈까 봐 그게 걱정이었소. 내가 북경에서 막료 세 명을 데리고 떠났는데 여기까지 오니 한 명밖에 남지 않았소……."

이시요가 잠시 말을 끊었다. 그러자 좌중의 장군들이 여기저기에서 수군거리기 시작했다.

"저건 또 뭐야! 자기 자랑만 거지발싸개처럼 늘어놓고……."

"어이, 왕 형! 전에 병부에서 저자에 대해서 들은 바 있소?"

"왜들 그래? 저래 보여도 부상(傅恒)의 천거를 받은 사람이야."

"어쩐지!"

"흥! 호가호위狐假虎威하는 주제에……."

장수들의 수군거리는 말소리는 그러나 곧 이시요에 의해 진압되고 말았다.

"나머지 두 사람은 한양漢陽 부두에서 호광 순무의 왕명기패王命旗牌를 요청해 군중들 앞에서 법에 따라 처단했소. 은자를 가득 담은 상자 하나를 빼돌리려 했다는 죄 때문이었소."

이시요가 눈에서 독사처럼 매서운 빛을 흘렸다. 그러나 목소리는 변함이 없었다.

"폐하께서는 사라분의 군사가 남녀노소를 다 합쳐봤자 겨우 칠만 명 남짓할 뿐인데 우리 군이 고작 두 차례 공격 끝에 정예병 삼만 명을 잃었다는 사실을 믿을 수 없다고 하셨소. 폐하의 상심과 굴욕감은 대단히 크시오! 주군의 굴욕은 곧 신하의 죽음이라고 했소. 폐하께서 눈물을 흘리시는 모습을 보면서 나는 피눈물로 맹세했소. 폐하의 지우지은知遇之恩(자기의 인격이나 학식을 알아 잘 대우하여 준 은혜)을 반드시 갚겠노라고 말이오. 사실 은자 육십오만 냥을 한 냥의 오차도 없이 혼자 힘으로 운반해온 것은 죽기 아니면 살기의 각오가 없고서는 불가능한 일이었소. 말린 쇠고기 삼십만 근은 내가 동정사의 재정에서 일부를 떼 위로차 여러분들에게 드리는 것이오. 내 정성이라고 보면 되겠소. 하지만 이처럼 아무런 뒷걱정 없이 지원해줬음에도 불구하고 여러분이 대, 소금천을 갈아엎지 못하거나 사라분을 생포하지 못한다면 그때 가서 이 사람은 여기 있는 모두에게 관 하나씩을 선물할 거요!"

이시요가 마치 협박과도 같은 말을 마쳤다. 그러나 여전히 평온한 표정을 잃지 않았다. 상당한 권위가 느껴지는 모습이었다. 순간 의사청은 바늘 떨어지는 소리조차 크게 들릴 만큼 정적에 사로잡혔다.

"으음……, 이시요 대인이 방금 얘기한 것은 전부 폐하의 뜻이네. 나와 눌상은 이미 유지를 받았지."

장광사가 자신이 나서야 될 때라고 생각한 듯 목소리를 가다듬었다. 그리고는 미간을 좁힌 채 다시 말을 이었다.

"나는 명색이 이 바닥에서 몇십 년을 굴러온 장군이오. 그런 나도 스스로가 못내 원망스럽고 수치스러워 죽고 싶을 만큼 크게 앓았던 적이 있소. 문신은 간언諫言에 죽고 무신은 전쟁터에서 죽는 것이 신하된 도리가 아니오? 여러분! 손바닥만 한 금천에서 적의 몇 배에 달하는 정예병으로 자신만만하게 출격했다가 도리어 얻어맞고 줄행랑만 놓았으니 입이 백 개라도 할 말이 없지 않겠소? 이건 고래가 새우에게 얻어맞아 코피가 터진 격으로 웃지 못할 상황이오. 우리는 더 이상 물러설 데가 없소! 여러분은 나와 함께 우박 같은 화살세례를 뚫고 전장에서 나뒹굴면서 여기까지 온 용맹한 전사들이오. 마지막이라고 생각하고 늙어 부스러질 이 늙은이의 한을 좀 풀어 주기를 바라오."

장광사는 말을 마치자마자 애원에 가까운 간절한 눈빛으로 부하 장군들을 쏠어봤다. 그 모습이 초라하고 안쓰럽기 그지없었다.

좌중에 자리한 장군들 대부분은 20년도 넘게 장광사를 따라 전쟁터를 누볐던 사람들이었다. 따라서 장광사는 그들의 마음속에서는 영원한 장군이라고 해도 과언이 아니었다. 청해의 만 리 고비사막에서도, 운남과 귀주의 험산악수險山惡水에서도 강적들에 맞서 명민하고 결단성 있는 통솔력과 강인한 모습을 보여주면서 삼군三軍의 기세를 드높여줬던 장군이었다. 그런 장광사가 전례 없는 힘없는 말투로 부하들에게 애원에 가까운 당부를 하고 있었다. 부하 장군들이 깜짝 놀란 것도 무리는 아니었다. 그들은 약속이나 한 듯 이미 반백이 다 된 장광사의 반질반질한 앞머리를 쳐다봤다. 모두들 마음이 약해지는 것 같았다. 잠시 무거운 침묵이 흐른 다음 눌친이 늑민에게 물었다.

"늑 대인, 할 말씀이 있으면 하시게."

눌친의 권유에 늑민이 의자에 앉은 채로 몸을 숙이면서 말했다.

"아, 아닙니다! 군무에 대해서는 문외한이라 감히 왈가왈부할 수 없습니다. 그저 폐하의 조명詔命을 받들어 대군의 군량미를 충실히 책임지면 그것으로 하관의 임무는 끝나는 걸로 알고 있습니다. 멋지게 한판 승부를 벌이고 삼군 장병을 위로하는 잔치를 벌이고자 양강 총독 윤계선 대인에게 특선 정미精米 삼천 석을 금천으로 보내라는 문서를 발송해 놓은 상태입니다. 비록 대금천에서의 일전은 순조롭지 못했으나 그것이 필승을 다지는 계기가 됐으면 좋겠습니다. 춘한春旱(봄 가뭄)으로 도로사정이 좋아져 행군에 유리할 때 한번 속 시원하게 때려줘 굴욕을 씻었으면 하는 바람뿐입니다."

늑민이 말을 마치고는 자리에서 일어나 미소를 지었다. 동시에 좌중을 향해 두 손을 맞잡은 채 읍을 했다. 이어 어깨 앞으로 내려온 머리채를 살짝 등 뒤로 넘기면서 다시 자리에 앉았다. 그는 원래 몰락한 기인旗人의 후예였다. 때문에 한때는 거처도 없이 북경을 전전했다. 그러다 일약 전시殿試에 장원으로 급제하는 기적을 일궈냈다. 그러나 그는 장래가 보장되고 쉽게 승진할 수 있는 문관의 길을 걷지 않았다. 스스로 군영에 힘을 바치겠다고 자청했다. 건륭은 그런 그의 용기와 의지를 높이 평가했다. 성총도 나날이 두터워졌다. 그러면서 몇 년 사이에 승진을 거듭했다. 급기야 우부도어사右副道御使 자리에까지 올랐다. 게다가 늑민은 무원초토사 대영의 관할범위 밖에 있는 사람이었다. 경복을 비롯해 눌친, 장광사까지도 아랫사람인 그를 나름 깍듯이 예우한 것은 당연할 수밖에 없었다.

눌친이 말을 다 마친 늑민을 향해 온화한 표정으로 고개를 끄덕여 보였다. 그리고는 장광사에게 말했다.

"어제 밤을 새워 상의한 내용을 얘기해주시오. 여러 장군들이 어떤 고견이 있을는지……."

장광사가 대답했다.

"이번 회의는 눌상이 주재하기로 했지 않습니까! 우리는 귀를 기울여 경청하고 눌상의 명령에 따르면 됩니다."

눌친이 장광사의 말에 고개를 약간 들더니 목청을 가다듬었다.

"그러면 좋소. 우리가 따져본 바로 소금천 전투에서의 패배 원인은 두 가지요. 서부 특유의 험악한 지세를 무시한 무모한 고군분투와 지원병들의 지원이 제때 이뤄지지 못한 점 이 두 가지요. 소금천 전투에 투입된 남로군은 도처에 함정이 도사린 삼백리 개펄을 행군하면서 팔백 명 넘게 빠져죽었소. 위험한 개펄 지역은 대나무를 꽂아 표시를 해뒀으나 적들이 야밤에 표지판을 위험지역으로 옮겨 꽂은 것이 치명적이었소. 사라분의 부하들은 전부 토박이라 험악하기 이를 데 없는 현지 지형지물을 불 보듯 환하게 꿰뚫고 있소. 체질도 웬만한 전염병에는 끄떡도 안 할 정도로 튼튼하오. 아무튼 지형과 기후 때문에 우리는 큰 낭패를 봤소."

눌친이 잠시 말을 멈추고는 자리에서 일어나 친병에게서 막대기 하나를 받아들었다. 그러더니 모두에게 자리에서 일어날 것을 명령하고는 막

대기로 모래판을 가리키면서 말을 이었다.

"여러분, 여기를 좀 보시오!"

"예!"

수십 명의 장군들이 눌친의 말이 떨어지기 무섭게 우르르 모여들었다. 순간 장내는 패검이 허리띠에 부딪치는 소리 때문에 한바탕 소란스러워졌다.

"이 목도木圖를 보게!"

눌친이 모래판 앞에 빙 둘러선 장군들에게 말했다. 이어 흥분한 듯 안면에 홍조를 띤 채 눈빛을 반짝였다.

"여기는 쇄경사, 여기는 송강松崗 식량창고, 이쪽이 대금천이네. 나는 이미 칙룡敕龍이 이끄는 남로군에 흑잡黑卡으로 진군하라는 군령을 내렸소. 강정康定에 있는 조국정曹國禎의 부대도 단파丹巴를 점령했소. 이렇게 되면 적들은 서쪽의 감자아패로 도주할 수 없을 뿐 아니라 운귀로 잠입할 수도 없을 거요."

눌친의 말투가 갑자기 부드러워졌다. 이어 약간 쉰 목소리로 덧붙였다.

"아군이 대금천을 두 번이나 공략했음에도 큰 성과를 거두지 못한 것은 군량미가 제때 공급되지 못했기 때문이오. 대금천과 송강 사이에는 백리도 넘는 개펄이 천연장벽처럼 가로막혀 있소. 관건은 우리가 하채下寨를 점령하는 것이오. 대금천과 송강 사이에 있는 하채만 점령하면 개펄을 건널 수 있는 다리가 생기는 셈이오. 그래서 이번에는 남로군과 서로군은 가만히 두고 용맹하기로 이름난 후영侯英의 이만 인마를 투입시켜 하채를 공략하기로 했소. 이렇게 되면 사라분은 틀림없이 괄이애刮耳崖 쪽으로 도주할 거요. 내가 몇 번이고 밀탐密探을 보내 조사해본 결과 괄이애는 지세가 험악해 사라분이 숨기에 매우 적합한 곳이오. 그러나 사라분의 유일한 식수원인 단계丹溪만 막아버리면 그자도 어쩔 수가 없소. 물이 식량보다 더 필요하니 말이오. 사라분이 설사 괄이애로 퇴각하지 않고 이곳 주변 백리 반경을 떠돌더라도 우리 군사 십만 명이 포위망을 좁히면 언제인가는 생포되고 말 거요. 그래, 이 방책이 어떻겠소?"

좌중의 사람들 모두는 눌친의 계획이 흠잡을 데 없는 책략이라는 것에는 공감하는 눈치였다. 그러나 장군들은 잠시 아무 말도 하지 않았다. 번번이 사전 포석은 그럴 듯했어도 일단 교전에 돌입하면 생각지도 못했던 변수 때문에 낭패를 본 것이 한두 번이 아닌 탓인 듯했다. 더구나 남로군과 북로군은 중군과 백리 정도 떨어진 곳에 있었다. 그 사이에는 산과 하천이 종횡으로 교차하고 있었다. 어디 그뿐인가. 금천 지형의 특성상 어디를 가도 미로처럼 펼쳐진 험산악수 일색인 것도 간단치 않을 터였다. 상대해야 하는 사라분은 더 말할 것이 없었다. 그는 장족藏族이기는 했으나 한어에 능하고 일찌감치 한족들의 병법까지 익힌 경쟁력을 자랑하고 있었다. 게다가 안목도 뛰어나고 전략이 갈수록 치밀해져 대처하기 쉽지 않은 존재였다. 장군들이 눌친과 장광사가 밤을 새면서 생각해냈다는 전술에 대해 모두 자신이 없어하는 표정을 지은 것은 이상할 것이 없었다. 눌친이 여전히 묵묵부답인 장군들을 쓸어보면서 말했다.

"달리 의견이 없다면 나하고 장 군문은 곧 행동개시를 명하겠소!"

눌친의 말이 떨어지기 바쁘게 좌중의 누군가가 입을 열었다.

"제가 몇 마디 어리석은 의견을 말씀 올리겠습니다."

좌중의 사람들이 소리 나는 쪽으로 일제히 고개를 돌렸다. 좌중의 앞에 나선 사람은 장광사와 눌친이 가장 아끼는 심복이자 우군통령으로 있는 마광조였다. 서른 살 미만의 사내로 얼굴에 난 울퉁불퉁한 곰보자국이 인상적이었다. 광대뼈가 약간 튀어나오고 흰자위가 많아 매서워 보이는 눈이 눈길을 끌기에 충분했다. 코 왼쪽에 있는 까만 점과 말을 할 때면 코밑의 수염이 달싹거리는 것도 특이했다. 그가 천천히 입을 열었다.

"우리 대영의 북로에 주둔한 병력은 고작 사만 명입니다. 그중에서 이만 명이 하채를 공략하기 위해 나선다면 나머지 병력으로 식량창고와 대영을 수비해야 합니다. 만일의 경우 사라분이 우리 후방을 공격하고 양도糧道를 차단하려고 들면 우리는 응수할 수 없습니다."

장광사가 바로 내뱉듯 물었다.

"그자들이 어느 길로 와서 우리 후방을 친다는 말인가?"

마광조가 고개를 숙인 채 대답했다.

"그건 잘 모르겠습니다. 하관은 불현듯 그런 생각이 들어서 말씀을 올렸을 뿐입니다."

눌친도 한마디 덧붙였다.

"다양한 의견을 들어보는 것도 나쁘지 않으니 생각나는 대로 말해보게. 또 누가 말해보겠나?"

"그런 전략이라면 우리는 반밖에 승산이 없을 것입니다."

조혜가 드디어 조심스레 입을 열었다. 이어 자신의 입장을 피력했다.

"전략 자체에는 문제가 없어 보입니다. 하지만 이는 단지 우리의 계산일 뿐입니다. 사라분이 대체 어디로 튈지는 아무도 모릅니다. 한마디로 이번 전략은 백전백승의 전제조건이 되는 지피지기知彼知己가 보장되지 않은 것입니다."

"자네의 말대로라면 우리가 사라분에게 속마음을 물어봐야 한다는 얘기인가?"

눌친이 비웃는 듯한 어투로 받아쳤다.

"물어볼 것까지는 없습니다. 다만 대금천 성 안과 하채에 적군이 각각 얼마씩 주둔하고 있는지, 소금천과 괄이애의 병력 배치는 어떤 식으로 돼 있는지, 여기저기 복병을 숨겨둔 곳은 없는지 등에 대해 사전에 확실히 정탐을 해봐야 합니다."

"시간이 엄청나게 걸릴 텐데?"

"시간이 문제가 아닙니다. 적정敵情을 제대로 파악하지 못한 채 무모하게 작전개시를 한다면 절반의 승산밖에 없다고《손자병법》은 분명히 밝히고 있습니다. 내키지 않지만 인정해야 할 것도 있습니다. 사라분은 허수아비가 아닌 영걸英傑(영웅호걸)이라는 것입니다."

눌친은 그만 말문이 막혀버렸다. 그러자 장광사가 기다렸다는 듯 나섰다.

"금천의 전사는 더 이상 시간을 끌 수 없네. 폐하께서 즉각 공격개시를 하라고 누누이 엄지를 내리셨는데, 군주의 명에 태만하다는 죄를 어찌 감당하려고 그런 방책을 내놓는 건가?"

장광사가 말을 마치고는 매의 눈빛으로 조혜를 무섭게 노려봤다. 순간 조혜는 침을 꿀꺽 삼켰다. 장광사의 위엄에 잠시 눌려 주저하는 모습이었다. 그러나 곧 마음을 다잡고 입을 열었다.

"그 죄명이 두려운 건 사실입니다. 그러나 방금 대장군께서 역설하셨듯이 우리 군은 더 이상 패배가 용납되지 않는 막다른 지경에 와 있습니다. 장군은 전쟁터에서 필요할 때 군주의 명령을 어겨도 된다고 했습니다. 하관의 어리석은 의견은 우리가 대군의 우세를 적극 활용해야 한다는 것입니다. 남로군과 서로군은 소금천으로 천천히 이동하고 중군은 북에서 남으로 밭갈이하듯 쓸어나가는 겁니다. 사라분이 아무리 신출귀몰해도 병력의 한계를 극복하기는 어려울 것입니다. 시일이 다소 늦어지더라도 안전한 승부를 걸어야 하지 않겠습니까!"

조혜의 말이 떨어지기 무섭게 좌중의 장수들은 마치 기다렸다는 듯 분분히 의견을 개진했다.

"맞는 말입니다. 삼로군 십삼만 인마가 한꺼번에 금천으로 쳐들어가면 사라분의 퇴로도 차단할 수 있습니다. 그자가 지원병도 없는 상태에서 우리와 대적한다는 것은 불가능합니다."

"제 생각에는 간첩을 적지에 많이 잠입시켜 정보를 캐내는 게 좋을 것 같습니다."

"그건 안 돼! 그쪽에서 우리에게 간첩을 보내는 건 쉬울지 모르나 우리는 장족처럼 차려입으면 금방 표가 난단 말입니다. 안 그래도 지난번에 내가 스무 명을 보냈다가 둘밖에 돌아오지 못했잖아요. 그것도 귀가 다 잘린 채로 말이에요!"

"됐네, 그만 떠들게!"

눌친은 좌중이 갈수록 소란스러워지자 머리가 어지러워지는 듯 버럭 고함을 질렀다. 이어 준엄한 어조로 덧붙였다.

"할 말이 있으면 한 사람씩 해보게. 대책도 없이 떠들지만 말고!"

"하관이 한 말씀 올리겠습니다."

해란찰이 잠자코 있다 말고 마침내 입을 열었다.

"말해보게!"

"뭐니 뭐니 해도 군량미만 잘 지키면 우리는 결코 패하지 않을 것입니다. 양도糧道와 식량만 철저히 지키면 막말로 지구전에 돌입해도 사라분을 굶겨 죽일 수 있습니다. 남로군과 서로군의 칠팔만 병력을 가만히 놔두고 중로군만 이쪽에서 사라분과 소꿉놀이를 한다면 큰 재미를 못 볼 것입니다."

해란찰의 제안에 눌친이 순간적으로 얼굴을 붉혔다. 그리고는 더듬거리는 어조로 말했다.

"자네는 지금…… 우리가 지금 군기軍機를 두고 장난이라도 친다는 얘기인가?"

"물론 그런 건 아닙니다. 저는 조혜의 말에 일리가 있다는 뜻으로 몇 마디 보충 설명한 것뿐입니다."

눌친이 해란찰의 말에 조용히 한숨을 토해냈다. 기분이 나쁘다는 표정이 역력했다. 그러나 그는 조혜와 해란찰의 태도를 문제 삼을 정도로 속 좁은 사람은 아니었다. 꾹 참는 수밖에 없다는 눈치였다.

'어쨌거나 조혜와 해란찰 저 두 사람은 나와 장광사가 밤새워 짜낸 책략을 전면적으로 부정하고 있어. 부하들 앞에서 재상의 체면이 구겨진 것도 기분 나쁘지만 더 중요한 것은 이미 약속한 공격 개시일이 또 늦어지게 되는 거야. 그 이유를 폐하에게 어떻게 설득력 있게 설명할 것인가? 자신이 없는데!'

눌친이 그렇게 생각하고 있을 때였다. 갑자기 뇌리 속에서 건륭으로부터 받은 밀지의 내용이 떠올랐다.

경은 경복의 전철을 밟는 건가? 사천으로 들어간 지 벌써 일 년 하고도 넉 달 십삼 일이 지났네. 여태까지 촌척寸尺의 공로도 없이 납작 엎드려 무얼 했다는 말인가? 군량미 재촉을 성화같이 하고 상방보검尙方寶劍(황제의 상징인 보검)까지 부탁한 것으로도 부족한가? 장광사의 힘을 빌려 군기를 바로잡게 해달라고 아우성을 치기에 짐이 전부 들어주지 않았던가. 그런데 무엇 때문에 공격 소식은 아직까지 들리지 않는 건가? 조정 일각에서는 경이 적을 두려워 해 오국誤國의 죄를 저지르고 있다는 목소리가 날로 커지고 있네. 짐은 자네를 향한 비난의 목소리를 잠재우기 위해 오늘도 밤잠을 설치고 있네! 어서 공격을 개시하게. 짐도 더 이상 경의 방패막이가 돼줄 수 없네. 설령 짐이 경의 처지를 헤아려준다고 해도 국법과 군법은 용서치 않을 것이네!

주사朱砂를 듬뿍 찍어 눌러쓴 밀지는 피처럼 섬뜩한 느낌을 줬다. 눌친은 밀지를 읽는 순간 등골이 서늘해지면서 긴장과 불안이 엄습해오는 것을 느꼈다. 그리고 지금도 그랬다. 다시 그 내용을 떠올리는 것만으로도 안색이 창백해지면서 몸이 떨렸다. 그는 도움을 청하는 눈빛으로 장광사를 바라봤다.

장광사는 분위기에 주눅이 든 듯 얼굴이 게딱지처럼 굳어져 있었다. 흐릿한 눈빛으로 늑민과 이시요를 곁눈질했다. 물론 두 사람은 군무에 간섭할 권한이 없는 사람들이었다. 전량錢糧만 충분하게 확보해주면 임무가 끝나는 사람들이었다. 그런데 무엇 때문에 아직까지 성도로 돌아가지 않고 여기에 죽치고 있는 것일까? 틀림없이 뭔가 밀지를 받고 군정軍情을 지켜보고 있는 것이 분명했다. 그는 그런 생각이 들자 순간적으로 자신도 얼마 전에 건륭으로부터 받은 주비 밀지를 떠올렸다. 내용은 다리가 후들거릴 정도로 혹독했다.

경의 수급이 아직까지 목에 붙어 있는 이유는 짐이 경의 과거 공적을 거론하면서 조야 대신들의 설왕설래를 힘껏 누르고 있기 때문이네. 아집과 거만함을 버리고 최선을 다해 눌친을 보필하게. 자네 도움에 힘입어 승리를 이끌어낸다면 과거의 죄를 용서받고 새롭게 거듭날 수 있는 기회도 마련될 것이네. 하지만 그렇지 못할 때는 경의 상상에 맡기겠네. 부디 자중자애하기 바라네.

장광사는 솔직히 말해 그 성지聖旨가 있었기 때문에 울며 겨자 먹기로 다시 군중으로 돌아왔던 것이다. 당연히 눌친의 눈치를 보면서 군무를 보필하는 것이 달갑지 않을 수밖에 없었다. 그러나 달리 방법도 없었다. 결국 발이 묶여버렸다. 아무려나 좌중의 돌아가는 상황은 그가 생각하는 것과는 다르게 흘러가고 있었다. 뭇 장군들의 의견이 눌친이 제시한 전략보다 조혜의 의견이 만전지책萬全之策에 더 가깝다는 쪽으로 모이고 있었던 것이다. 그러나 조혜의 의견에 선뜻 따르기도 어려운 상황이었다. 서로군과 남로군 두 부대의 군마를 다시 배치하고 군량미 공급 계획을 변동시키는 것은 보기에는 간단해도 번잡하고 시일이 걸리는 일인 탓이었다. 만약 장마철 전에 끝내지 못한다면 또다시 흉다길소凶多吉少의 상황에 내몰리게 될 것임은 자명한 사실이었다. 게다가 성지를 어겼다는 죄명까지 덮어쓸 수도 있었다. 장광사는 입을 꾹 다문 채 말이 없는 눌친을 힐끗 일별하면서 마음을 굳혔다. 이제는 에라 모르겠다는 생각이 저절로 들었다.

'칼자루는 눌친 당신이 쥐고 있어. 나는 충분히 도왔다고. 이제는 죽이 되든 밥이 되든 당신이 용단을 내릴 일이야!'

장광사가 어떻게든 책임 회피를 하려는 생각을 하고 있을 때였다. 눌친이 다시 입을 열었다.

"여러분, 나는 조정과 폐하를 향한 여러분의 충정을 충분히 느낄 수 있소. 그러나 옥천산수玉泉山水가 아무리 몸에 좋다고 해도 당장의 갈증을 풀기는 어려운 법이오."

눌친이 툭 말을 던지고 이리저리 고개를 갸웃거렸다. 뭔가 생각에 잠긴 듯한 표정이었다. 아무리 생각해봐도 자신의 전략에는 빈틈이 전혀 보이지 않는다는 자신감이 강하게 어려 있었다. 급기야 그가 윗니로 아랫입술을 깨물면서 다시 말을 이었다.

"봄 가뭄이 지나면 우리에게 더 불리해질 거요. 처음에 계획했던 그대로 당장 밀어붙이겠소!"

눌친의 어조는 단호했다. 좌중 장군들의 시선은 일제히 그에게 쏠렸다. 그가 기다렸다는 듯 다시 말을 이었다

"내가 친히 마광조와 채영의 이만 인마를 거느리고 사흘 내에 송강에 집결해 공격을 개시하겠소. 사흘 내에 송강 식량창고에 있는 의복과 군수품, 식량과 채소, 기름 등을 전부 쇄경사 대영으로 옮기도록 하시오. 이 일은 여진히 조혜와 해란찰이 책임지도록 하게. 황하 입구에 주둔하고 있는 이천 녹영병은 대금천으로 움직이는 듯한 착각을 줘서 사라분의 병력을 그쪽으로 분산시켜야겠소. 삼단지三段地에 주둔해 있는 방유청方維淸 부대는 신속히 황하 입구로 출발해 적들이 우리 대영을 기습하지 못하도록 하게."

눌친이 말을 마치고는 자신에 찬 모습으로 좌중을 훑어봤다. 장군들의 대답을 기다리는 눈치였다. 그때 조혜가 입을 열었다.

"송강 식량창고에는 의복을 비롯한 군수품을 제외하고 식량도 일만 오천 석이 넘게 있습니다. 사천 명도 안 되는 인마로 사흘 내에 전부 쇄경사로 옮기는 것은 무리입니다."

해란찰은 그러나 조혜와는 달리 바로 눌친의 말에 동조하고 나섰다.

"저는 눌상을 따라 하채 공략에 뛰어들겠습니다!"

눌친의 얼굴에 순간 불쾌한 기색이 스쳤다. 아마 조혜의 말에 기분이 나빴던 모양이었다.

"그러면 군복이나 채소 따위는 제쳐두고 전부 달려들어 식량만이라도 옮겨놓게!"

조혜가 질 수 없다는 표정으로 즉각 다그치듯 물었다.

"전부 식량 운반에 뛰어들면 창고 수비는 누가 맡습니까?"

장광사가 안 되겠다고 생각한 듯 한마디 끼어들었다.

"중군 대영을 호위하는 기병騎兵 오백 명을 투입시키게!"

그 말에 마침내 조혜가 두 팔을 벌려 보이면서 말했다.

"하관도 눌상을 따라 적을 무찌르러 나가겠습니다!"

눌친은 그러나 이미 마음이 상할 대로 상해 있었다. 더러운 물건을 보듯 혐오스런 눈빛으로 조혜와 해란찰 두 젊은이를 흘겨보았다. 그가 잠시 뭔가를 생각하더니 짜증스레 손사래를 쳤다.

"알았네. 자네들은 대군을 따라 나서게. 중군 대영과 송강 창고는 요화청廖化淸이 맡고 장광사 군문의 명령에 따르도록 하게!"

"예!"

좌중의 장군들은 대답과 동시에 모두 물러갔다. 방 안에는 눌친, 장광사, 늑민과 이시요 등만 남았다. 그러나 늑민과 이시요는 아직 논의할 군무가 남아 있을지도 모른다는 생각에 자리를 털고 일어났다.

"우리 둘은 군사에 대해 간섭할 권한이 없습니다. 이는 폐하의 특별지시입니다. 이만 일어나니 이해해 주십시오. 내일 전량이 도착하는 즉시 저는 귀주貴州, 늑민 형은 성도로 돌아가게 될 것입니다. 조혜와 해란찰은 아직 젊고 혈기왕성한 나이라 언사가 약간 거친 면이 있으나 군비와 군량미가 충분하게 보장되는 한 우리 군이 패망하지 않을 거라는 말은 대단히 공감이 갑니다. 이 점을 두 분께서도 유의하셨으면 합니다. 돈이 더 필요하면 운남 동정사로 서찰을 보내십시오. 능력이 닿는 데까지 도와드리겠습니다."

이시요는 그렇게 말하고는 이어 늑민과 함께 바로 자리를 떴다. 그런데 이상하게도 장광사의 낯빛이 몹시 불안해 보였다. 눌친이 그걸 보고는 즉각 물었다.

"평호平湖(장광사의 호), 심사가 대단히 무거워 보이네요."

"조혜와 해란찰 두 사람은 대단히 명민한 녀석들이에요. 오백 기병으로 군량미 운송을 호위한다는 것은 쉽지 않거든요. 자칫 잘못하면 큰 낭패를 볼 수도 있어요. 그걸 잘 알기에 대군을 따라나서겠다고 떼를 쓴 것 같네요."

눌친이 웃음 띤 어조로 대답했다.

"그런 걱정이라면 거두세요. 사라분은 우리 군량미를 노릴 만큼 여유가 있는 게 아니에요. 신선이 아닌 이상 우리의 비밀을 알고 있을 리도 없고! 병력이 부족해서 걱정된다면 삼단지 주둔군 이천 명을 황하 입구로 보내지 않고 대장군에게 보내주겠어요."

2장
눌친의 패전

눌친은 전력을 다해 나흘 만에 청병淸兵 2만 인마를 송강에 집결시켰다. 이어 대부대를 하루 동안 푹 쉬게 하고 음식을 풍성하게 차려 포식을 시켰다. 그런 다음 이튿날 세 갈래로 나뉘어 움직이도록 지시를 내렸다. 이렇게 해서 마광조는 5000 인마를 거느리고 하채 서북쪽 감자아패로 통하는 길목을 차단하러 내려갔다. 채영의 8000 인마는 대금천과 하채 사이를 장악해 적들의 지원병을 중도에서 차단하기로 했다. 눌친 자신은 나머지 7000명의 중군을 직접 인솔해 정면공격을 시도하기로 했다. 동시에 기선 제압을 위해 일명 '무적대장군포'無敵大將軍炮로 불리는 대포 네 문으로 한 시간 넘게 사라분의 영채를 포격했다. 의외로 효과는 놀라웠다. 바로 영채의 성문이 폐허로 변해버렸던 것이다. 중군 병사들은 때 이른 승리에 함성을 지르면서 공격을 개시했다.

눌친은 순조로운 출발에 한껏 들뜨지 않을 수 없었다. 즉시 요화청에게 2000 군사를 거느리고 뻥 뚫린 성문으로 당장 진격하라는 명령을 내렸다. 그러나 눌친의 기쁨은 오래 가지 못했다. 당초 성 안은 대포로 포격을 가할 때까지 아무런 동정도 없이 쥐 죽은 듯 고요했다. 그러나 2000 중군 병사들이 진입을 시도하자 성벽 곳곳에 일제히 깃발이 내걸렸다. 사라분의 장군기도 가운데 높이 솟은 채 펄럭거렸다. 동시에 땅에서 솟은 듯 난데없이 나타난 수많은 장족 병사들이 폭풍이 몰아치듯 화살세례를 퍼붓기 시작했다. 청병은 전혀 의외의 상황 전개에 당황했다. 그러나 그것도 잠시였다. 특히 요화청은 아예 갑옷을 벗어던지고 한 손에는 방패를 쥐고 다른 한 손에는 날이 넓은 장검을 휘두르면서 악에 받쳐 외쳤다.

"어떤 놈의 새끼든 감히 한 발짝이라도 물러났다가는 단칼에 죽을 줄 알아! 어서 돌격하지 못해?"

"죽여라!"

투지가 끓어오른 2000명 군사들은 무서운 함성을 지르면서 앞으로 달려갔다. 그중 1000명의 중군 병사들은 빗발치는 화살을 무릅쓰고 사다리를 받쳐 올렸다. 이어 200여 명의 선두부대가 칼을 휘두르면서 나무 사다리를 기어올랐다.

얼마 후 갑자기 성벽 위에서 "탕! 탕! 탕!"하는 화총 소리가 진동하기 시작했다. 동시에 사다리를 타고 올라가던 병사들이 위에서 서슬 푸른 장검을 휘두르는 장족 병사들에 의해 장작처럼 툭툭 잘려나가 떨어져 버렸다. 기세 높게 쳐들어가던 청병들은 난데없는 화총 세례에 속수무책으로 허둥대면서 후퇴하지 않으면 안 됐다.

"돌격! 돌격!"

그러나 요화청은 현실을 받아들이지 못했다. 악에 받쳐 마구 고함을 치면서 공격할 것을 명령했다. 그러나 병사들은 말을 듣지 않았다. 순식간에 썰물처럼 쫓겨나왔다. 분노한 요화청이 칼을 휘둘러 군령을 어긴 병사들을 치려고 할 때였다. 어디에선가 눈먼 총알이 날아들었다. 총알은 그의 왼쪽 가슴과 왼팔에 박혔다. 요화청은 그만 쿵하고 쓰러지고 말았다.

결국 불과 한 시간 만에 선두부대 200명 중 스무 명만 간신히 살아남았다. 나머지는 모두 불귀의 혼이 되고 말았다. 살아남은 병사들도 몰골이 말이 아니었다. 하나같이 몸에 화살이 꽂힌 모습들을 한 채 허겁지겁 본영으로 달려가 눌친에게 보고를 했다.

"눌, 눌……상! 크, 큰일 났습니다. 적들의 유인에 빠졌습니다! 성문 안쪽에 깊은 개펄이 있는 탓에 형제들이 무더기로 빠졌습니다. 어서, 어서 가서 구해줘야 합니다!"

눌친은 성 안쪽으로 귀를 기울였다. 그러나 살려달라는 청병들의 아우성 소리는 이미 잠잠해졌다. 곧 깊은 정적이 찾아왔다.

"오늘은 철수하고 내일 다시 보세! 부상자들은 모두 쇄경사로 보내도록 하라. 요화청도 보내되 부상 정도가 심하면 성도로 보내도록 하라!"

눌친은 갑자기 두려움을 느낀 듯 애써 당황한 내색을 감추면서 명령을 내렸다. 그 옆에서 조혜와 해란찰이 쭈그리고 앉은 채 호송돼온 요화청의 환부를 유심히 살펴봤다. 눌친은 그 모습이 마뜩치 않은지 곱지 않은 시선을 한 채 노려보더니 한마디 내뱉었다.

"요화청이 부상을 당했으니 그 사람의 병사는 자네 두 사람이 인솔하도록 하게!"

눌친은 말을 마치자마자 요화청의 생사 따위에는 관심도 없다는 듯 횅하니 자리를 떴다. 반면 조혜와 해란찰은 숨이 간들간들 붙어 있는 요화청을 껴안은 채 소금물로 조심스레 피와 흙으로 범벅이 된 환부를 닦아줬다. 요화청은 정신을 깜빡깜빡 잃는 와중에도 들릴 듯 말 듯 희미한 소리로 힘겹게 입을 열었다.

"제기랄, 총 한 번 쏴보지 못하고…… 이게 뭐야? 눌상, 전술을 바꿔야겠습니다."

두어 발짝 걸음을 옮기던 눌친이 요화청의 말에 뒤돌아섰다. 이어 나머지 말을 잇지 못하고 기절해버린 요화청을 차가운 표정으로 쏘아봤다. 그리고는 다시 저벅저벅 제 갈 길로 가버렸다. 입술을 꾹 다문 채 말이 없는 조혜의 얼굴에 순간 경련이 일었다. 해란찰도 눌친의 등을 매섭게 노려보면서 욕설을 퍼부었다.

"저것도 인간이야? 돌이지! 타고 다니던 노새가 병이 들어도 들여다볼 텐데!"

"해란찰, 자네 방금 뭐라고 그랬나?"

눌친이 저만치 걸어가다 발걸음을 멈추고는 뒤를 돌아보면서 물었다. 얼핏 해란찰의 욕설을 들었으나 확실하지는 않은 모양이었다. 해란찰이 쓴웃음을 지으면서 대답했다.

"피가 이미 굳어서 돌 같다고 했습니다."

해란찰이 대충 변명을 한 다음 멀시 어린 표정을 감추지 못한 채 말머리를 돌렸다.

"그리고 우리가 꼭 성문부터 공격해야 하나……. 뭐 이런 말 좀 해봤습니다."

해란찰이 "그래, 어쩔 테냐?" 하는 식으로 조롱 섞인 미소를 지은 채 눌친을 똑바로 쳐다봤다. 눌친은 해란찰이 거짓말을 한다는 것을 짐작하고 있었다. 그러나 달리 혼내줄 방법은 없었다. 결국 걸음을 재촉하면서 화가 잔뜩 묻어 있는 어조로 말했다.

"저녁에 다시 의논해보지!"

눌친이 멀어져가자 조혜가 기다렸다는 듯 해란찰을 보고는 나직이 속삭였다.

"우리 둘은 이미 밉보였어. 보복 당할 수 있으니 조심해야 해."

"풰! 세상일은 한 치 앞도 모르는 거야. 아직까지는 우리가 필요하니까 벙어리 냉가슴 앓는 수밖에는 없을 걸? 대책이 없을 거라고!"

해란찰이 멀리 침을 내뱉으면서 더욱 경멸 어린 욕을 퍼부었다. 이미 눌친에 대해서는 희망을 버린 것 같은 테도였다.

어느새 어둠이 찾아왔다. 서서히 움직이는 검은 구름 사이로 달이 반쯤 고개를 내밀었다. 그러더니 흙탕물이 군데군데 고인 넓은 초원을 스산하게 비췄다. 동시에 저녁이슬 같은 안개가 자욱한 가운데 풀뿌리 썩는 고약한 냄새가 풍겨오고 있었다. 이처럼 검은 구름, 희미한 달빛, 짙은 안개 등은 청병 군영의 스산한 분위기를 더욱 무겁게 하고 있었다. 그렇지 않아도 황량하고 쓸쓸한 초원의 밤이 더욱 차갑게 느껴질 수밖에 없었다. 순찰을 도는 야경꾼들의 딱따기 소리만이 그에 아랑곳하지 않고 널리 퍼져나가고 있었다.

그때 눌친의 중군대영 군막에서 남쪽으로 1리쯤 떨어진 곳에서는 10여 명의 장족들이 말없이 걸음을 재촉하고 있었다. 그들은 뗏물이 줄줄 흐르는 남루한 행색을 하고 있었다. 특히 그들이 신은 물에 불은 양가죽 장화는 빗물 고인 땅바닥을 밟을 때마다 개가 트림하는 듯한 이상한 소리를 내고 있었다.

맨 앞에서 걷는 사람은 체구가 대단히 건장했다. 언뜻 봐도 품이 작아 보이는 가죽옷이 황소처럼 우람한 몸뚱이를 간신히 덮고 있을 정도였다. 그 때문인지 옷자락이 건뜻 들리면서 걸을 때마다 튼실한 허리 살이 살짝살짝 드러나고는 했다. 그들 장족 대부분은 얼굴이 대추처럼 검붉었다. 그러나 몽롱한 달빛 아래에서 그들의 얼굴색은 잘 보이지 않았다. 다만 낮고 곧은 코와 넙죽하고 큰 입의 윤곽은 어렴풋이 보였다. 맨 앞에 선 사람은 바로 7만 장족을 통솔해 공공연히 관군과 대적하는 금천金川의 토사土司 사라분이었다. 그의 뒤를 바짝 따라 걷는 사람은 그의 숙부들인 인착仁錯과 상착桑錯 활불이었다. 두 사람은 이미 모두 환갑을 넘긴 나이였다. 그럼에도 걸음새는 여전히 날렵하고 힘이 있어 보였다. 인착 활불의 뒤에는 아담한 체격의 중년부인이 품이 터무니없이 넓은 가죽옷을 입은 채 걷고 있었다. 여인의 이름은 타운이었다. 그녀는 원래 사라분과 죽마고우 사이였다. 그러나 운명의 장난인지 그의 형 색륵분에게 먼저 시집을 가고 말았다. 급기야 한차례 돌이키기도 두려운 무서운 결투가 벌어졌다. 결과 역시 끔찍했다. 사라분이 형인 색륵분을 죽였다. 타운은 그렇게 해서 다시 사라분의 아내가 됐다.

타운은 몸을 잔뜩 움츠리면서 잰걸음으로 남편을 비롯한 남자들의 곁으로 다가갔다. 그러자 사라분이 걸음을 멈추고 걱정 어린 눈빛으로 그녀를 보면서 물었다.

"타운, 안색이 별로 좋지 않은데 어디 아픈가?"

"장군, 적들이 너무 많아요. 무서워요!"

타운이 달빛 아래에서 유난히 창백해 보이는 얼굴을 든 채 귀신불처럼 명멸하는 청병 병영의 촛불을 바라보면서 말했다. 그녀는 무척 겁에 질린 표정이었다. 사라분은 타운의 말이 끝나자마자 투박한 두 손으로 그녀의 작은 어깨를 가볍게 끌어안았다. 이어 한참 후에야 깊은 한숨을 내쉬었다.

"호랑이에게 물려가도 정신만 차리면 산다고 했어. 야수 앞에서 두려움은 금물이야. 우리 아버지께서는 늘 이렇게 가르침을 주셨지."

사라분이 말을 마치고는 인착과 호위 무사들에게도 입을 열었다.

"더 이상 가지 말고 여기서 잠깐 쉬면서 책략을 짜보죠."

"장군, 부인과 애들은 금천을 떠나게 하는 것이 어떻겠습니까? 어디 숨어있어도 여기보다는 나을 게 아닙니까?"

사라분의 숙부인 상착 활불이 연신 기침을 하면서 말했다. 그러나 사라분은 상착의 간절한 권고에도 불구하고 고개를 저었다.

"적들은 그렇게 호락호락한 상대가 아닙니다. 천시天時가 저들에게 유리하다면 우리는 지리地理적 우세와 똘똘 뭉친 인화人和가 장점입니다. 내 자식과 마누라가 소중하다고 먼저 빼돌리면 나는 우리 장족 형제들의 믿음과 존경을 잃게 될 겁니다. 내 마누라와 아이들은 반드시 끝까지 전장을 지켜야 할 의무가 있습니다. 안 그런가, 타운?"

타운이 남편의 말에 떨리는 가슴을 한 손으로 움켜잡고 고개를 숙였다. 이어 가늘게 떨리는 목소리로 대답했다.

"지당하신 말씀입니다, 장군! 방금 그 말을 우리의 분신인 두 꼬마 독수리에게 전해주겠습니다."

타운이 말을 마치더니 고개를 돌려 눈물을 닦아냈다. 사라분 역시 거대한 촌락처럼 군데군데 들어 앉아 있는 청병 대영을 바라보면서 올라오는 눈물을 애써 참는 듯했다. 처자의 눈물 앞에서 마음이 순간적으로 느슨해진 것이 분명했다. 그러나 그는 곧 마음의 고삐를 무섭게 낚아채면서 살기가 번뜩이는 눈빛으로 단호하게 말했다.

"우리에게는 오로지 전진하는 길밖에 없습니다. 우리는 지혜를 모으고 힘을 합쳐 눌친과 정면 대응해야 살 수 있습니다. 적들이 하채를 공략하는 목적은 대금천을 오래도록 점령하기 위한 발판을 만들기 위해서입니다. 그런 다음 남로군과 서로군을 대거 투입해 괄이애와 소금천을 점령할 겁니다. 더 나아가 우리를 함정이 있는 동쪽으로 내몰거나 포위망을 좁혀 일망타진하려고 생각하겠죠. 물론 적들의 병력이 우리 남녀노소 전체 인구의 삼분의 일을 넘으니 부담스러운 존재임은 분명하고요."

그때까지 침묵을 지키던 인착이 손으로 법주를 돌리면서 입을 열었다.

"장군! 달라이 라마가 편지를 보내왔습니다. 악밖에 남지 않은 무식한 청병들과 맞붙어 예측불허의 위험한 경지에 내몰리느니 차라리 저들에게 오백리 초원을 떼어주고 우리더러 라싸拉薩, 우리 장족의 땅으로 이주하는 것이 어떻겠느냐고 물어왔습니다."

사라분이 단칼에 인착의 말을 자르고 나섰다.

"그건 안 될 말입니다. 적들이 이곳 지리에 어두우니 우리가 금천에서 탈출하는 건 어려운 일이 아닙니다. 그러나 라싸까지 가려면 건녕산乾寧山을 돌아가야 하고 협금산夾金山을 넘어야 합니다. 그뿐인가요? 상, 하첨대를 무사히 통과할지도 의문이고, 설사 통과했다고 할지라도 몇 천리 산길을 더 가야 합니다. 남녀노소를 다 끌고 그 먼 길을 강행군하려면 얼마나 큰 희생이 따르는지 알기나 합니까? 청해성青海省에서 라싸까지는 여기서 떠나는 것보다 훨씬 가까운 거리예요. 그런데도 청해의 어느 부족이 무리하게 라싸 행을 시도했다가 팔만 명 중에서 겨우 사천 명만 살아남았다고 하잖아요. 길에서 맥없이 죽어갈 거면 차라리 적들과 목숨을 내건 일전을 치르는 게 백번 낫죠."

좌중의 사람들은 사라분의 말에 침묵을 지켰다. 그러자 그가 다시 강경한 어조로 덧붙였다.

"어떤 경우에도 비겁하게 도망갈 수는 없어요. 아마 건륭 황제가 원하는 것은 우리가 투항하거나 두 손 들고 제 발로 찾아가 목숨만 살려달라고 손이 발이 되도록 비는 것이겠죠. 그러나 우리는 절대 그렇게 할 수 없습니다! 그렇게 굴욕적으로 살아남아봤자 산송장과 다를 바 없어요. 아니, 바위에 머리를 찧어 죽느니보다 못하죠. 우리가 어떤 길을 택

하느냐는 곧 우리 자손들의 미래를 결정짓는 일이에요! 소금천 전투를 앞두고 말했듯 우리는 반드시 싸워서 이겨야 합니다. 조정과 화해를 할 때 하더라도 싸워서 이긴 다음에 해야 한다 이 말이에요!"

사라분의 절절한 호소가 이어질 때였다. 저 멀리서 급박한 발소리가 들려왔다. 흙탕물을 달리는 듯 철벅거리는 소리였다. 소리는 점점 가까워지고 있었다. 사람들은 경계하는 시선으로 숨죽인 채 소리 나는 쪽을 지켜봤다. 과연 곧 누군가가 모습을 드러냈다. 서찰을 전하는 역할을 하는 알파嘠巴라는 노예였다. 그는 숨이 턱에 찼는지 한참 ㄱ 자리에서 헐떡이더니 겨우 입을 열었다.

"사라분 대장군! 활불! 소금천에서 보내온 서찰에 의하면 한족들이 단파와 흑잡에 쳐들어와 눌러 앉았다고 합니다. 벌써 목채木寨를 만들고 있다고 합니다. 그리고 삼단지에 주둔해 있던 이천 병마는 황하黃河 입구로 가서 군막까지 쳐놓았다가 웬일인지 다시 쇄경사로 돌아가고 있다고 합니다."

알파는 서찰 내용을 전하고 나서 사라분과 여러 사람들을 향해 절을 했다. 이어 곧 몸을 돌려 자신이 왔던 방향으로 달려갔다. 상착이 입을 열었다.

"장군! 적들의 동향으로 볼 때 우리는 소금천으로 돌아가야 마땅합니다. 하채와 대금천은 불을 질러 이곳의 청병들에게 내주고 말입니다. 먼저 서로군을 습격해 식량을 빼앗는 데까지 빼앗은 다음 다시 금천에서 북로군과 숨바꼭질을 해야 합니다. 청병들이 지쳐 제풀에 주저앉게 만드는 것이 바람직할 것 같습니다. 우리를 따르는 가족들이 굶주리고 있는 현 상황에서는 이 방법밖에 없는 것 같습니다."

그러나 인착의 의견은 달랐다. 그가 다급하게 입을 열었다.

"그것은 임시변통에 불과해요. 하채와 대금천이 눌친의 수중에 들어가면 우리는 더 큰 곤경에 처하게 될 거예요. 우리는 모든 병력을 집중해 이곳에서 눌친과 목숨을 건 일전에 돌입하는 것이 바람직합니다. 뱀을 잡으려면 머리를 강타해야 한다는 말도 있잖아요."

사라분이 조용히 귀를 기울여 듣고만 있더니 무슨 생각을 했는지 갑자기 고개를 쳐들고는 크게 웃기 시작했다. 좌중의 사람들은 갑작스런 그의 웃음소리에 깜짝 놀라 무슨 영문인지 물었다. 사라분은 쇄경사 쪽을 가리키면서 천천히 대답했다.

"서로군과 남로군이 모두 이쪽으로 몰려오니 깜짝 놀랐지 뭐요. 세 갈래 군사가 함께 금천을 공격하는 것은 약간 둔한 방법이기는 하나 수적으로 열세에 처한 우리에게는 치명적이 아닐 수 없어요. 하하, 그러나 눌친이라는 작자도 경복과 똑같이 미련하기 그지없군요. 그의 병력이 모두 여기에 몰려 있으면 송강에서 쇄경사까지 식량을 운송하는 병력은 누가 보호하겠어요?"

사라분이 잠시 말을 멈췄다. 이어 우렁찬 목소리로 주변의 부하들에게 명령을 내렸다.

"내 명령을 전하라. 하채에 주둔해 있는 수비군은 사경四更 이전까지 전부 이쪽 요청채潦淸寨로 철수하라고 이르라. 대금천의 칠천 군사도 철수해 요청채에 사천, 나위채羅渭寨에 삼천씩 들어가 있으라고 하라. 나는……"

사라분이 잠깐 말을 멈췄다가 소름 끼치는 웃음소리를 내면서 말을 이었다.

"저자들의 양도糧道를 차단하고 쇄경사를 포위할 거야. 하채로 내려갔던 군사들이 되돌아와 지원하지 않고는 못 배기게 만들어버릴 거라고!"

좌중의 사람들이 사라분의 말에 공감한다는 듯 얼굴에 희색을 보였다. 인착 역시 탄복했다.

"정말 고명한 전술입니다, 장군! 눌친은 병력의 대부분을 하채 공략에 투입시켰습니다. 요청채와 나위채에서 쇄경사로 이르는 구간은 전부 키를 넘는 늪지대이니 아마 우리가 등 뒤로 자신들의 대본영을 칠 가능성은 없다고 판단한 것 같습니다. 저자들은 우리가 아무리 위험한 늪지대도 용케 골라서 피해가는 장족의 터줏대감이라는 사실을 간과하고 있는 거죠! 이대로라면 쇄경사 본영을 탈환하는 것도 그리 어려운 일이 아닐 것 같습니다."

인착의 말에 상착 역시 신이 나서 껄껄 웃었다.

"우리가 식량이 없어 쫄쫄 굶는 걸 못 봐주겠는가 보네요? 당장 뒤통수를 얻어맞게 생겼는데도 쇄경사로 식량을 운반한다고 저 난리법석을 떠는 걸 보니!"

사라분도 자신감 넘치는 어조로 말했다.

"쇄경사를 포위만 하고 공략은 천천히 해야겠어요. 기다렸다가 식량을 신고 본영으로 돌아오는 눌친의 부대를 습격해야 합니다. 요청채에 있는 우리 사천 용사들이 그들의 허리를 뭉텅 잘라내게 해야죠. 그러면 지원병들이 달려올 겁니다. 그때가 되면 쇄경사에 포진해 있던 우리 병사들이 불의의 습격으로 일망타진의 쾌거를 올리게 될 테죠!"

사라분의 그 말에 상착이 갑자기 다소 아쉬운 표정을 지었다.

"그렇게 되면 우리는 눌친과 장광사를 사로잡을 수 없습니다."

사라분이 껄껄 웃음을 터트렸다.

"그래도 명색이 재상이고 대장군이잖아요. 내가 그들 둘을 생포해버리면 건륭의 체면이 어찌 되겠습니까?"

사라분이 말을 마치고는 흥분을 주체하지 못하겠다는 듯 아내 타운을 번쩍 들어 올렸다.

"더 이상 두려워하지 마. 애들 때문에 걱정 안 해도 될 거야. 이번에 승리하면 자네는 북경으로 가서 악종기를 만나도록 해. 조정과 강화조약을 맺도록 다리를 놓아달라고 요청을 해보라고!"

사라분은 한껏 고무된 어조로 말을 마치고는 수줍음에 발버둥치는 아내를 내려놓았다. 얼굴에서는 어느새 웃음기가 사라지고 있었다. 그가 입술을 꽉 다문 표정으로 말했다.

"어서 요청채로 갑시다. 소금천에서 붙잡은 청병들을 전부 묶어 하채로 보내야겠어요. 내일은 자기네들끼리 치고받고 하겠죠?"

눌친은 전혀 내키지 않았으나 어쩔 수 없이 해란찰의 건의를 받아들였다. 즉 하채 남쪽에서 지세가 조금 낮은 성벽부터 공략하기로 결정을 한 것이다. 문제는 천근이 넘는 네 문의 '무적대장군포'를 어떻게 옮기느냐 하는 것이었다. 실제로 깊이를 가늠할 수 없는 늪지대라 수레가 들어와 대포를 실어갈 수 있는 형편이 못 되었다. 결국 궁여지책으로 뗏목으로 대포를 끌어내기로 했다. 대포를 실은 뗏목에 동아줄을 매 100명이 달려들어 끌어내기로 한 것이다. 그렇게 해서 수백 명이 엉켜 붙어 죽을 둥 살 둥 매달린 끝에 정오가 다 돼서야 겨우 대포를 새로운 위치에 설치할 수 있었다. 때맞춰 송강에서 이시요가 보낸 말린 쇠고기도 도착했다. 눌친은 일인당 한 근씩 배불리 먹게 하고는 돌격명령을 내렸다. 순간 공격개시를 알리는 대포소리가 하늘과 땅을 뒤흔들었다.

하채의 담벼락은 예상 외로 채문寨門보다 훨씬 얇았다. 고작 몇 발의 대포에 벌써 커다란 구멍이 뚫리고 말았다.

"돌격! 후퇴하는 자는 목을 칠 것이야. 돌격!"

조혜와 해란찰은 장검을 꼬나든 채 사기충천하여 괴성을 지르는 병사들을 인솔해 벌떼처럼 쳐들어갔다. 병사들은 전날 성벽에서 우박처럼 쏟아진 화살과 총알로 인해 200여 명이 허깨비처럼 쓰러지는 모습을 지켜봤기 때문에 미리 단단히 준비를 한 것 같았다. 성벽에 바짝 붙어서 천천히 전진했다.

그러나 이내 모두에게 불안감이 엄습해왔다. 어느 정도의 희생을 감수했는데도 이상하게 적진에서는 아무런 반응도 없이 잠잠한 탓이었다. 선봉에 선 십여 명의 병사들은 정말 이상한 생각이 들었는지 장검을 꼬나든 채 제자리에 멈춰 섰다. 주위를 두리번거리면서 적들이 언제 어디서 튀어나올지 몰라 신경을 바짝 곤두세웠다. 영문을 모르는 뒤편의 군사들 역시 주춤할 수밖에 없었다.

"저것들이 어서 쳐들어가지 않고 뭘 해?"

해란찰이 병사들이 주춤한 모습을 보고는 이를 악물며 고함을 질렀다. 이어 조혜와 함께 담벼락 위에 뛰어올랐다. 그런 다음 손을 이마에 얹은 채 토채土寨 너머를 유심히 살펴봤다. 아니나 다를까, 발자국이 어지럽게 찍힌 황톳길이 멀리 이어져 있었다. 당연히 담장 안팎에는 사람 그림자라고는 하나도 보이지 않았다. 그저 채문 안에 초가집 문짝을 뜯어 불을 피운 흔적을 비롯해 양과 낙타의 분비물, 그리고 야밤을 틈타 도망간 흔적들만 곳곳에 역력하게 남아 있을 뿐이었다. 컹컹! 어디에선가 늙은 개가 짖는 소리가 크게 들려왔다. 하채는 그야말로 쥐새끼 한 마리 남지 않고 텅텅 비어 있었다. 조혜와 해란찰이 그런 예기치 못한 광경에 넋이 나가 멍하니 서 있을 때였다. 눌친이 부하를 시켜 공격을 중단한 이유를 물었다.

"적들이 야밤을 틈타 철수했습니다!"

조혜가 중얼거리듯 말했다. 뭔가 상서롭지 못한 예감이 드는 눈치였다. 그럼에도 병사들에게는 안으로 들어가 샅샅이 뒤질 것을 명령했다. 이어 바로 해란찰과 함께 눌친을 만나러 중군 대영으로 향했다.

"적들은 벌써 모두 도망쳐버렸습니다!"

해란찰의 보고를 받은 눌친의 미간은 호두 껍데기처럼 쭈글쭈글해졌다. 기가 막혀 말문이 막혔다. 하채 서남쪽으로 펼쳐진 함정같이 무시무시한 늪지대를 제외하고 주위의 도주로가 될 만한 마른 길은 전부 관군의 철통같은 수비망에 걸려 있었다. 도대체 어디로 도망갔다는 말인가? 하늘로 솟았는가, 아니면 땅속으로 들어갔는가? 사라분은 어제까지 이 하채를 고수하고자 악전을 불사하지 않았던가. 그런데 갑자기 밤중에 사라지다니, 도대체 이유가 뭘까? 눌친의 무표정한 얼굴은 순간 더욱 길어 보였다. 조혜 역시 고개를 갸웃거렸다. 그리고는 물이 고여 있는 개펄을 가리켰다.

　"눌상, 적들은 날개가 돋치지 않은 이상 분명 이곳으로 도망갔을 겁니다. 빠지면 키가 넘는 개펄에도 길은 있다고 합니다. 이곳에서 나고 자란 토박이들만 아는 길 말입니다."

　해란찰은 조혜의 말을 듣자마자 문득 뇌리를 스치고 지나가는 무서운 기분을 느꼈다. 이어 차가운 숨을 들이마시면서 외치듯 말했다.

　"저 속에 길이 있다는 말이지? 그게 사실이라면 사라분이 혹시 우리 본영을 노리고 쇄경사로 간 건 아닐까?"

　해란찰과 조혜는 똑같은 걱정을 한 것이 틀림없었다. 그러나 눌친은 제자리에서 두어 바퀴 돌면서 냉소를 퍼부었다.

　"간이 배 밖으로 나오지 않은 이상 그런 무모한 짓은 못하지. 그럴 만한 식견도 없고! 대금천으로 사람을 보내 그곳 동정을 감시하게 했으니 곧 소식이 올 거네. 잠시 이대로 지켜보세."

　조혜는 더 이상 침묵해서는 안 되겠다고 생각한 듯 눌친을 향해 허리를 깊숙이 숙였다. 동시에 여느 때와 달리 진지하고 정중하게 말했다.

　"중당 대인, 요청채는 쇄경사에서 이십 리밖에 떨어져 있지 않습니다. 가운데 개펄을 끼고 있다는 이유로 우리는 아무런 대비도 하지 않고 있습니다. 그 개펄에도 이런 식으로 적들만 다닐 수 있는 길이 있다면 우리 대본영은 대단히 위태롭습니다. 적들이 아군의 퇴로를 차단하고 양도를 장악한다는 것은 곧 우리의 패전을 뜻합니다.”

“위기 앞에서 태연할 수 있어야 진짜 사내야. 그런 식으로 호들갑을 떨어서야 쓰겠나!”

눌친은 듣기만 해도 소름이 끼치는 조혜의 말에 버럭 화를 냈다. 그러나 이내 진정하면서 천천히 그를 나무랐다.

“그러고도 이 바닥에서 잔뼈가 굵은 장군이라고 으스대겠지? 지금의 급선무는 적들이 간 곳을 밝혀내는 거네.”

눌친이 말을 마치고는 고개를 숙였다. 이어 잠시 뭔가를 생각하더니 다시 명령을 내렸다.

“해란찰 자네는 좌영左營의 삼천 인마를 거느리고 속히 송강으로 돌아가게. 군량미가 잘못되는 날에는 나를 무정하다고 탓하지 말게!”

해란찰이 명령을 받고 떠나자마자 대금천으로 갔던 탐마探馬가 돌아왔다. 병사 한 명이 탐마에서 내리더니 대금천 성 밖 2리 근처에 적들이 깔려 있어 정탐을 나선 기병들이 가까이 접근할 수 없었다는 보고를 올렸다. 눌친이 다그쳐 물었다.

“성 안에서는 이상한 움직임이 보이지 않던가? 어제 한밤중에서 오늘 새벽 사이에 대부대의 장족 병사들이 입성하는 걸 못 봤나?”

병사가 대답했다.

“어찌어찌 겨우 성 안으로 잠입한 탐마들이 하나도 나오지 못한 걸 보면 안에서도 순찰을 강화하고 있는 모양입니다. 사경을 전후해 성 안에서 낙타소리와 사람소리로 잠깐 소란스러웠던 적이 있습니다. 워낙 경계가 삼엄해 감히 다가가지 못했습니다.”

“역시 내 추측이 맞았어! 대금천으로 기어들어간 것이 분명하네.”

눌친이 큰 걱정거리를 내려놓은 듯 안도의 한숨을 내쉬었다. 이어 다시 비웃듯 입을 열었다.

"저들이 잔머리를 굴려봤자 뻔하지. 그래, 우리는 하채에 눌러 앉는 거야. 저들이 대금천에 둥지를 트는 대로 내가 서로군과 남로군을 불러 물샐틈없이 포위해버릴 거야. 사라분이 지네가 아닌 이상 땅을 파고 들어가기야 하겠어?"

눌친이 말을 채 마치기도 전에 하채 안을 수색하러 갔던 병사가 돌아와 아뢰었다.

"장족은 한 명도 발견하지 못했습니다. 다 죽어가는 백여 명을 발견했으나 모두 어제 붙잡힌 우리 청병들이었습니다. 묶어놓고 검정색 천으로 눈을 가린 탓에 적들이 어느 방향으로 도주했는지 모른다고 했습니다."

눌친이 병사의 보고에 껄껄 웃음을 터트렸다.

"사라분 그 자식이 머리는 비상한 놈이야. 폐하께서 제대로 보셨어. 애들을 죽이지 않고 내버려둔 걸 보라고. 언젠가는 조정과 강화조약을 맺고 싶다 이거지!"

눌친이 말을 마치자마자 바로 큰 소리로 명령을 내렸다.

"좌익과 우익 군사들은 채寨 밖에 목책木柵(나무 울타리)을 세우고 나머지는 채 안으로 들어가 주둔하도록 하라!"

그런 다음 눌친이 다시 해란찰을 불러오라고 명령을 내리려고 할 때였다. 송강 방향에서 몇몇 병사가 달려오는 것이 보였다. 모두들 물웅덩이에 넘어져 나뒹굴었는지 흙투성이가 된 채 허겁지겁 달려오고 있었다. 그들이 곧 두 손을 허우적대면서 죽어라고 고함을 질렀다.

"중…… 중당! 사라분이…… 쇄, 쇄경사를 포위했습니다."

눌친은 순간 머릿속에서 윙하는 소리가 들리면서 눈앞이 아찔해지는 기분을 느꼈다. 하늘과 땅이 한 덩어리가 되어 빙글빙글 돌아가는 듯했

다. 심지어 물과 풀밭이 전부 허공에 매달린 것처럼 보이기도 했다. 급기
야 그는 예상치 못한 충격에 너무 놀랐는지 비틀거리면서 주저앉고 말
았다. 이어 멎어버릴 것 같은 심장을 움켜쥔 채 나직한 목소리로 물었다.

"쇄경사를 포위한 병력은 얼마나 되나?"

전쟁터에서 잔뼈가 굵어 웬만한 일에는 크게 놀라지 않는 조혜 역시
낯빛이 창백해졌다. 그가 보고를 올린 병사를 붙잡고 다급히 물었다.

"어느 방향에서 쳐들어간 거야?"

"나리, 그것들이…… 어느 길로 들어왔는지는 장 군문께서 언급이 없
었습니다. 해, 해란찰 나리께서 그러시는데 요청채 쪽에서 개펄을 건넜
을 거라고 하셨습니다. 쇄경사를 포위한 적들의 병력이 정확하게 얼마인
지는 잘 모르겠으나 대충 만 명은 넘는다고 들었습니다."

병사가 끊어질 듯 거친 숨을 간신히 몰아쉬면서 겨우 대답했다.

"해란찰은 지금 어디 있어?"

조혜의 물음에 병사가 즉각 대답했다.

"사라분이 양도 허리를 뭉텅 잘라내 버렸다고 합니다. 그래서 해란찰
나리께서는 식량을 운반하던 병사들을 송강에 집결시키고 있다고 합니
다. 수백 수레 분량의 식량을 빼앗기고 운송에 나섰던 형제들이 몇 십
명이나 잘못됐다고 합니다."

더 이상 묻지 않아도 상황은 불 보듯 뻔했다. 청병은 사라분의 '성동
격서'聲東擊西(상대편에게 그럴 듯한 속임수를 써서 공격하는 것) 전술에 완
전히 놀아난 셈이었다. 그러나 눌친은 아무리 생각해도 부족 전체가 쥐
도 새도 모르게 야밤을 틈타 깨끗이 빠져나갔다는 사실이 믿기지가 않
았다. 얼마 후 그가 겨우 정신을 차리고는 제자리를 뱅뱅 돌면서 연신
중얼거렸다.

"이를 어쩌나……. 이제 어떻게 해야 하나……."

조혜가 잠시 생각하더니 천천히 입을 열었다.

"중당 대인, 진정하세요. 같이 대책을 마련해 봅시다!"

"대책? 자네에게 무슨 묘안이라도 있나?"

눌친이 물었다. 그의 눈빛이 간절했다.

"여기에서 화급히 삼천 병사를 파견해 해란찰과 함께 쇄경사를 탈환해야 합니다. 하채에는 천 명의 주둔군만 남겨두고 나머지 만여 명을 이끌고 대금천으로 쳐들어 갑시다. 사라분이 우리의 뒤통수를 쳤으니 우리는 그 둥지를 들어냅시다!"

"우리가 모을 수 있는 병력은 고작 육천 명밖에 안 돼. 만 명이 넘는 적들을 무슨 수로 물리치겠나? 대본영을 빼앗기고 장광사까지 죽는 날에는 입이 백 개라도 할 말이 없을 텐데 이를 어쩌면 좋은가?"

"그러면 중당 대인의 뜻은……?"

"하채에 삼천 명을 주둔시키고 대금천은 잠시 방치해 두는 게 바람직할 것 같네."

눌친은 조혜와 대화를 나누면서 서서히 안정을 찾은 듯 침착하게 다시 말을 이었다.

"천 명을 요청채로 파견해 사라분의 퇴로를 차단하고 나머지는 전부 쇄경사로 쳐들어가야 하네. 장광사 군문이 위급한 상황에 노출돼 있는데 우리가 구출해내지 못하면 누구도 그 죄를 감당하기 어려울 거네!"

그 시각 쇄경사에는 장광사를 포함해 청병이 겨우 30명 정도밖에 남지 않았다. 나머지 300명의 친병과 2000의 군사들은 전부 장렬하게 전사를 하고 말았다. 겨우 살아남은 병사들도 화살과 장검에 의해 몸이 찢기고 뚫려 만신창이가 돼 있었다. 그들은 장광사를 쇄경사 뒤편의 대불전 안에 숨겨놓고 피가 흐르는 몸으로 최후의 육박전에 대비한 채 적들의 동향을 살피고 있었다.

장광사는 머리가 마치 검불처럼 흐트러져 실성한 사람처럼 불당 모퉁이의 의자에 앉아 있었다. 초췌하기 이를 데 없는 모습이었다. 그럼에도 눈길만은 꼿꼿했다. 하지만 곧 대청마루에서 뭔가를 찾는 듯 초점을 잃은 채 헤매기 시작했다. 얼마 후 겨우 살아남은 병사들이 밖에서 비장한 최후의 각오를 다지면서 힘차게 충성을 외치는 소리가 또렷하게 들려왔다. 그러나 그의 표정에는 한 점의 변화도 없었다. 귀에 아무것도 들리지 않는 듯한 표정이었다.

장광사는 천천히 허리춤의 보검을 반쯤 뽑아 치켜들었다. 칼날이 번쩍번쩍 눈이 부셨다. 여전히 예리하고 날카로운 보검이었다. 그가 청해 전투에서 화려한 전공을 올렸을 때 옹정황제가 건청문에서 문무백관들을 전부 집결시킨 가운데 하사한 보검이었다. 당시 얼마나 많은 사람들의 부러운 시선을 한 몸에 받았던가? 한마디로 보검은 수년 동안 장광사의 몸에서 떨어져본 적이 없는 권력과 명예의 상징이었다. 그런데 지금······. 그는 공훈과 애환이 고스란히 묻어 있는 보검을 뽑아 흰 손수건으로 조심스레 닦고 또 닦았다. 이어 천천히 일어나 눈앞까지 쳐들어와 대오를 정비하고 있는 사라분의 병사들을 향해 섬뜩한 웃음을 지어 보였다.

"하하하하! 뿌린 대로 거둔다더니 옛말이 하나도 그른 데 없구나! 그동안 수없이 많이 죽였으니 수많은 칼날에 난도질당하는 게 뭐가 대수겠는가? 이런 말로는 예견치 못했다만 여한은 없다."

장광사가 말을 마친 다음 짐승처럼 울부짖었다. 이어 거울처럼 번쩍이는 칼을 들어 목으로 가져갔다.

"대장군!"

바로 그 순간이었다. 옆에서 아슬아슬하게 지켜보던 막료 오웅홍吳雄

鴻이 앙칼지게 소리를 지르면서 달려들어 장광사의 팔목을 움켜잡았다. 이어 털썩 무릎을 꿇은 채 피를 토할 듯 흐느꼈다.

"대장군, 어찌 천하의 대장군께서 이리 비참한 최후를 마치려 하십니까! 청산이 그대로인데 땔감이 없겠습니까? 송강이 여기에서 멀지 않습니다. 우리에게는 아직 기병이 많이 남아 있습니다. 이 불전은 적들이 감히 불지를 수 없는 곳입니다. 조금만 더 버티시면 지원병이 도착할 것입니다."

"아아……!"

장광사가 고통스런 신음을 토해내면서 보검을 떨어뜨렸다. 그러더니 긴긴 탄식과 함께 눈물을 비 오듯 흘렸다.

한 사람은 선 채, 다른 한 사람은 엎드린 채 그렇게 주체할 수 없는 비감에 사로잡혀 있을 때였다. 밖에서 친병 한 명이 들어와 큰 소리로 아뢰었다.

"대장군, 사라분이 안뜰에 들어왔습니다. 대장군께 드릴 말씀이 있다면서 밖으로 나오시라고 합니다."

"할 말이 있으면 들어오라고 해!"

"심기가 많이 불편하신가 보오. 나하고 장 군문은 알고 지낸 세월이 어제오늘이 아니지 않소? 지인을 이런 식으로 문전박대를 하는 것은 아니지."

사라분이 어느새 불전과 문 하나를 사이에 둔 천정天井까지 다가와서는 웃으면서 말했다. 장광사는 헝클어진 머리를 쓸어 넘기고는 조관朝冠을 썼다. 이어 조주朝珠를 목에 걸고 보검은 내려둔 채 천천히 불전 밖으로 나갔다. 처마 밑에 멈춰 서자 사라분의 얼굴이 눈앞에 있었다.

"놀라게 해드려 죄송합니다."

사라분이 미소를 머금은 채 장광사를 향해 두 손을 앞으로 길게 뻗으면서 장족 방식의 인사를 했다. 그리고는 정중하게 입을 열었다.

"무례했던 점이 있었다면 용서를 구합니다. 더불어 어쩔 수 없이 이 길을 택했음을 분명히 밝힙니다. 우리가 이런 곳에서 이렇게 만나게 된 것은 내가 원한 바가 아니었습니다. 군문께서는 전보다 조금 늙어 보이 기는 하나 혈색도 더 좋아 보이시고 살도 오른 것 같습니다."

장광사는 죽음을 초연하게 생각하자 오히려 예전보다 태연하고 침착 해졌다. 곧이어 자신의 키를 훨씬 넘는 거구의 사라분을 올려다보았다.

"불전 안으로 들어오시오!"

사라분이 즉각 장광사의 말을 받았다.

"금천의 십만 부모형제를 챙겨야 하는 사람입니다. 무모하게 험지로 발을 들여놓을 수는 없습니다."

장광사가 냉소를 터트렸다.

"내가 이런 처지가 되기는 했으나 그래도 명색이 조정의 극품대원極品 大員이오. 그리 치졸하게 굴 것 같소?"

"그동안 장 군문을 상대하면서 똑똑해졌을 뿐입니다."

사라분의 한어 수준은 유창한 정도를 넘어선 듯했다. 웬만한 한족은 저리가라 할 정도의 어휘 구사력이었다. 그가 다시 깍듯이 예를 갖추고 나서 옷 속에서 종이 한 장을 꺼내 펼쳤다.

"이것은 전에 대금천에서 경복 대인, 장 군문, 그리고 정문환 군문과 함께 체결한 합의서입니다. 군문께서는 그때 당시 두 번 다시 이유 없는 금천 정벌을 하지 않겠노라고 친필서명을 하셨습니다. 이것이 증거입니 다! 그런데 불과 이 년도 안 된 사이에 합의서를 까맣게 잊으시고 이렇 게 식언을 하시다니 어찌된 일입니까?"

장광사는 말문이 막혀버렸다. 난감하기 그지없었다. 틀린 말이 아니었 으니 그럴 만도 했다. 그가 애써 마른 웃음을 지은 채 대답했다.

"다 알면서 왜 묻소! 그걸 따지려고 나를 보자고 했소? 역시 웃기는 천노賤奴가 아닌가! 나는 이미 목숨을 초개처럼 버릴 각오가 돼 있는 사람이오. 그런 위협에 넘어갈 줄 아시오?"

장광사가 말을 마치고는 두 눈을 부라린 채 힘껏 발을 굴렀다. 동시에 불전 안으로 들어가려 했다.

"장 군문!"

사라분이 황급히 외쳤다. 무척이나 다급한 듯했다. 그의 이마에서는 시뻘건 근육이 불끈거렸다. 그러나 멈춰선 채 고개를 돌리는 장광사를 보는 순간 그의 목소리는 한껏 낮아졌다. 얼굴에도 웃음이 내비쳤다.

"안으로 들어가나 여기 있으나 다를 바가 있습니까? 밖에는 가슴속에 바다와 같은 한을 품은 만 명의 장족 병사들이 있습니다. 장 군문만 보면 맷돌에 갈아 죽이고 싶다고 합니다. 내 손짓 하나면 장 군문은 육장肉醬이 될 것입니다."

사라분이 잠시 말을 멈췄다. 이어 말투를 조금 더 부드럽게 한 다음 다시 입을 열었다.

"장 군문이 목숨을 초개같이 여기는 줄은 잘 압니다. 그러나 보거다 칸(황제)께 충성하는 신하라면 죽는 것만이 능사는 아닙니다. 당당한 대국의 삼군三軍이 소수 부족에 의해 패망하고 주장主將까지 생포당해 가축처럼 사육당하다 죽어가는 꼴을 군부君父에게 보여주겠다는 겁니까? 건륭황제의 체통이 그토록 무참히 짓이겨져도 괜찮다고 생각합니까?"

장광사는 꿈에도 생각하지 못했다. 안중에도 없었던 별 볼 일 없는 눈앞의 이 선위사宣慰使(사라분의 직위를 의미함)가 그토록 대단한 심모원려深謀遠慮를 간직하고 있을 줄은……. 차근차근 타이르듯 꼬집어 비트는 말솜씨 역시 2년 전과는 비교할 바가 아니었다. 장광사는 여차하면 목을 쳐버릴 의사를 분명히 내비친 사라분의 말에 결국 마음을 돌리지 않을 수 없었다.

"그래, 하고 싶다는 말이 뭐요? 말해보시오!"

장광사는 그물에 걸린 물고기 신세가 됐음에도 여전히 없는 위엄을 부렸다. 말투도 명령조로 나오고 있었다. 사라분이 그런 장광사를 보고 터져 나오려는 웃음을 가까스로 참으면서 정색한 표정으로 말했다.

"원하신다면 병사들을 쇄경사에서 몇 백 보 떨어진 곳으로 물러가게 할 수 있습니다. 그러나 압수한 식량은 돌려줄 수 없습니다. 노하지 마세요. 그대들의 신의를 저버린 무책임하고 부도덕한 행위 때문에 우리 장족들은 모두 뱃가죽이 등에 가서 붙었습니다. 이것이 첫 번째 논의하고자 하는 사항입니다. 두 번째 요구사항은 장 군문과 호위대 수중에 있는 무기를 전부 압수하고 이곳 쇄경사에서 한 발자국도 벗어나지 못하게 하겠다는 것입니다!"

장광사가 사라분의 말에 바로 코웃음을 쳤다.

"흥! 무기를 내려놓으라는 말이오? 솔직하게 나 장광사를 생포하겠다고 말하지 그러오?"

"그렇다면……, 좋습니다! 오랜 지기와의 옛정을 봐서라도 무기는 압수하지 않겠습니다."

사라분이 크게 웃었다. 이어 손을 내저으면서 주위의 부하들에게 명령했다.

"식량을 전부 절 밖으로 옮겨라. 요청채에 있는 장민藏民들은 전부 출동해 식량을 운반하도록 하라. 우리는 쇄경사에서 철수할 것이다."

사라분은 말을 마친 다음 끝까지 예를 갖추면서 호위대를 거느리고 밖으로 걸음을 옮겼다. 이어 쇄경사 주변을 살폈다. 아니나 다를까, 어디나 할 것 없이 쌀을 메고 다니는 병사들로 북적대고 있었다. 그것도 모두들 싱글벙글 웃는 얼굴로 어깨에는 쌀자루, 손에는 건육乾肉을 든 채

청수담淸水潭 쪽으로 움직이고 있었다. 사라분이 병사들의 무질서한 모습에 미간을 찌푸리더니 급기야 바로 눈앞의 한 명을 불러 지시를 내렸다.

"지금부터 모든 장병藏兵은 쌀자루를 땅에 내려놓도록 하라. 그리고 엽단잡을 불러와!"

명령을 받은 병사가 즉각 소리치면서 사라분의 말을 밖으로 전했다. 잠시 후 땀에 흠뻑 젖은 중년의 사내가 종종걸음으로 달려왔다. 사라분의 부삽 같은 손바닥은 그가 미처 멈추기도 전에 그의 얼굴을 강타했다.

"누가 너희들까지 쌀자루를 메고 다니면서 까불라고 했어!"

사라분이 핏발이 선 두 눈을 부릅뜨고 고래고래 고함을 질렀다. 이어 다시 명령을 내렸다.

"당장 대오를 정렬해 서행西行 준비를 하지 않고 뭐해? 한족 개새끼들의 주력이 송강을 향해 움직이고 있을 거야. 대적大敵들이 다가오고 있는데 희희낙락하면서 이따위 짓이나 하고 있을래? 오백 명만 남아서 절을 지키고, 나머지는 모두 청병들의 천막과 땔감, 취사도구를 없애버려!"

엽단잡은 볼이 얼얼할 정도로 얻어맞았으나 상황이 상황인 만큼 바로 정신을 차렸다. 동시에 큰 소리로 대답하고는 달려갔다. 사라분이 다시 옆에 있던 자신의 숙부 상착 활불에게 말했다.

"식량 운반은 인착 활불에게 맡기면 돼요. 엽단잡의 부대는 내가 인솔하겠습니다. 서쪽으로 가서 나위채에 주둔한 병사들과 합류할 거예요. 숙부는 나이도 많고 하니 여기에서 인착 활불의 지휘에 잘 따라주세요. 그것이 나를 돕는 거라고 생각하면 되겠어요. 명심하세요. 절을 포위하는 것이 첫째 임무이고, 식량 운반은 그 다음이에요! 요청채에 있는 병사들은 엽단잡이 버릇을 어떻게 들였는지 마치 대가리 떨어진 파리들처럼 우왕좌왕하네요. 솔직히 적들은 우리의 기습 전략에 잠시 제 정신을 못 차리고 있을 뿐이라고 봐야 해요. 병력에는 큰 타격을 입지 않았어요. 그러니 저들이 완전히 갈피를 잡지 못하도록 중도에서 기습 공격을 한 번 더 해야 해요!"

사라분의 불같은 다그침이 효과를 발했을까, 장족 병사들은 그새 다시 원래의 씩씩한 전사로 돌아왔다. 엽단잡의 구령에 맞춰 작은 보폭으로 사라분을 향해 달려오고 있었다. 사라분이 기다렸다는 듯 운량관運糧官을 향해 큰 소리로 지시를 내렸다.

"나위채에 있는 우리 병사들은 이미 눌친의 쇄경사 지원병을 사방으로 뿔뿔이 쫓아냈다네. 적의 병력은 하채에 이천, 송강에 삼천, 눌친이 데리고 있는 중군이 육천 명이야. 그중 하나밖에 없는 기병대가 쇄경사를 향해 죽기 살기로 달려오고 있다고 하네. 적군의 병력이 비록 우리보다 조금 많다고는 하나 절대 겁낼 것 없어. 그들은 이미 우리의 책략에 넘어가 갈팡질팡하고 있으니 말이야. 한마디로 장군이 병사들을 찾을 수 없고, 병사들도 제멋대로 흩어진 상황에 빠졌어. 우리는 이 절호의 기회를 놓칠 수 없어! 여러분, 행군을 하면서 건육을 먹으라고. 그렇게 체력을 보충하도록 해! 적들은 배를 쫄쫄 굶으면서 흙탕물에 밤새도록 엎드려 있었으니 때리기도 전에 무릎 꿇는 건 아닌지 모르겠어!"

그때 누군가가 그에게 말을 한 필 끌고 왔다. 두 말 하지 않아도 장광사의 대영에서 빼앗아온 것일 터였다. 사라분이 빙그레 웃으면서 재빠르게 말 등에 올라탔다. 이어 큰 소리로 외쳤다.

"출발!"

눌친의 부대는 밤을 새워 강행군을 했다. 그러나 송강에 도착하기도 전에 나위채에 매복해 있던 3000명의 장족 병사들로부터 기습공격을 받고 말았다. 아무런 사전 준비도 없었던 병사들은 어둠 속에서 순식간에 여왕벌을 잃은 벌떼들처럼 뿔뿔이 흩어졌다. 싸움터에서는 맹수 못 지않은 장족 병사들은 앞에서 막고 뒤에서 추격하는 식으로 그런 관군들을 사정없이 몰아붙였다. 초원이기는 했으나 어디에 함정이 숨어 있을지 모르는 터라 관군들은 마음 놓고 도망갈 수도 없었다. 게다가 몇 개월째 야채를 못 먹어 하나같이 야맹증까지 걸렸으니 제자리에서 갈팡질팡하다가 장족 병사들의 칼질에 속절없이 픽픽 쓰러지고 말았다.

눌친을 호위하던 300명의 친병은 부랴부랴 오던 길로 후퇴하려고 했다. 그러나 희미한 달빛 아래에서는 그것마저 쉽지 않았다. 급기야 어디나 할 것 없이 쫓고 쫓기는 추격전이 벌어졌다. 곧 병사들의 비명소리와 병기끼리 부딪치는 쇳소리가 밤하늘에 울려 퍼졌다. 눌친의 친병들은 정신이 혼미해질 수밖에 없었다. 더구나 남쪽으로 갈수록 널브러진 관군들의 시체는 더욱 많이 보였다. 발치에 걸리는 사람머리가 마치 비바람에 떨어져 흙탕물에 나뒹구는 박 같았을 정도였다…….

눌친의 친병들은 어떻게 해서든 탈출로를 뚫으려 했다. 그러나 가는 곳마다 막힌 데다 도무지 앞길도 보이지 않았다. 친병들은 어쩔 수 없이 다시 눌친을 호위해 북쪽으로 꺾어 들었다. 다행히 친병 한 명이 현장의 지형에 익숙한 사람이었다. 우여곡절 끝에 겨우 눌친을 홰나무 숲이 우거진 조금 높은 둔덕으로 데리고 갈 수 있었다.

눌친은 거의 혼절하기 직전까지 내몰렸다가 놀란 가슴을 쓸어내리면서 겨우 호흡을 가다듬었다. 그러나 안도의 숨을 내쉬는 것도 잠시였다. 말을 탄 병사 한 무리가 어둠 속에서 기세등등하게 쫓아오는 광경이 보였다.

눌친은 삽시간에 다리근육이 풀리면서 허수아비처럼 쓰러지려고 했다. 순간 두 친병이 그런 눌친을 양측에서 부둥켜 안았다. 얼마 후 말발굽 소리와 함께 가까워진 사람의 말소리가 들려왔다. 귀 기울여 들어보니 놀랍게도 그것은 한어였다.

"눌 중당! 중당 대인, 어디 계십니까? 저희는 조혜의 부대입니다!"

한껏 팽창됐던 긴장이 탁 풀리는 순간이었다. 눌친은 이상하게 사타구니가 차가워진 듯한 기분을 느꼈다. 자신도 모르게 손으로 그 부분을 가만히 만져봤다. 뜨끈한 것이 흥건하게 배어 있었다. 창피하기 그지없었으나 그는 전혀 내색하지 않은 채 조용히 명령을 내렸다.

"조혜에게 이리 오라고 하게!"

눌친의 말이 떨어지기 무섭게 병사들이 나지막이 누군가를 불렀다.

"눌 중당께서 여기 계십니다, 조혜 군문!"

조혜가 잠시 후 몇몇 병사들을 거느리고는 큰 소리로 외치면서 다가왔다.

"눌 중당, 제가 왔습니다. 더 이상 염려하지 않으셔도 됩니다."

눌친은 마치 목숨을 구해준 은인을 만나기라도 한 듯 조혜를 맞았다. 이어 비틀거리면서 일어서서 황급히 물었다.

"자네 병사들은 아직 얼마나 남았나? 얼마나 살아 있는가?"

"칠백 명 넘게 죽었습니다. 천 명도 채 안 남았습니다."

조혜가 말을 마치더니 바로 고개를 번쩍 쳐들었다. 그리고는 마치 마음에 두고 있던 어느 별 하나를 애써 찾는 듯 한참 동안 검은 하늘을 올려다봤다. 그러더니 다시 말을 이었다.

"어서 우리의 인마를 한데 모아야 합니다. 이대로 흩어져 있다가는 날이 밝기도 전에 돌이키기 어려운 형국을 초래하고 말 것입니다. 아직 축시丑時도 채 안 된 시각입니다."

눌친이 조혜의 말에 초조한지 다람쥐 쳇바퀴 돌듯 뒷짐을 진 채 그 자리에서 대책 없이 빙빙 돌았다. 그러면서 중얼거리듯 말했다.

"이를 어쩐담? 하! 어찌하면 좋을까……."

근엄하고 오만하기만 하던 재상도 위기 앞에서는 한낱 종이호랑이요, 허깨비에 지나지 않았다. 조혜는 그 사실을 분명히 느꼈다. 순간 그의 얼굴에 쓸쓸한 미소가 스쳐 지나갔다. 그러나 어둠에 가려 잘 보이지는 않았다. 그가 더 이상 기다릴 수 없다는 듯 명령을 내렸다.

"모든 사람은 힘을 합쳐 목청껏 외쳐라. '조혜가 여기 있다. 관군은 이쪽으로 모여라'라고 외쳐라. 자, 시작!"

"조혜가 여기 있다. 관군은 이쪽으로 모여라!"

1000여 명의 병사들은 조혜의 명령대로 바로 목청껏 외쳤다. 그 소리는 전쟁터의 소란을 잠시나마 눌러버릴 정도로 강력했다.

과연 효과가 있었다. 어둠 속에서 눈먼 쥐처럼 갈팡질팡하던 관군들이 수십 명씩 떼를 지어 소리가 나는 쪽으로 움직이기 시작한 것이다. 뒤늦게나마 용기가 생겼는지 집요하게 쫓아오는 장족 병사들을 향해 칼을 휘두르면서 필사적으로 저항하는 병사들도 있었다.

피비린내 나는 초원에도 새벽이 밝아오기 시작했다. 태양은 어제도, 그제도 그랬듯 나른한 기지개를 켜면서 지평선을 박차고 일어났다. 이어 얇은 구름층에 가려 마치 덜 익은 달걀노른자처럼 초원에 고인 물을 빨갛게 물들였다.

4경 무렵, 긴 호각소리가 갑자기 초원에 울려 퍼졌다. 때를 같이해 장족 병사들이 일제히 전장에서 철수해버렸다. 올 때 그랬듯 갈 때도 무척이나 신속했다. 불과 수십 분 사이에 어디로 가버렸는지 감쪽같이 모습을 감춰버리고 말았다.

그러나 하룻밤 동안 악전고투를 치른 전장은 차마 눈 뜨고 볼 수 없을 정도로 처참했다. 끝없이 널려 있는 청병들의 시체는 마치 낫질로 베어낸 보릿단 같았다. 드문드문 몇 구의 시체만 보이는 곳도 있었으나 어떤 곳에는 시체가 아예 엎친 데 덮쳐 자그마한 산을 이루고 있었다.

"눌상······."

조혜가 참혹한 주검들에서 눈길을 거둬들이면서 멍하니 앉아 있는 눌친을 향해 입을 열었다. 이어 보고를 올렸다.

"인원수를 확인해 봤습니다. 부상병까지 합쳐 아직 이천칠백구십사 명이 살아 있습니다. 제 생각에는 그 와중에도 운 좋게 하채로 되돌아간 병사들이 일천 명 정도는 될 것 같습니다. 이곳 지리에 익숙한 병사들이 송강으로 빠져나갔을 수도 있습니다. 이제 어디로 가야 할지 하명하십시오!"

눌친이 초점 잃은 눈으로 한참 허공을 쳐다봤다. 이어 한참이 지나서야 비로소 입을 열었다.

"저자들이 기습을 시작하자 나는 곧 사람을 파견해 해란찰에게 지원을 명령했지. 그런데 그는 끝까지 강 건너 불 보듯 했어! 지금 이런 걸 따질 때는 아니지만······, 장광사가 어떤 상황에 처해 있는지 그게 제일 걱정이네. 자꾸 불길한 예감이 들어서 말이네."

눌친이 말을 마치자마자 바로 벌떡 일어섰다. 그리고는 다시 말을 이었다.

"이러고 있을 시간이 없네. 어서 강행군을 해서 쇄경사를 지원해야 해!"

조혜는 가타부타 응답이 없었다.

"어서 대오를 집합시키지 않고 뭘 하나?"

"안 됩니다."

조혜의 철문같이 닫힌 입이 열리면서 불충한 한마디가 튀어나왔다. 한참 후 그가 손가락으로 여기저기 기운 없이 쓰러져 있는 병사들을 가리키면서 덧붙였다.

"쫄쫄 굶으면서 밤새도록 피터지게 싸운 병사들입니다. 이 상태로는 더 이상 움직일 수도, 싸울 수도 없습니다. 먼저 송강으로 가서 병사들부터 배불리 먹여야 합니다. 장 군문은 곤경에 처한 것 같습니다. 해란찰은 아마 그쪽부터 지원하느라 여기에 오지 못한 것 같습니다. 아니면 눌상의 명령이 아예 송강까지 전달되지 못했을 수도 있습니다. 아무튼 둘 중 하나입니다. 어젯밤 같으면 해란찰이 온다고 해도 무슨 소용이 있었겠습니까? 결코 둔한 사람은 아닙니다. 분명히 쇄경사로 지원을 갔을 것입니다."

눌친은 조혜의 말을 듣고 나서야 비로소 자신도 하루 종일 아무것도 먹지 않았다는 생각이 들었다. 순간 참을 수 없는 허기가 몰려왔다. 하지만 그는 그 와중에도 조혜의 마지막 한마디를 곱씹어보는 것을 있지 않았다. 아무래도 자신을 '둔한 사람'이라고 빗대 조롱하는 느낌이 들었던 것이다.

그는 재상으로서의 권위가 땅에 떨어졌다는 자격지심에 울컥 분노가 치밀었다. 당장 조혜의 목을 치고 싶은 생각도 들었다. 하지만 그는 무엇보다 조혜의 빈자리를 채울 자신이 없었다. 울며 겨자 먹기로 어색한 웃음을 지을 수밖에 없었다.

"그래, 그렇다면 자네 뜻에 따르지!"

눌친이 그렇게 대답하고는 출발을 서두르려고 할 때였다. 조혜가 저 멀리 북쪽을 가리키면서 수척한 얼굴에 웃음꽃을 피웠다.

"중당, 저기 보십시오! 해란찰의 병사들이 우리에게 먹을 것을 가져다주러 오는 모양입니다!"

눌친은 조혜가 손가락으로 가리키는 방향으로 눈길을 돌렸다. 과연 한 무리의 병사들이 꾸불꾸불 길게 늘어서서 다가오는 모습이 보였다. 해란찰이 탄 것 외에 다른 말은 보이지 않았으나 저마다 어깨에 뭔가를 둘러메고 있는 것만은 분명했다.

순간 눌친의 눈에서 반짝 빛이 났다. 그러나 곧 표정이 암담해지더니 점차 차갑게 변했다. 급기야 그는 가래침을 내뱉듯 툭 하고 한마디를 던졌다.

"어휴! 병사들은 낑낑거리면서 죽을힘을 다 하는데 해란찰은 마냥 한가롭기만 하네. 저 상황에서 과연 혼자 말을 타고 올 생각이 날까?"

3장
처참한 패배와 거짓 보고

해란찰은 자신을 바라보고 있는 눌친과 조혜를 발견하고는 말에서 내렸다. 이어 말을 끌고 두 사람 가까이로 다가온 다음 부하들에게 명령을 내렸다.

"어서 말린 쇠고기를 이곳 형제들에게 나눠주도록 하게."

해란찰은 말을 마치고는 눌친에게 다가와 군례를 올렸다. 그 역시 두 눈이 시뻘겋게 충혈되어 있었다. 얼굴도 초췌해 보였다. 왼팔에는 붕대가 두툼하게 감겨 있어 소매도 내리지 못하고 있었다. 조혜가 그의 인사가 끝나기를 기다렸다가 다그치듯 물었다.

"그 팔은……?"

조혜의 말이 채 끝나기도 전에 갑자기 눌친이 끼어들었다.

"송강 쪽은 어떠한가? 장광사는 어디 있고? 쇄경사는 어찌 됐는가?"

"눌상!"

조혜의 얼굴이 이내 굳어졌다. 그러는가 싶더니 부글부글 끓어오르는 분노를 애써 누른 채 말을 이었다.

"해란찰은 부상 당한 몸입니다. 말을 하지 않아도 우리처럼 밤새도록 적들과 처절하게 싸웠을 겁니다. 상처가 어느 정도인지는 전혀 궁금하지 않습니까?"

눌친은 조혜의 말에 당황했다. 얼굴도 삽시간에 벌겋게 달아올랐다. 그제야 마지못해 해란찰의 붕대 감은 팔을 들여다보려고 했다. 그러나 해란찰은 대수롭지 않게 웃으면서 팔을 뒤로 가져갔다. 조혜와 달리 천성적으로 감정을 얼굴에 드러내지 않는 사람다웠다. 그러자 눌친이 멋쩍게 손을 움츠리면서 침을 꿀꺽 삼켰다.

"워낙 정신이 없어서 미처 관심을 가지지 못했네. 대국大局이 이리 불안정하니 통 경황이 없네."

해란찰이 사과하는 듯한 눌친의 얼굴을 잠깐 쳐다봤다. 그러나 바로 쏩쓸한 웃음을 머금은 채 입을 열었다.

"대세는 이미 기울었습니다. 사라분이 이겼습니다. 쇄경사는 어젯밤에 벌써 적들의 수중에 넘어갔습니다. 긴급 상황을 접하고 제가 각각 천 명의 기병과 보병을 거느리고 지원에 나섰습니다. 그러다 쇄경사 서쪽 삼십 리 밖에서 요청채의 사라분 군사와 맞붙었습니다. 죽기 살기로 탈출구를 찾으려 했으나 적들의 병력이 워낙 많아 번번이 실패하고 말았습니다. 그렇게 대치상태에서 정오가 다가왔을 때였습니다. 이미 쇄경사를 탈환했다는 사라분의 장족 병사들에 대한 연설이 들려왔습니다. 그래도 믿어지지 않아 우여곡절 끝에 가보니 쇄경사는 정말로 독수리를 그린 장족 깃발로 뒤덮여 있었습니다. 병사들을 이끌고 후퇴하는데 사라분의 병사들은 추격도 하지 않더군요. 그래서 마음 놓고 송강에서 사오 리 떨어진 곳까지 왔는데, 그곳에서 예상치 못한 복병을 만나 사상자를 크게 내고 말았습니다. 타고 간 말들은 전부 칼에 맞아 쓰러지고 살아남은 병사들은 걸어서 송강으로 후퇴했습니다."

해란찰의 두 눈에 갑자기 눈물이 일렁거렸다. 눌친이 미간을 찌푸리면서 듣고 있다가 물었다.

"사라분이 또 뭐라고 하던가? 송강이 이미 적들에게 점령당했다면 자네들은 어찌 여기까지 올 수 있었는가?"

"장광사 군문은 아직 죽지 않았고 투항도 하지 않았다고 합니다. 사라분에게 감금돼 있다고 합니다."

해란찰이 상심에 젖은 얼굴을 한 채 눈물을 닦았다. 그리고는 다시 말을 이었다.

"그리고……, 사라분은 일개 대국의 재상이 이토록 별 볼 일 없을 줄은 몰랐다고 했습니다. 원 없이 싸워보려고 했는데 실력이 너무 기울어 재미없다면서 눌상이 참 불쌍한 사람이라고 했습니다. 그리고……."

"그만하지!"

눌친이 짜증스럽다는 표정을 한 채 해란찰의 말을 잘랐다. 때리는 시어미보다 말리는 시누이가 더 밉다는 말처럼 사라분의 말을 여과 없이 전하면서 은근히 자신을 무시하고 약을 올리는 해란찰이 죽이고 싶도록 미운 모양이었다. 그는 병사들이 내미는 건육을 거칠게 거부했다.

"사라분이 보시한 건 안 먹어! 일이 이 지경에 이르렀으니 우리는 이제 하채로 돌아가고 서로군과 남로군을 금천으로 파병해야겠네!"

"눌상께서 잘라버린 사라분의 말이 뭔지 아십니까?"

해란찰이 눌친을 빤히 노려보면서 다시 말을 이었다.

"사라분이 그랬습니다. 성도에서 쇄경사로 이어지는 육백 리 양도糧道를 이제는 사천 순무와 자기가 반씩 관할하게 됐다고 했습니다. 보시 차원에서 그들이 우리에게 제공해줄 수 있는 식량의 최고 한도가 일인당 하루에 넉 냥씩이라고 했습니다. 그것마저 없으면 장병藏兵들에게 포위당해 독 안에 든 쥐 신세가 돼버린 관군은 굶어죽어도 열두 번은 죽을 거라고 했습니다."

해란찰이 잠시 말을 마치고는 혀를 내밀었다. 동시에 입술을 적시면서 다시 건육을 가리켰다.

"한 조각 드시죠. 이건 사라분이 보시한 게 아니라 이시요 나리가 보내준 것입니다."

눌친은 사실 못 견디게 배가 고팠던 터였다. 결국 해란찰의 말에 못 이기는 척 고깃덩어리 하나를 집어 들었다.

······눌친이 채 3000명도 남지 않은 패잔병들을 데리고 송강으로 돌아왔을 때는 날이 많이 어두워진 뒤였다. 그러나 달빛이 유난히 밝은 밤이라 모든 것이 시야에 훤히 들어왔다. 귀신이 출몰할 것처럼 우중충하고 고요한 송강 동채문東寨門 북쪽에서는 소가죽 천막이 빽빽하게 들어앉은 모습이 분명하게 보였다. 전부 새것이었다. 은가루가 쏟아져 내리는 듯한 달빛 아래에서 비치는 모습이 마치 땅속에서 솟아오른 봉분 같았다. 말하지 않아도 조정에서 관군에게 지원해준 군수품이었다. 그러나 그것들은 장광사의 군사들이 미처 써보기도 전에 장족 병사들의 노획물이 되고 말았다.

그리 멀지 않은 곳에서 순찰을 돌던 장족 병사는 대부대의 인마가 채문 앞으로 가까이 다가오자 대뜸 쇠뿔로 만든 호각을 불어 신호를 보냈다. 그러자 사라분 병영의 네 방면에서 즉각 호응하는 소리가 들려왔다. 그때 늙은 장족 한 명이 대여섯 명의 수행원을 거느리고 장화소리를 크게 내면서 눌친의 부대 쪽으로 다가왔다. 이어 그다지 유창하지 못한 한어로 말을 걸어왔다.

"나는 상착이라는 사람입니다. 금천 선위사宣慰使이신 사라분 장군의 명령을 받고 천사天使를 기다리고 있었습니다."

상착이 두 손을 곧게 들어 올려 합달哈達(티벳 사람들이 경의를 표하기 위해 이마 위로 받쳐 올리는 백색, 황색, 남색의 얇은 비단)을 받쳐 올리는 동작으로 예를 갖추면서 깊숙이 허리를 숙였다. 이어 한참 후 천천히 허리를 펴면서 다시 입을 열었다.

"우리는 이미 장 군문을 송강으로 모셔왔습니다. 우리 대장군께서는 이렇게 말씀하셨습니다. '궁한 자를 쫓지 말라. 교활한 토끼는 굴을 세 개나 판다. 그물의 양쪽을 벌려놓아 살길을 열어줘라'라고 말이죠. 그러니 눌 대인께서는 염려하지 마시고 채문 안으로 드십시오. 우리는 잠시 송강을 공략하지 않고 밖에서 토끼가 찾아오기만 기다릴 것입니다."

해란찰은 다소 비유가 적절하지 않은 고사성어를 듣자 터져 나오는 웃음을 참지 못하겠다는 표정을 지었다. 상착이 교토삼굴과狡兔三窟과 수주대토守株待兎를 헷갈리고 있었던 것이다. 그러나 예의상 웃을 수는 없는 일이었다. 해란찰은 다행히 잘도 참았다. 상착이 다시 허리를 굽실거리더니 말을 이었다.

"우리 장군님께서는 나를 파견해 여러분과 화해하라고 했습니다. 지금 마주 앉을까요, 아니면 내일 볼까요?"

"당신 같은 사람은 우리하고 마주 앉을 자격이 없소. 가서 사라분에게 전하시오. 화해고 뭐고 다 필요 없으니 우리를 공격하라고 말이오."

눌친이 차가운 음성으로 받아쳤다. 이어 시답잖다는 듯 손사래를 치면서 돌아섰다. 그때 상착의 등 뒤에서 묵직하고 웅글진 목소리가 들려왔다.

"잠깐만요, 중당! 내가 바로 사라분입니다. 당연히 마주 앉느냐 마느냐는 중당에게 달려 있습니다. 그러나 대화를 나누는 것과 그렇게 하지 않는 것은 엄청난 차이가 있습니다. 중당의 병사는 오늘밤 전부 채문 밖에 주둔해야 합니다. 천막과 음식은 내가 제공하겠습니다."

눌친이 적이 놀란 표정을 한 채 사라분을 일별했다. 순간 그는 온몸에 소름이 돋는 것 같았다. 또다시 사라분의 계략에 놀아나는 것은 아닌지 의심도 들었다. 내심 두렵기도 했다. 얼마 안 되는 패잔병들도 들어가지 못하게 하는데, 하채의 병사들은 더 말해서 무엇 하랴 싶었다. 그때 해란찰이 욕설을 퍼부었다.

"제기랄, 할아비까지 똥물에 튀겨버릴 놈! 그런 게 어디 있어? 늙다리 상착은 방금 전까지 우리를 채문 안으로 들어가게 해준다고 했잖아. 주둥아리가 똥구멍이야? 왜 거짓말을 해?"

상착이 해란찰의 말에 정색하는 표정을 지었다. 그의 욕을 완벽하게 이해하지는 못했어도 어느 정도는 알아들은 듯했다. 그가 공손하게 해명했다.

"저는 당신의 할아버지를 똥물에 튀기려고 하지 않았습니다. 당신이 데리고 온 삼천 군마는 영채 남쪽, 우리는 영채 동쪽에 각자 알아서 주둔하면 되는 일입니다. 싸울지 안 싸울지는 협상결과에 따라 달라질 텐데, 그렇다고 어떻게 당신의 할아버지를 똥물에 튀길 수 있겠습니까?"

눌친의 친병들은 상착의 말이 끝남과 동시에 옆에서 킥킥 거리면서 웃었다. 장족 군사들 속에서도 폭소가 터져 나왔다. 그때 사라분이 손사래를 치면서 준엄한 표정으로 해란찰을 바라봤다.

"해란찰 군문, 그대의 용기에 탄복하오. 쇄경사에서 겹겹이 포위당했음에도 굴하지 않고 우리 형제들에게 칼을 휘둘러 무려 열 명도 넘게 쓰러뜨리고 가는 것을 보고 적지 않게 놀랐소. 우리 장족들은 그대 같은 영웅을 흠모하오. 화해가 안 돼 치고받고 싸우더라도 그대만은 보내주겠소. 눌 중당, 하채에 있는 병사들까지 긁어모아봤자 관군은 칠천 명도 될까 말까 합니다. 그 중에서 부상병을 빼면 당장 칼을 들고 뛰쳐나갈 수 있는 병력은 고작 사천 명 정도밖에 안 되죠. 솔직히 말씀드리겠습니다. 우리 군은 총 삼만 명인데 그중에서 이만 명이 지금 이곳에 있습니다. 하채와 송강은 내가 마음먹기에 따라 오늘 밤 안으로 내수중에 들어올 수 있습니다. 우리의 전령호각傳令號角은 관군의 손나팔보다 백배 더 빠르고 정확합니다. 설령 다행히 포위를 뚫고 도주할지라도 이 넓디넓은 초원을 빠져나갈 자신이 있습니까? 진심으로 화해를 청할 때 적당히 체면을 버리고 마주 앉는 것이 보거다칸의 체통을 지켜주는 것입니다!"

"조정과 더 이상 적이 되기 싫다고 하니 적당한 선에서 합의를 봐주도록 하지!"

눌친은 사라분의 협박 아닌 협박에 절망감을 느끼는 것 같았다. 목젖이 널뛰듯 꿈틀거리면서 쓴물이 올라오는 듯한 모습을 보였다. 그러나 그는 어떻게든 대국 재상의 마지막 자존심을 고수하기 위해 안간힘을 썼다. 그 모습이 애처롭게 그지없었다. 그가 곧 느릿느릿 입을 열었다.

"일단 그쪽 얘기부터 들어보도록 하지."

"진작 그렇게 통쾌하게 나오셔야 했습니다. 나는 맺고 끊는 게 분명해야 속이 시원한 사람이에요."

사라분이 시원스럽게 말했다. 그리고는 자신에 찬 표정으로 말을 이어 나갔다.

"첫째, 서로군은 귀주, 남로군은 광서廣西로 철수시키십시오. 그런 다음에 눌 중당의 북로군은 내가 정성껏 사천까지 모셔다드리겠습니다. 둘째, 조정에서는 이 사람이 조정의 정벌에 분연히 항거한 사실을 문제 삼지 말아야 합니다. 셋째, 조정에서는 관리를 파견해 우리 관할구역을 분명히 지정해야 합니다. 다시는 이런 충돌이 일어나지 않도록 말입니다. 대신 우리는 여전히 사천 순무의 휘하에서 그 정령政令에 따라 분수껏 조용히 살아갈 것을 약속드립니다. 전례대로 해마다 조정에 식량을 공납하고 대국의 신하임을 인정하는 표表를 올리겠습니다. 또 전쟁포로를 전원 귀환시키고 죽은 자를 묻어주겠습니다. 원하신다면 본의 아니게 무례했던 점도 진심으로 사죄드리겠습니다. 그리고 눌 중당께서 무사히 이곳을 벗어날 때까지 신변을 철저히 보호해 드리고 이 사람이 직접 이별주까지 한잔 올리겠습니다."

사라분이 제시한 요구조건은 어느 것 하나 합리적이지 않은 것이 없었다. 그러나 눌친 그 자신의 선에서 결정할 수 있는 것은 없었다. 그가 껄껄 웃으면서 말했다.

"내가 그대의 요구조건을 수용하지 못하겠다면?"

사라분이 눌친의 말에 빙그레 웃음을 지었다.

"그러면 눌 중당은 기약 없는 금천 생활을 하게 되겠죠. 우리가 먹는 대로 먹고 우리가 사는 방식대로 살아가야겠죠. 그렇다고 조정에서 이를 빌미로 다시 쳐들어온다면 눌 중당과 장 군문은 여기에서 옥쇄玉碎하게 되겠죠."

사라분이 잠시 말을 멈췄다가 다시 이었다.

"……그리고 나서 뒷일은 하늘의 뜻에 맡기는 수밖에 없겠죠. 조정의 주현관州縣官보다도 낮은 선위사가 두 거물의 피를 손에 묻히고 살면 얼마나 더 살겠습니까? 그때 가서는 웃으면서 목을 떼 내려놓을 것입니다. 내일이면 이 사람이 더 가혹한 요구를 제시할지도 모르니 오늘 밤에 양자택일을 하시죠."

눌친은 사라분이 칼을 뽑았으면 무라도 베는 단호한 성격의 소유자라는 사실을 알고 있었다. 결국 잠시 생각하고 나더니 입을 열었다.

"내일 그쪽 대표를 들여보내시게. 하지만 내가 데려온 병사들은 나를 따라 채문 안으로 들어가야겠어."

"그러죠!"

사라분은 눌친의 대화 의사를 확인한 다음 곧 자리를 떴다. 눌친은 즉각 병사들을 거느리고 채문 안으로 들어갔다. 휑뎅그렁한 식량창고는 온통 병사들 천지였다. 창고 밖에도 풀과 담요로 대충 세워놓은 천막이 보였다. 행색이 남루한 병사들은 그 안에서 혹은 선 채, 혹은 쭈그려 앉은 채로 코로 들어가는지 입으로 들어가는지 모르게 정신없이 밥그릇을 핥고 있었다. 눌친이 조혜와 해란찰을 데리고 들어섰는데도 그들은 길만 비켜줄 뿐 누구 하나 인사를 하는 사람이 없었다. 눌친 역시 떫고 시고 따질 처지가 못 되는 터라 그들의 태도를 문제 삼지 않았다. 그는 막료 오응홍이 다가오는 것을 보더니 다급하게 물었다.

"장 군문은 어디 계신가?"

"식량창고 회계실에 계십니다. 스물 한 명의 유격遊擊 이상 장군들이 의사청에서 중당 대인을 기다리고 있습니다."

"먼저 장 군문을 만나봐야겠네."

"먼저 식사라도 좀……."

"됐네!"

눌친은 고개도 돌리지 않은 채 앞으로 걸어갔다. 그러면서 조혜와 해란찰에게 지시했다.

"자네들은 좀 쉬었다가 의사청으로 오게."

눌친이 말을 마치고는 오응홍을 데리고 장광사가 있는 곳으로 서둘러 발걸음을 옮겼다.

장광사는 지저분하기 이를 데 없는 방 한쪽에 우두커니 앉아 있었다. 흉물스럽게 찢어진 장부책, 알이 여기저기 빠진 주판, 깨진 벼루와 붓이 어지러이 땅바닥에 널려 있었다. 몸을 한껏 움츠리고 허연 머리를 허벅지 사이에 박은 채 앙상한 두 손으로 이마를 감싸고 있는 모습이 누가 봐도 기가 팍 죽은 모습이었다. 그래서일까, 사람이 들어서는 인기척을 들었으련만 그는 미동조차 하지 않았다.

"평호 공!"

눌친이 조심스레 다가가 나지막하게 불렀다. 이어 장광사가 아무런 대답도 없자 한숨을 내쉬면서 덧붙였다.

"다들 죽을 맛인 건 마찬가지요. 나는 그대를 탓하지 않소. 그대 역시 나를 원망하지 말았으면 하오. 어떻게든 사태를 수습해야 하오. 조정에 보고도 올려야 하고……."

장광사는 그제야 고개를 들었다. 이어 달빛에 비친 창호지처럼 창백한 얼굴로 마치 낯선 사람을 대하듯 눌친을 바라봤다. 그리고는 초점 잃은 흐릿한 눈으로 오래도록 눌친을 응시하더니 천천히 입을 열었다.

"우리는……, 둘 다 죄인입니다. 보고 올리고 자시고 할 것도 없이 조정에서 항쇄를 씌워 끌고 가기를 기다리는 수밖에……."

눌친은 장광사의 말이 채 끝나기도 전에 오응홍을 향해 명령했다.

"문을 닫고 밖에 나가 지키고 서 있게. 아무도 들여보내지 말게."

눌친이 말을 마치고는 다른 의자에 앉았다. 이어 장광사 쪽으로 몸을 돌렸다.

"이번에 북로군이 혼란에 빠지고 여러모로 순조롭지 못한 건 사실이오. 나도 인정하오. 그러나 두 손 들고 항복하기에는 아직 이른 것 같소. 금천에는 사라분의 병력이 얼마 없는 걸로 알고 있소. 어떻게 장령將令을 전할 수만 있다면 서로군과 남로군을 시켜 금천에 쳐들어가게 할 수 있소. 그리 하면 충분히 반전을 시도해 볼 수도 있을 텐데……."

그에 장광사가 길게 탄식을 내뱉었다.

"그건 나도 생각해봤습니다. 사라분도 바보가 아닌 이상 그 생각을 했을 겁니다. 그리고 금천을 사수할 자신이 있기 때문에 나를 송강으로 보내준 게 아니겠습니까. 대단한 인물이에요! 그리고 성도를 에돌아 사천성 서남쪽으로 가서 장령을 전하려면 아무런 장애물이 없더라도 한 달은 걸려요. 또 우리가 사면초가의 위기에 처해 있다고 해서 그 사람들이 위험을 무릅쓰고 우리를 구출하러 올지도 의문이죠. 틀림없이 이 핑계 저 핑계 대면서 뭉그적거리겠죠!"

눌친도 장광사의 말에는 고개를 끄덕일 수밖에 없었다. 그러다 천천히 다시 입을 열었다.

"한 달이 걸리고 두 달이 걸릴지라도 한번 시도해봐야 하오. 이렇게 앉아서 죽음을 맞을 수는 없소! 사천 번대藩臺 김휘金輝는 내 문생이오. 내가 무너지면 그에게도 득이 될 게 없으니 어떻게든 돕기 위해 나설 거요. 군량을 보내온 민부民夫를 시켜 몰래 장령을 김휘에게 전해주라고 하면 어떻겠소? 김휘가 두 부대에 다시 전해주도록 말이오."

장광사가 대답했다.

"사라분을 대처하는 것도 힘들지만 폐하께 면목이 없다는 것이 더 큰 문제입니다. 하늘의 뜻은 아무도 예측할 수 없다고 했습니다."

눌친이 천천히 엉덩이를 들면서 일어났다. 반딧불처럼 희미한 등잔불이 벽에 긴 그림자를 비추고 있었다. 그는 느릿느릿 방 안을 배회했다. 깊은 생각에 잠긴 표정이었다. 한참 후 드디어 그가 오랜 침묵 끝에 무거운 입을 열었다.

"쇄경사가 함락된 데 대해서는 죄를 청하겠으나 북로군이 하채를 점령한 건 승리라고 봐야 하지 않겠소? 빼앗고 빼앗기고 점령하고 점령당한 과정은 그리 중요치 않소. 결과만 좋으면 되오. 마지막에 멋지게 싸워 이기면 우리는 여전히 무죄유공無罪有功의 공신들이오! 같은 말일지라도 누가 어떻게 하느냐에 따라서 그 뜻이 천양지차로 달라지는 법이오. 폐하게 올리는 주장도 마찬가지요. 어떻게 쓰느냐에 달렸소."

"어떻게 쓸 겁니까?"

장광사의 눈이 순간적으로 반짝 빛났다. 이어 이내 기가 죽은 어조로 덧붙였다.

"조혜와 해란찰이 입을 다물고 있지 않을 텐데……."

눌친이 미간을 찌푸린 채 말했다.

"이이제이以夷制夷라고 했소. 쇄경사가 함락된 건 해란찰의 늑장 지원 때문이오. 조혜는 중군을 호위하는 장수로서 적들의 기습공격을 미리 대비하지 못했소. 즉 우리 군에게 막대한 인명피해를 입힌 장본인들이라는 말이오. 그러니 이 둘의 목을 쳐야 마땅하다고 우리 둘이 입을 모아야 하오. 폐하께서 우리를 믿으시겠소, 그자들을 믿으시겠소?"

오응홍은 밖에서 망을 보고 있다 우연히 두 사람이 꾸미고 있는 음모를 엿들을 수 있었다. 오싹 소름이 끼칠 수밖에 없었다. 그는 머리카락이 쭈뼛쭈뼛 일어서고 등골이 서늘해지는 기분을 느꼈다.

그는 수년 동안 장광사를 보좌해온 사람이었다. 때문에 그래도 장광사의 인간 됨됨이만은 믿고 있었다. 비록 발호와 전횡으로 유명한 사람이기는 하나 부하들을 소중히 여기고 상벌이 분명하다는 점은 높이 평가하고 있었던 것이다. 한마디로 장광사는 일부러 나쁜 심보를 품고 부하들을 해치는 사람은 아니었다. 그는 눌친에 대한 인상도 그렇게 나쁘지 않았다. 전투 경험이 없고 과묵하고 차가워 보이는 인상이기는 하나 그만큼 성인군자의 기질을 품었을 것이라고 생각했다. 그런데, 그런 두 사람이 자신들이 살겠다고 부하들을 해치려 하고 있었다. 그것도 칼을 맞으면서 용감히 싸운 죄밖에 없는 부하 장군들에게 모든 죄를 덮어씌우려 하고 있었다. 오응홍은 정말 믿어지지가 않았다. 순간 그의 안색은 공포와 불안, 그리고 절망 때문에 파리하게 질려버렸다. 그가 두 손을 맞잡아 비비면서 제자리에서 서성이고 있을 때였다. 안에서 눌친의 짤막한 기침소리가 들려왔다. 그는 흠칫 하면서 놀란 가슴을 쓸어내렸다. 바로 그때 장광사의 목소리가 들려왔다.

"자네, 들어오게. 상주문을 어찌 쓸지 상의해봐야겠네."

새벽이 가까워오는 시각이었다. 시커먼 그림자가 조혜와 해란찰이 자고 있는 천막으로 살금살금 접근했다. 두 사람은 본능적으로 누군가가 담요로 만든 주렴을 걷는 기척을 들었다. 동시에 눈을 뜬 그들은 들어온 사람의 거동을 조용히 살피기만 했다. 들어오자마자 잠시 가만히 서 있던 침입자는 천막 안의 희끄무레한 어둠이 눈에 익은 듯 발끝을 들고 조심조심 탁자가 놓여 있는 구석으로 걸어갔다. 그리고는 손으로 더듬더듬 찻잔을 찾아 그 밑에 뭔가를 밀어 넣었다. 그가 일을 마치고 돌아서서 나가려고 할 때였다. 해란찰이 때를 놓칠세라 그의 뒤를 무섭게 덮쳤다. 그리고는 목덜미를 힘껏 움켜잡아 돌려세우면서 낮은 목소리로 따지듯 물었다.

"뭐하는 사람이야? 겁도 없이 어딜 들어와!"

"나, 나…… 오응홍이오. 나…… 나쁜 짓 하러 온 게 아니오."

"네놈이 누군지 내가 어찌 알아?"

"오, 오 막료요!"

조혜가 그 사이 등잔에 불을 붙였다. 해란찰 역시 손을 놓고 사색이 된 오응홍을 잠시 멍하니 바라봤다. 평소에 허물없이 지내왔던 오 막료가 틀림없었다. 해란찰이 그제야 웃었다.

"나 원 참! 지금 도둑고양이 체험을 하는 거요? 역시 책이라는 것은 많이 읽어서 득이 될 게 없다니까! 나는 또 우리 건육을 훔치러 들어온 도둑인 줄 알았지 뭐야!"

오응홍이 해란찰의 말을 듣는 둥 마는 둥 하더니 창백한 얼굴을 들어 턱짓으로 찻잔을 가리켰다. 조혜가 다가가 보니 찻잔 밑에 끼워져 있는 종이쪽지가 보였다. 그는 종이를 빼내 펼쳤다. 비뚤비뚤한 몇 글자가 적혀 있었다.

은혜를 원수로 갚으려고 하니 속히 대책을 마련하시오!

조혜가 대뜸 물었다.
"왼손으로 썼소?"
"뭔데 그리 심각하오?"
해란찰이 조혜의 낯빛이 변하는 걸 보면서 낚아채듯 종이쪽지를 받아든 다음 내용을 살펴봤다. 그 역시 가슴이 쿵 내려앉는 것 같았다.
"이게 대체 무슨 일이오?"
조혜와 해란찰이 황급히 다그쳤다. 정황상 오래 머무를 수 없었던 오응홍은 전후의 사정을 간략하게 말해주고 나서 직접 종이에 불을 붙여 태워버렸다. 이어 종이가 재가 되는 걸 지켜보면서 만감이 교차하는 복잡한 표정을 한 채 넋이 나간 듯한 두 사람을 바라보았다.
"나는 빨리 가봐야겠소. 알아서 잘 대응하시오. 믿고 안 믿고는 두 사람에게 달렸소!"
오응홍은 말을 마치자마자 바람처럼 천막을 나섰다. 조혜와 해란찰은 여전히 목석처럼 굳어진 채로 서 있었다. 그러다 두 사람은 한참 후 긴긴 악몽에서 깨어난 듯 동시에 서로를 바라봤다. 이어 워낙 명민한 사람들인 만큼 자신들의 목숨이 경각에 달려 있다는 사실쯤은 짐작하고도 남음이 있다는 표정을 지었다.
"어쩐지 어젯밤 의사청에서 군무회의를 할 때 우리 두 사람에 대해 아무 언급이 없다 했어. 알고 보니 우리를 제물로 삼으려는 속셈이었구먼!"

조혜가 처연한 미소를 지어보였다. 입을 꾹 다문 채 긴장한 기색으로 생각에 잠겨 있던 해란찰도 입을 열었다.

"당장은 우리에게 손을 대지 못할 거야. 송강 쪽 병사들은 우리를 따르고 있어. 우리가 그들을 형제처럼 소중히 여긴다는 걸 알고 있다고. 또 우리 두 사람이 쇄경사를 지원하려고 얼마나 애썼는지 누구보다 잘 알고 있어. 그러니 눌 중당은 우리가 잘못 됐을 시 송강 쪽 병사들이 분연히 봉기하는 것을 두려워하지 않을 수 없다고!"

조혜가 고개를 끄덕였다.

"어떤 경우에도 우리는 절대 도망가서는 안 돼. 그건 저자들의 음모에 빌미를 제공하는 행위일 테니 말이야. 지금은 사라분과 대치상태에 있으니 감히 우리를 건드리지 못할 거야. 그러나 사라분이 철수하는 대로 우리를 없애려 할 거야. 장 군문이 우리에게 아무 일도 맡겨주지 않았으니 내일 아침 상착과 협상할 때 일거리를 달라고 하는 게 좋겠어. 쇄경사에서 송강에 이르는 길을 통제하고 장족 병사들과 식량을 인수인계하는 일을 맡겨달라고 하자고. 이렇게 하면 우리의 행동반경은 훨씬 더 넓어질 거야. 유사시에 아무래도 여기보다는 쇄경사 쪽에서 탈출구를 찾는 게 나을 거라고."

해란찰이 즉각 조혜의 말을 받았다.

"우리 둘만 도망갈 수는 없지. 식량창고를 지키고 있는 우리 형제 열 몇 명에게도 언질을 줘야 해. 함께 도망갈 수 있으면 좋은 거고 만일의 경우 그렇게 되지 못하더라도 누군가는 살아남아서 조정에 보고를 올릴 수 있어야 해. 어떻게 은혜를 원수로 갚으려 할 수가 있어! 하늘이 그자들을 용서하지 않을 거야."

조혜는 자신이 막다른 골목에 몰린 상황에서도 다른 형제들을 걱정하는 해란찰에게 감복해마지 않았다. 해란찰은 평소 철부지처럼 행동하는 사람이었으나 병사들만큼은 누구보다 아끼고 사랑했다. 그 점에서는 조혜도 도저히 따르지 못했다. 부장 직함을 가지고 있었음에도 전혀 거만하지 않을 뿐 아니라 마부, 취사원 따위 어중이떠중이 친구들과 어울리면서 병졸들이 도둑질한 개고기를 함께 뜯어먹는 사람이 바로 해란찰이라는 사람이었던 것이다. 조혜가 탄식을 했다.

"어떤 사람은 공명과 이익을 위해 은혜를 원수로 갚는데, 자네는 마음이 참 따뜻한 사람이네."

눌친과 장광사의 '첩보 상주문'이 북경에 도착했을 때는 5월 단오였다. 그날은 마침 문화전대학사文華殿大學士 겸 형부상서인 유통훈이 군기처 당직을 서고 있었다. 그는 주장을 대충 훑어보고 나서 곧바로 영항永巷으로 달려갔다. 그때 양심전 복도에서 시중드는 태감 왕치王恥가 뭔가를 한아름 안고 나오고 있었다. 유통훈이 그 모습을 보고 물었다.

"폐하께서는 지금 양심전에 계신가, 아니면 건청궁에 계신가?"

"폐하와 황후마마께서는 이제 막 난가鑾駕로 움직이셨습니다. 먼저 천단天壇에서 제를 지내고 선농단先農壇으로 옮겨 적경籍耕(천자가 제사용 쌀을 수확하기 위해 친히 경작하는 일)의 예를 행하실 거라고 하셨습니다. 정오는 돼야 돌아오실 것입니다."

건륭의 시중을 드는 태감은 결코 간단한 사람들이 아니었다. 그래서 대태감으로 불렸다. 이들은 모두 열세 명이었다. 그 중 복인卜仁, 복의卜義, 복례卜禮, 복지卜智, 복신卜信 다섯 태감은 내전內殿에서 황제의 기거起居 시중을 들었다. 또 왕효王孝, 왕제王悌, 왕충王忠, 왕신王信, 왕례王禮, 왕의王義, 왕렴王廉, 왕치王恥 등 여덟 명은 밖의 복도에 대기해 있으면서 안팎의 온갖 심부름을 도맡았다. 그중 막내 태감 왕치는 항렬은 말단이었으나 성격이 싹싹하고 비위를 맞추는 데는 단연 으뜸이었다. 게다가 영특하고 일처리도 빈틈없었기에 건륭의 신임을 한 몸에 받고 있었다. 왕치가 유통훈의 말에 대답하고 나서 두 눈을 반짝이면서 말했다.

"폐하와 황후마마께서는 단오명절에도 가족들과 함께 즐기지 못하고 군기처를 지키고 있는 군기대신들을 안쓰럽게 여기시어 여러 가지 음식을 상으로 내리셨습니다. 특히 황후마마께서는 오늘 군기처 당직이 유통훈 대인이라는 것을 알고 나서 특별히 분부를 내리셨습니다. 연청 대인께서는 위장이 실하지 못하니 종자^{糭子}(단오에 먹는 대나무 잎에 싼 찹쌀떡) 대신 궁중다과를 드리라고 하셨습니다. 빈랑하포^{檳榔荷包}(남자들이 허리춤에 차는 주머니)와 사향대^{麝香袋}, 그리고 피로회복에 좋다는 보약도 상으로 내리셨지 뭡니까? 지금 한 보따리 챙겨들고 대인께 가려던 참입니다! 연청 대인, 이는 대단히 영광스러운 일이 아닐 수 없습니다! 장상^{張相}(장정옥)께서도 사십 년 재상 생애에 이렇게 영광스런 날은 없었을 것입니다!"

유통훈은 당초 건륭이 대궐 안에 없다는 말을 듣고는 바로 돌아서서 나가려고 했다. 그러다 황제와 황후가 특별히 하사한 물건이 있다는 말에 그 자리에 멈춰 서서 허리를 굽혔다. 고개를 반쯤 숙이고 열심히 귀를 기울이며 들었다. 그는 얼마 후 가슴속에 따뜻한 난류가 흘러드는 것을 느꼈다. 급기야 왕치의 말이 끝나자마자 땅에 엎드려 절을 하면서 사은을 표했다.

"부족하고 못난 유통훈이 무슨 덕이 있어 폐하와 황후마마의 분에 넘치는 은총을 받는지 모르겠사옵니다! 신은 한줌의 늙은 뼈가 으스러질 때까지 군은^{君恩}에 보답하겠사옵니다."

유통훈이 몸을 일으키고 나서 다시 왕치에게 말했다.

"번거롭겠지만 이 물건들을 군기처에 좀 가져다주게. 부상(부항)의 처소에 다녀온 뒤 폐하께 문후를 올리도록 하겠네."

유통훈은 경운문景運門을 지나 동화문東華門 밖에서 시위의 말 한 필을 빌렸다. 이어 수행원도 대동하지 않은 채 말을 달려 군기대신 부항의 집으로 향했다.

유통훈이 부항의 집에 도착해 하마석을 딛고 내려섰을 때는 사시巳時 정각이었다. 집사 왕씨가 너무 자주 봐 이제는 완전히 눈에 익은 유통훈을 깍듯하게 맞았다.

"유 대인께서 타고 오신 말에게 여물을 주고 털을 쓸어 주거라!"

왕씨가 하인들에게 지시하고 나서 유통훈을 향해 말했다.

"경하드립니다. 도련님께서 진사에 급제하셨다면서요? 어젯밤 저희 주인어른께서 그러셨습니다. 조만간 조촐하게나마 축배의 잔을 들어야겠다고 하셨습니다."

왕씨는 언제나 그렇듯 말을 시작하면 끝이 없었다. 유통훈은 어서 가자는 손시늉을 했다. 이어 그를 따라 서화청으로 들어섰다. 그러자 불같은 태양 아래 정원 가득한 녹수綠樹들이 싱그러운 향기를 풍기고 있었다. 꽃 넝쿨이 울타리를 이룬 좁다란 돌담길을 걸어가니 이번에는 무성한 나무숲이 한줌의 햇볕도 들어오지 못하도록 시원한 그늘을 만들어내고 있었다. 돌 위에는 이끼가 푸른 담요처럼 뒤덮여 있었다. 그러고 나서야 붉은 담장과 녹색 기와가 고풍스럽게 조화를 이룬 커다란 집이 나무와 꽃들 속에서 모습을 드러냈다. 아침부터 뜨거운 햇볕 아래 땀을 뻘뻘 흘리면서 말을 달려온 유통훈은 한여름에 동굴 안에 들어선 듯 시원한 느낌에 소름이 돋았다.

'잠영국척簪纓國戚의 집이 다르기는 다르구나. 역시 팔자는 타고 나는 법이야.'

유통훈이 부러움 반, 경외심 반의 심정으로 그런 생각을 하면서 앞만 보고 걸어갈 때였다. 월동문 쪽에서 반색하는 목소리가 들려왔다.

"연청 공, 정말 오래간만이오. 아마 얼굴 못 본 지 한 달은 더 됐지?"

유통훈은 그제야 월동문 쪽으로 고개를 돌렸다. 목소리의 주인공은 다름 아닌 부항이었다. 부항은 멋들어지게 늘어진 얇은 미색 비단 두루마기에 장밋빛 비단조끼를 받쳐 입고 있었다. 기름칠을 한 듯 반들거리는 그의 앞머리는 햇빛을 받아 자르르 윤기가 나는 것이 서른을 훌쩍 넘긴 나이라고는 믿어지지 않을 정도로 젊고 활력이 있어 보였다. 한번 보면 쉽게 잊히지 않을 준수한 외모 역시 여전했다. 유통훈이 공수를 하는 것으로 부항의 예에 화답하면서 빙그레 웃었다.

"부상은 세월을 비껴가는 비결이 있나 봅니다. 병부에 자질구레한 일이 워낙 많아 자주 못 보지만 볼 때마다 더 젊어 보이니 말입니다. 특별한 양생의 비결이 있으면 혼자만 끌어안고 있지 말고 좀 알려주시죠. 나도 주름 좀 펴봅시다!"

"나의 양생 비결을 연청 공은 따라 할 수 없을 거요!"

부항이 말을 마치자마자 덥석 유통훈을 잡아끌었다. 그러더니 안으로 들어가면서 왕씨에게 지시했다.

"복강안이 자네 아들하고 놀러나갔는데 돌아왔나 확인해보게. 돌아왔으면 화원에 가서 활쏘기와 포고(무예의 하나) 연습을 하고 제 시간에 서재로 가서 글공부를 하라고 이르게!"

부항이 말을 마친 다음 다시 유통훈을 향해 웃으면서 말했다.

"연청 공은 고행승苦行僧처럼 하루 종일 일밖에는 모르지 않소. 다람쥐 쳇바퀴 돌듯 돌아가야 직성이 풀리는 사람이지. 허구한 날 범인이나 취조하고 세상천지의 크고 작은 도둑떼들과 어울리니 뱃속에서 우러나는 나의 이 우아한 기품을 따라 배운다고 배워지겠소? 잘 왔소. 화친왕和親王, 장친왕莊親王을 비롯한 여러 벗들이 한데 모였소. 단오명절이라 모처럼 술자리를 마련했으니 엎어진 김에 쉬어간다고 온 김에 즐겁게 놀다 가오!"

유통훈이 부항의 말에 걸음을 멈추고는 진지한 어조로 말했다.

"상의할 일이 있어서 왔습니다. 눌친 중당이 첩보 주장을 보내왔는데 내가 군사軍事에 대해서 뭘 알아야죠. 그냥 올렸다가 폐하께서 하문하시면 곤란할 것 같아서 말입니다."

부항이 웃음 띤 얼굴로 대답했다.

"폐하께서는 아직 천단天壇에 계시오. 적경까지 마치시려면 정오는 넘어야 돌아오실 거요. 게다가 점심 수라까지 드시려면 아직 시간이 많이 남았으니 걱정하지 마오. 군정軍情이 다급하다는 내용도 아니니 잠시 쉬었다 간다고 큰일이야 나겠소?"

그때 서화청에서 악기소리와 함께 목줄을 쥐어뜯으면서 일부러 내는 듯한 웬 여인의 노랫소리가 들려왔다. 언뜻 들어도 남자의 가성假聲이 틀림없었다.

　　황홀한 그 미소가 그리운 봄날의 밤은 짧기도 해라.
　　십이청루十二青樓에서 긴 소매로 부르니 앵두나무 끝에 겨울이 가고 봄이 무르익네.

이어 손발이 오글거릴 정도로 간드러지는 다른 남자의 가성이 들려왔다.

"앵두야, 언덕 위 버드나무 아래에 서 있는 저 사내가 너무 준수하지 않니? 아, 멋져라. 그냥 확 안겨버리고 싶네!"

유통훈은 부항을 따라 안으로 성큼 들어섰다가 눈앞에 펼쳐진 광경에 그만 입을 딱 벌리고 말았다. 방 안에는 악기를 다루는 사람, 목청을 뽑아 노래하는 이, 벌겋게 술기운이 올라 세월아 네월아 박수를 쳐대는 이들로 발 디딜 틈이 없었다. 노래를 들어보니 《자소기》紫簫記의 한 단락인 것 같았다. 순군왕恂郡王 윤제允禵의 장세자 홍춘弘春이 육랑六娘 역을, 스물일곱째 패자貝子 홍호弘皓가 소옥小玉 역을 맡고 있는 듯했다. 둘다 아직 어린 소년인지라 뽀얗게 분칠하고 빨갛게 입술을 칠한 데다 치마까지 차려입은 모습이 여자 뺨치게 고왔다.

유통훈은 다시 청의홍상靑衣紅裳에 주옥패환珠玉珮環을 달랑거리는 '앵두' 역을 맡은 사람을 향해 눈길을 돌렸다. 그는 놀랍게도 홍호의 부친인 장친왕 윤록允祿이었다! 호두껍데기처럼 쪼글쪼글한 얼굴을 새뽀얗게 떡칠하고 입술에 연지를 요란하게 찍어 바른 그는 유통훈의 입이 벌어지든 말든 배역에 푹 빠진 채 연신 추파를 던지면서 아들의 '시녀' 노릇을 하고 있었다. 유통훈은 방금 목을 비틀어 짜면서 여자 목소리를 낸 사람이 바로 '앵두' 역의 윤록이었다는 사실이 도무지 믿어지지 않았다. 더구나 그 모습을 보면서 고항을 비롯해 기윤, 전도, 아계 등의 부원대신들이 박장대소하면서 흐느적대고 있었다. 유통훈은 헛기침을 하지 않을 수 없었다. 그제야 좌중의 사람들이 그를 발견하고는 모두 자리에서 일어나 인사를 했다. 윤록 역시 익숙한 동작으로 '귀고리'를 떼어내면서 웃음 띤 얼굴로 물었다.

"칼부림하는 자리도 아닌데 연청 공이 여기는 어쩐 일인가? 그래, 내 분장과 노래가 어떻던가?"

"실로 놀라웠습니다. 여자 목소리도 일품이었을 뿐 아니라 지금 이 모습은 마치 범계汎界로 내려온 천마天魔와 다르지 않습니다!"

유통훈이 즉각 대답했다. 그리고는 윤록을 뚫어지게 바라보다가 그만 참지 못하고 "푸우!" 하고 웃음을 터트리고 말았다. 그가 다시 천천히 입을 열었다.

"친왕마마께서는 전생에 열 남정네의 혼을 빼놓은 절세의 미인이었나 봅니다. 단지 하나 말씀드릴 것이 있다면 눈을 깜박이실 때 조심하셔야겠다는 겁니다. 대단히 불경스럽습니다만 분가루가 들어가면 괴로우실 게 아닙니까!"

유통훈의 말에 장내에서는 떠나갈 듯한 홍소哄笑가 터져 나왔다. 원래 이 자리는 화친왕和親王 홍주弘晝가 마련한 것이었다. 또 악기를 다룬 몇몇은 홍염弘曕, 홍겸弘謙, 홍롱弘曨, 홍유弘閏 등이었다. 하나같이 황실의 가장 가까운 종친들이었다. 얼마 후 한바탕 떠나갈 듯한 웃음이 지나가자 황실종친들의 식객 한 명이 질문을 던졌다.

"그런데 그렇게 절세의 미인 같다고 하면서 어찌 '천마'라 하는지 궁금합니다?"

다른 식객이 유통훈의 말을 들을 필요도 없다는 듯 바로 대답했다.

"천마가 어떻게 생겼는지 보기나 하고 그래요? 《금강경》金剛經에 묘사하기를 천마는 신선이 타고 다니는 기이한 꽃 같다고 했어요!"

이름 모를 웬 상공相公이 식객의 말에 보충을 하려는 듯 입을 열었다.

"사람은 선의의 거짓말도 할 줄 알아야 한다고 봐요. 우리 마마는 《모란정》牡丹亭에 나오는 춘향春香 역이라면 오금을 못 쓰시거든요! 지난번에 육궁六宮 분대粉黛가 무색할 정도로 곱게 치장을 하시고 춘향이 역에 한참 열을 올리시더니 문득 나에게 춘향이 같으냐고 묻더군요. 입은 비뚤어져도 말은 바로 하랬다고, 나는 '꿈에 나타날까봐 무섭다'고 말해버렸죠."

"그러고도 무사했어요?"

좌중의 사람들이 다그쳐 물었다. 상공이 웃으면서 대답했다.

"무사하기는 어떻게 무사했겠어요. 돼지우리에 열흘을 갇혀 있었다는 거 아닙니까! 나중에는 암퇘지가 같이 자자고 끌어 당기더라니까요!"

상공의 말에 좌중의 사람들은 또다시 뒤로 넘어지고 말았다.

"이리 오게."

윤록이 웃음에 사래가 걸려 기침까지 하면서도 유통훈에게 가까이 오라는 손짓을 했다. 그러자 밀가루 자루를 뒤집어쓴 듯한 얼굴에서 분가루가 날렸다. 그러나 그는 그에 아랑곳하지 않은 채 연근 접시에서 손수 연근 하나를 집어 유통훈에게 주었다.

"연청, 우리 농장에서 직접 재배한 연근이네. 육백리 긴급 편으로 스무 근 보내왔는데 사각사각하고 달콤한 맛이 그저 그만이라네. 이미 폐하께 열 근을 공납했으니 나머지는 우리 다 같이 맛보도록 하지! 고행승이라 기름진 음식은 안 먹을 테니 영양가 있고 맛있는 연근이라도 많이 먹게."

"황감합니다, 친왕마마!"

유통훈이 가볍게 대답하고는 연근을 한 입 베어 물었다.

"참으로 맛이 좋네요! 사실 저는 일부러 육식을 피하는 건 아닙니다. 위장이 부실해 소화 장애를 일으키기에 태의의 지시에 따라 술과 담배를 멀리 하고 소식을 하게 된 것입니다."

유통훈이 말을 마치고는 자리에 앉았다. 이어 덧붙였다.

"방금 친왕마마께서 이 사람을 고행승이라고 하셨습니다. 그런데 곰곰이 생각해보니 그 말씀이 지당하신 것 같습니다. 여기에서는 아름다운 악기소리와 노랫소리가 울려 퍼지는데 저는 살점이 날아다니고 피가 질펀한 살육의 현장만 쫓아다니니 말입니다. 참으로 정확한 표현이십니다. 방금 군기처에서 주장과 문서를 읽을 때는 머리가 어지럽고 가슴이 답답하더니 지금은 한결 편해진 것 같습니다. 그러고 보니 거의 십년 동안 연극의 '연'자도 모르고 살았습니다."

홍춘이 유통훈의 말이 끝나자마자 만면에 웃음을 지었다.

"명신名臣은 아무나 되오? 그런 고행을 겪었으니 명신이 됐겠지! 폐하께서는 우리 황자, 황손들을 항상 연청 공과 비교하면서 얼마나 따끔하게 훈계하시는지 모른다오. 공은 조정을 떠받치고 있는 기둥이고 우리는 속 빈 강정에 무지렁이, 심지어 무골충이라고 하셨소! 그러게 세상에는 완벽한 사람이 없고, 세상만사가 다 내 마음대로 되는 게 아니라고 하지 않소?"

홍춘이 연극대사를 토해내듯 말끝을 길게 늘이자 기윤이 대화에 끼어들 자세를 취했다. 이어 돼지 뒷다리를 뜯어먹어 번지르르해진 입을 닦으면서 입을 열었다.

"그러니 세상은 서로 더불어 사는 게 아니겠습니까? 죽군자竹君子, 송대부松大夫도 한매寒梅와 국화菊花가 없었다면 사군자로 이름을 떨칠 수 없었을 것입니다!"

윤록이 아직도 연극의 여흥에서 빠져나오지 못한 듯 뜬금없이 웬 심오한 얘기냐는 표정으로 기윤을 향해 손사래를 쳤다. 그리고는 다시 목청을 뽑았다.

어젯밤 그 정자에서의 만남이 황량일몽黃粱一夢은 아니겠죠?
반쯤 허공에 걸린 저 누각에 어느새 노을이 젖어드네.

유통훈은 진수성찬을 차려놓고 흥겨운 가무에 흠뻑 취해 있는 사람들 틈에서 문득 아직도 적들과 혈전을 벌이고 있을 눌친과 장광사를 떠올렸다. 갑자기 마음이 무거워졌다. 계속 이곳에 앉아 있을 수는 없을 것 같았다. 그는 뭔가 마음이 통했는지 때마침 자신을 바라보는 부항을 향해 밖으로 나가자는 눈짓을 보냈다. 이어 좌중을 향해 실례하겠다고 말하고는 밖으로 나갔다. 뒤따라 나온 부항이 그를 서재로 안내했다.

"부상!"

유통훈은 자리에 앉자마자 소매 속에서 눌친과 장광사의 첩보 주장을 꺼내 부항에게 건넸다.

"좀 읽어보십시오. 나는 군사에 대해서는 잘 모르나 읽고 나서 뭔지 모르게 이상한 느낌이 들었습니다. 폐하께 올려 보내기 전에 먼저 가르침을 좀 받고자 찾아온 겁니다."

부항이 웃음 띤 얼굴로 주장을 읽어 내려갔다. 그러다 표정이 차츰 굳어지기 시작했다. 이어 고개를 갸웃거리면서 생각에 잠겼다. 곧 책궤冊櫃 위에서 지도를 내려 펼쳤다. 그가 주장과 지도를 번갈아가면서 뭔가 꼼꼼히 확인을 하는가 싶더니 말없이 후우! 하고 긴 한숨을 내쉬었다. 동시에 창가로 돌아섰다. 긴장한 표정을 감추지 못한 유통훈이 다그쳐 물었다.

"무슨 문제라도 있습니까?"

부항이 유통훈의 질문에도 말없이 한참 창밖을 뚫어지게 바라보더니 다시 책상께로 다가갔다. 그리고는 손가락으로 지도를 가볍게 내리찍었다.

"엉터리요. 그 사람들은 망해도 크게 망했소. 틀림없소!"

유통훈은 어찌 된 영문인지를 자세히 물으려고 했다. 부항은 그러나 그럴 틈을 주지 않은 채 다시 덧붙였다.

"몇 마디로 간단명료하게 설명할 수 있는 일이 아니오. 내가 패찰을 건넬 테니 같이 입궐하는 것이 좋겠소. 가면서 얘기를 나누도록 하자고!"

부항이 말을 마치고는 집사 왕씨에게 손님들을 잘 접대하라고 일렀다. 이어 곧장 유통훈과 함께 빠른 걸음으로 집을 나섰다.

4장
효자 건륭의 꿈

　부항은 상황이 상황이니 만큼 말 위에서 손짓을 곁들여가면서 첩보 주장의 문제점을 유통훈에게 자세하게 설명했다. 마치 눌친과 장광사 두 사람의 음모 현장을 엿보고 생생한 증언을 하는 것 같았다. 유통훈은 부항의 말을 듣는 내내 가슴이 답답해졌다. 게다가 오월 단오의 작열하는 태양까지 가세했으니 더했다. 급기야 두 사람은 안팎으로 주체할 수 없는 열기 때문에 숨이 헉헉 막히는 고역을 경험하지 않으면 안 됐다. 서화문에 이르렀을 때는 그야말로 등줄기에서 땀이 비 오듯 흘러내리기 시작했다. 유통훈은 사실 대궐 안으로 들어가 뵙기를 청할 때까지 부항의 말을 반신반의했다. 그래도 일말의 요행을 바라고 있었던 것이다. 그가 기어이 잠깐 생긴 틈을 이용해 부항에게 의문을 표했다.

　"일리가 있는 말씀이나 송강과 하채를 점령한 우리 군이 그리 호락호락 당하고 있었겠습니까?"

부항이 돌사자 옆에서 의관을 정제하면서 쓴웃음을 짓더니 입을 열었다.

"대본영에서 쫓겨난 것이 틀림없소. 쇄경사 본영은 식량과 군사의 요충지요. 눌친이 세 살짜리 어린애가 아닌 바에야 생명줄이나 다름없는 쇄경사를 내줬을 리 만무하지 않소. 아마 상황이 그만큼 급박하게 돌아갔다는 얘기겠지. 상주문을 쓴 종이와 먹의 상태를 좀 보시오. 장부책 같은 이런 마지麻紙와 구린내가 진동하는 싸구려 먹으로 상주문을 쓸 수 있는 거요?"

"그게 무슨 뜻인지……?"

"내 말은 그들이 호되게 얻어맞고 황급히 송강으로 도주하다보니 상주문 전용 종이조차 챙기지 못했다는 얘기요!"

유통훈은 부항의 말을 듣는 순간 눈앞에 관군이 크게 패해 송강으로 쫓겨나는 참혹한 정경을 빠르게 떠올렸다. 당초 건륭은 군량미와 군비 확보에 소극적이라는 이유로 호광湖廣 열두 주현의 관리들을 파면시킬 정도로 금천 전투에 커다란 기대를 건 바 있었다. 아침에 까치가 울면 습관적으로 서쪽을 바라보고 밤마다 촛불의 춤추는 형태로 첩보를 점치기도 했었다. 그러나 건륭의 그런 간곡한 염원은 부항의 말에 따르면 완전히 물거품이 됐다고 해도 과언이 아니었다. 유통훈은 그런 생각이 들자 가슴이 타서 잿더미가 되는 것 같았다.

'폐하께서는 이 불길한 소식을 접하고 나면 얼마나 상심하실까! 아아, 이를 어떻게 하지?'

유통훈은 갑자기 심장이 바늘에 콕콕 찔리는 듯 따끔거리는 기분을 느꼈다. 동시에 심장은 점점 더 심하게 아프기 시작했다. 그는 황급히 안주머니에서 약주를 꺼내 허겁지겁 병마개를 땄다. 이어 입에 댄 채로 한모금을 마셨다. 그러자 초조하고 불안하던 가슴이 다소 진정됐다.

그때 태감 복지가 종종걸음으로 달려와 헐레벌떡 문안인사를 올렸다.

"마침 잘 오셨습니다. 폐하께서는 지금 종수궁 황후마마의 처소에 계십니다. 풍대의 화원에서 이렇게 큰 복숭아를 보내왔습니다. 웬만한 아기 머리보다 더 큽니다. 파란 이파리가 달려 있는 싱싱한 복숭아가 얼마나 먹음직스러운지……."

태감이 잠시 말을 그치고는 군침을 꿀꺽 삼켰다. 이어 다시 얘기를 이어가기 시작했다.

"황후마마께서는 희귀한 먹을거리만 보면 유통훈이 생각난다고 하셨습니다. 그러면서 군기처에서 당직을 서고 있을 유통훈에게 복숭아를 상으로 내리라고 명하셨습니다. 폐하께서 그러면 부항도 부르라고 하셨습니다. 두 분은 멀리서 복숭아 향을 맡으셨나 봅니다. 때맞춰 패찰을 건네신 걸 보니……."

부항은 멈출 줄 모르는 태감의 수다를 뒤로 하고 유통훈과 함께 영항으로 들어갔다. 곧 종수궁 수화문 앞에 이르렀다. 황후 부찰씨의 종수궁 살림을 맡고 있는 태감 진미미가 바로 두 사람을 안내했다.

안쪽에서는 비빈들이 그야말로 수를 헤아릴 수 없이 많았다. 우선 황후의 정침正寢이 있는 북쪽 방 현관 앞에 귀비 유호록씨, 나랍씨, 돈비 왕씨, 진씨, 혜씨, 언홍嫣紅, 영영英英 등 비빈들이 나란히 앉아 있었다. 또 답응答應, 상재常在로 불리는 후궁들은 화려한 옷과 패물을 걸친 채 복도에서 시중을 들고 있었다. 그들에게는 자리도 배정되지 않았다. 당연히 정 중앙의 안락의자에는 은색 머리카락이 기품 있어 보이는 태후가 온화한 표정으로 앉아 있었다. 태후의 동쪽 옆자리에는 황후 부찰씨가 앉아 있었다. 건륭황제는 태후의 서쪽 옆자리에 서 있었다.

부항 등이 자세히 보니 그들은 소싯적에 놀던 손수건 돌리기 놀이를 하고 있었다. 그것은 북소리가 울리면 술래가 빙 둘러앉은 사람들의 등 뒤로 달려가면서 살며시 손수건을 던져놓는 것으로 시작하는 놀이였다. 술래가 다시 한 바퀴 돌아올 때까지 자기 등 뒤에 손수건이 있는 줄 모르는 사람에게 벌을 주는 간단한 놀이라고 할 수 있었다. 건륭이서 있었던 것은 바로 그 때문이었다. 놀이에서 진 벌로 일어서서 노래를 부르게 됐던 것이다. 건륭이 부항과 유통훈이 행례行禮를 마치자 일어나라는 손짓을 했다.

"태후마마, 이 두 사람이 들어오니 소자의 목소리가 잠겨버리고 말았습니다. 노래 말고 소자가 벌주 한 잔을 마시면 안 되겠습니까?"

"황제를 벌한다는 것이 당치도 않습니다만!"

태후가 기분 좋게 웃었다. 이어 천천히 다시 입을 열었다.

"황제가 정한 놀이규칙이라 따르는 수밖에 없군요. 정 노래를 못 부르겠으면 우스운 얘기나 하나 들려주든가요. 늙은이를 웃게 하는 것도 효도입니다."

"그러죠, 어마마마!"

건륭이 어린애처럼 해맑게 웃으면서 대답했다. 이어 본론으로 들어가려는 자세를 취했다.

"장삼張三과 이사李四, 왕 곰보 세 바보의 얘기를 들려드리겠습니다."

건륭이 운을 떼자마자 벌써 웃을 준비를 다 한 태후는 마치 소녀처럼 손뼉을 치면서 좋아했다.

"그래, 그래, 나는 그런 얘기가 재미있네!"

건륭은 태후의 적극적인 반응에 기분이 좋아졌는지 두 손으로 포도주 잔을 받쳐 올렸다.

"어마마마께서 즐거워하신다면 소자도 즐겁습니다. 들으시면서 조금씩 드세요!"

태후가 대견스레 아들을 바라보면서 포도주를 조금 마셨다. 이어 부항과 유통훈을 보며 말했다.

"사람을 저리 멋쩍게 세워두지 말고 한 사람에게 복숭아 두 개씩을 상으로 내리고 다과도 가져다 주거라. 바쁘지 않으면 같이 즐기다가 일 보러 가게!"

태후의 명령에 부찰씨의 등 뒤에서 시중들던 궁녀 내낭이 재빨리 대답을 했다. 이어 일꾼으로 부리는 꼬마 태감에게 지시를 내렸다. 건륭이 드디어 입을 열었다.

"멍청한 세 사람이 함께 여관에 들었답니다. 자다보니 다리가 하도 가려워 장삼이 벅벅 긁었다고 합니다. 하지만 아무리 긁어도 가려움증은 가시지 않고 손이 끈적끈적한 느낌이 들더랍니다. 가만히 살펴보니 손톱에 피가 낭자하더랍니다. 말 그대로 피 터지도록 긁은 거죠. 그래도 가려움은 여전하더랍니다."

건륭이 벌써부터 함박웃음을 머금고 있는 태후를 바라보면서 말을 이었다.

"장삼은 그렇게 날 밝을 때까지 긁고 나서야 비로소 가려움증이 해소되지 않은 이유를 알았답니다. 옆자리를 보니 다리가 온통 피투성이가 된 이사가 쿨쿨 자고 있었답니다. 밤새도록 남의 다리를 긁어댄 거죠."

태후가 기다렸다는 듯 앞뒤로 몸을 흔들면서 박장대소했다. 그 때문에 손에 쥐고 까먹던 해바라기 씨도 전부 바닥에 떨어뜨리고 말았다. 건륭이 급기야 손수건을 꺼내 눈곱까지 찍어내는 태후를 보면서 말을 이었다.

"왕 곰보는 어쨌는 줄 아세요? 소피가 급해 잠을 자면서 비틀비틀 밖으로 나오니 그날 밤 마침 비가 내리더랍니다. 처마 밑에 서서 오줌을 누는데 빗줄기가 주룩주룩 그칠 줄 모르니 자기가 오줌을 덜 눈 줄 알고 날이 밝을 때까지 그대로 서 있었다는 거 아닙니까!"

좌중은 여인들의 숨넘어가는 웃음소리로 그야말로 떠나갈 것 같았다. 부항 역시 배꼽을 잡고 허리를 못 펴는 그들을 보면서 처음에는 따라 웃었다. 그러나 심사가 무거운 터라 이내 웃음은 사라지고 말았다. 그는 유통훈을 힐끗 훔쳐봤다. 유통훈 역시 눈길을 그에게로 돌리고 있었다. 두 사람은 이내 서로의 시선을 외면하면서 다시 앞을 바라봤다. 부항은 일부러 당아가 들여보낸 내낭에게 눈길을 보냈다. 종수궁에서 황후의 신임을 받고 지내는 기특한 모습을 보니 그래도 마음 한구석에서 흡족한 미소가 피어올랐다. 그러자 눈치 빠른 태후가 부항과 유통훈의 그런 모습을 보고 고개를 갸웃거렸다. 이어 부항을 가리키면서 말했다.

"자네 둘은 같이 왔으면서도 무슨 할 말이 그리 많아 눈으로까지 얘기를 주고받는가? 그렇게 따로 놀면 따돌림 당하지! 벌을 받는 셈치고 우스운 얘기를 하나씩 해보게!"

건륭이 난감해 하면서 뒷머리를 긁적이는 두 신하를 보자 바로 미소를 지었다.

"유통훈은 우리 대청大淸의 포청천包靑天(북송 때의 청백리)입니다. 얼굴이 굳어 있는 걸 보세요. 어디 우스갯소리를 하게 생겼나! 대신 복숭아 두 개를 크게 베어 먹는 벌을 내리시는 것이 어떻겠습니까? 그러나 부항, 자네는 비켜갈 수가 없네. 들은 것도 좋고 직접 본 것도 좋으니 한번 말해보게."

건륭이 분부를 마치고는 자리에 앉았다. 유통훈은 건륭의 명령대로 조심스럽게 복숭아를 깎아먹기 시작했다. 순간 건륭은 유통훈에게 한마디 하려다가 말을 삼켜버렸다. 그 사이 차를 가져온 내낭이 건륭의 귓전에 나지막하게 속삭이듯 말했다.

"폐하, 두 분 대인께서는 뭔가 중요한 일을 속에 담고 계시는 것 같사옵니다. 황후마마께서 그리 보셨사옵니다."

건륭은 내낭의 몸에서 풍기는 사향 냄새 섞인 체향에 자신도 모르게 가슴이 뛰는 것을 느꼈다. 그러나 애써 그런 감정을 외면한 채 짤막한 기침과 함께 부항에게 고개를 돌렸다.

"신도 남을 웃기는 데는 자신이 없사옵니다. 하오나 태후마마, 폐하, 황후마마께서 환희에 벅차 계시니 신이 용기를 내보겠사옵니다."

부항이 천천히 말을 이었다.

"강희황제 때의 명재상 색액도가 얼마나 마누라를 무서워했느냐 하면……."

좌중의 사람들은 부항의 말이 나오자마자 바로 웃을 준비를 했다. 부항은 그게 기분이 좋은 듯 말을 잠시 멈추고는 다시 이어나갔다.

"거의 매일이다시피 성조를 알현하던 색액도가 하루는 낮잠을 자고 일어나더니 무슨 일로 부인과 다퉜다고 하옵니다. 그러자 부인이 먼지떨이를 들고 기세등등해 쫓아왔다고 합니다. 색액도는 다급한 김에 늘 그랬듯 침대 밑으로 숨어들었다고 하옵니다. 벌벌 기어서 들어가는 뒤꽁무니를 발견한 뚱보 마누라는 그 몸으로 따라 들어갈 수가 없었습니다. 그래서 침대 앞에 엎드려 나무 막대기로 마구 쑤시면서 '나와요 어서, 못 나와요?' 하고 고함을 질렀다고 하옵니다. 당연히 색액도는 '못 나가!'라고 대답했죠. 다시 뚱보 마누라가 '재상이 개구멍 같은 곳에 기어 들어가다니 체통이 뭐가 돼요? 남들이 보면 어쩌려고 그래요?'라고 했죠. 그러자 울상이 된 재상 나리는 이렇게 말하더랍니다. '차라리 개구멍이 나아. 그 구멍에 들어갔다 내 중간다리가 기도 못 펴고 오그라들어 나왔지 않은가! 그래서 당신이 화났고!'라고 말입니다."

부항의 야한 우스개에 좌중의 여인들은 하나같이 얼굴을 감싸 쥐고 키득거렸다.

건륭은 화기애애한 분위기 속에서 즐겁게 웃는 태후에게 몇 마디 귀엣말을 한 다음 부항과 유통훈을 데리고 종수궁을 나섰다. 이어 수화문 앞에서 잠시 걸음을 멈췄다. 그리고는 고개를 숙여 비수처럼 찔러오는 햇볕을 피했다. 순간 그는 복잡하기 그지없는 감정을 느꼈다. 하기야 상황이 그럴 수밖에 없었다. 무엇보다 긴긴 겨울 동안 양자강 이북의 산동, 산서, 직예 일대에는 비나 눈이 단 한 번도 내리지 않았다. 게다가 해마다 효자노릇을 톡톡히 해온 곡창지대는 극심한 가뭄 때문에 풀 한 포기 나지 않는 척박한 땅으로 변해버렸다. 설상가상으로 입춘 이후에는 황하가 범람해 하남성 동부 지역부터 회남淮南(회하淮河의 남쪽), 회북에 이르기까지의 지역이 백년에 한 번 있을까 말까한 큰 피해를 입었다. 심지어 무호蕪湖 일대는 황량한 개펄로 변하고 말았다. 섬서, 감숙 일대는 그나마 눈이 풍성하게 내리기는 했으나 농사지을 사람이 없었다. 지난해 흉작 때문에 굶어죽게 된 백성들이 고향 땅을 등지고 호광, 강남으로 몰려간 탓이었다. 사방에서 몰려든 이들 이재민들 때문에 윤계선의 후임이 된 양강 총독 김홍金鉷과 호광 순무 합반룡哈攀龍은 그야말로 사흘이 멀다 하고 고충을 하소연하는 상주문을 올리고 있었다. 이재민 구제를 위해 강남으로 파견된 호부상서 악선鄂善이 올린 상주문의 내용도 장난이 아니었다. 엎친 데 덮친 격으로 강남에 때 아닌 전염병이 창궐해 사람들이 무더기로 죽어나가고 있다고 고충을 피력한 바 있었다. 건륭으로서는 이래저래 심기가 불편하지 않을 수 없었다. 바로 그 때문에 그는 천단에서 정성껏 제를 지내고 돌아온 다음 웃음으로 잠시나마 무거운 마음을 가라앉히고자 태후와의 자리를 마련했던 것이다.

　"폐하!"

　뙤약볕 아래 멍하니 서 있는 건륭을 누군가가 불렀다. 그를 부른 사람은 지난 해 수행시위로 발탁된 파특아였다. 곧이어 아직도 한어 실력이 그다지 늙지 않은 그가 건륭의 발치에 엎드려 절을 하고는 아뢰었다.

"태양이…… 미쳤사옵니다. 몸이…… 긴장해 있는 듯하옵니다."

파특아는 작년 추렵秋獵 때 건륭이 정교한 호박琥珀을 과이심 왕에게 하사하고 넘겨받은 몽고족 노예였다. 성정이 질박하고 용맹할 뿐 아니라 타의 추종을 불허하는 충성심까지 갖춘 청년이기도 했다. 그러나 그는 사냥터에서 큰 공로를 세운 덕분에 마동馬童에서 일약 3등 시위로 껑충 뛰어 올랐다. 곧이어 2등 시위로 진급했다. 그럼에도 나이는 아직 스무 살도 되지 않았다.

건륭은 파특아를 천천히 바라봤다. 아는 단어 몇 개를 아무렇게나 꿰어 맞추는 그의 말이 갑자기 너무 웃긴다는 생각이 들었다. 그예 실소를 터트리고 말았다. 그렇게 해서라도 웃으니 조금 숨통이 트였다. 건륭이 한결 부드러워진 표정을 한 채 말했다.

"그래, '미친' 태양을 피하러 가자고. 몸이 '긴장'하지 않게 서늘한 승건궁承乾宮으로 가지. 양심전 왕치에게 짐이 갈아입을 의복을 챙겨 오라고 이르게."

건륭이 분부를 마치더니 승여乘輿도 부르지 않고 곧바로 계단을 내려갔다. 이어 '미친' 태양을 걱정하는 파특아도 뒤로 한 채 성큼성큼 뙤약볕 속을 걸어 승건궁으로 향했다.

승건궁은 오래 전에 동궁東宮이 되어버린 터였다. 때문에 천자들은 웬만해서는 그곳에서 대신을 접견하지 않았다. 그러나 건륭은 건륭 7년 이후 여름과 가을철에 자주 승건궁을 이용하고는 했다. 승건궁에 처음 와 보는 유통훈은 건륭이 왜 그곳으로 자신들을 데리고 왔는지 알 턱이 없었다. 그랬으니 그로서는 그저 모든 것이 신기하고 새롭기만 할 뿐이었다. 그러나 부항은 그 이유를 알고 있었다. 그 궁전 안에는 얼마 전에 원명원에서 옮겨온 건륭의 두 애비愛妃 언홍과 영영이 있었던 것이다.

부항은 건륭과 그녀들 사이에 얽힌 사연을 자신이 알고 있는 한도 내에서 떠올리고는 몰래 웃었다. 그러나 곧 웃음을 거둬들이면서 짐짓 아무런 내색도 하지 않았다.

승건궁의 집들은 북향이었다. 그래서 햇볕과 더운 바람이 들어오지 않았다. 게다가 북풍이 들어올 수 있게 만든 만큼 방 높이도 매우 낮았다. 또 가까운 자금성 인공호수에서 습한 바람이 불어오는 덕에 시원하기가 이를 데 없었다. 건륭과 일행은 승건궁에 들어서자마자 작열하는 햇볕에 달궈진 정수리가 시원해졌다. 하나같이 정신이 번쩍 들고 기분이 상쾌해졌다. 마침 승건궁에는 연홍과 영영이 보이지 않았다. 종수궁에 가서 아직 돌아오지 않았던 것이다. 승건궁에 남아 있던 태감과 궁녀들은 건륭이 들어서자 일제히 무릎을 꿇고는 그를 맞았다.

"일어나 시중을 들라. 차를 가져오고 물러 서거라. 경들은 자리에 앉게."

건륭이 손사래를 치면서 명령을 내렸다. 부항과 유통훈은 즉각 엉덩이를 비스듬히 걸상에 걸쳤다. 이어 찻잔을 받아들었다. 그러나 감히 마실 엄두는 내지 못했다. 자주 황제를 알현했으나 오늘처럼 자리에 앉아 상주문을 올린 적은 없었으니 그럴 만도 했다. 두 사람은 앉은키 높이가 건륭과 비슷해지자 안절부절 못하면서 허리를 구부정하게 숙이며 자연스럽게 앉은키를 줄였다. 두 사람이 어떻게 입을 열어야 할지 고민하고 있을 때 건륭이 먼저 입을 열었다.

"옛사람의 이 한마디가 떠오르는군. '들어서는 사람에게 영고사榮枯事를 묻지 말라. 그 얼굴을 보면 답이 나오나니!' 원소절 이후로 윤계선이 광주에서 올린 상주문을 제외하고 희소식이라고는 없었네. 짐은 벌써 불길한 예감을 느꼈으니 걱정하지 말고 말해보게."

"눌친과 장광사의 상주문이옵니다. 첩보 주장이기는 하옵니다만……."

부항이 말끝을 흐리면서 상주문을 두 손으로 받쳐 올렸다.

"폐하께서 어람을 하신 연후에 신들이 주청 올릴 말씀이 있사옵니다."

"오호! 상주문을 어찌 이런 종이에 쓴다는 말인가?"

건륭이 의아스러운 표정을 지은 채 주장을 받았다. 그러나 짤막한 한마디 외에는 아무 말도 없었다. 얼마 후 수천 글자에 달하는 상주문을 자세히 들여다보는 건륭의 얼굴이 서서히 굳어져갔다.

유통훈은 서로의 숨소리가 들릴 정도로 가까운 거리에서 건륭을 마주하기는 처음이었다. 그는 쿵쿵 뛰는 심장소리를 가까스로 잠재우면서 주장에 시선을 박고 있는 건륭을 훔쳐보듯 뜯어보았다. 건륭은 한 치의 흐트러짐도 없이 반질반질하게 땋은 긴 머리채를 남색 두루마기를 입은 어깨에 멋들어지게 걸쳐놓고 있었다. 옥처럼 희고 말쑥한 얼굴 역시 보기에 좋았다. 주름 하나 없었다. 입술 위의 까맣고 무성한 콧수염과 몇 가닥 말려 올라간 수미壽眉(눈썹)만 아니라면 영락없는 서른 살 귀공자의 얼굴이라고 해도 좋았다. 어디 그뿐인가. 두 팔꿈치를 책상에 기둥처럼 박고 매의 눈으로 주장을 뚫어지게 들여다보는 자태 역시 늠름한 기상이 다분했다. 건륭은 하루에 무려 7, 8만 자에 달하는 주장을 읽고는 했다. 또 밤늦도록 대신을 접견하기도 했다. 그러면서도 지칠 줄 모르는 정력을 과시하고 있었다. 그 비결은 아마도 기마, 활쏘기, 무예 연습을 게을리 하지 않고 간간이 음풍농월의 풍류도 즐길 줄 아는 삶의 방식에 있을 터였다. 유통훈이 그렇게 생각하는 사이에 건륭이 주장에서 눈길을 떼면서 물었다.

"유통훈, 멍하니 앉아 무슨 생각을 그리 하는가?"

"예……, 폐하!"

유통훈은 샛길로 빠져든 사색의 실마리를 황급히 거둬들였다. 이어 난감한 표정으로 대답했다.

"잠깐 다른 것에 정신이 팔렸었사옵니다. 폐하께서 근골이 이다지도 강녕하시오니 이 역시 신하된 복이 아닌가 생각하고 있었사옵니다."

건륭이 고개를 끄덕였다. 이어 다시 고개를 들어 궁전 천장의 조정藻井에 시선을 두고 뭔가를 생각하더니 지나가는 말처럼 물었다.

"자네 아들이 올해 진사에 합격했다고 했나? 몇 번째로 합격이 된 건가?"

"아뢰옵니다, 폐하! 2갑二甲 스물네 번째이옵니다."

"이름이 유용劉墉이라고 했나?"

"예, 폐하!"

"비쩍 마르고 얼굴이 시커멀 뿐 아니라 말할 때 코맹맹이 소리가 약간 나는 그 친구 말인가?"

유통훈은 건륭의 말이 끝나기 무섭게 당혹스러운 시선으로 얼굴 가득 망연한 표정을 짓고 있는 부항을 바라봤다. 당연히 주장에 관해 물어볼 줄 알았던 건륭이 갑자기 엉뚱한 질문을 하는 의도를 점칠 수가 없었던 것이다. 그러나 곧 황급히 아뢰었다.

"그놈이 바로 신의 견자犬子이옵니다. 황송하옵니다."

"짐은 목이 마르네!"

건륭이 갑자기 가슴이 무너질 것처럼 큰 한숨을 토해냈다. 그러더니 쉬고 갈린 목소리로 다시 입을 열었다.

"붓대도 좋고, 총대도 좋아. 그러나 짐은 손오공처럼 심지가 곧고 능력 있는 인재에 갈증이 나네."

건륭이 진짜 답답한지 의자 손잡이를 잡고 천천히 일어났다. 그러더니 말없이 궁전 안을 한 바퀴, 두 바퀴 돌며 뚜벅뚜벅 거닐었다. 이어 갑자기 멈춰 서서는 몸을 확 돌렸다.

"부항, 안 그런가? 자네는 그리 느끼지 않는가?"

부항이 건륭의 뒷모습을 뚫어지게 바라보다가 느닷없이 질문을 받고는 흠칫 몸을 떨었다. 건륭이 이미 첩보 주장이 거짓임을 간파해낸 것이 틀림없다는 생각이 든 것이다. 그는 자신도 모르게 자리에서 나와 무릎을 꿇으려 했다. 그러자 건륭이 돌아가라는 손짓을 했다. 부항이 반쯤 걸터앉은 자리에서 허리를 깊숙이 숙인 채 대답했다.

"대대로 인재는 파도처럼 끝없이 밀려오게 돼 있사옵니다. 풍요롭지만 빈곤한 인재 기근 현상은 보정대신으로서 신들의 책임이 크다고 생각하옵니다. 요즘 들어 문념무희文恬武嬉(문관은 무사태평하고 무관은 놀이에 빠져 기강이 해이해짐) 현상이 버짐처럼 번지고 탐풍貪風이 다시 대두되는 등의 문제도 모두 신들이 맡은 바 역할에 진력하지 못했기 때문이라고 사료되옵니다."

"모든 책임을 경들이 다 떠안는다는 건 어불성설이지. 누구나 자기가 책임져야 할 만큼만 책임지면 되는 거네."

건륭이 천천히 걸음을 옮기면서 덧붙였다.

"그러나 경의 말은 충분히 일리가 있네. 자고로 태평성대가 길어지면 군왕은 아집과 사치에 물들고 신하들은 태만과 타락에 빠지기 십상이지. 문념무희? 최근의 일이 아니지. 하공河工에 지출되는 은자는 성조 때의 네 배로 늘었으나 홍수 피해는 여전하네. 그래도 뻔뻔하게 울상을 지으면서 손을 내밀고 있지 않은가! 무장들 역시 갈수록 죽음을 두려워하고 싸움터에 나가는 걸 꺼려하더니 이제는 크게 패하고도 거짓 첩보를 올려 군주까지 기만하려 드니 이를 어찌하면 좋다는 말인가!"

건륭이 그예 손으로 힘껏 상주문을 내리치면서 분노를 터뜨렸다. 동시에 비감한 어조로 다시 말을 이었다.

"경들은 틀림없이 문제점을 발견했을 거네. 눌친은 경복의 전철을 밟고 있어! 상주문 종이까지 사라분의 측간 종이로 전락해버렸으니 무슨 할 말이 더 있겠는가. 차라리 뒷발질을 해서 쥐라도 잡았더라면 짐이 이처럼 분개하지는 않았을 게 아닌가!"

건륭의 얼굴은 곧 혼신의 피가 몰린 듯 시뻘겋게 상기됐다. 그러는가 싶더니 그가 다시 상주문을 와락 움켜잡아 쫙쫙 찢어 내치면서 책상을 무섭게 내리쳤다.

"하등 쓸모없는 자들이 나라를 말아먹으려고 환장을 하는 게로군. 버러지 같은 것들 같으니라고!"

부항과 유통훈은 건륭의 서슬에 화들짝 놀라 퉁기듯 일어나서는 쓰러지듯 엎드리고 말았다. 혼비백산한 태감들은 사색이 된 채 무릎걸음으로 벌벌 기어와 어지럽게 널려있는 종이들을 주웠다. 건륭은 그중 한 명을 힘껏 걷어차면서 무섭게 화를 냈다.

"썩 물러가, 이놈들아! 필요 없어, 다 필요 없어!"

건륭은 무섭게 폭발하는 분노를 주체하지 못한 듯 온몸을 부들부들 떨기까지 했다. 부항이 급기야 무릎걸음으로 다가가서는 연신 머리를 조아렸다.

"폐하, 제발 고정하시옵소서. 분노를…… 그만 삭여주시옵소서, 폐하!"

부항이 겨우 숨을 고르는가 싶더니 나지막한 소리로 다시 말을 이었다.

"눌친이 패망했다는 것은 아직 추측일 따름이옵니다. 신은 목숨을 걸고 보증할 수 있사옵니다. 눌친은 절대 경복처럼 사라분과 사사로이 협약을 체결하지 못할 것이옵니다. 우리 수중에는 아직 송강과 군사 요충지인 하채가 장악돼 있사옵니다. 반전을 시도할 여지가 없었다면 눌친과 장광사가 감히 이런 주장을 올렸을 리 없사옵니다. 평정심을 회복하시고 조금만 참고 기다려 보시옵소서, 폐하. 조만간 사천 순무 김휘의 주장이 올라오지 않을까 사료되옵니다. 그때 가면 전선의 상황을 조금 더 구체적으로 알 수 있지 않을까 하옵니다."

건륭이 부항의 말에 바로 냉소를 터트렸다.

"김휘? 그자는 눌친이 가장 아끼는 문생이야. 건륭 십이 년에 현령에서 단숨에 봉강대리로 파격승진한 자네. 바로 지금이 보은의 적기일 텐데 진실을 말하려고 하겠는가?"

유통훈 역시 무릎걸음으로 다가가서는 머리를 조아렸다.

"신의 어리석은 생각으로는 눌친이 패망한 것이 사실일 경우 김휘도 감히 종이로 불을 감싸는 어리석은 짓은 못할 것이옵니다. 그렇지 않고 아직 승전고를 울릴 가망이 남아 있다면 조정에서도 눌친의 작은 패배를 문제 삼지 않는 것이 바람직할 것 같사옵니다. 경복으로 인해 손상된 조정의 체통이 또다시 손상 받게 할 수는 없사옵니다."

이성을 잃어가던 건륭은 두 신하의 말에 귀를 기울이면서 서서히 마음의 안정을 찾기 시작했다. 그제야 분신처럼 지니고 다니던 부채도 소매 속에서 꺼내들고는 천천히 부쳤다. 이어 자리로 돌아가 앉았다. 그는 즉위하면서 하늘을 향해 '성조를 본보기로 하는 천고의 완벽한 사람'이 되게 해달라고 발원을 했던 터였다. 그러나 그것은 어디까지나 희망사항이었다. 강희는 재위 61년 동안 성문신무聖文神武의 정치를 펼치면서 2품 이상 대원의 목을 친 적이 한 번도 없었으나 건륭 자신은 재위 20년밖에 안 된 세월에 이미 대여섯 명의 봉강대리와 대학사 한 명을 공개처형했다. 이전의 기준대로라면 '제일선력대신'第一宣力大臣 눌친 역시 목숨을 부지하기는 힘들 터였다. 그러나 건륭으로서는 눌친을 쾌도난마처럼 죽일 수는 없었다. 무엇보다 그는 유통훈의 말대로 신하들을 무자비하게 죽인 포악한 군주로 역사에 남는 것을 용납하기가 싫었다. 또 눌친은 어렸을 적부터 동궁에서 같이 공부하고 성장하면서 가깝게 지내온 사이가 아닌가. 다른 신하들보다 훨씬 정이 더 들었던 신하라고 해도 좋았다. 더구나 그는 평소에도 늘 눌친을 '최고 대신의 풍모를 갖췄다'면서 치하해온 바 있었다. 심지어는 '충군애국'의 본보기로 내세우기도 했다. 그런 눌친을 죽인다면 군주로서의 체통에도 크게 손상이 갈 것이 틀림없었다. 건륭은 생각이 길어지자 급기야 쓰고도 떫은 침을 삼키면서 물었다.

"유통훈의 말에 일리가 있다고 생각하네. 부항, 군사를 아는 자네가 말해보게. 눌친이 반전에 성공할 가능성이 얼마나 되겠나?"

쿵쿵!

부항이 건륭의 말에 바닥에 머리를 박으면서 낮게 조아렸다. 솔직히 그는 눌친에게 다시 사라분과 대적할 만한 힘이 남아 있다는 사실 자체를 애당초 믿지 않았다. '반전의 가능성'에 대해서는 아예 추호도 미련을 가질 여지가 없다고도 생각했다. 눌친이 만약 사라분과 싸워 이길 자신이 있었다면 먼저 쇄경사를 수복한 후에 죄를 청하고 전공을 상주했을 것이기 때문이었다. 부항은 대답하기가 곤란했으나 어쩔 수 없이 천천히 또박또박 말을 꺼냈다.

"그건 현재 눌친과 군사들의 사기가 얼마나 충만해 있는지의 여부에 달린 것 같사옵니다. 생명줄이나 다름없는 양도糧道가 이미 차단됐는데 눌친이 아직 송강에 죽치고 있는 이유를 도무지 이해할 수 없사옵니다. 자신들의 말대로 송강이 적들의 포위 속에 있지 않고 하채까지 장악했다면 뒷걱정이라고는 아무것도 없을 터인데 어찌해서 쇄경사로 쳐들어가 대본영을 탈환하지 않고 오히려 사천 녹영병을 파견해달라고 주청을 올렸는지 도무지 이해할 수 없사옵니다."

건륭은 부항의 비관적인 분석에 또다시 초조해지기 시작했다. 결국 다그쳐 묻고 말았다.

"그러면 경의 생각에는 어찌하는 게 바람직할 것 같은가?"

부항이 자신 있게 큰 소리로 대답했다.

"폐하! 사천의 녹영병은 절대 보내줄 수 없사옵니다. 녹영병들은 사천 동쪽과 남쪽을 수비하고 있사옵니다. 무엇보다 그 많은 녹영병을 신속히 눌친 쪽으로 보내는 것이 불가능합니다. 더구나 비밀을 보장할 수도 없사옵니다. 녹영병이 자리를 비우면 사천이 사라분의 수중에 들어갈 가능성도 배제할 수 없사옵니다. 폐하께서는 눌친과 장광사에게 조서를 내리시어 허위 보고를 적당히 질책하시고 기회를 봐서 쇄경사를 수복하라고 명령을 내리시는 것이 바람직할 것 같사옵니다. 나머지는 현지 사정에 입각해 스스로 결단을 내리고 일일이 주청 올릴 필요는 없다고 못 박으시옵소서. 폐하, 금천은 북경에서 수 천리 밖에 있사옵니다. 폐하께서 친히 지휘봉을 휘두르시기에는 거리가 너무 머옵니다. 절대 눌친과 장광사의 술수에 넘어가셔서는 아니 되옵니다!"

부항은 생각한 바를 진솔하게 다 털어놓았다. 건륭은 부항의 말이 채 끝나기도 전에 벌써 어떻게 해야 할지를 알 것 같았다. 형세는 그가 상상하고 있는 것보다 훨씬 더 나쁠 수도 있었다. 그가 묵묵히 생각에 잠겨 있는 표정을 짓더니 입을 열었다.

"부항, 자네의 뜻에 따라야겠네. 방금 말한 내용을 골자로 어지를 작성하게. 김휘, 늑민과 이시요 등이 모두 눌친의 눈치를 보고 거짓말을 할 수는 없네. 그들의 밀주문이 곧 도착할거라 믿네."

부항이 건륭의 지시에 따라 밀지를 작성하기 위해 궁전 한 모퉁이로 향했다. 건륭이 아직 꿇어 엎드려 있는 유통훈을 보더니 차 한 모금을 마시고 나서 담담히 입을 열었다.

"일어나 앉게, 연청. 자네가 책임져야 할 부분은 전혀 없네. 경이 군기대신이 되지 못한 것은 덕과 재량이 부족해서가 아니네. 경이 없는 형부는 짐이 믿을 수 없기 때문에 경을 형부에 붙잡아둔 것이네. 요즘도 하루에 네 시간 반 정도밖에 안 잔다면서? 대단히 건강한 줄로만 알았지 심장이 부실한 건 미처 몰랐네. 이제부터는 적어도 여섯 시간씩은 자도록 하게. 짐이 태감 몇 사람을 자네 집에 파견해 시중들도록 하겠네."

유통훈이 건륭의 자상한 배려에 가슴이 뭉클해졌는지 눈에 눈물을 보였다. 더불어 코끝이 찡해지기까지 했다. 이어 코를 훌쩍거린 채 가까스로 웃으면서 말했다.

"폐하! 두 분 주군主君을 섬기면서 오늘날까지 살아왔으나 아직은 여러모로 부족한 신이옵니다. 폐하께서 변함없는 성총을 내리시니 이 거룩한 은혜를 어이 보답해야 할지 모르겠사옵니다. 요즘은 정말 태평성세이옵니다. 인구가 성조 때보다 배도 더 늘었사옵니다. 그러나 물이 깊으면 배가 높아지듯 사악한 무리도 더 많아졌사옵니다. 치안에 주력하지 않을 수 없사옵니다. 이치吏治도 전 같지 않사오니 억울한 누명을 뒤집어 쓴 죄수들도 많을 거라고 사료되옵니다. 나라의 형전刑典을 장악하고 있는 관리로서 한 순간의 실수로 악인惡人을 놓치고 억울한 호인好人을 잘못 죽여 폐하의 기대를 저버린다는 것은 상상할 수도 없는 끔찍한 일이옵니다. 신은 잠자는 시간도, 밥 먹는 시간도 아깝사옵니다. 그럼에도 일은 해도 해도 끝이 없는 것 같사옵니다. 웬만한 일은 부하 서리들을 믿을 수가 없어 신이 직접 뛰어다니다 보니 몸이 축나는 것 같사옵니다. 잘못된 줄 알면서도 성정이 이러하니 달리 방법이 없사옵니다."

"그러니 더더욱 인재양성에 신경을 써야 한다는 말일세! 유능하고 믿음직한 사람을 주변에 심어야지!"

유통훈이 긴 한숨을 지으면서 다시 입을 열었다.

"인재는 발견하고 기용하는 데 그 의의가 있다고 하옵니다. 하오나 신은 이 말이 반밖에 맞지 않다고 생각하옵니다. 신의 어리석은 생각으로는 그밖에도 교화의 비중이 큰 것 같사옵니다. 인재는 교화를 통해 배출된다고 보옵니다. 더 나아가서 큰 도리를 지킬 줄 아는 사람으로 거듭나는 것이라고 사료되옵니다. 전에 산서 순무였던 낙민을 보시옵소서. 그렇게 유능하던 사람이 찬란한 장래를 스스로 짓밟고 하루아침에 탐관오리로 전락했사옵니다. 또 '좋은 관리'라는 평판을 받았던 살합량과 객이흠도 은자 몇 푼에 목숨을 걸고 말았사옵니다."

유통훈의 말은 시대의 병폐를 정확히 꿰뚫는 것이었다. 틀린 말이 한마디도 없었다. 건륭은 그렇다고 신하의 말에 연신 머리를 끄덕이면서 수긍하기는 싫었다. 그가 오랜 침묵 끝에 말했다.

"그 내용을 주장으로 올리게."

부항이 그 사이 작성한 밀지 초안을 들고 다가왔다. 내용은 준엄했다.

송강에서 올린 주장을 읽었네. 경들이 마지麻紙에 글을 써서 어람을 청할 정도로 근검, 소박한 줄은 그동안 미처 몰랐네! 하채 공략에 성공했다는 첫 구절을 읽고 흐뭇하던 짐의 마음은 쇄경사가 적들의 수중에 넘어갔다는 내용을 읽고 나서 크게 바뀌었네. 어쩐지 깊은 우려와 의구심을 떨칠 수 없네! 이기고 지는 것은 병가에서는 일상적인 일勝敗兵家之常事이라고 했네. 경복은 승패를 떠나 기군죄를 지었기 때문에 안 좋은 말로를 맞이했다는 걸 잊지 말게. 경복의 전철이 아직도 그대로인데, 어찌 감히 이를 다시 밟으려고 하는가? 경들의 주장에 따르면 쇄경사에는 현재 사라분의 소부대가 주둔하고 있다 하니 적당한 기회를 틈타 일격을 가하도록 하게. 주청올린 녹영병 지원 건은 그 필요성이 충분치 않아 윤허하지 않겠네. 북경은 금천에서 수천 리 길이네. 그 먼 곳에서 자질구레한 군무로 짐에게 사흘이 멀다 하고 주청을 올리는 것은 군부君父와 조정에 경들의 착오를 덮어씌우려 함은 아닌가? 눌친, 그대는 짐의 막중한 은혜를 한 몸에 입고 살아 왔노라면서 산을 뽑고 바다를 뒤집을 기세로 군령장軍令狀을 썼지. 짐은 아직 그것을 소중히 보관하고 있네. 장광사는 스스로 대죄입공戴罪立功의 죄인이라는 점을 시시각각 명심해야 마땅할 것이네. 감히 구중묘당九重廟堂에서 천만리를 소감하는 군부를 기만했다가는 불귀의 객으로 전락하게 될 것이니 그리 알라! 부디 빠른 시일 내에 적을 섬멸하고 금천대첩을 이끌어 내게. 모든 무기를 녹여 쟁기로 만드는 그날이 오기를 기대해마지 않네.

건륭이 부항이 쓴 밀지를 보고는 쓴 미소를 지었다.

"그 옛날의 불같던 성정대로라면 이런 식으로 밀지를 내리지 않았을 텐데! 군기처에 옥새를 찍은 다음 육백리 긴급 서찰로 발송하라 이르게!"

건륭이 말을 마치고는 고개를 돌렸다. 그때 비로소 의관을 안고 궁전 모퉁이에 서 있는 왕치를 발견했다. 그가 언성을 높였다.

"어찌해서 동작이 그리 굼뜬가? 그것도 울상이 돼 가지고!"

건륭이 말을 마치고는 바로 의복을 갈아입기 시작했다. 왕치가 그러자 건륭을 도와 조주를 걸어주고 허리띠를 매어주면서 끊임없이 주절대기 시작했다.

"소인은 진작 도착했사오나 폐하께서 천노天怒하시니 놀란 나머지 바지에 작은 걸 싸고 말았사옵니다. 그래서 감히 들어오지 못하고 다시 가서 바지를 갈아입고 왔던 것이옵니다. 하오나 이 밖에 소인이 울상이 된 이유가 있기는 하옵니다. 종수궁의 조명철趙明哲 등이 툭하면 쫓아다니면서 소인의 별명을 불러 황후마마 앞에서 시중드는 궁녀들이 소인만 보면 키득키득 웃사옵니다."

건륭이 주먹만 한 노란 얼굴을 잔뜩 찌푸린 채 원숭이와 흡사해 보이는 왕치의 꼬락서니를 물끄러미 쳐다봤다. 그리고는 웃음을 터트렸다.

"자네는 별명도 있었나? 뭔가?"

왕치가 무척이나 화가 났는지 씩씩대면서 대답했다.

"말씀 올리기 거북하옵니다. 소인은 성이 왕씨이옵니다. 태감들 중에 여덟째이옵니다. 그런데 어떤 빌어먹을 놈이 그걸 가지고 '왕바'王八(자라를 의미함. 남성의 상징이 자라의 머리처럼 묻혀 있다는 의미가 있음. 중국인 최고의 욕)라는 별명으로 했지 뭡니까?"

"푸훗!"

건륭이 갑자기 입에서 웃음을 폭발시키듯 내뱉었다. 곧이어 위로라도 하려는 어조로 말했다.

"그렇게 억울해할 건 아닌 것 같은데? 천한 노비인 주제에 자라면 어떻고 거북이면 어떤가? 그것이 보신에는 으뜸이라고 하지 않나!"

부항과 유통훈은 애써 참고 있다가 건륭이 크게 웃는 통에 그만 소리를 내면서 웃음을 터트리고 말았다. 덕분에 방금 전의 우울하고 숨 막히던 분위기는 한결 가벼워졌다. 부항과 유통훈이 물러가려고 엉거주춤 일어서자 건륭이 말했다.

"아마 황후가 짐이 화를 내고 있을 거라는 생각에 왕치를 보내 짐을 웃겨주려고 한 거 같네. 서두르지 말게. 아직 할 말이 남아 있네."

"예, 폐하!"

"이치吏治의 혼란, 관리들의 타락, 그리고 하공河工과 조운漕運 분야의 문제점은 사실 각각 떼어놓고 볼 수 없는 것들이네."

건륭은 한바탕 웃고 나자 기분이 한결 좋아진 듯했다. 목소리도 밝아지고 있었다.

"금천의 승패는 물론 중요해. 하지만 그렇다고 전체적인 국면에 큰 영향을 미치는 건 아니네. 굳이 비교할 것 같으면 그래도 정치가 근본이 되겠지. 전부 불투명한 군사에 매달려 있지 말고 부항, 자네는 육부구경들을 소집해 정무 개선에 도움이 되는 의견들을 모아보게. 훌륭한 건의를 제출해 채택이 된 관리들은 고공사考功司에 이름을 올리고 후한 상을 내리도록 하겠네. 그리고 호부는 수재와 가뭄 피해를 입은 양자강 이북의 몇몇 성들에 대한 실사를 확실하게 하고 재해복구 대책을 면밀히 검토하라고 이르게. 전염병이 돌지 않도록 최일선의 주현관州縣官들이 나서서 미리 예방하라고 해. 또 이미 전염병이 돌기 시작한 지역은 더 이상의 확산을 막아야 하네. 재해복구를 위해서는 돈을 아끼지 말고 대책마련에 최선을 다하라고 이르게. 일부 불량한 관리들이 불난 틈을 타도둑질하려는 흑심을 품는 것도 당연히 감시를 잘 해야겠네. 벼룩의 간을 꺼내먹는 일이 없도록 말이지."

"명심하겠사옵니다, 폐하! 돌아가자마자 착수하겠사옵니다."

부항이 힘 있게 대답했다. 건륭이 유통훈에게도 지시를 내렸다.

"유통훈, 자네는 좌도어사 직도 겸하도록 하게. 경이 태만한 사람이 아니라는 것은 잘 알고 있네. 다만 사소한 일에 지나치게 집착하는 건 바람직하지 않네. 내일 자네 아들 유용을 들여보내게. 이제 막 진사에 급제했으니 형평상 파격적인 대우를 해줄 수는 없네. 형부 얼옥사讞獄司(재판을 통해 형을 정하는 기관)에서 주사主事 직을 맡아 경의 업무를 도와주도록 하세. 부하이자 아들이니 짐이 말하지 않아도 오죽 찰떡궁합이겠나?"

유통훈이 건륭의 조치가 고마운 듯 황송한 표정을 한 채 절을 하고 바로 일어났다. 이어 정색을 하면서 아뢰었다.

"부무部務는 신이 거뜬히 짊어질 수 있사옵니다. 하오나 국가의 상례常例를 어겨가면서 그 녀석을 곁에 끼고 있을 수는 없사옵니다. 주사라면 정육품이옵니다. 이갑 진사의 관품치고는 지나치게 높다고 생각하옵니다. 신은 폐하의 성심만 받아들이겠사옵니다. 견자犬子는 비록 뜻이 높고 재주도 있사오나 아직 경륜이 바닥이옵니다. 여느 진사들과 더불어 지방의 주현관부터 시작하는 것이 그 아이의 장래에도 유익할 것으로 사료되옵니다."

건륭은 유통훈의 말을 듣자 기분이 한결 좋아지는 듯했다. 천천히 자리에서 일어서면서 입을 열었다.

"좋은 생각이네. 그게 진정 자식을 생각하는 부모 마음이지! 그렇다면 짐은 경의 뜻에 따라주겠네. 그만 물러가게. 내일 유용은 이부를 통해 짐을 알현하게 될 거네. 그때 가서 짐이 훈육을 내릴 것이네."

부항과 유통훈은 조용히 물러갔다. 커다란 궁전에는 건륭과 10여 명의 태감, 궁녀들만 덩그러니 남게 됐다. 건륭은 앉은 자세 그대로 한참 동안 꼼짝도 하지 않았다. 금천의 형세가 도대체 어떤 상황인지 자꾸 궁금했던 것이다. 새로 부임한 양강 총독 김홍이 보낸 밀주문 역시 무척이나 신경 쓰였다. 일지화가 강소성 북쪽에서 사교를 퍼뜨려 민심을 피폐하게 만들기 때문에 난민들을 구제하고 교화하는 것이 시급하다는 내용이었다. 어지럽게 부유하던 건륭의 사색의 편린은 다시 이치吏治로 돌아왔다. 관리들이 업무를 빙자해 공금으로 먹고 마시는 풍조가 만연하는 추세인 데다 각종 명목을 들어 국고에 손을 대는 사례도 빈발하고 있었으니 그럴 만도 했다. 문제는 해결해야 할 문제는 그렇게 산더미 같은데 실마리가 보이는 것은 하나도 없다는 사실이었다. 건륭은 다시 초조해지기 시작했다. 궁전도 처음 들어섰을 때처럼 시원한 느낌이 들지 않았다. 그는 벌떡 일어나 누가 부르기라도 한 것처럼 서쪽 배전配殿으로 걸어갔다. 수년 동안 가까이에서 시중들면서 건륭의 성격을 완전히 파악한 왕치는 감히 따라 들어갈 엄두를 내지 못했다. 대신 몇몇 태감들을 불러 배전 입구에서 시립하도록 지시했다.

사실 이곳은 어느 누구도 마음대로 드나들 수 없는 금지禁地였다. 원래는 옹정을 시중들던 금하錦霞라는 궁인宮人이 살던 곳이었다. 그녀는 당시 황자였던 건륭과 '눈이 맞았다'는 이유로 태후에 의해 대들보에 목을 맨 비운의 여인이었다. 당연히 이곳도 세월이 흐르자 새롭게 단장을 했다. 문도 북향으로 고치고 기둥과 벽도 새로 산뜻하게 칠했다. 그러나 서쪽 배전만은 전혀 손을 대지 않았다. 모든 소품은 옛날 그대로 있었다. 심지어 거미줄마저 금하가 임종할 때의 모습 그대로였다. 건륭은 매번 심사가 불안하고 심신이 피곤할 때면 이곳을 찾아 한참 앉았다 가고는 했다. 그때마다 신기하게도 고뇌가 가시고 마음이 홀가분해졌다. 이는 이미 궁전에서 시중드는 태감과 궁녀들 사이에서는 공공연한 비밀이었다.

"금하, 금하야! 짐이 너를 보러 왔느니라!"

건륭은 거미줄이 드리운 문을 밀고 들어가면서 나직하게 금하의 이름을 불렀다. 벽에는 시녀도侍女圖를 비롯해 금하가 그린 서화 작품들이 먼지를 잔뜩 뒤집어쓴 채 예전 그대로 걸려 있었다. 침대맡의 자그마한 책상 위에는 줄이 끊어진 가야금도 놓여 있었다. 순간 건륭은 진분홍 혀를 날름대면서 귀엽고 앙증맞은 표정을 짓던 금하의 생전 모습을 떠올렸다. 마음이 괴로웠다. 그는 미닫이 문 위로 눈길을 돌렸다. 몇 줄의 글이 적혀 있었다.

다시 보니 그대는 이미 천애天涯로 갔는데,
이별의 한은 어찌 날로 더해만 가는가.
동풍에 꿈이 날아갈세라 이불깃을 여미니,
그대는 아직 내 옆에서 진분홍 혀를 내미네.
달은 무료하고 사람은 잠들었는데,
살짝 열린 문틈으로 만발한 배꽃 가지 하나 보이네.

글은 건륭이 《사고전서》를 논하는 자리에서 기윤에게 특별히 명령해 즉석에서 쓰게 한 것이었다. 당시 그는 송지宋紙, 송묵宋墨, 특제 호필湖筆과 벼루 등 진귀한 '문방사보'를 총동원해 멋진 글귀를 남기라고 한 바 있었다. 그 말에 기윤은 깜짝 놀랐었다. 건륭은 그 모습을 아직도 눈에 선하게 기억하고 있었다. 순간 건륭의 입가에 착잡한 미소가 스쳤다.

건륭이 한참동안 넋을 놓고 앉아 있을 때였다. 갑자기 밖에서 발소리와 함께 여인네들의 웃음소리가 들려왔다. 건륭이 휘장을 걷고 창문 너머로 내다보자 언홍과 영영이 유호록씨와 나랍씨, 왕씨, 그리고 그녀들에게 소속된 시녀들과 함께 태후를 부축해 승여에서 내려서는 모습이 보였다.

"황제께서는 어디 계시나?"

태후가 통로를 따라 궁전으로 들어서면서 그녀 특유의 가늘고 떨리는 목소리로 물었다.

5장

명신名臣과 명노名奴

건륭은 부랴부랴 서쪽 배전에서 나오면서 문앞에 대기하고 있던 왕치에게 지시를 내렸다.

"의자와 탁자에 먼지가 많아. 깨끗이 청소한 뒤 문을 닫아걸고 나오거라."

건륭은 말을 마치자마자 서둘러 정전으로 종종걸음을 옮겼다. 얼굴에는 어느새 웃음기가 가득했다. 그가 서쪽 모퉁이를 막 돌아설 때였다. 뜻밖에도 다른 곳에 정신을 두고 걸어오던 궁녀와 그만 부딪치고 말았다. 상대는 놀랍게도 내낭이었다. 건륭은 웃음이 나왔으나 짐짓 근엄한 표정으로 말했다.

"자네, 짐의 발을 밟았네!"

"노비가 죽을죄를 지었사옵니다, 폐하!"

건륭을 알아본 내낭은 두렵고 난감한 모양이었다. 부끄러워 어쩔 바를 모르던 그녀가 급기야 황급히 무릎을 꿇은 채 사죄를 했다. 이어 기어들어가는 듯한 목소리로 아뢰었다.

"태후마마께서 폐하께서 계신 곳을 찾아보라고 하셔서 이년이 허둥대다가 그만……."

내낭은 분홍색 적삼과 가랑이에 매화꽃을 수놓은 녹색 바지를 입고 있었다. 엎드려 있는 어깨가 동그라니 예쁘게 보였다. 또 바닥까지 끌리는 길게 땋은 머리채와 어깨 너머로 빨간 댕기를 드리운 모습은 누가 봐도 얌전하면서 귀여웠다. 내낭은 얼굴이 발갛게 상기된 채 건륭의 눈길을 피해 뭐라 알아듣지 못할 말로 종알거렸다.

"풋사과처럼 곱기도 하구나! 두려워하지 말아라. 일부러 밟은 게 아니니."

내낭의 우윳빛 목은 빨갛게 익은 얼굴과 선명한 대조를 이루고 있었다. 잔주름 하나 없이 매끈한 것이 마치 흰 비단 같았다. 그뿐만이 아니었다. 이제 부풀어 오르기 시작한 앞가슴이 놀란 새처럼 달싹거리고 있었다. 건륭은 꿈틀대는 충동을 이기지 못하고 쭈그리고 앉았다. 그리고는 욕정에 불타는 눈으로 탐욕스레 내낭을 바라봤다. 이어 새끼손가락으로 내낭의 이마를 덮고 있는 머리카락을 살짝 걷어 올렸다. 내낭의 오른쪽 이마에 있는 조그마한 흉터를 만지면서 솜처럼 부드럽고 온화한 어투로 말했다.

"이건 위청태의 집에 있을 때 맞아서 생긴 자국인가? 많이 아팠겠구나. 처음에는 머리에 가려 잘 안 보이더니……."

건륭이 손을 아래로 내리다 말고 순간적으로 내낭의 봉긋한 젖무덤을 스치듯 만졌다. 곧바로 불에 덴 듯 손을 움츠렸다.

내낭은 쭈그리고 앉은 채 자신을 뚫어지게 바라보고 있는 건륭이 그리 싫지 않았다. 가슴은 더욱 세차게 쿵쿵 뛰고 있었다. 그러나 당아로부터 폐하께서 하문하셨을 때는 반드시 대답을 해야 한다는 '규칙'을 들어 알고 있었던 터라 아무 말이라도 해야 했다. 그녀가 떨리는 목소리로 건륭에게 다시 용서를 빌었다.

"이년이 조심성이 없어서 폐하의 발을 밟았사옵니다. 용서해주시옵소서."

"아니다, 네 잘못이 아니니라."

건륭은 타오르는 욕정 때문에 이미 혼이 절반이나 날아가 있었다. 급기야 또다시 손을 내밀어 내낭의 앞가슴을 건드렸다. 바로 그때 등 뒤에서 발자국 소리가 들려왔다. 왕치를 비롯한 태감들일 거라고 생각한 건륭이 일부러 목청을 돋워 훈계했다.

"짐의 발을 밟았으면 어서 시중을 들어야지. 엎드려 있으면 만사대길인가?"

건륭은 말을 마치자마자 뒤를 돌아봤다. 그러나 아직 발소리만 들릴 뿐 사람 모습은 보이지 않았다.

"바보 같은 계집애 같으니라고!"

건륭은 재빨리 내낭의 머리를 쓰다듬고는 짐짓 아무런 일도 없었던 듯 태연스레 정전을 향해 걸어갔다. 그랬음에도 내낭은 여전히 정신을 차리지 못했다. 긴장 때문에 몸이 오그라들어 일어날 수가 없었다. 가슴이 밖으로 튀어나올 것 같았다.

건륭은 꼬불꼬불한 유랑遊廊을 따라 정전으로 향했다. 멀리 궁전 안에서 까르르 웃음소리가 들려왔다. 그것만으로도 황후가 오지 않았다는 것을 알 수 있었다. 그가 궁전 입구에 다다르자 안에서 나랍씨의 애교 섞인 목소리가 들려왔다.

"날이 무덥다고? 날이 더운 게 무슨 상관인가! 우리가 태후마마를 모시고 가면 그 사람들이 커다란 여객선을 만들어줄 텐데. 운하에서 강바람을 시원하게 맞으면서 주변 경관을 구경하면 좀 좋겠어? 배 안에서 연극 구경도 하고 따자마자 받쳐 올리는 싱싱한 과일도 먹는 생각을 해 보라고. 아, 상상만 해도 날아갈 것 같네. 태후마마, 마마께서도 아직 이런 복은 누려보신 적이 없지 않사옵니까? 이번 기회에 함께 거동하셔야 소인들도 원님 덕에 나팔이라도 불어보죠. 태후마마께서 거동을 아니 하시면 폐하께서 소인들이 데리고 가실 리 만무하옵니다. 예? 태후마마!"

건륭은 나랍씨가 있는 아양, 없는 애교를 다 떨고 있을 때 궁전 안으로 들어섰다. 나랍씨가 그러자 황급히 손으로 입을 틀어막았다. 태후를 병풍처럼 둘러싸고 있던 비빈들 역시 어느새 제자리로 돌아갔다. 그리고는 일제히 엎드려 꾀꼬리처럼 청아한 목소리로 문후를 올렸다.

"다들 그만 일어나게!"

건륭이 자상한 어조로 말하면서 태후에게 다가가더니 예를 갖춰 문후를 올렸다. 태후가 함박웃음을 지으면서 손잡이에 기대고 있던 오른팔을 살짝 들어 일어나라고 했다.

"일어나세요, 황제! 이 사람들이 지금 이 늙은이에게 떼를 쓰고 있어요. 지난번 황제께서 남순南巡 의사를 밝힌 후부터 어미는 이처럼 성화를 받고 있답니다. 이위李衛가 선제께 올렸다는 강남화江南畫를 돌아가면서 빌려보더니 이게 갖고 싶다 저것이 먹고 싶다 야단법석을 떠는 겁니다. 그런데 황제는 어디를 다녀오시는 겁니까? 단오명절이라 겨우 오늘 하루 휴조休朝하는데 몸도 마음도 푹 쉬셔야죠. 방금 종수궁에서 장정옥의 아들이 문후 올리러 들겠노라고 청한 걸 이 어미가 돌려보냈습니다. 듣자 하니 여기서 부항과 언성을 높이면서 다퉜다고 하던데, 지금은 괜찮습니까?"

"어머니, 부항이 어찌 감히 소자와 다투겠사옵니까? 언성이 조금 높으니 그리 오해를 했나 봅니다."

건륭이 가볍게 한숨을 지으면서 눌친과 장광사가 올린 상주문에 대해 간추려 들려줬다. 이어 짤막하게 덧붙였다.

"소자는 이 때문에 초조하고 불안해 궁원宮院 여기저기를 돌아다니면서 머리를 식혔습니다."

궁전 가득한 사람들은 눌친이 금천에서 일을 그르쳤다는 소식에 깜짝 놀랐다. 낯빛도 크게 변하고 있었다. 태후 역시 놀란 기색이 역력했다. 그럴 수밖에 없었다. 원래 눌친의 증조부曾祖父 액역도額亦都는 태후의 종숙조從叔祖(작은할아버지)였다. 또 귀비 유호록씨의 아버지와 눌친은 같은 할아버지를 두고 있었다. 달리 말하면 태후를 비롯해 귀비 유호록씨와 눌친은 가깝다면 가까운 친척 사이였다. 따라서 가솔들 사이에도 평소에 왕래가 잦았다. 심지어 눌친은 입궐해 문후를 올릴 때에도 태후와 귀비 유호록씨를 피하는 경우가 좀체 없었다. 그런 눌친이 크게 패해 누란지위累卵之危의 나날을 보내고 있다는 말을 들었으니 태후와 귀비가 크게 놀란 것은 당연한 일이었다. 한참 후 태후가 무거운 침묵을 깨고 물었다.

"그래, 황제께서는 어찌 벌하실 생각이십니까?"

"아직은 군정軍情이 불투명한 상황입니다. 어떤 식으로 눌친의 죄를 물어야 할지는 두고 봐야겠습니다. 소자는 이미 그에게 쇄경사를 다시 수복하라고 하명했습니다."

"장광사는?"

"장광사는 대죄입공의 명목으로 눌친의 군무를 협조하는 사람입니다. 그 역시 조금 더 지켜봐야 할 것 같습니다. 왕법은 무정합니다. 잘못을 저질렀다면 그 사람이 누구든지 법에 따라 처벌해야 합니다."

태후는 뭔가 할 말이 있는 듯 입술을 실룩거렸다. 그러나 밖으로 내뱉지는 않았다. 건륭은 자신이 방금 한 말이 너무 무뚝뚝했다고 생각하고 있었다. 이어 태후에게 상처가 됐을지도 모른다는 생각을 했는지 곧 말투를 온화하게 바꿨다.

"소자는 어마마마의 심사를 헤아리고도 남음이 있습니다. 눌친은 소자가 전에 옹화궁雍和宮에서 글공부를 할 때부터 각별한 사이였죠. 소자는 국어(만주어)에 능한 눌친을 무척 좋아했습니다. 늘 호수와 같은 호젓한 곳으로 눌친을 데리고 가 국어로 대화를 나누고는 했었습니다."

건륭의 심사는 대단히 무거워 보였다. 말 속에도 괴로움이 물씬 묻어나고 있었다.

"물론 눌친이 군기대신의 반열에 오르게 된 것은 그 옛날의 사적인 정분과는 무관합니다. 본연의 업무에 충실하고 성품이 강직한 데다 청렴하고 충정 역시 돋보였기 때문에 추호도 주저하지 않고 그를 발탁했던 것입니다. 지금도 가끔씩 그때의 추억을 떠올리면 마음이 따뜻해집니다. 어마마마! 어찌 벌할지는 추후의 일입니다. 소자가 어마마마께 드리고 싶은 말씀은 천하 백성의 어버이인 소자의 입장을 이해해주십사 하는 것입니다. 소자는 사사로운 친분 때문에 세상 질서를 마음대로 무시해도 되는 범인凡人이 아닙니다. 소자 역시 눌친이 무사하기를 바라는 마음은 어마마마와 다를 바 없습니다."

태후가 간곡한 표정으로 호소를 하는 건륭의 얼굴을 가만히 쳐다봤다. 그러더니 소리 없는 한숨을 지었다.

"친정에서 사고가 나니 나하고 귀비는 얼굴을 들 수가 없습니다. 다 같이 무사하기를 두 손 모아 비는 수밖에 무슨 수가 있겠습니까! 내일 대각사大覺寺로 가서 부처님께 향을 사르고 눌친이 개선장군이 되어 돌아오기를 간절히 발원해야겠습니다."

"사람의 일념은 하늘이 알고 소원을 들어준다고 합니다. 우리 함께 기대해봐야 할 것 같네요!"

건륭이 마냥 우울해 보이는 태후를 바라보면서 애써 위로의 말을 건 넸다. 마음이 무겁기는 마찬가지였으나 아무래도 아들로서 그래야 한다고 생각했다. 이어 다시 분위기를 바꾸려는 듯 입을 열었다.

"어마마마, 오늘은 단오명절입니다. 좋은 얘기 나누면서 즐겁게 보내셔야죠. 아까 남순에 대해 열을 올리는 것 같던데 양강 총독의 상주문에 의하면 남경南京, 소주蘇州, 항주杭州, 양주揚州에서 행궁들이 곱게 단장하고 우리를 기다리고 있다고 합니다. 어마마마께서도 그곳 경관을 보시면 크게 반하실 겁니다. 오죽하면 한족들이 '하늘에는 천당이 있고, 지상에는 소주와 항주가 있다'上有天堂, 下有蘇杭고 했겠습니까? 가보시면 입이 다물어지지 않을 것입니다."

건륭이 한참 말을 하다 말고 갑자기 입을 닫았다. 행궁을 새롭게 단장하기 위해 내무부에서 무려 은자 500만 냥을 쏟아 부었다는 말이 문득 떠오른 탓이었다. 더구나 그 액수는 당초 행궁을 지을 때 소요된 액수의 두 배에 달한다고 하지 않았던가. 그 돈이 흑심을 품은 관리들이 사사로운 이익을 챙기고 '팔자를 고치'는 데 크게 기여했다는 말이 허투루 들리지 않은 것은 당연할 수밖에 없었다. 가까스로 조금 올라왔던 건륭의 흥은 그렇게 해서 또다시 깨지고 말았다. 곧이어 그가 얼굴에는 미소를 걸었으나 눈꺼풀이 무거워 보이는 태후를 보면서 말했다.

"어마마마, 피곤하시면 소자가 궁으로 모셔다 드리겠습니다."

승건궁에서 물러난 부항은 집으로 바로 돌아가지 않았다. 분위기도 그럴 수 있는 상황이 아니었다. 그는 유통훈과 함께 군기처로 돌아온 다음 건륭이 내린 어지를 조목조목 분류했다. 이어 호부, 형부, 이부, 병부, 예부, 공부 등으로 내려 보냈다. 업무에 대해서만은 한 치도 빈틈이 없는 두 사람의 습관은 정말 놀라웠다.

"화~재~조~심~!"

야경꾼의 목소리와 함께 궁전의 문이 닫히는 소리가 들렸다. 그 고함 소리는 가까이에서 멀리로 서서히 퍼져나갔다. 부항은 그제야 군기처를 나섰다. 그리고는 먼발치에서 뒤를 돌아봤다. 따라 나서겠다던 유통훈은 여전히 책상 위에 엎드린 채 부지런히 붓을 날리고 있었다. 창문에 비친 그림자가 무척 외로워보였다.

부항은 무거운 마음을 안고 집에 도착했다. 마당 안팎이 등롱을 밝혀 그런지 휘황찬란했다. 순간 언제부터 기다렸는지 모르는 도대道臺, 지부知府 등 관리들이 인기척을 듣고는 대기실에서 우르르 달려 나왔다. 각자 문후를 올리는 소리로 뜰은 잠시 소란스러웠다. 심신이 극도로 지친 부항은 시답잖다는 표정을 한 채 사람들을 쓸어봤다. 모두 미리 서찰을 보내 접견을 예약했던 관리들이었다. 그중에는 적당히 화풀이를 할 수 있는 만만한 문생은 단 한 명도 없었다. 부항은 나오지 않는 웃음을 억지로 지어냈다.

"이거 오래 기다리게 해서 미안하네. 오늘이 휴조일休朝日이라 시간이 넉넉할 줄 알았는데 폐하께 불려가서 이제야 돌아왔네. 그래서 말인데 오늘은 그냥 돌아가 줘야겠어. 대단히 미안하지만 어지를 받고 급히 처리해야 할 사안이 있어. 내일 저녁 다시 와 주었으면 하네."

부항이 말을 마치고는 이내 한마디를 더 덧붙였다.

"다들 저녁은 먹었나?"

사실 대부분의 관리들은 그때까지 하나같이 쫄쫄 굶고 있었다. 그러나 어느 누구도 감히 먹지 않았다는 말을 하지 못했다. 급기야 적당히 때웠노라고 입을 모았다. 부항은 물러가는 관리들을 두어 걸음 바래다 주는 흉내만 내고는 곧바로 서화청으로 향했다. 가는 길에 늙은 집사 왕씨에게 지시를 내리는 것도 잊지 않았다.

"자네 마누라를 시켜 마님에게 내가 귀가했다고 전하게. 오늘 밤은 서재에서 밤을 새워 일해야 하네. 복강안福康安, 복령안福靈安, 복륭안福隆安 세 아이들이 저녁 공부를 마쳤으면 오늘은 문후를 올리지 않아도 괜찮다고 이르게."

"알겠습니다, 어르신! 아직 식전이시죠?"

왕씨가 뒤따라오면서 대답하고는 바로 다시 물었다.

"군기처에서 같이 먹었네. 조금 있다 야식이나 들여보내게."

"예, 어르신! 소인이 주방에 그리 분부해두겠습니다."

부항이 월동문 앞에서 잠시 걸음을 멈췄다. 동시에 고개를 돌렸다.

"자네가 직접 챙기지 않아도 되네. 아랫것들에게 시키게. 가인들에게는 때가 되면 잠자리에 들라고 하게. 같이 밤 새우지 말고."

왕씨가 부항의 말에 화들짝 놀란 표정을 지었다.

"대단히 불경스럽사오나 소인은 그 명에는 따를 수가 없습니다. 태존太尊(상대의 아버지에 대한 존칭. 부항의 아버지를 이름)께서 생전에 새벽까지 손님을 접견하고 연회석에 참석하실 때 어르신께서는 졸음과 싸우면서도 편히 주무신 적이 없었습니다. 그런데 소인들이 어찌 감히 두 다리 뻗고 편히 잠을 잘 수 있겠습니까? 세 도련님을 섬기는 계집들을 제외한 나머지는 어르신과 함께 밤을 새우는 게 마땅하다고 생각합니다."

집사 왕씨의 고집은 정말 어지간했다. 부항은 그런 왕씨와 허비할 시간이 없다고 생각한 듯 마음대로 하라고 손사래를 쳤다. 그리고는 서둘러 서재로 들어갔다. 그가 각 성의 총독, 순무, 제독들에게 보내는 편지를 한 통씩 작성하는 데는 그리 긴 시간이 걸리지 않았다. 편지 내용은 건륭의 어지를 요약해 전달하고 각자의 위치에서 어지에 대한 소견을 군주에게 상주할 것을 요구하는 것이었다. 거의 비슷한 내용의 편지를 50~60통 쓰고 나자 멀리서 닭이 홰를 치는 소리가 들려왔다.

그제야 부항은 갑자기 머리가 어지럽고 손이 무거워지면서 허기가 몰려왔다. 그는 붓을 내려놓고 습관적으로 옆의 접시에서 과자 하나를 집어 입안에 넣었다. 이어 소가 여물을 되새김질 하듯 질겅질겅 씹었다. 그때 서재의 시동侍童인 내복來福이 아뢰었다.

"어르신, 그만 쉬시옵소서. 셋째도련님(복강안)께서 평소에 어르신의 필체를 모방해 서예연습을 하시고 가끔 대필하는 경우가 있지 않았습니까? 셋째도련님을 부르시는 게 어떻습니까? 어르신께서 구술하시고 도련님께서 대필하시는 게 어떨까 싶사옵니다."

"그렇게 하지. 사람을 시켜 셋째를 불러오도록 하라."

부항이 힘겹게 자리에서 일어났다. 그리고는 시큰하고 감각이 없는 오른팔을 들어 크게 원을 그리면서 서재를 나섰다. 이어 처마 밑에서 길게 심호흡을 하고는 팔다리를 움직였다. 동시에 약간 한기가 느껴지는 새벽 공기를 힘껏 들이마시자 정신이 한결 맑아지는 것 같았다. 그는 서재로 들어가는 것을 잠시 잊은 채 푸른 이끼가 낀 서재 앞의 돌담길로 내려섰다.

하늘은 구름 한 점 없이 맑았다. 검푸른 비단 같은 하늘에서는 점점이 박힌 별들이 숨바꼭질을 하듯 깜빡거렸다. 또 계곡물로 씻어낸 것처럼 말쑥한 초승달은 중천에 걸려 있었다. 연한 자주색 달무리가 있는 듯 없는 듯 초승달을 감싸고 있었다. 처마 밑에 매달려 있는 철마鐵馬 역시 미동도 없이 조용했다. 그에 반해 담벼락을 타고 올라간 나팔꽃은 벌써 기상나팔을 불려는 듯 이른 기지개를 켜고 있었다. 짙은 석류꽃 향기에 다른 꽃들의 향기까지 어우러져 지친 부항의 폐부를 깨끗하게 씻어주고 있었다.

"아버님, 부르셨습니까?"

얼마 후 부항의 등 뒤에서 복강안의 목소리가 들려왔다. 부항은 짧게 대답하고 나서 천천히 등을 돌렸다. 복강안은 부항의 셋째 아들로, 당아의 소생이었다. 아직 열다섯 살밖에 되지 않았으나 키는 부항보다 더컸다. 달빛에 긴 그림자를 끌고 나타나 차가운 새벽 공기 속에 늠름하게 서 있는 모습이 참으로 의젓하고 당당했다. 그래서인지 부항과 당아둘 다 세 아들 중에서 유난히 복강안을 편애하는 편이었다. 부항은 온화한 눈매로 지그시 아들을 응시했다. 이윽고 아버지의 위엄을 회복한표정으로 물었다.

"자고 있었느냐?"

"아닙니다. 소자는 아버님의 명을 어길 수 없습니다."

"여태 잠을 못 잤으니 졸리지 않겠느냐?"

"괜찮습니다! 소자는 형님들보다 몸이 튼튼한 편입니다."

부항은 복강안의 말을 듣고는 뒷짐을 진 채 서재로 들어갔다. 이어 책꽂이에서 손에 잡히는 대로 책 한 권을 뽑아내더니 서동에게 지시했다.

"촛불을 하나 더 밝혀라!"

부항이 고개를 돌리더니 따라 들어온 아들에게 말했다.

"《진천선생집》震川先生集의 제 십칠 부이니라."

부항이 아무렇게나 책을 펼쳐놓은 다음 복강안에게 주었다.

"이 부분은 약 천 자 정도 되겠네? 이걸 외워보거라!"

복강안이 부항의 말에 다소 의외라는 표정을 지었다. 그는 편지를 대필할 줄로 알고 들어왔기에 그럴 만도 했다. 그러나 곧 대답과 함께 책을 받아들었다. 열심히 들여다보면서 묵독을 했다. 이어 다시 책을 부항에게 돌려줬다. 복강안은 '과목불망過目不忘(한 번 보면 잊어버리지 않음)의 영재'라는 평을 받는 젊은이였다. 부항 역시 아들이 총명한 것을 모르지 않았다. 그러나 이 정도일 줄은 생각도 못했기에 속으로 적지 않게 놀랐다.

복강안은 안락의자에 파묻힌 채 자신을 뚫어지게 바라보는 아버지의 시선이 다소 부담스러운 듯했다. 그러나 혀를 내밀어 입술을 적시면서 천천히 눈에 익은 내용을 외우기 시작했다.

항척헌項脊軒은 옛날에는 남각자南閣子라고 불렸다. 크기가 방장方丈(사방이 십 척)밖에 안 돼 한 사람만 수용할 수 있었다. 백 년이나 된 노옥老屋이라고는 하나 먼지가 쌓이고 지붕이 뚫려 비가 새면 책상을 들고 이리저리 피해 다니다 날이 어두워지고 말았다고 한다. ……정원에 계수나무와 대나무가 울창하고 난초가 청초하다. 또 서향書香이 그득하고 새소리, 물소리, 바람소리가 찾아와 친구를 해주니 비가 새면 어떻고 먼지가 쌓이면 어떠랴……

토씨 하나 틀림이 없었다. 게다가 낭랑한 목소리는 옥판玉板을 구르는 구슬 같았다. 숙였다 올리는 고갯짓 역시 예사롭지 않았다. 부항은 감탄한 나머지 자리에서 벌떡 일어나려고 했다. 그러다 곧 자신이 '엄부'嚴父라는 사실을 자각하고는 헛기침을 하면서 자리에 앉았다. 이어 찻물을 홀짝이면서 계속 귀를 기울였다.

……그 뒤로 육 년이 지났다. 내 아내가 먼저 죽고 가세는 더욱 기울어 볼품이 없었다. 또 이 년이 흘러 나까지 병들어 누우니 제자들이 정성을 모아 남각자를 수리해줬다. 모양이 예전 그대로가 아니니 정이 가지 않아 밖에서 보내는 나날이 많아졌다.

복강안은 어느새 외워야 할 부분을 모두 입에 올렸다. 그리고는 자신감이 넘치는 눈빛으로 부항을 바라봤다. 잠시 묵묵히 앉아 있던 부항이 말했다.

"그 정도는 더 빠르고 정확하게 외울 수 있는 사람들도 많아. 듣자니, 네가 사謝씨 집안의 화원에서 몇몇 황자마마들과 회문會文놀이를 해서 두각을 나타냈다면서? 박수갈채를 받아 으쓱하고 기분이 좋았을 거야. 그러나 자신의 재주를 밖으로 드러냈다는 것은 곧 네가 군자의 본성을 잃었다는 사실을 뜻하기도 하느니라. 선제 때의 유묵림은 책을 읽을 때 한 번에 열 줄씩 읽고 한 번 스치는 것은 절대 잊지 않는 인재로 소문이 자자했어. 그러더니 결국 기화奇禍를 입어 날개를 접는 불운을 겪지 않았느냐. 아비가 일찍이 그런 가르침을 내리지 않았더냐?"

복강안은 아버지의 말에 눈을 내리깔았다. 몰래 아버지를 훔쳐보고 싶기도 했으나 감히 눈을 들지는 않았다. 사실 아버지 부항의 말은 완벽하게 맞는 것은 아니었다. 당唐나라의 이필李鉍, 명明나라의 장거정張居正, 대청大淸의 고사기高士奇와 장정옥張廷玉 등 명재상들도 모두 젊었을 때 그 시대를 대표할 만큼 비상한 두뇌를 가지기는 했으나 그 무슨 '기화奇禍'를 입지는 않지 않았던가. 일목십행一目十行의 재주를 칭찬하지는 못할 망정 외우라고 시켜놓고 훈계하는 것은 또 뭔가? 복강안은 속에 불만이 가득할 수밖에 없었다. 그러나 겉으로는 내색하지 않고 마음에도 없는 소리를 했다.

"아버님의 금옥양언金玉良言을 소자는 가슴깊이 아로새기겠습니다!"

부항이 복강안의 말에 한숨을 지었다.

"아비를 그리 각박한 인간이라고 생각하지는 말아라. 네가 방금 외운 내용은 귀유광歸有光의 출세작은 아니나 사람으로 하여금 본분을 망각하지 말고 현실에 안주하라는 뜻을 전하고 있단다. 작가의 깊은 뜻을 잘 이해했으면 '우물 안의 개구리'처럼 주제넘게 남의 앞에 나서는 걸 자제해야겠지. 됐어, 책상 앞에 가서 앉거라. 그리고 내가 구술하는 걸 쓰거라!"

복강안이 부항의 말이 끝나기 무섭게 황급히 절을 올리고는 책상 앞으로 다가가 앉았다. 동시에 붓에 먹을 듬뿍 찍고는 조용히 부항의 입을 바라봤다.

"단정한 해서체로 써야 돼."

부항이 한마디 강조를 하고 나서 안락의자에 반쯤 기대앉았다. 그리고는 한 손으로 조금 열이 느껴지는 이마를 쓸어내리면서 잠시 생각하더니 천천히 입을 열었다.

"원장 형, 그간 별고 없으셨소이까? 사념이 사무치오……."

부항이 인사로 서두를 떼기 무섭게 바로 건륭의 말을 되풀이했다. 우선 이치吏治를 쇄신하고 관리들의 해이해진 기강을 바로잡으려면 교화에 심혈을 쏟는 것만이 능사라고 강조했다. 동시에 조정에서 곧 이에 따른 일대 변혁을 예고하는 조치가 있을 것이라고 귀띔했다. 또 윤계선은 조정을 떠받치는 돌기둥같이 든든한 존재이기 때문에 언제 어디서나 백관의 본보기로 훌륭한 표상을 보여줘야 한다는 간곡한 글귀도 남겼다. 이어진 내용은 다소 평범했다.

이 밖에 금천의 군사가 또다시 말썽인 것 같소. 천위天威가 진노하고 있소. 이대로라면 눌친은 자칫 경복의 전철을 밟을 우려가 있소. 이와 관련해 나는 지금 사천 순무 김휘의 소식을 기다리고 있는 중이오. 김휘와 양강 총독 김홍이 친척 사이라도 되는지 모르겠소. 며칠 전 폐하를 뵙는 자리에서 폐하께서는 원장 형을 다시 강남으로 부르실 의사를 피력하셨소. 군사도 그렇고 여러 가지로 조정 안팎이 어수선한 때라 인사조정은 불가피한 것 같소. 아무튼 조정에서 원장 형에게 거는 기대는 여전히 각별한 것 같소. 그때 가서 서두르는 것보다 지금부터 광주廣州에서의 사무를 천천히 마무리하면서 발령을 기다리는 게 좋을 것 같소.

부항이 잠시 말을 멈췄다. 그리고는 가만히 촛불을 응시하더니 다시 몇 마디를 덧붙였다.

광주廣州에는 현재 서양 코쟁이들의 교회敎회당이 세 곳 있다고 들었소. 모두 특지特旨의 윤허를 받고 대국으로 온 양인洋人 무역상들이 예배를 보는 곳이라고 하오. 근자에 꽤 많은 중국인들이 그들의 선동과 유혹을 못 이겨 입교入敎하는 경우가 비일비재하다고 하니 반드시 색출해 법의 심판을 받게 해야 할 것이오. 사소한 일 같으나 결코 그렇지 않은 것이 종교사술宗敎邪術의 마력이라오. 폐하께서 사교邪敎의 움직임에 각별히 민감하시니 이 점에 유의하기 바라오. 더구나 우리는 아직 '일지화'의 위협에서 완전히 자유로운 것은 아니오. 또 강남 쪽에서 일지화가 다시 기지개를 켜고 있다는 소문도 돌고 있소. 그래서 폐하께서는 사교 소탕에 소극적인 양강 총독 김홍에게 불만을 품고 계신 것 같소.

부항이 말을 마쳤다. 복강안 역시 붓을 멈췄다. 부항이 즉각 손을 내밀었다. 이어 종이를 받아들고 복강안의 필체를 살펴봤다. 과연 자신의 필체와 기가 막히게 닮았다. 심지어 어떤 글자의 운필運筆은 자신을 능가하는 것 같았다. 부항이 흡족한 표정으로 고개를 끄덕였다.

"이제 너의 아계阿桂 삼촌에게 보낼 편지가 남았다. 앞부분은 거의 비슷하니 네가 적당히 알아서 변통해 써 보거라. 폐하께서 일전에 그에게 군기처 업무를 맡기실 의사를 피력하셨느니라. 아직 경력이 짧다는 염려는 하셨다만 인재를 구함에 있어 이제부터는 자격에 너무 치중하지 않겠다는 뜻으로 풀이되는구나. 그 밖에 운귀 장군, 감숙 순무와 감숙 제독, 복건 수사제독 등에게 쓸 편지가 아직 열 몇 통 정도 남았다. 어지 전달사항은 비슷하니 거기에 짤막한 인사말만 보태거라. 양강 총독 김홍과 하도 총독에게 보내는 서찰에는 내 말을 덧붙이거라. 운하에 새로 건축하기로 한 교량은 수면에서 이십 척 이상 높이는 돼야 한다고 말이다. 명령식으로 하지 말고 의논하는 식으로 하거라. 알겠느냐?"

"무슨 말씀인지 잘 알겠습니다."

복강안이 황급히 대답했다. 그리고는 물었다.

"아버님, 교량의 높이가 너무 높지 않습니까? 건축 비용도 만만찮고 수레와 말, 행인이 통행하기에도 불편할 텐데……."

복강안의 말에 몹시 피곤해 보이는 부항의 두 눈에 일말의 어두운 그림자가 스쳤다. 부항이 곧 자리에서 일어났다.

"어가御駕의 남순 행차를 대비한 거야. 다리가 낮으면 용주龍舟가 통과할 수 없지 않겠느냐. 너도 이제 시위 반열에 올랐으니 천천히 일을 배워나가야 할 것이니라. 네 생각이 짧아 백성들에게 피해를 입히고 나라 재산에 손실을 입히는 일은 없어야 하지 않겠느냐. 그럼 계속해서 쓰거라. 나는 졸음이 몰려와 더 이상 앉아 있을 수가 없구나. 밖에 나가 바람을 쐬고 들어와야겠다."

부항은 평소 아들을 대할 때 칭찬에 인색했다. 말투와 표정도 무뚝뚝했다. 한마디로 차가운 사람이었다. 그런데 웬일인지 지금만큼은 당아의 어투를 닮아가고 있었다. 복강안은 멀게만 느껴졌던 아버지의 따뜻하고 자상한 어투에 내심 의아스러워하면서도 가슴이 훈훈해지는 것을 느꼈다. 심지어 콧마루까지 찡해졌다. 그가 다소 목이 멘 목소리로 말했다.

"심려 놓으십시오, 아버님! 준엄하신 아버님의 훈육을 명심하겠습니다. 이제 날이 밝아 오니 주무시지도 못하시고 입궐하셔야 할 텐데 소자가 인삼탕을 끓여 올리겠습니다."

"그래, 그렇게 하거라!"

부항이 별일 아니라는 어조로 대답했다. 아들의 미묘한 감정의 변화를 전혀 감지하지 못하는 듯했다. 물론 그는 자신의 모습이 어제 같지 않다는 사실도 느끼지 못했다.

얼마 후 그가 길게 하품을 하면서 서재를 나섰다. 같이 밤을 샌 가인家人들이 복도의 긴 걸상에 앉은 채 감히 졸지도 못하고 집요하게 달라붙는 눈꺼풀을 억지로 깜빡거리는 모습이 눈에 들어왔다. 가인들은 부항이 서재에서 나서자마자 드디어 고역이 끝났다는 안도의 표정을 지은 채 일제히 일어나 아침 문후를 올렸다. 순간 부항은 동쪽 하늘을 바라봤다. 하늘이 마치 물고기 배처럼 희뿌연 색을 드러내고 있었다. 동이 트려는 모양이었다. 동시에 뜰에 가득한 만목백화萬木百花들 역시 서서히 본 모습을 드러내기 시작하고 있었다. 부항이 실소를 터트렸다.

"평소 같았으면 지금이 기상시간일 텐데 같이 밤을 새우느라 자네들도 수고가 많았네. 일인당 은자 두 냥씩 상을 내리고 오늘 하루 쉬게 하라고 소칠小七(늙은 집사 왕씨의 아들)에게 이르게. 그런데, 소칠이 이놈은 어디 갔기에 여태 안 보이는 건가?"

가인 한 명이 즉각 대답했다.

"아뢰옵니다, 어르신! 소칠은 잘못을 범해 왕 집사에 의해 벌을 받고 있습니다. 아마 밤새도록 돌을 이고 무릎을 꿇고 있었을 것입니다."

부항은 가인의 말에 깜짝 놀라 이유를 소상히 물어보려고 했다. 그때 저 멀리서 막대기 끝에 작은 유리등을 매단 계집종들이 모습을 드러냈다. 부항은 당아가 오고 있다는 것을 알고는 서둘러 그쪽으로 다가갔다. 그리고는 계집종들이 몸을 낮춰 아침 문후를 올리는 것을 힐끗 보면서 밝은 얼굴로 당아를 맞이했다.

"어찌 이리 일찍 일어났는가? 풀잎에 맺힌 이슬에 바짓가랑이까지 적셔가면서. 강아康兒(복강안)가 하룻밤을 새웠으니 당신이 사갈蛇蝎이라도 본 듯 기겁을 하고 달려 나올 줄은 짐작하고 있었소만!"

당아는 부항의 말을 듣더니 바로 자신의 바지를 내려다봤다. 유난히 치장을 즐기고 옷매무새에 신경을 쓰는 그녀다웠다. 과연 금실로 매화꽃을 수놓은 노란색 바짓가랑이가 시커멓게 젖어 있었다. 그녀는 약간 노란색이 비치는 외투를 풀어 하녀에게 넘겨주면서 말했다.

"이게 다 당신 때문 아니겠어요? 통로에 풀이 허리를 넘는데도 하나도 못 쳐내게 하니 이럴 수밖에요! 강아는 워낙 체력이 좋아 하룻밤 새는 것쯤은 문제 될 게 없는데 당신은 달라요. 평소에도 하루에 고작 여섯 시간밖에 주무시지 않는 분이 이렇게 날을 꼬박 새면서 일해도 괜찮은 거예요? 강아는 지금 어디 있어요?"

"아직 일이 덜 끝났네. 자네는 들어가지 마시게."

부항은 시원한 새벽공기를 힘껏 들이마셨다. 이어 두 팔을 흔들고 허리를 돌리더니 가인들에게 명령을 내렸다.

"이제 그만 다들 들어가서 쉬게. 나는 마님하고 산책을 좀 해야겠네."

부항이 말을 마치더니 인공호수 쪽으로 천천히 발걸음을 옮겼다. 당아는 몰래 창가로 달려가 창문을 통해 아들의 모습을 확인하고 나서야 이슬을 밟으면서 부항의 뒤를 따라왔다.

부항 부부는 참으로 오랜만에 단둘이 아침이슬을 밟으면서 산책에 나섰다. 호숫가를 따라 흐드러지게 휘어진 버드나무가지들은 그런 둘의 분위기를 돋우기라도 하려는 듯 한껏 물이 올라 마치 하늘에서 내리는 푸른 비 같은 모습을 하고 있었다. 둘은 그러나 융단 같은 잔디밭을 거닐면서도 잠시 아무 말도 하지 않았다. 조용하던 새벽에 뜻밖의 인기척에 놀란 청개구리가 "풍덩!" 소리를 내면서 물속으로 뛰어드는 소리가 크게 들릴 정도였다. 이제 막 잠에서 깬 온갖 새들이 재잘재잘 아름다운 화음을 만들어 내면서 이른 아침의 적막을 깨트리는 소리 역시 보통 시끄러운 것이 아니었다. 한참 후 당아가 먼저 입을 열었다.

"어제 입궐해 황후마마를 뵈었나요?"

"응."

부항이 생각에 잠긴 채 짤막하게 대답했다.

"내일은 황후마마의 생신이세요. 강시江西에서 특별히 구입한 도자기와 몇 가지 서양 물건들이 조양문 부두에 도착했다고 해요. 우리 농장에서 보내온 가축들도 오늘은 도착할 텐데 공납하기 전에 당신이 한번 확인하셔야죠."

"응? 아!"

부항이 다른 생각에 잠겨 있다가 비로소 웃으면서 당아를 향해 고개를 돌렸다.

"새들이 지저귀는 소리가 하도 좋아 정신이 팔렸었어! 예단은 미리 봐서 다 알고 있어. 누님이 예물이 많다 적다 따지실 분은 아니잖아."

당아가 말없이 부항에게 두어 걸음 다가갔다. 그러더니 그의 머리에 내려앉은 버드나무 잎을 털어냈다. 이어 나무라듯 말했다.

"사람이 말을 하는데 새소리에나 혼을 빼앗기고 그래도 되는 거예요? 제 말이 새가 지껄이는 것보다 못하다는 뜻이에요? 장친왕莊親王, 이친왕履親王, 이친왕怡親王, 과친왕果親王의 복진福晉들이 우리 눈치만 살피면서 사람을 보내 예단을 얼마나 하나 염탐을 한다니까요? 얼마나 얄밉다고요! 우리 장단에 맞추겠다는 거 아니겠어요? 그러니 우리가 허술하게 하면 황후마마를 욕되게 하는 것과 다름이 없어요. 못해도 귀비나 다른 비빈들보다는 뭔가 색달라야 한다고 봐요."

부항은 당아의 말에 일리가 있다고 생각했다. 동시에 버드나무 잎을 뜯어 입안에 넣고 질근질근 씹으면서 물었다.

"우리가 준비한 예물이 은자로 치면 얼마 정도 되지?"

당아가 손가락을 꼽으면서 즉각 계산을 하고 이내 대답했다.

"삼사천 냥쯤 될 것 같네요. 거기다 도자기로 만든 관음보살상은 아직 정확한 가격대를 모르겠어요."

부항이 당아의 말이 떨어지기 무섭게 상의할 여지도 없다는 듯 단호하게 잘라버렸다.

"삼천 냥을 초과해서는 안 돼. 잘 따져보고 서양 물건을 비롯해 금 그릇과 은그릇들은 빼버리라고. 우리 농장에서 키운 가축이나 농산물로 충당하는 게 좋겠어. 무슨 말인지 알겠어?"

당아가 갑자기 정색을 한 채 목청을 높이는 부항을 물끄러미 쳐다봤다. 이어 어처구니없다는 듯 내뱉었다.

"갑자기 왜 그러세요? 깜짝 놀랐잖아요! 우리가 정정당당하게 벌어들인 은자로 예물을 올리는데 뭐가 그리 잘못됐다고 그러세요?"

부항이 동그랗게 치켜뜬 아내의 두 눈을 지그시 들여다봤다. 그리고는 피식 웃었다.

"이럴 때 보면 영락없는 토끼야! 언제 봐도 우리 마누라는 귀엽기만 하단 말이야."

부항이 일부러 샐쭉한 표정을 짓고 있는 당아의 손을 잡아 당겨 품에 안았다. 그리고는 무거운 표정으로 장황하게 설명하기 시작했다.

"이치吏治가 또다시 나락으로 떨어지고 있어. 폐하께서 조만간 칼을 뽑으실 게 분명해. 지금 잘난 척 해봤자 나중에 제일 먼저 칼을 맞기밖에 더 하겠어? 이럴 때일수록 우리는 더더욱 몸을 사리고 조심해야 한단 말이야. 누구보다 사태관망에 능하신 우리 누님이 아우가 고가의 예물을 올리지 않는다고 흠잡으실 분이야? 잊었어? 전에 혜빈惠嬪의 생신 때 고항이 금불金佛을 들여보내니 폐하께서 불상을 손가락으로 퉁기면서 뭐라고 하셨어? '인혈人血, 인고人膏로 만들었는데도 이런 소리가 난다는 말이지?'라고 하셨잖아. 혜빈은 혼비백산해 그날로 자녕궁 태후마마께

불상을 올려 보내지 않았는가. 고향은 그 비싼 금불을 받쳐 올리고도 오그라든 간담을 펴는 데 시일이 꽤 걸렸다고 하잖아. 왜 돌을 들어 자기 발등을 찍는 미련한 짓을 하느냐 이 말이야, 내 말은."

당아는 부항의 말에 내심 탄복을 하지 않을 수 없었다. 그렇다고 순순히 잘못을 뉘우치고 싶지도 않았다. 그러나 곧 주위에 사람이 있는지 없는지를 확인하고 나서 손가락으로 부항의 이마를 힘껏 밀어내면서 애교 섞인 눈웃음을 쳤다.

"알았사옵니다, 부상! 아녀자가 어찌 명신名臣의 찬란한 장래를 가로막겠사옵니까!"

부항이 당아의 한껏 과장된 말투에 껄껄 웃었다. 이어 손에 힘을 주더니 당아를 껴안으면서 궁금했던 점을 물었다.

"소칠은 무슨 잘못을 했기에 돌을 이고 밤새도록 무릎을 꿇고 있었다는 거야?"

당아가 즉각 대답했다.

"그건 왕 집사의 특별한 아들 교육법이겠죠. 어제 몇몇 친왕의 자제들이 다녀갔어요. 소칠이 석류를 따서 한 사람 앞에 하나씩 서재에 갖다 놓았나 봐요. 그런데 그 도련님들이 잠깐 밖에 나가서 노는 사이에 왕 집사의 손자가 사달을 일으켰어요. 그러니까 소칠의 아들이겠네요. 지난번 복숭아나무에 기어 올라갔다가 떨어졌던 그녀석 말이에요. 그녀석이 창문 너머로 손을 내밀어 하나를 훔쳤다고 하네요. 헌데 공교롭게도 융隆 도련님한테 들켰나 봐요. 융 도련님도 그렇지 그 쪼그마한 애의 따귀를 때렸다지 뭐예요. 그랬더니 아이가 갑자기 무서운 기세로 달려들더니 융 도련님의 손을 물어뜯었대요. 소칠이 그 소식을 듣고 달려와서 아이를 혼내고 융 도련님께 손이 발이 되게 빌고 난리법석을 떨었대요. 왕 집사의 그 성질에 소칠이를 가만 뒀겠어요? 자식교육을 그따위로 했느냐고 벌을 준 거죠."

당아가 웃음 띤 얼굴을 한 채 다시 말을 이었다.

"그 주인에 그 노비인가 봐요. 왕 집사도 당신을 꼭 닮아가는 걸 보면!"

"아니, 그런 일이 있었다는 말이야? 대여섯 살밖에 안 된 놈을 때린 쪽이나 죄 없는 그 아비에게 분풀이를 하는 영감탱이나 다 똑같네!"

부항이 몹시 흥분한 어조로 화를 냈다. 얼굴에서 웃음기가 싹 사라지고 있었다. 그러는가 싶더니 오던 길로 발걸음을 돌리면서 따라오는 당아에게 말했다.

"우리는 폐하의 노비이고, 그 사람들은 우리의 노비야. 장상이 이렇게 말한 적이 있어. '군주가 신하를 수족처럼 여겨야 신하도 군주를 어버이처럼 받들 것이다. 또 군주가 신하를 초개같이 여긴다면 신하는 군주를 원수처럼 대할 것이다'라고 말이야. 심오한 것 같으나 간단한 말이야. 어서 가봐야겠어!"

부항과 당아는 약속이나 한 듯 발걸음을 빨리 내디뎠다. 더 이상 말도 하지 않았다.

부항의 가노 왕칠王七의 집은 동쪽 뜰 한 모퉁이에 있었다. 왕칠은 조상 대대로 부항 가문의 종으로 살아왔을 뿐 아니라 부저 전체의 살림을 맡아하는 집사였다. 때문에 부항은 왕칠이 결혼을 하자마자 따로 살림을 내줬다. 아무려나 왕 집사는 부항이 의문儀門 앞에 다다르자 직접 가인들을 거느리고 처마 밑에 걸린 등불을 끈다, 통로를 빗자루로 쓴다 하면서 바쁘게 움직이고 있었다. 가인들도 두 사람이 들어서자 하던 일을 멈추고 예를 갖춰 문후를 올렸다. 늙은 집사 왕씨 역시 엉기적거리면서 다가와 정중하게 인사를 올렸다.

"어르신! 마님! 밤새 강녕하셨습니까!"

"노친네가 이제는 노망이 들었나? 어쩐지 밤새도록 소칠이 안 보인다 했어. 밤새도록 무릎을 꿇었다는데 지금 어디 있는가? 앞장 서, 어서!"

부항이 다짜고짜 웃음 섞인 욕설을 퍼부었다. 그리고는 뭉그적거리면서 앞서가는 왕씨를 따라 포도 넝쿨이 무성한 골목으로 들어갔다. 이어 울타리에 나팔꽃이 가득 덮인 그의 뜰에 들어서자마자 흠칫 놀라며 멈춰서고 말았다. 소칠이 평소에 식탁으로 쓰는 석탁石卓 옆에 무릎을 꿇고 있었던 것이다.

석탁 위에 놓인 접시에는 다과 몇 개가 아직 남아 있었다. 소칠의 마누라는 그 옆에서 숟가락으로 남편에게 물을 떠먹이고 있었다. 사달을 일으킨 소칠의 아들 역시 나이가 엇비슷해 보이는 두 계집아이와 함께 아비 옆에 울상이 된 채 서 있었다. 눈물을 참느라 입을 비죽거리고 있었다. 그러다 할아버지가 주인主人과 주모主母를 데리고 들어서자 "으앙!" 하고 울음을 터뜨렸다. 이어 부항의 발밑으로 다가가 무릎을 꿇더니 작은 두 팔로 그의 다리를 껴안고 애걸했다.

"어르신……, 흑흑흑. 어르신, 다시는 까불지 않겠습니다. 흑흑……. 이놈이 커서 어른이 되면…… 어르신을 잘 모시고 할아버지의 말씀도 잘 들을 테니 아버지를 용서해 주세요."

부항은 어린 것의 눈물겨운 하소연을 듣자 자신도 모르게 콧마루가 찡해졌다. 당아는 더했다. 바로 눈물을 훔치더니 소칠에게 다가가 머리 위에 이고 있던 돌을 받아 내렸다.

"어르신과 마님께서 용서를 해주셨는데 사은을 표하지 않고 뭘 해?"

집사 왕씨도 목소리를 많이 누그러뜨리는 것 같았다. 그러나 낯빛은 여전히 푸르뎅뎅했다. 순간 소칠이 눈물을 비 오듯 흘리면서 앞으로 폭 꼬꾸라졌다. 이어 절을 하고 나서 버둥거리면서 일어나려 했다. 그러나 허사였다. 목과 허리가 굳어져 마비가 된 것이다. 당아가 안 되겠다고 생각한 듯 자신이 먼저 나섰다.

"됐네, 왕씨. 이러다 사람 잡겠네. 똥오줌도 겨우 가리는 아이가 몰라서 잘못을 저질렀거니 생각하고 적당히 훈계하면 됐지, 이렇게 혹독하게 할 것까지 뭐 있나?"

왕씨가 당아의 말에 눈물범벅이 된 얼굴을 한 채 길게 탄식을 내뱉었다.

"자비로우신 주인어르신 밑에서 자손 대대로 아쉬울 게 없이 살아왔습니다. 어르신께서는 천추에 길이 남는 명신名臣이 되기 위해 밤을 새면서 진력하고 계십니다. 명신을 섬기는 종들이 명노名奴가 되지 않고서야 어찌 주인어르신의 하늘과 같은 은혜에 보답할 수 있겠습니까!"

부항은 왕씨가 얼떨결에 지어낸 듯한 '명노'라는 말이 웃긴다고 생각했다. 그러나 체통을 생각했는지 애써 터져 나오는 웃음을 참고 있었다.

"그놈, 대단히 영악하게 생겼는데?"

부항이 허리를 숙이더니 사내아이의 가느다랗게 땋아 내린 머리채를 쓸어내렸다.

"몇 살이야? 정식 이름은 있느냐?"

사내아이가 자상한 부항의 말투를 듣자 곧바로 눈물을 쓱 닦으면서 무릎을 꿇었다. 이어 익살스럽고 천진난만한 얼굴을 들고는 배시시 웃었다.

"이놈은 올해 여덟 살입니다, 어르신. 다들 '원숭이'라고만 불러 다른 이름이 있는지는 모르겠습니다."

부항은 또릿또릿한 눈빛만큼이나 또랑또랑한 사내아이의 대답에 대단히 흡족한 표정을 지었다. 그리고는 아이를 요모조모 뜯어보았다.

"내가 네 이름을 지어줄게. 누가 이름을 물을라치면 너는 이제부터 '길보吉保예요!'라고 대답하는 거야, 알았지? 너의 아비가 내 시중을 들듯이 너도 커서 도련님들을 잘 섬겨야 하느니라. 잘하면 언젠가는 출세하는 날이 올 것이야!"

부항의 말이 떨어지기 바쁘게 아이는 쿵쿵 소리 나게 머리를 조아렸다. 순간 부항과 당아는 말할 것도 없고 집사 왕씨와 아비 소칠노 적이 놀란 표정을 지었다. 그러나 이마에 벌겋게 피멍이 든 아이는 전혀 아픈 내색도 없이 앙증맞은 입에 힘을 주면서 대답했다.

"망극하옵니다, 어르신! 길보는 커서 반드시 어르신의 은혜에 보답하겠습니다! 도둑놈들이 물건을 훔쳐가지 못하게 집을 잘 지키겠습니다. 지켜봐 주십시오."

"하하! 고놈, 제법인데? 과연 왕 집사의 손자답구나!"

부항이 연신 아이의 머리를 쓰다듬으면서 싱글벙글했다.

"오냐, 참으로 갸륵하구나. 이제부터 월례月例를 받으면서 도련님들의 서재에서 필묵을 시중 들거라. 될성부른 나무는 역시 다르구나!"

부항이 말을 마치더니 안주머니에서 회중시계를 꺼냈다. 어느새 입궐할 시간이 다 돼가고 있었다. 부항은 왕씨에게 몇 마디 지시를 내리고는 바로 수레를 타고 집을 나섰다. 이어 서화문에 도착한 다음에는 늘 그랬듯 돌사자 옆에서 내려 걸어 들어갔다. 서화문 밖에서는 접견을 기다리는 외관外官들이 여기저기 삼삼오오 모여 있었다. 그들은 부항이 다가오는 걸 보고는 감히 말을 붙이지 못한 채 한쪽으로 다소곳이 물러났다. 부항은 슬쩍 그들을 일별했다. 어젯밤 자신의 집으로 와서 기다렸던 십여 명의 관리들 역시 무리 중에 섞여 있었다. 그가 미소를 지으면서 그들을 향해 고개를 끄덕였다. 바로 그때였다. 멀리서 유통훈이 각 부원部院의 상서와 시랑侍郎들을 한 무리 달고 느릿느릿 걸어오고 있었다. 군기처 대장경大章京인 기윤의 모습도 보였다. 부항은 바로 걸음을 멈췄다. 이어 몇 걸음 다가가서는 유통훈과 기윤의 손을 하나씩 잡았다.

"수고했소! 어젯밤 군기처에서 밤새 회의를 한 모양이오? 한시도 눈을 붙이지 못했겠군!"

"회의는 했습니다만 저희가 감히 저 많은 사람들을 전부 대내大內로 불러들일 수야 있겠습니까? 폐하께서도 어젯밤 늦게까지 군기처에서 보고를 받으셨습니다. 나중에는 기윤과 독대를 하시어 사경이 다 돼서 침수에 드셨다고 합니다."

유통훈의 말이 끝나기 무섭게 부항이 기윤을 바라보면서 웃음 머금은 얼굴로 말했다.

"오랜만이네. 축하하네!"

기윤이 즉각 당치도 않다는 듯 수줍은 미소를 지었다.

"축하라니요! 무슨 말씀이십니까? 그리고 불과 사흘 전에 뵈었었는데 어찌 오랜만이라고 하십니까?"

부항이 즉각 본론을 꺼냈다.

"문화전 대학사로 발령 났네. 예부에서 발령을 알리는 표表도 작성한 상태야. 이것이 축하 받을 일이 아닌가? 그리고 하루가 여삼추라고 했으니, 사흘이면 구추九秋가 아닌가? 그래도 '오랜만'이 아니라는 말인가?"

부항의 억지에 그를 비롯해 유통훈, 기윤 등은 모두 웃지 않을 수 없었다. 그러나 장소가 금원禁苑인 탓에 감히 크게 소리를 내지는 못했다. 한편 유통훈은 새 관복을 단정하게 차려입은 채 먼발치에서 공손한 자세로 자신 쪽을 바라보고 있는 아들 유용을 발견했다.

"먼저 실례하겠습니다."

유통훈이 발길을 옮기려고 하자 기윤이 기분좋은 농담을 건넸다.

"아들이 오늘 단독으로 폐하께 인견引見된다고 하니 아버지가 더 긴장하는 것 같습니다!"

기윤의 말이 떨어지기 무섭게 부항이 그에게 고개를 다시 돌리며 거듭 축하인사를 건넸다.

"대학사가 된 걸 진심으로 경하하네. 소식이 발표되면 술을 사라고 아우성들일 텐데 처음부터 약점 잡혀 어사들의 붓끝에서 허우적대지 말고 각별히 조심해야 하네! 아계가 북경으로 발령이 나면 늦더라도 내가 조촐하게 연회를 차려줄 테니 그리 알고 있으시게."

기윤이 황송하다는 듯 즉각 답례를 올렸다.

"늘 관심을 가져주시고 배려해주신 덕분입니다, 중당 어르신."

부항이 깍듯이 예를 갖춰 인사하는 기윤의 등을 가볍게 밀쳤다.

"자네는 명민해서 남의 돈으로 잔치를 벌이고 뒤통수 얻어맞는 짓은 하지 않을 것이라 믿네. 그냥 노파심에서 해본 소리였어."

"시간이 이제 다 됐네요. 중당 어르신, 어서 가보십시오. 소생은 돌아가서 밥을 먹고 다시 오겠습니다."

기윤은 말을 마치고는 곧바로 밖으로 걸음을 옮겼다. 승진했다는 소식을 들어서 그런지 발걸음이 아주 경쾌했다.

6장
늙은 재상의 과욕

　부항은 군기처로 들어섰다. 그러자 바로 당직 태감이 두툼한 주장奏章 뭉치를 들고 왔다. 네다섯 개의 노란색 밀주함 역시 조심스레 옮겨왔다. 단단히 밀봉된 열 몇 통의 편지도 함께였다.

　"농차를 한 잔 가져오게. 아주 짙은 차로 말일세!"

　부항은 분부를 내리고 나서 서둘러 밀주함을 열었다. 이어 주장을 올린 목록을 일별했다. 그러나 그가 눈이 빠지게 기다리던 김휘를 비롯해 이시요와 늑민의 밀주문은 없었다. 밀주함에는 그저 윤계선과 김홍 등 몇 사람의 밀주문만 들어있을 뿐이었다. 그가 못내 실망스러운 표정을 감추지 못하더니 곧이어 편지를 한 통씩 넘겨가면서 일독했다. 순간 부항의 눈빛이 심지를 돋운 등잔불처럼 확 살아났다. 늑민의 편지가 눈에 띄었던 것이다. 두어 통을 더 넘기자 이번에는 '시요侍堯 근배謹拜 부傅 중당 친수親受'라고 적힌 편지도 있었다. 모두 화칠火漆로 봉한 밀함密函이었다. 그가 조심스레 가위로 김휘의 편지 겉봉을 자르고 속지를 꺼낼 때였다. 군기처 장경章京인 서륜叙倫이 들어왔다.

"부상, 외임 현령으로 발령이 나는 유용을 비롯해 열 몇 명이 들어왔습니다. 어디에서 인견引見을 기다리고 있어야 하는지 분부를 내려주십시오. 전도 나리도 들어와 있습니다. 원명원 재건축과 관련해 은자 조달이 필요하다면서 드릴 말씀이 있다고 합니다. 어제 연청 대인과 상의했으나 합의를 보지 못했다면서 부상의 결재를 부탁드린다고 했습니다."

"내가 이 편지 몇 통만 뜯어 볼 동안 전도에게 옆방에서 기다리라고 이르게. 나머지 인견을 기다리는 사람들은 전부 건청문 밖 천가天街에서 기다리라고 하게. 조금 있다 기윤이 데리고 폐하를 뵈러 갈 것이네."

부항이 말을 마치고는 천천히 김휘의 편지 속지를 펴들었다. 그러다 갑자기 뭔가 생각이 난 듯 다시 물었다.

"방금 연청 공을 봤는데 왜 전도를 만났다는 얘기가 없었지? 그리고 둘은 왜 합의를 못 봤을까?"

서륜이 책상 위에 널려 있는 문서들을 정리하면서 대답했다.

"저도 상세한 내막은 잘 모르겠습니다. 태감들의 말로는 연청 공의 태도가 무척 냉담했다더군요. 부상을 찾아가 말씀드려 보라면서 전도 나리의 등을 떠밀더랍니다."

"차가운 거야 그 사람 본성이지! 처음부터 원명원 재건축을 반대한 사람이기도 하고."

부항은 말을 마치자마자 바로 사천 순무 김휘의 편지에 시선을 박았다. 김휘가 장문의 편지에 언급한 내용은 당연히 적지 않았다. 그러나 코에 걸면 코걸이, 귀에 걸면 귀걸이라고 정작 중요한 부분에 대해서는 분명한 의견을 피력하지 않고 있었다. 사천성 동부 지방에 봄 가뭄이 심각해 어찌어찌 힘겹게 파종을 마쳤다는 둥, 종족 간 불화로 인한 총기난사 사건이 발생해 수사를 하느라 경황이 없었다는 둥 그렇게 중요하지 않은 일을 보고하는 데 필묵의 대부분을 허비하고 있었다. 부항은 그런 내용들을 무시하고 '금천金川 군사軍事' 네 글자만 찾았다. 과연 편지 끝부분에 부항이 고대하던 '금천 군사'에 대한 언급이 있었다. 내용은 나름 장황했다.

금천의 전사戰事는 아직 불투명합니다. 쇄경사는 여전히 사라분이 장악하고 있는 상태입니다. 눌친 중당과 장광사 군문은 또 다른 양도糧道를 개척했습니다. 그래서 아직 우리 군은 군량미 조달에 특별한 어려움은 겪고 있지 않습니다. 다만 먼 길을 돌아오다 보니 채소 수송이 늦어지고 있다고 합니다. 민공民工들의 말에 의하면 송강松崗까지 도착하면 채소가 반 이상이 썩어버리는 탓에 버릴 수밖에 없다고 합니다. 눌 중당께서는 사천에 주둔하고 있는 녹영병을 쇄경사 공략에 투입시켰으면 한다고 몇 번이고 서찰을 보냈습니다. 그러나 병권은 병부에 있습니다. 또 폐하의 어지 없이는 감히 일병일졸도 마음대로 움직일 수 없기에 그 청을 들어드리지 않았습니다. 눌 중당의 서찰에 따르면 하채下寨는 아직 아군의 수중에 장악돼 있기 때문에 막판 반전이 얼마든지 가능하다고 합니다. 사라분은 운 좋게 뒷발질로 쥐를 잡았으나 지구전에 돌입하면 오래 견디지 못하고 투항하게 될 것이라고 했습니다. 하관은 군량미 수송에 전력을 다할 뿐 군무에는 생소하니 감히 더 이상의 망발을 할 수 없습니다. 양지해 주십시오. 하오나 사라분이 보통 강적이 아님은 사실인 것 같습니다.

"잔머리만 굴리고 허튼 소리만 하는 얍삽한 족속 같으니라고!"
부항은 참을성을 발휘해 편지를 읽었다. 그러나 마지막에는 인내의 한계를 느끼고 집어 던지듯 편지를 한쪽으로 밀어버렸다. 이어 후유! 하는 소리와 함께 긴 한숨을 내쉬면서 마음을 안정시키더니 다시 늑민의 편지를 뜯었다. 늑민의 편지는 단 몇 줄밖에 되지 않았다. 그럼에도 진실을 은폐하거나 왜곡하지 않은 채 자신의 소신을 뚜렷이 밝히고 있었다.

우리 대군이 처한 상황은 상세하게 알 수 없습니다. 몇 번 송강으로 떠났으나 번번이 중도에서 장병藏兵들에게 막혀 되돌아오고 말았습니다. 사천 순무 김휘에게 물으니, 대승大勝을 위한 소패小敗라고만 했습니다. 송강 쪽에서 나오는 군사가 없어 초조하고 불안한 마음을 이루 형언할 수 없습니다. 하관은 솔직히 우리 군이 더 이상 반전을 시도할 여력마저 상실한 것이 아닌지 심히 우려스럽습니다. 혹시라도 사라분과 암암리에 강화를 위한 양해 각서를 체결한 것은 아닌지도 심히 걱정이 됩니다. 하오나 아직 증거가 없기에 뭐라 말씀 올릴 수 없습니다.

부항은 늑민의 편지를 읽고 난 다음 뭔가 크게 잘못됐다는 불안한 예감이 드는 것을 어쩌지 못했다. 그래도 정신을 차리고는 다시 황급히 이시요의 편지를 뜯었다. 바로 그때 문지기 태감이 들어와 아뢰었다.

"대동大同 지부知府 학영귀郝永貴가······."

가뜩이나 울화통이 치밀어 씩씩거리던 부항은 태감의 말에 더 이상 참지를 못했다. 급기야 책상을 힘껏 내리치면서 버럭 고함을 질렀다.

"학영귀인지 학방귀인지 뭐가 어쨌다는 얘기야? 썩 물러가!"

부항은 여전히 화를 참지 못한 채 씩씩거렸다. 그리고는 이시요의 서찰을 펼쳐 들었다. 편지에는 더욱 놀라운 사실이 적혀 있었다.

부상께 비밀리에 아룁니다. 조혜와 해란찰이 밤늦게 군영을 뛰쳐나와 하관에게 달려 왔습니다. 그들의 증언에 의하면 우리 군은 차례로 하채, 송강,

쇄경사에서 대패해 병력이 삼분의 일밖에 남지 않았다고 합니다. 사라분이 인정사정없이 공략을 할까 전전긍긍하고 있다고도 합니다. 두 사람은 우리 군이 처한 처절하고 참혹한 정경을 설명하면서 통곡을 금하지 못했습니다. 도저히 맨 정신으로 듣기 힘들 정도로 모골이 송연해지는 사연 역시 많았습니다. 두 사람의 말에 의하면 눌친은 패배의 원인을 조혜와 해란찰에게 떠넘겨 둘을 죽여 없애려고 밀모를 꾀하기까지 했다고 합니다. 그래서 두 사람은 어쩔 수 없이 도주한 것이라고 합니다. 너무 황당하고 불가사의한 일이라 하관은 도저히 믿을 수 없었습니다. 두 사람은 하관에게 북경으로 가서 폐하께 진실을 아뢰고자 하는 마음이 간절하다고 했습니다. 즉각 노자를 마련해 보냈습니다. 오늘 눌친으로부터 두 사람을 잡아 송환하라는 장령將令을 받았습니다. 하관은 상황도 잘 모르고 두 사람을 빼돌린 것 같아 불안한 마음을 금할 수 없습니다. 부 중당께서는 하관을 이끌어 주시고 키워주신 은사이십니다. 감히 추호도 중당 대인을 기만할 수는 없습니다. 그러니 하관의 말을 믿어주십시오. 금천 소식을 더 접하는 대로 다시 밀함을 보내겠습니다.

부항은 이시요의 편지를 읽고 나서야 비로소 모든 사실을 미뤄 짐작할 수 있었다. 물론 김휘, 늑민과 이시요 세 사람이 모두 서찰 형식을 택한 걸로 볼 때 누구도 상황을 제대로 파악하지는 못한 것 같았다. 각자의 이해관계에 따라 바라보는 시각도 달랐다. 그러나 확신할 수 있는 것은 관군의 패배가 상상을 뛰어넘을 정도로 심각하다는 사실이었다. 그것은 마음이 아프지만 엄연한 현실이었다. 부항은 서신을 정리하면서 즉각 태감에게 분부를 내렸다.

"밀주함을 폐하께 올리거라. 그리고 왕치에게 내가 즉각 폐하를 알현해야겠다고 이르거라!"

부항이 온돌에서 내려서면서 서륜에게도 한마디 했다.

"눌친은 금천에서 죽도록 얻어맞았다고 하네. 서쪽에서 올라오는 금천 군무 관련 상주문은 절략節略(상주문의 주요 내용을 요약함)을 하지 말고 원본 그대로 올려 보내도록 하게."

"또……?"

서륜이 뭔가를 물으려다 붓을 멈추더니 갑자기 미세하게 몸을 떨었다. 두 눈이 휘둥그레져 부항의 뒷모습을 바라봤다. 그가 어느새 주렴을 젖히고 밖으로 나갔던 것이다. 서륜은 저만치 세워져 있는 금 항아리 앞을 바라보았다. 대동 지부 학영귀가 부항을 기다리는 모습이 보였다.

부항은 마음 같아서는 학영귀에게 달려가 멱살을 잡고 따귀라도 때리고 싶었다. 그러나 애써 참았다. 참기 위해 잠시 멈춰 서서 눈을 지그시 감고 숨도 가다듬었다. 이어 학영귀에게 다가가 웃는 얼굴로 어깨를 두드려줬다.

"자네도 나름대로 마음이 급해서 이리 닦달을 하겠지만 나는 그보다 훨씬 더 급한 일이 있다네. 일전에 얘기했던 도대道臺 자리 때문에 그러는 게 아닌가? 이부吏部에서 '탁월하다'卓異는 평가를 받지 못하면 나도 입장이 난감하다고 얘기했지 않았는가. 그러면, 이렇게 하지. 대동은 차마茶馬 교역이 활발한 곳이야. 그러니 중추절, 아니 그전에 나에게 군마軍馬 일천 필만 보내 충성을 표시하게. 그러면 내가 힘을 써보겠네."

학영귀는 부항의 심기가 대단히 불편하다고 전해들은 터였다. 때문에 밖에서 기다리는 내내 마음이 불안할 수밖에 없었다. 그런데 뜻밖에 부항의 말투는 온화했다. 그는 의아하긴 했지만 황감한 표정을 한 채 연신 허리를 굽실거리면서 대답했다.

"감사합니다, 부상! 하관은 말씀하신 군마 외에도 스무 필의 명마를 특별히 골라 바치겠습니다."

부항은 학영귀의 말이 채 끝나기도 전에 알았다는 듯 고개를 끄덕였다. 이어 빠른 걸음으로 저만치 걸어갔다. 이어 군기처 모퉁이 방을 지날 때 미리 나와 기다리고 있는 전도를 만났다.

"지금 입궐하시렵니까, 부 중당? 육부六部에서 원명원 건축 비용을 둘러싸고 저에 대한 공격이 만만치 않습니다. 이러다 몰매 맞아 죽는 게 아닌지 모르겠습니다. 사이직史貽直은 병상에서 골골대면서까지 저에 대한 탄핵안을 올렸다 합니다. 군주에게 아부하는 무원칙한 소인배라고 저를 비난하고 있습니다."

부항은 역시 전도의 기대와는 달랐다. 미리 준비라도 한 듯 그의 말을 사정없이 잘라버렸다.

"지금은 원명원 타령이나 하고 있을 때가 아니라는 것만 알고 있게. 내가 따로 할 말이 있으니 가지 말고 나올 때까지 기다리게. 자네도 불려 들어갈지 모르네."

부항이 말을 막 마쳤을 때였다. 멀리서 태감 왕치가 달려오면서 불렀다.

"폐하께서 들라고 하십니다, 부상!"

"알았네."

부항은 왕치의 말을 듣자마자 더욱 발걸음을 재촉했다. 왕치가 채 따라오지 못할 정도였다.

때는 절기상 단오가 지난 시기였다. 비가 내려도 최소한 몇 번은 내려야 했다. 그러나 비는 오랫동안 단 한 방울도 내리지 않았다. 그래서인지 아직 진시辰時밖에 되지 않았는데도 땅바닥이 이미 후끈후끈 달아오르기 시작했다. 부항은 양심전 대원大院으로 들어섰다. 속곳은 이미 땀에 흥건히 젖어 있었다. 그는 자신의 이름을 말하고 궁전 안으로 들어섰다. 후끈한 열기는 더욱 심해지고 있었다. 숨이 턱 막힐 것 같았다.

부항은 동난각 밖에서 머리를 조아리며 문후를 올렸다. 그제야 온돌마루 옆 의자에 앉은 채 건륭과 대화를 나누고 있는 장정옥의 모습이 눈에 들어왔다. 그 옆의 작은 걸상에는 마흔 살 가량 된 중년사내도 앉아 있었다. 넓은 이마, 수척한 볼, 마른 몸매의 남자는 회색 비단 두루마기에 검정색 비단 마고자를 입고 있었다.

"난데없이 웬 진신縉紳(지체가 높고 행동이 점잖은 관리)이지?

부항이 속으로 그렇게 의아스럽게 생각하고 있을 때였다. 건륭의 말소리가 그의 귓전을 때렸다.

"부항, 자네 왔는가? 일어나게. 일어나 노작盧焯의 옆자리에 가서 앉게."

"예, 폐하!"

부항은 알겠다고 대답을 하면서도 깜짝 놀랐다. 멀리서 본 중년사내가 노작일 줄은 전혀 생각지 못한 탓이었다. 그러나 계속 머리를 조아린 채 일어나서는 허리를 구부정하게 숙이고 그의 가까이로 다가갔다. 과연 눈앞에 보이는 사람은 노작이 분명했다. 원래 부항과 노작은 과거 왕래가 비교적 잦았던 사이였다. 노작 역시 부항과 마찬가지로 앞길이 창창했다. 그러나 은자 3만 냥을 뇌물로 받은 죄로 사형장까지 끌려갔다가 다행히 형 집행을 눈앞에 두고 황후 부찰씨의 은사恩赦를 받아 죽음을 면하게 됐다. 이어 건륭의 명에 따라 몇 년 동안 오리아소대에서 유배생활을 했다. 이번에는 특별사면을 받아 돌아온 터였다.

부항은 건륭이 노작을 다시 부른 것은 치수治水에 그만한 인재가 없기 때문이라고 생각했다. 그러나 노작은 부항이 몇 년 동안 잊고 산 사이에 많이 변해 있었다. 배짱 두둑하고 패기 넘치던 삼십대 초반의 젊은이가 늙고 초췌하고 무기력한 중년사내가 돼 버린 것이다. 부항은 노작의 모습을 바로 앞에서 목도하자 가슴이 아팠다. 그렇다고 어깨를 감싸

안은 채 위로해줄 수 있는 처지나 상황도 못 됐다. 두 사람은 그저 눈빛으로 그동안의 안부를 주고받았다.

부항이 건륭의 하문에 어찌 대답할지 속으로 생각하고 있을 때였다. 건륭이 장정옥을 향해 말했다.

"짐이 요즘 다망해 경의 얼굴을 자주 보지 못했네. 오랜만에 만났는데 어찌 그리 실망스러운 말부터 꺼내는 건가? 이보게, 형신! 경은 선제께서 유일하게 태묘太廟에 묻힐 수 있도록 유명遺命을 남기신 신하이자 유일하게 생존해 있는 삼조三朝의 원로이네. 아직 일월이 중천인데 어찌 향리로 돌아가겠다고 떼를 쓰는 것인가?"

장정옥은 이때 이미 고희古稀를 훌쩍 넘기고 있었다. 무려 일흔 네 살의 나이였다. 그러나 아직 기력은 왕성해 보였다. 그저 허리가 조금 더 굽고 말할 때 바람 새는 소리가 들릴 뿐이었다. 입만 열었다 하면 터져 나오는 언변도 여전했다. 하지만 태사의太師椅에 앉은 채 건륭의 말을 듣고 있는 그의 주름 덮인 얼굴은 평소와는 달리 거의 무표정했다. 하얀 눈썹이 눈꺼풀을 덮고 있어 눈빛도 읽을 수 없었다. 그가 건륭의 말이 끝나자 의자에서 몸을 앞으로 숙였다.

"노신은 현재 이부吏部의 일까지 겸하고 있사옵니다. 늙은 말의 힘으로는 수레가 너무 무겁게 느껴지옵니다. 나이 칠십에 현차懸車(수레를 건다는 뜻으로 나이가 들어 벼슬을 그만 두는 것을 이르는 말)한다는 말은 고금의 통의通義이옵니다. 송나라, 명나라 때 태묘에 묻힌 노신들도 신의 나이에는 향리로 돌아가도록 윤허를 받았사옵니다."

"하지만 경은 고문대신顧問大臣이 아닌가!"

건륭은 더운 날씨에도 불구하고 조복을 입은 채 높다란 관모까지 쓰고 있었다. 게다가 조주까지 걸고 있었다. 그렇게 한껏 격식을 차린 차림 때문에 대단히 더워 보였다. 그러나 그는 땀을 뻘뻘 흘리면서도 바로 옆에 있는 부채를 들고 부치지 않았다. 그저 다리를 펴고 곧게 앉은 것이 마치 대빈大賓을 맞는 자세였다.

"사람도 다 같은 사람이 아니듯 같은 원로대신이라 하더라도 처한 시대적 상황에 따라 다른 법이네. 경의 말대로 칠십에 현차하는 것이 통념이라면 어찌 '팔십장조'八十杖朝(조정에서 지팡이를 짚어도 괜찮다고 허락받을 만한 나이. 곧 팔십 세를 이르는 말)라는 말이 있겠는가?"

부항은 건륭의 말을 듣고서야 비로소 그가 장정옥과 '신경전'을 벌이는 이유를 알 것 같았다. 장정옥은 정상에 있을 때 은퇴하기 위해 건륭에게 애원하는 중이었다. 그가 그러는 것은 당연히 시작과 끝이 모두 완벽한 '전시전종'全始全終의 삼조三朝 원로로 영원히 남고 싶은 욕심 때문일 터였다. 또 다른 이유가 있다면 어지를 받고 전문적으로 자신의 병구완에만 매달리고 있는 아들들의 장래가 걱정되어서였다. 그가 물러나지 않는 한 아들들은 영원히 호시절을 맞지 못할 것이었다. 건륭의 입장에서도 장정옥의 은퇴를 윤허치 않는 데는 다 나름의 이유가 있었다. 무엇보다 장정옥은 대청大淸을 일으켜 세워 100년의 홍성가도를 달리게 만든 삼조의 공신이었다. 또 명실상부한 일인지하, 만인지상의 충신이었다. 따라서 건륭은 장정옥이 골골대면서 병상을 지키든, 흰 눈썹을 드리운 채 군기처에 송장처럼 앉아 있든 그가 곁에 있는 것만으로도 찬란했던 과거를 떠올리면서 힘과 용기를 얻을 수 있었다. 아마 그것이 가장 큰 이유일 터였다. 장정옥으로서는 건륭이 전혀 은퇴를 윤허할 의사가 없음을 분명히 밝힌 만큼 그쯤에서 사은을 표하고 물러갔어야 마땅했다. 그러나 그는 여전히 주름살 하나 밀어 올리지 않은 채 바위처럼 굳은 표정으로 자리에 앉아 있었다.

'사람이 늙으니 저렇게 겁이 없어지는구나. 상주 올려야 할 일이 많은데……'

부항은 속으로 그렇게 생각하고 있었다. 건륭 역시 마음이 급했다. 그
역시 긴히 처리해야 할 사안이 산적해 있었던 것이다. 그러나 장정옥이
젖 달라고 떼쓰는 어린애처럼 버티고 앉아 있으니 난감하기만 했다. 화
를 낼 수도 없고 달랠 수도 없는 일이었다. 얼마 후 건륭이 가볍게 한숨
을 쉬면서 대단히 간곡하고 온화한 어조로 입을 열었다.

　"조부님과 선제께서 경에게 얼마나 깊고 크신 성은을 내리셨나! 경들
이 입에 담고 다니는 말 중에 '몸이 가루가 되는 한이 있어도 군주의
은총에 보답하겠다'라는 말이 짐은 가장 마음에 드네. 그만큼 조정, 군
부君父, 종묘사직과 더불어 살고 죽겠다는 깊은 충정을 드러내는 것 아
닌가? 긴 말 필요 없네. 짐은 아직 경을 필요로 하고 있네. 경이 힘에 부
칠 것을 우려해 이부에 이름만 걸어놓고 크고 작은 일을 하나도 맡기지
않았네. 절대 경을 귀찮게 해서는 아니 된다고 다른 신하들에게 단단히
일러두기도 했지. 그러니 경은 짐이 이리 갈까 저리 갈까 대사를 앞두고
고민할 때만 정책 결정에 도움을 주는 고문이 되어주면 되네. 짐은 경을
끝까지 붙잡고 싶으니 은퇴라는 말은 거두게!"

　장정옥이 다시 뭐라고 입을 열려고 할 때였다. 건륭이 온돌을 내려서
서는 장정옥의 어깨를 주무르듯 잡았다.

　"경까지 나서서 이러지 않아도 짐은 요즘 충분히 고달프네. 짐을 설
득하느라 부족한 기력을 소모하지 말고 돌아가게. 짐이 오늘 시를 써서
경에게 하사하겠네!"

　건륭의 말은 과연 신의 한 수였다. 고집을 꺾지 않을 것 같던 장정옥
이 백기를 든 것이다. 곧이어 그가 자리에서 일어나더니 무릎을 꿇은
채 사은을 표했다. 이어 태감 두 명의 부축을 받으면서 조심조심 궁전
을 나섰다. 순간 건륭이 조금씩 멀어져 가는 장정옥의 늙은 뒷모습을
바라보면서 긴 한숨을 몰아쉬었다. 이어 고개를 돌려 실소를 터트렸다.

"인간노릇을 하는 것도 힘들지만 완벽한 인간이 된다는 것은 하늘에 오르기보다 더 힘들다는 말에 공감이 가네. 짐의 마음을 뉘라서 헤아려 줄까! 보아하니 더 골치 아픈 일이 짐을 기다리고 있는 것 같은데, 잠깐만 기다려보게. 먼저 형신에게 하사할 시 몇 수를 써야겠네."

건륭이 말을 마치면서 돌아서려고 할 때였다. 마침 기윤이 들어서고 있었다. 건륭이 잘 됐다는 듯 웃으면서 반겼다.

"잘 왔네. 예는 면하고 그 탁자 앞에 앉게. 짐이 시를 지을 테니 경이 적으면서 고쳐보게."

"대단하신 아흥雅興이시옵니다, 폐하!"

기윤이 예를 면하라는 말을 듣고도 엎드려 머리를 조아렸다. 이어 탁자 앞의 걸상에 앉아 붓을 들었다. 부항과 노작 역시 조용히 앉아 건륭의 입에서 시어詩語가 나오기만 기다렸다. 그러나 건륭은 시를 읊기에 앞서 땀에 쩐 관복 깃을 당겨 흔들면서 난각 옆에 대기하고 있는 태감 복인ㅏ仁에게 분부를 내렸다.

"장정옥이 물러갔으니 수건을 얼음물에 담갔다 가져오너라. 저 셋에게도 하나씩 주거라. 궁전 안이 찜통 같네."

건륭이 말을 마치고는 부채를 들어 힘껏 바람을 일으켰다. 부항을 비롯한 노작, 기윤 등 세 사람은 그제야 건륭이 찜통더위에도 관복을 정제한 채 위풍당당하게 앉아 있었던 이유와 땀이 흥건해져도 부채질을 마다한 까닭을 알 것 같았다. 그것은 곧 삼조 원로에 대한 깍듯하고 정중한 예의의 발로였던 것이다! 곧 세 사람은 뼛골까지 시원해지는 차가운 물수건을 받아들었다. 그러나 감히 얼굴을 힘껏 문지르지는 못했다. 그저 대충 닦는 시늉만 하고 도로 내려놓았다. 건륭이 궁전 안을 거닐면서 생각에 잠기더니 손가락 세 개를 펴 보였다.

"짐은 짧은 시 세 수를 형신에게 하사하겠네."

건륭은 바로 목청을 가다듬고 시를 읊기 시작했다.

성세盛世의 견인차가 되어 앞만 보고 달린 그대,
얼굴을 들어 하늘을 쳐다봐도, 땅을 내려봐도 군은君恩을 생각하는 마음
뿐이네.
온 천하의 본보기, 근신하는 만년晚年 노신老臣,
정백精白의 소신으로 음양을 다스리네.

건륭은 기윤이 열심히 붓을 날리는 사이에 두 번째 시를 읊기 시작
했다.

살을 태워 등잔불 삼아
혼신을 다해 촌척寸尺을 다투네.
상죽湘竹에서 기품 밝고,
초동焦桐에서 금운琴韻이 나래 뻗네.

"이게 두 번째이고……."
건륭이 다시 웃으면서 자신 있게 세 번째 시를 읊어나갔다.

삼조三朝의 공훈 높이 치하하니,
사십 년 보정輔政 세월 천추에 빛나리.
늙었노라 개탄치 아니함이
성심을 위로하는 고굉股肱이리니!

건륭의 말이 떨어지는 것과 동시에 기윤이 붓을 거뒀다. 이어 입김을

후후 불어 먹을 말린 다음 두 손으로 건륭에게 받쳐 올렸다. 건륭이 한 번 읽어보고 나더니 끝 부분에 글자 한 줄을 추가했다.

건륭이 삼등백작 장정옥에게 친히 작시해 하사함.

건륭이 글을 추가하고 난 다음 다시 주머니에서 '원명거사'圓明居士라고 새겨진 옥새를 꺼냈다. 이어 힘껏 눌러 찍고는 흡족한 표정을 지었다.

"아주 잘된 것 같네. 왕치, 자네가 얼른 전해주고 오게. 경들은 짐의 시가 들을 만했는가?"

솔직히 부항 등 세 사람은 건륭이 읊은 짧은 시들이 결코 엄지를 내두르면서 호들갑을 떨 정도까지는 아니라고 생각하고 있었다. 그러나 건륭이 스스로 "아주 잘된 것 같다"고 흡족해하니 비위를 맞춰 주는 수밖에 없었다. 건륭이 마지막 시를 읊고 있을 때 들어온 유통훈이 평소의 그답지 않게 가장 먼저 입을 열었다.

"신은 시를 짓는 것에는 문외한이오나 듣는 귀는 그리 부실하지 않다고 자부하옵니다. 신이 듣기에 폐하의 시는 대단히 훌륭한 것 같사옵니다."

기윤도 맞장구를 쳤다.

"진수성찬에 미주美酒를 곁들인 듯 개운하고 담백한 느낌이옵니다. 신하를 향한 군부의 깊고 거룩하신 마음이 진하게 묻어나고 있사옵니다. 이 기윤은 폐하의 발뒤꿈치만 따라가도 한림문사翰林文士로 부족함이 없겠사옵니다."

기윤에게 뒤질세라 부항 역시 황급히 건륭의 시에 대한 칭송을 늘어놓았다.

"성심聖心의 드높은 위상이 느껴지면서도 춘풍이 언 가슴을 녹이듯 인간적인 따스함도 다분하옵니다. 신이 가끔씩 긁적대는 건 이에 비하면 경박하기 이를 데 없는 것이옵니다."

유통훈, 기윤, 부항 등 세 사람은 마음에도 없는 소리로 건륭의 비위를 맞추기 위해 안간힘을 썼다. 나중에는 서로 뒤질세라 칭송의 수위를 높여갔다. 건륭은 어느새 이태백, 두보를 능가하는 불세출의 시인이 되었다. 그러자 조용히 듣고만 있던 건륭이 피식 실소를 터트렸다.

"어찌 다들 말이 그리 가벼운가. 짐이 스스로의 수준이 어느 정도인지도 모르는 줄 아는가? 짐이 요즘 우울해 보이니 경들이 기분을 돋워주려고 그랬던 걸로 좋게 받아들이겠네. 시 얘기는 그만하고 부항, 이제는 정무에 대해 말해보게. 기윤, 자네도 가까이 와 앉게."

시를 받아 적었던 탁자 옆에 꼿꼿이 서 있던 기윤이 건륭의 명령에 황급히 대답했다. 이어 부항의 아랫자리에 앉았다. 건륭은 어느새 온돌마루에 올라 다리를 괴고 앉아 있었다. 표정이 엄숙하고 장중하게 변해 있었다. 그리고는 한숨부터 내쉬었다.

"정무에 대해 논하려고 하니 벌써부터 가슴이 답답해지는군. 짐은 간밤에 전전반측하면서 한숨도 잠을 이루지 못했네. 아무리 생각해봐도 금천의 전사는 짐의 상상을 넘어설 정도로 패망한 것 같네. 그런 불길한 예감이 떨쳐지지 않네."

건륭이 운을 떼면서 찻잔을 들었다. 이어 쓰디쓴 약을 마시듯 미간을 찌푸리면서 다시 말을 이었다.

"별 볼 일 없어보이던 사라분 토사土司가 이다지도 우리 조정을 골탕 먹일 줄은 미처 몰랐네! 부항, 마음의 준비를 단단히 하게. 금천으로 갈 채비를 하라는 얘기네. 생각 같아서는 아계를 보내고 싶어. 그러나 그 사람은 경복, 눌친처럼 덩치 큰 이들의 지휘봉을 물려받기에는 아직 힘도 부족하고 부하들을 단번에 거머쥘 수 있는 능력도 부족한 것 같아.

그래서 경을 택했네. 아계는 경험을 더 쌓아야 하니 군기처로 들어오게 해서 짐의 참모 역할을 하도록 하겠네!"

"망극하옵니다, 폐하!"

부항은 한때 간절하게 원했던 건륭의 말을 듣자 이상하게 기쁨보다는 슬픔이 몰려오는 기분을 느꼈다. 하지만 내색할 수는 없었다. 얼마 후 그가 걸상에 앉은 그대로 상체를 숙였다.

"신은 아직 정식으로 대군의 패망을 알리는 소식은 접하지 못했사옵니다. 하오나 김휘, 늑민, 이시요로부터 밀함이 도착했사옵니다. 세 사람의 견해에는 조금씩 차이가 있었사오나 크게 패한 것은 틀림없는 것 같았사옵니다. 신이 몇 번이고 금천 출정出征을 자청한 것은 군부의 우려를 씻어 드리지 못하는 신하는 충신의 자격이 없다고 생각했기 때문이옵니다. 신은 총칼을 베개 밑에 베고 자면서 명을 기다려 왔사옵니다. 언제든지 폐하께서 어지를 내리시면 달려갈 태세를 취하고 있사옵니다. 신에게 악종기를 보내주시옵소서, 폐하! 일 년 내에 결판을 내지 못하면 신의 머리를 떼어 보내겠사옵니다. 이것이 신의 군령장軍令狀이옵니다!"

부항이 말을 마치자마자 떨리는 손으로 가슴속을 더듬더니 세 통의 편지를 꺼냈다. 이어 새우등처럼 허리를 굽혀 편지를 두 손으로 건륭에게 받쳐 올리면서 약간 울먹이는 목소리로 말을 이었다.

"신은 이 편지들을 읽으면서 주체할 수 없는 상심이 밀려와 가슴이 아렸사옵니다. 눌친이 군주를 기만한 것이 사실로 드러난다면 이는 곧 사직의 수치요, 군부의 굴욕이옵니다. 그런 자와 한때나마 머리 맞대고 일해 왔다는 사실이 수치스럽사옵니다!"

유통훈과 기윤은 부항이 눈물까지 머금고 처절하게 호소하는 모습을 보고는 편지 내용이 몹시 궁금해졌다. 눈을 크게 뜨고 멍하니 건륭을 바라봤다.

건륭은 미리 마음의 준비를 하고 있는 듯했다. 얼굴에 다소 혈색이 적어 보일 뿐 이전보다는 훨씬 침착한 모습을 유지했다. 곧 그가 천천히 봉투를 열더니 세 통의 편지를 나란히 펼쳐놓았다. 이어 자세히 비교를 해가면서 읽어 내려갔다. 얼마 후 허리를 곧게 펴고 자리에 앉은 부항, 유통훈, 기윤 등 세 사람이 약속이라도 한 듯 황급히 건륭에게서 시선을 거뒀다. 감히 그의 얼굴을 똑바로 바라볼 수 없었던 것이다. 순간 커다란 양심전에는 자명종 소리만 들려올 뿐이었다.

부항은 심장이 오그라드는 긴장감에 잔뜩 숨을 죽이고 있다가 재빨리 눈꺼풀을 밀어 올리고 건륭을 훔쳐봤다. 놀랍게도 미간을 깊게 찌푸린 건륭은 진노가 폭발할 모양새는 아니었다. 부항은 자신도 모르게 안도의 숨을 몰아쉬었다. 바로 그때 가벼운 발소리와 함께 심부름을 갔던 태감 왕치가 돌아왔다. 그가 절을 하고는 특유의 가는 목소리를 끌어올리면서 아뢰었다.

"폐하, 장정옥에게 하사하신 시를 전해주고 왔사옵니다. 장정옥의 둘째아들 장약징張若澄이 망극하신 성은에 사은을 표하겠노라면서 함께 왔사옵니다. 그리고 봉천으로 파견 갔던 군기대신 왕유돈汪由敦도 어지를 받들어 돌아 왔노라면서 뵙기를……."

"됐네!"

건륭이 왕치의 말허리를 싹둑 잘라버렸다. 조금 전과는 달리 기분이 몹시 나쁜 듯했다. 그의 얼굴에는 실망, 좌절, 분노 등이 뒤범벅된 표정이 떠오르고 있었다. 곧이어 그가 부글부글 끓어오르는 가슴을 애써 진정시키면서 억지웃음을 지어보였다.

"부임한 지 얼마 안 된 군기대신이니 이런 자리에 빠져서는 안 되지. 들라 이르게. 장약징도 함께 들어오라고 하게."

건륭이 편지를 접어 한쪽에 밀어놓으려다 말고 부항에게 건네주면서 보관하라고 말했다. 이어 덧붙였다.

"원래는 어람을 거치면 곧바로 황사성皇史晟에 들어가게 돼 있으나 잠시 경이 보관하고 있게. 군무에 참작이 될지 모르니……."

왕유돈과 장약징은 건륭이 부항에게 지시를 내리고 있을 때 궁전으로 들어섰다. 건륭은 긴 말을 하지 않았다. 그저 두 사람이 예를 갖추기를 기다렸다가 왕유돈을 향해 의례적으로 물었다.

"길에서 고생 많았을 터이지. 그래 몸은 견딜 만한가?"

"견마犬馬의 몸뚱아리이옵니다. 당치도 않사옵니다."

왕유돈이 황감해마지 않아 하면서 덧붙였다.

"봉천奉天 장군 강극기康克己, 봉천 제독 장용張勇, 이밖에 봉천에 주재하는 간친왕簡親王, 과친왕果親王, 동친왕東親王, 예친왕睿親王께서 신을 십리정十里亭까지 바래다 주셨사옵니다. 신에게 그들을 대신해 폐하께 문후를 올리고 성의껏 장만한 예물을 공납할 것을 부탁했사옵니다. 이는 그분들이 올린 청안請安 상주문과 공품 목록이옵니다."

왕유돈이 말을 마치고는 노란 비단으로 겉봉을 한 상주문을 받쳐 올렸다.

"음!"

건륭이 짤막한 소리를 내뱉고는 상주문을 손으로 쓸어 내리고는 말을 이었다.

"고궁 재건축이 잘 진척된다고 들었네. 황릉 주변에 식수를 해서 천연 방호벽이 그 어떤 장벽 못지않게 들어섰다는 얘기를 강극기와 장용의 상주문을 통해 들었네. 그 둘은 경이 맡은 바 일처리에 빈틈이 없고 청렴하고 근면하면서 고생을 두려워하지 않는다고 칭찬을 아끼지 않았네."

왕유돈이 다시 입을 열었다.

"봉천에 주재한 여러 친왕들께서는 성은에 감지덕지하는 언사 외에는 달리 언급한 부분이 없사옵니다. 싸움꾼 장용은 동북 지역에 야전野戰 기회가 없어 몸이 달아 있었사옵니다. 나찰국羅利國(러시아) 사람들이 외흥안령外興安嶺 일대에 몰래 출몰해 수렵을 하고 인삼을 훔치는 경우가 있사오나 강극기가 병사를 이끌고 나서면 삼십육계 줄행랑을 놓는다고 하옵니다. 사적인 자리에서 장용은 선대부터 조정의 국록을 먹고 여태 잘 살아왔음에도 아직 성은에 보답할 기회가 없다면서 여간 초조해하는 게 아니었사옵니다. 그의 말을 빌리자면 금천에는 그와 같은 무식한 칼잡이가 필요하오니 폐하께 대신 청을 드려 주십사 신에게 간곡히 부탁했사옵니다."

건륭이 왕유돈의 말에 관심을 보이면서 물었다.

"장용이라면 장옥상張玉祥의 막내아들이지?"

"아뢰옵니다, 폐하! 장용은 넷째이옵고 밑으로 아우가 하나 더 있는 걸로 알고 있사옵니다."

"장옥상은 어떠하던가? 아직 거동은 할 수 있던가?"

"아흔이 내일 모레인데도 아직 말을 타고 다닐 정도로 정정하옵니다. 다만 말이 많아져 한번 앉으면 두 시간씩 장광설을 늘어놓는지라 사람들이 가까이 가기를 꺼려하옵니다. 자신의 애마愛馬 자랑, 근력 자랑, 자식들에 대한 불만까지 한번 시작하면 끝이 없사옵니다."

부항은 왕유돈의 말을 듣기 무섭게 공덕이 깊고 위망도 높은 대장군 장옥상을 떠올렸다. 눈처럼 흰 수발鬚髮을 떨면서 손짓발짓을 곁들여 신나게 열변을 토로하던 그의 모습을 본 적이 있었던 것이다. 그는 자신도 모르게 입가에 미소를 띠웠다. 건륭이 잠시 침묵하더니 입을 열었다.

"성경盛京(봉천의 다른 이름)은 우리 대청의 '용흥지지'龍興之地이자 나찰국과 인접한 곳이라 짐이 각별히 유의하고 있네. 중원中原의 퇴락한 풍기가 그곳까지 퍼졌을까 염려했었는데 아직 그 옛날의 투지가 살아 있는 것 같아 안심이네. 중원에서는 출전하겠다고 자청하는 장군들을 아직 하나도 못 봤네. 경은 봉천의 군무를 전담한 군기대신이니 장용에게 편지를 보내 이르게. 그런 마음자세만 간직하고 있다면 필요로 하는 곳은 얼마든지 있을 터이니 열심히 훈련에 전념하라고 말이네. 장약징, 경은 부친을 대신해 사은을 표하고자 입궐했다고 했는가?"

"그러하옵니다, 폐하!"

갑자기 건륭이 자신을 향해 묻자 장약징은 잠시 어리둥절한 표정을 지었다. 그러나 바로 황급히 머리를 조아렸다.

"폐하께서는 시를 하사하시어 노신을 위로하셨사옵니다. 신의 아비 장정옥은 가문의 노소를 거느리고 궁궐을 향해 머리 조아려 융은隆恩에 심심한 사의를 표했사옵니다. 또 신을 보내 폐하께 머리를 조아리라고 이르셨사옵니다."

"기분은 괜찮아 보이던가? 돌아가서 음식은 좀 먹던가?"

"가부家父께서는 폐하를 알현하시고 돌아오는 발걸음이 가벼워 보였사옵니다. 정신도 한결 맑아 보였고 오찬도 평소보다 많이 드셨사옵니다. 자제들을 슬하로 불러 모으시더니 폐하의 하해와 같은 성은에 자손들이 보답해야 할 때라고 훈육을 내리셨사옵니다."

장약징은 말을 하면서도 연신 머리를 조아렸다. 건륭은 그러나 그의 말은 듣는 둥 마는 둥 하면서 손가락에 찻물을 찍더니 책상 위에 뭔가를 쓰고 지웠다. 이어 담담한 어투로 입을 열었다.

"장정옥과 장옥상 둘 다 성조 때부터 조정에 기여해온 노신들이지. 특히 장정옥은 야전 공로도 없이 백작의 반열에까지 올랐으니 참으로 대단한 인물이 아닐 수 없네. 세종世宗(옹정제)께서 장정옥을 백작으로 봉하실 때 짐이 옆에 있었지. 그때 당시 융과다隆科多는 문신에게 작위를 내린 전례가 없으니 재고해 주십사 주청을 올렸었네. 그러나 세종께서는 그 주청을 수용하지 않으시면서 이렇게 말씀하셨네. '총대 메고 싸우는 병사들보다 군막에 앉아 호령하는 장군이 더 대단한 법이네. 또 일선에서 풍운을 가르는 영웅보다 후방에서 묵묵히 집안 살림을 내조하는 안사람이 위대한 법이네. 수십 년 동안 한결같이 본인의 자리를 충실히 지키고 특유의 충정과 근면으로 짐의 문치文治에 크게 기여한 또 하나의 영웅이거늘 그 공로를 인정해줘야 하네'라고 말이지. 그때 당시 세종의 말씀이 아직 짐의 귓가에 쟁쟁하네. 자네는 그만 물러가게. 가서 아비를 잘 시봉하고 몸을 진중히 하라고 이르게.”

장약징은 연신 황송하다는 표정을 한 채 절을 올리고는 물러갔다. 부항을 비롯한 좌중의 신하들은 순간 약속이나 한 듯 건륭의 말을 곰곰이 되새겨보았다. 사실 그의 말은 언뜻 듣기에는 삼조 원로에 대한 극진한 배려와 자상한 위로로 들릴 수 있었다. 그러나 다시 곱씹어보면 시사하는 바가 많았다. 우선 자나 깨나 군공軍功을 노리고 있는 신하들에 대한 준엄한 경고의 의미가 없지 않았다. 부항, 유통훈, 기윤 등 셋은 마음속 깊은 곳으로부터 한기가 올라오는 느낌이 드는 것을 어쩌지 못했다. 그들은 숨을 죽인 채 아무 말도 하지 않았다. 그러나 왕유돈은 오랜만에 황제를 뵙는 자리인지라 말이 무척이나 하고 싶은 눈치였다. 그는 부항 등처럼 황제가 내뱉은 말의 깊은 뜻을 되씹을 여유가 없다는 듯 입을 열었다.

“장정옥은 대단히 유복한 사람이라 사료되옵니다. 삼조의 원로로 수십 년 동안 보정대신의 영광을 누려오다가 이제는 선시영종善始榮終하게 됐사오니 끝까지 만인의 부러움을 사기에 충분하옵니다. 신은 무장 출신으로서 운 좋게 발탁돼 영명하신 폐하를 가까이에서 섬기게 됐사오니 심기일전해서 큰사람이 되도록…….”

왕유돈이 장황하게 하려던 말을 채 맺지 못했을 때였다. 부항이 몰래 그의 옷자락을 잡아당겼다. 눈치가 그리 무디지 않은 왕유돈이 즉각 말머리를 돌렸다.

"장옥상, 장정옥과 같은 신하가 되도록 노력하겠사옵니다!"

유통훈과 기윤 역시 왕유돈이 뭔가 엉뚱한 소리를 해서 건륭의 심기를 다치게 할세라 은근히 손에 땀을 쥐고 있던 차였다. 그러나 그들의 걱정과는 달리 건륭은 별다른 표정 변화를 보이지 않았다. 대신 야유하듯 입을 열었다.

"부항, 남의 옷자락은 왜 당기고 그러나? 짐이 아무리 번뇌에 차 있다지만 엉뚱한 사람에게 화풀이를 할 정도로 무지막지한 사람은 아니네. 이제 막 지방에서 상경해 전후 사연을 모르는 신하의 말꼬투리를 잡아 혼내줄 정도로 어리석은 군주는 아니라는 말일세."

부항은 두렵고 창피한 마음이 들었는지 얼굴이 벌겋게 달아올랐다. 이어 황급히 자리에서 일어나 사죄를 올렸다.

"신은 달리 불경스런 속셈이 있었던 것은 아니옵니다. 부디 통촉해 주시옵소서."

왕유돈은 건륭이 말한 '전후 사연'이 도대체 무엇을 뜻하는지 모를 수밖에 없었다. 당연히 도움을 청하는 눈빛으로 유통훈을 바라봤다. 그러나 유통훈과 기윤은 입을 굳게 다문 채 거울처럼 반들반들한 마룻바닥에만 시선을 박고 있었다.

건륭이 길게 숨을 내쉬면서 천장을 바라봤다. 이어 뭔가를 찾아 헤매듯 두리번거리더니 다시 고개를 저었다.

"짐은 참으로 고달프네! 경들은 직급의 높낮이를 떠나 결국은 짐의 심부름꾼에 불과하지. 천하의 대소사는 모두 짐의 어깨에 얹혀 있네. 어제 천단天壇에서 제를 지냈네. '천하의 강과 산을 모두 관리하는 총리하산總理河山 신臣 홍력弘曆'이라는 제문祭文의 첫마디가 짐이 듣기에 한 글자도 그릇됨이 없었네!"

건륭이 말을 마치고는 차 한 모금을 마셔 목을 축였다. 그리고는 가슴속에서 이는 파도를 잠재우듯 가슴을 지그시 누른 채 말을 이었다.

"온 백성이 태평세월을 소망한 탓에 드디어 극성시대가 도래했네. 그러나 신하들은 갈수록 도덕이 해이해지고 돈밖에 모르니 어쩌면 좋다는 말인가. 다들 꿈도 야망도 없는 무골충無骨蟲이 되어가는 것 같네. 가진 자는 더 가지고 싶어 없는 자의 것을 빼앗고 '돈이면 귀신도 부린다'는 말이 공공연히 나돌고 있으니 이를 어찌하면 좋을꼬? 인심은 갈수록 돈벌레에 의해 좀먹히고, 준재俊才는 용재庸才로 전락하니 날개 없이 추락하는 조정의 위상을 어찌 되살릴 수 있을까! 예부 관리 누군가의 수필手筆인지 모르나 어제 천단에서의 제문은 구구절절 어지러운 현실에 대한 성찰이고 일침이었네."

건륭이 장시간 다리를 포개고 앉아 있는 것이 불편한지 몸을 가볍게 움직였다. 이어 코웃음 치듯 다시 말을 이었다.

"상, 하첨대에 이어 금천 전사에 백성들의 혈세 일천만 냥을 쏟아 부었네. 또 장군 서너 명과 재상 한 명이 목숨을 잃었네. 그런데 자신만만하게 큰소리치면서 나간 수석재상이 짐에게 또 한 번의 굴욕을 안겨주고 있네! 황하黃河 조운漕運에 퍼부은 은자도 성조聖祖(강희제) 때의 두 배가 넘지만 때만 되면 여전히 범람하고 백성들의 고통은 하루가 다르게 심각해지고 있네. 안휘성安徽省 무호無湖 도대道臺 오문당吳文堂은 재해복구비로 내려 보낸 은자로 고리대금을 놓아 그 이자만으로 얼렁뚱땅 이재민들의 아우성을 틀어막았다고 하네! 덕주德州에는 피충군皮忠君이라는 현령이 있다고 하더군. 이름은 얼마나 멋있는가. 그러나 그자는 염다도아문鹽茶道衙門에서 은자를 빌려 도자기 장사에 나섰다가 운하에서 배가 뒤집히는 바람에 크게 손해를 보고는 결국 나랏돈에 검은 손을 뻗치고 말았다고 하네. 그 소식을 듣고 한심하고 기가 막혀 말이 나오지 않더군. 군정, 민정, 재정이 이리 썩어 있는데도 삼조의 원로라는 사람은 자신의 사후만 걱정하지 않는가. 태묘太廟를 향유하게 한다는 선제의 유명도 못 미더워 번번이 짐을 졸라 백지흑자白紙黑字로 온 천하에 조서를 내려달라고 심란하게 구니 정말 한심하기 그지없네. 설령 선제께서 그리 유명을 남기셨더라도, 그래서 장정옥이 뜻대로 태묘에 일신을 뉘었다 하더라도 짐의 마음먹기에 따라 도로 끄집어 낼 수도 있다는 걸 왜 모를까!"

건륭이 갑자기 입가에 쓰디쓴 미소를 머금었다. 이어 이내 눈길을 꼿꼿이 하더니 기윤을 불렀다.

"기윤, 지금 당장 장정옥에게 내리는 어지를 작성하게!"

건륭의 변덕은 갑자기 죽 끓듯 하는 것 같았다. 아무리 예측하기 어려운 것이 군주의 마음이라고 해도 너무 심했다. 부항을 비롯한 좌중의 신하들은 크게 놀란 듯 가슴이 벌렁거리며 끓어 올랐다.

"예, 폐하!"

기윤이 대답과 함께 벌벌 기듯 책상 앞으로 다가갔다. 붓을 든 손이 주체할 수 없이 떨렸다. 그때 건륭이 마치 마른 장작처럼 메마른 목소리로 말했다.

"이렇게 쓰게. '경은 짐을 면성面聖한 자리에서 군부君父의 만류에도 불구하고 사사로운 이유를 들어 삼조 원로로서의 자격을 의심할 만한 언행을 보였네. 그러나 짐은 너그러이 이를 수용했네. 그만큼 조정과 짐에게 필요한 존재였다고 봐야 하겠지. 그래서 짐은 경이 태묘를 향유할 수 있음을 다시 한 번 확인시켜주고 시까지 하사했네. 그 동안의 노고를 치하하고 변함없는 보좌를 당부했었지. 그런데 경은 신하를 애양愛

糞하는 짐의 정성을 끝까지 무시했네. 엎어지면 코 닿을 지척에 있으면서도 직접 허리 굽혀 사은을 표하러 오지 않고 군부에 대한 노골적인 불만과 멸시를 드러냈네! 짐은 줄 수도 있고 준 것을 도로 빼앗을 수도 있는 사람이라는 걸 생각지 못했는가?' 이런 식으로 써서 태감 왕례王禮를 시켜 전달하도록 하게!"

부항을 비롯해 유통훈, 기윤, 왕유돈 등의 얼굴은 청천벽력 같은 건륭의 말에 그만 모두 사색이 되고 말았다. 장정옥은 약관의 나이에 조정의 가장 중요한 기관에 발탁된 중신이었다. 강산이 네댓 번 바뀌고 군주가 세 번 교체될 동안 충정과 유능함을 온 천하에 과시한 사람이기도 했다. 그런데 그런 40년 재상이 사후의 명분에 지나치게 집착하고 군주의 성의를 무시했다는 이유로 한순간에 천 길 낭떠러지로 추락하게 될 운명에 직면했다. 부항 등은 너무나 가혹한 현실에 할 말을 잃고 말았다. 한동안 쥐죽은 듯한 정적이 이어졌다. 왕유돈이 얼마 후 그 정적을 깨고 두루마기 자락을 바스락대면서 자리에서 일어나 무릎을 꿇었다. 이어 머리를 조아리고는 간곡히 아뢰었다.

"신은 폐하께서 명을 거둬주시옵기를 간절히 주청 올리는 바이옵니다."

"뭐라고?"

"장정옥의 체면을 살려 주시옵소서, 폐하!"

"그 사람이 짐의 체통을 무시하는데 짐이 어인 이유로 그의 체면을 봐줘야 하나? 돌을 들어 자기 발등을 치겠다는데 무슨 수로 말리겠나!"

부항과 유통훈은 왕유돈의 행동에 용기를 얻은 듯 자리에서 일어나 무릎을 꿇고는 연신 머리를 조아렸다. 유통훈이 먼저 입을 열었다.

"장정옥이 일생동안 크게 꼬투리를 잡힐 일을 하지 않았음을 통촉해 주시옵소서. 노망이 들어 사리분별에 둔감해 군주께 이같이 무례를 범한 것 같사오니 부디 하늘과 같은 인덕으로 용서해 주시옵소서. 이대로 어지를 내리시면 선제의 지인지명知人之明에도 타격을 입게 될 것이옵니다."

부항은 어려서부터 장정옥의 집을 자주 왕래한 사람이었다. 그와는 남다른 정분도 있었다. 아니나 다를까, 그의 눈에는 이미 눈물이 흥건했다. 급기야 콧물을 훌쩍이면서 울먹였다.

"부디 통촉하여 주시옵소서. 사해를 포용하시는 아량으로 장정옥의 노망을 용서해 주시옵소서!"

건륭은 부항 등의 세 신하가 간절히 주청을 올렸으나 여전히 묵묵부답이었다. 그 역시 마음이 편하지는 않았다. 사실 나이 들어 노망이 들었다고 하면 같은 원로대신인 장옥상이 훨씬 더 추태를 보여야 마땅했다. 그런데 아니었다. 어찌 사람이 이리도 다를까? 잘해주면 잘해 줄수록 엇나가는 것이 장정옥의 한계인가? 건륭은 그렇게 생각할 수밖에 없었다.

"폐하!"

기윤은 부항 등 세 사람이 건륭의 마음을 제대로 헤아리지 못했다고 생각했는지 직접 나섰다. 이어 작성한 어지를 건륭에게 받쳐 올리고는 침착하게 무릎을 꿇었다. 그리고는 머리를 조아렸다.

"신의 무례를 용서하여 주시옵소서. 잠깐 드릴 말씀이 있사옵니다. 전에 신은 폐하를 모시고 목란木蘭으로 추렵을 떠났던 적이 있사옵니다. 그때 장정옥은 이미 몇 번이고 향리로 돌아가게 해주십사 청을 넣었던 것으로 기억하고 있사옵니다. 그때 신이 겁도 없이 어인 이유로 그의 은퇴를 윤허하지 않으시냐고 여쭸사옵니다. 그랬더니 폐하께서는 한숨을 지으시면서 대청 개국 이래 첫 번째 선시선종善始善終의 재상을 배출시킬 욕심이 있어서 그러신다고 했사옵니다. 폐하께서는 천고의 완벽한 인간으로 역사에 남고 후세에 널리 모범을 보이시고자 큰 뜻을 품으셨던 것이옵니다. 물론 장정옥의 체통 따위는 중요하지 않사옵니다. 다만 늙은 장정옥이 폐하의 큰 뜻을 이룩하시는 데 걸림돌이 되어서야 아니 되지 않겠사옵니까? 늙으면 작아지고, 작아지면 몸도 마음도 생각도 모든 것이 옹졸해지기 마련이옵니다. 폐하께서 하해와 같으신 아량으로 이를 포용하신다면 백관이 마음의 위로를 받는 것은 당연지사입니다. 폐하의 형상 역시 더욱 거룩하게 비춰질 것이옵니다. 폐하께서는 정무가 여의치 않아 심서心緖가 혼란스러우신 탓에 다소 흥분하신 것 같사옵니다. 이 어지를 하루만 눌러뒀다가 내일도 성심聖心의 변동이 없으시다면 그때 가서 처리하는 것이 어떨까 하옵니다."

기윤의 주청은 충분히 설득력이 있었다. 건륭의 얼굴에서 순간 먹구름이 한 겹씩 걷히기 시작했다. 얼마 후 건륭이 어지를 손바닥에 올려놓고는 마치 무게를 가늠하듯 올렸다 내리기를 반복했다. 그리고는 구깃구깃 구겨서 한쪽에 밀어버리더니 한숨을 내뱉었다.

"짐이 아끼는 신하들이 눈물로 호소하고 설득력 있는 언변으로 간권하니 짐도 경들의 의견에 따르겠네. 한 사람을 두고 여러 사람의 마음이 이리 일치하기는 드문 것 같네. 짐이 소싯적부터 존경해왔던 장정옥이 어쩌다 저리 됐을까 생각하면 서글프고 안타깝네."

건륭이 천천히 온돌에서 내려선 다음 물을 가져오게 하더니 입을 헹궜다. 그리고는 분부를 내렸다.

"얼음도 좀 가져오게. 너무 더운 것 같네."

부항을 비롯한 좌중의 신하들은 언제 화를 냈나 싶게 느릿느릿 걸음을 떼면서 부채질하는 건륭의 모습을 보자 마음속으로 약속이나 한 듯 안도의 한숨을 내쉬었다. 건륭 역시 기분이 나쁘지 않은지 신하들에게 들어가 앉으라고 명령을 내렸다.

"군무에 대해서는 더 이상 기다릴 수 없네. 부항, 자네는 호부와 병부의 낭관郎官들을 불러 이시요의 서찰 내용을 근거로 다시 전략을 짜보게. 결과는 짐에게 따로 보고 올린 연후에 시행하도록! 짐은 이제 마음의 여유가 생겼네. 최악의 경우라 해봤자 갑옷 한 조각도 안 남기고 전멸하는 것이겠지. 그래도 악질적인 상대를 만나 무예 연습을 한 걸로 생각하겠네. 세부적인 것은 이 자리에서 논할 수 없고……. 부항, 할 말이 있으면 해보게."

부항은 그동안 경복에 이어 눌친까지 금천에서 실패를 거듭하는 것을 지켜봐왔다. 나름대로 많은 준비를 해 왔다. 그러다 드디어 기회가 왔다. 그는 마치 기다렸다는 듯 평소에 생각했던 부분들을 꼬집어가면서 보완책을 세세히 설명했다. 군비와 군량미 조달에서부터 양초糧草 공급, 양도 확보, 거마車馬 배치, 대본영의 위치, 남로·서로·북로 각 병마간의 장령將令 전달방식, 사라분의 실력과 전략 분석에 이르기까지 1시간도 넘게 말을 했다. 좌중의 나머지 세 사람은 그의 치밀함에 못내 탄복하는 눈치였다. 건륭 역시 연신 고개를 끄덕이며 찬성을 표했다. 애초에 부항을 금천으로 파견하지 않은 것을 속으로 후회하기도 했다. 부항은 마지막으로 몇 마디 덧붙이는 것을 잊지 않았다.

"금천의 적군은 '일지화'와는 본질적으로 다르옵니다. 사라분은 조정에 대적할 생각이 없는 것 같사옵니다. 또 정치적인 음모를 꾸미는 것도 아니옵니다. 다만 토사土司로 한 모퉁이에서 조용히 살고 싶은 것이 욕심이라면 욕심일 것이옵니다. 그가 번번이 강화의 여지를 남겨 두는 것도 그 때문이라고 할 수 있사옵니다. 눌친이 아직 금천에서 버틸 수 있는 것은 반전을 시도할 여력이 남아서가 아니라 폐하의 하늘과 같은 위복威福에 힘입었기 때문이옵니다!"

부항이 잠시 말을 마치고는 건륭을 바라봤다. 건륭이 눈빛으로 계속

하라는 뜻을 표했다. 부항이 그 표정을 읽은 듯 다시 말을 이어나갔다.

"군량미를 충분히 확보하고 벌레나 해충에 대비한 약을 충분히 비축한 뒤 병력을 분산시키지 않고 십만 대군이 파죽지세로 쳐들어가야 하옵니다. 설령 싸우지 않더라도 양도를 차단하고, 소금과 약의 반입만 철저히 막는다면 일 년 내에 사라분은 백기를 들고 말 것이옵니다."

건륭이 부항의 말에 눈빛을 반짝였다.

"아주 좋은 발상이네! 며칠 동안 가슴이 답답했었는데 십년 묵은 체증이 쑥 내려가는 느낌이네."

건륭이 다시 부항에게 다가가면서 덧붙였다.

"준비를 착실하게 하게. 짐은 경을 후작侯爵으로 봉할 그 날이 오기를 기대하겠네!"

건륭은 말을 마치고는 마음속에 켜켜이 쌓여 있던 울분을 토해내듯 크게 한숨을 내쉬었다. 이어 다시 명령을 내렸다.

"연청과 왕유돈은 도찰원과 호부를 소집해 각 성 번고藩庫의 지출 현황을 세세히 파악하고 국고에 검은 손을 뻗친 혐의가 있는 자들을 색출하게. 그러나 관대한 정치라는 큰 틀을 흔들어서는 아니 되네. 민심을 황황하게 만들지 않는 선에서 모름지기 수사에 박차를 가하게. 삼천 냥 이상 횡령한 탐관오리들은 반드시 정법에 처하게. 느슨함과 엄격함을 적절하게 조율할 줄 알아야 하네!"

"명심하겠사옵니다, 폐하!"

건륭이 다시 차근차근 지시를 내렸다.

"짐은 이미 노작을 하도河道 총독으로 임명했네. 연청, 자네는 회의가 끝나는 대로 노작과 함께 하도河道로 내려가 몇 년 동안의 치수 경비 사용내역에 대해 조사하게. 이치吏治와 병행하도록 하게. 경의 아들 유용은 덕주, 무호로 파견해 피충군과 오문당 두 사건을 수사하도록 했네. 그의 풍골과 재주가 어느 정도인지 시험해 볼 것이네. 이번 기회에 군정, 민정, 법사, 재정 모든 분야에 걸쳐 철저한 물갈이를 할 참이네!"

건륭이 심기일전하겠다는 표정으로 이를 악물었다. 부항을 비롯한 좌중의 신하들 역시 다시 가슴이 뛰기 시작했다. 일제히 머리를 조아리면서 궁전이 떠나갈 듯 대답했다.

"신들은 반드시 성명聖命을 받들어 모시겠사옵니다!"

7장
신하들과 후궁들의 욕망

건륭이 양심전으로 돌아왔을 때는 유시酉時 정각이었다. 새벽 다섯 시에 기침한 이후 밀린 상주문을 어람했을 뿐 아니라 외관을 접견하고 정무회의를 주최하는 등 쉴 새 없이 바쁘게 보낸 하루였다. 그 와중에 그는 장정옥 때문에 분노를 터트렸고, 신하들의 도움으로 겨우 감정을 추슬렀다. 그러나 양심전으로 돌아와 혼자가 되자 또다시 머릿속이 복잡해지기 시작했다. 먼저 눌친의 가증스런 얼굴이 떠올랐다. 이어 황하黃河와 회하淮河의 조운漕運이 순항을 하고 있는지, 윤계선이 주비유지朱批諭旨를 받아 봤는지 등등 여러 가지 궁금증이 꼬리에 꼬리를 물었다. 나중에는 아계가 북경에 도착할 때가 아직 멀었는지 하고 속으로 날짜도 꼽아봤다. 이밖에 대접해 줄수록 자꾸만 멀어지려고 하는 장정옥의 괘씸한 행동도 마음에 걸렸다. 덕주德州에서 터진 사건을 생각하면 아예 한숨까지 나왔다.

'염정鹽政아문이 바로 산동성 덕주에 있지. 혹시 고향과 무슨 물밑 거래가 있는 것은 아닐까?'

고향에 대한 의구심도 밀려왔다. 그에 반해 날로 발전하며 진가를 유감없이 발휘하는 부항에 대해서는 대견스럽다는 생각이 들었다. 그렇게 부항 생각을 하자 당아의 고운 얼굴도 떠올랐다. 연이어 강아가 얼마나 컸는지 궁금하기도 했다. 건륭은 그처럼 생각이 줄을 잇고 뒤엉켜 형언할 수 없이 복잡했다. 마음이 따뜻해졌다가는 서늘해지고, 분노가 욱 하고 치밀었다가 다시 감격이 물결치는 등 머릿속이 뒤죽박죽이 되고 있었다. 그가 양심전 현관 앞에서 멍하니 생각에 잠겨 있을 때였다. 등 뒤에서 태감 복효의 목소리가 들렸다.

"폐하, 저녁 수라는 동난각으로 들일까요, 어디로 들일까요?"

"응? 음……."

건륭은 그제야 깊은 사색에서 헤어났다. 그리고는 깍지 낀 두 손을 앞으로 쭉 뻗으면서 몸을 움직였다. 그때 태감 왕지가 쟁반에 녹패綠牌를 받쳐 들고 들어왔다. 건륭은 잠시 그것을 들여다보더니 별생각 없이 영영英英의 패를 뽑았다. 이어 복효에게 지시했다.

"수라상을 내어올 필요 없다. 돈비惇妃에게 야식이나 간단하게 준비해 들여보내라고 이르거라."

건륭은 분부를 마치기 무섭게 관모와 마고자를 벗어 던졌다. 그리고는 그 자리에서 포고布庫(무예) 연습을 했다. 한참 치고받고 차고 돌고 나자 등골에 땀이 흥건했다. 건륭은 다시 태극권으로 바꿔 유연한 몸동작으로 기 수련을 하기 시작했다. 그러자 몸과 마음이 한결 가벼워졌다. 얼마 후 그가 궁전 안으로 들어가려다 말고 걸음을 멈췄다. 동쪽 배전配殿 처마 밑에서 오른쪽 팔에 대나무바구니를 끼고 하염없이 자신을 바라보는 돈비를 발견한 것이다.

"이곳 수라간에는 채소가 없을까봐 거기서부터 준비해 온 건가?"

돈비 왕씨는 공들여 치장을 하고 나온 것 같았다. 하얀 적삼에 보라색 조끼를 받쳐 입고 밑에는 크게 부풀어 오른 연노란 주름치마를 길게 끌고 있었다. 치마 밑으로 빨간 매화를 수놓은 화사한 꽃신도 반쯤 보였다. 높게 쪽을 진 머리에는 옥비녀와 빨간 나비 모양의 장신구가 꽂혀 있었다. 우유로 씻어낸 듯 뽀얀 얼굴은 갸름하니 고왔다. 봉황의 그것을 닮은 맑은 눈에는 애절함이 절절하게 넘쳐흘렀다. 마치 아침이슬을 머금고 활짝 핀 연꽃이 그럴까 싶었다. 건륭은 돈비의 미색에 새삼스레 반한 듯 잠시 넋을 잃고 뚫어지게 응시했다. 그러자 돈비 왕씨가 쑥스러운 듯 다소곳이 고개를 숙이고 날아갈 듯 가볍게 몸을 낮춰 문후를 올렸다.

"이곳 수라간에도 채소는 많사오나 새로 다듬어야 하겠기에 소인이 미리 손질해 가져왔사옵니다. 폐하께서 시장하실까 염려돼 먼저 다과를 좀 준비했사옵니다."

건륭이 다시 아래위로 왕씨를 훑어봤다. 이어 얼굴 가득 웃음을 지었다.

"오! 그래, 잘했네! 들여보내게. 짐이 주장을 읽으면서 몇 조각 먹을 테니. 그 사이에 요리를 하도록 하게."

건륭이 말을 마치고는 궁전 안으로 들어갔다. 동시에 태감 복의를 불러 명령을 내렸다.

"복의, 동난각이 너무 어두워. 등촉을 하나 더 밝히거라. 그리고 대야에 얼음을 담아 온돌 위에 올려 놓거라. 오늘따라 유난히 갑갑하군."

건륭은 궁전에 들어서기 무섭게 눈앞에 있는 작은 책상 위를 쳐다봤다. 상주문이 산더미처럼 높이 쌓여 있었다. 순간 그의 얼굴에 탐탁하지 않은 표정이 떠올랐다. 펴 보고 싶은 마음이 하나도 없었다. 그러나 어쩔 수 없는 일이었다. 그는 누군가에게 억지로 떠밀리듯 온돌로 올라

가서 후유! 하고 한숨부터 지었다. 이어 한 손으로 주장을 끌어당기면서 다른 손에 주필을 들었다.

상주문 중에는 올해의 농작물 수확량이 감소했다는 내용의 것들이 더러 있었다. 그러나 건륭은 특별히 그것에 대해서는 유의하지 않았다. 솔직히 그의 관심은 오로지 섬서, 감숙과 양강에 있었다. 그럴 수밖에 없는 것이, 우선 섬서와 감숙은 겨우내 대설이 끊이지 않았다. 또 3월에는 땅속 깊이 스며들 정도로 속 시원하게 비도 내렸다. 따라서 비록 4월에 강수량이 적었다고는 하나 큰 풍재風災가 덮치지 않는 한 올여름 대풍작을 기대할 수 있을 것 같다고 했다. 양강도 크게 다르지 않았다. 수재로 인해 피해를 본 지역도 있었으나 대부분 '대풍'이 기대된다고 했다. 건륭은 두 눈을 스르르 감으면서 안도의 숨을 내쉬었다. 다른 상주문들에는 간단히 잘 받아봤노라고 몇 글자 적어줬으나 감숙성에서 올린 주장에는 특별히 주비朱批를 달았다.

사료와 땔감은 짐이 산서성에 명해 관가官價에 팔게끔 조처하겠네! 이같이 사소한 일은 한 지역을 책임진 부모관으로서 경이 마땅히 알아서 처리해야 하거늘 어찌 짐에게 주청을 올려 노심勞心하게 만드는가. 그곳은 회족回族과 한족漢族의 잡거 지역이라 생활 습성과 문화의 차이로 분쟁이 일어날 가능성이 크네. 민족 간의 분쟁으로 비화되지 않도록 사소한 다툼에도 신경을 써서 조율을 잘해야겠네.

건륭은 감숙성에 보내는 주비를 다 쓰고 난 다음 김홍의 상주문을 찾아 들었다. 이어 자세히 읽어보고는 빈 공간에 빽빽하게 적어 내려갔다.

이재민 구호작업이 순조롭게 이뤄지는 것 같아 다행이라 생각하네. 모든 일에는 비가 오기 전에 우산을 준비하는 자세가 필요하다는 것을 이번에 잘 알게 됐을 거네. 앞으로 좋은 경험이 될 것이네. 짐의 남순南巡행은 기정사실이네. 그러나 짐 때문에 백성들을 들볶는 일은 없어야겠네. 모든 준비는 나라의 법 규정에 따라야 하네. 부하 관리들에게 단단히 일러두게. 짐의 남순을 빌미로 백성들의 혈세를 낭비하는 일을 벌여서는 안 된다고 말이네. 그 와중에 백성들을 괴롭히고 검은 재물을 챙기는 자들이 있으면 엄벌에 처한다고 하게. 짐은 이미 윤계선을 양강 총독으로 보내겠다는 어지를 내렸네. 조만간 그리로 돌아갈 것이니 즉각 업무를 인수인계하도록 하게. 경은 광록시光祿寺 정경正卿으로 발령이 났네. 그러나 서둘러 북경으로 돌아올 것 없이 남경에서 짐을 기다리게. 경을 광록시로 발령 낸 이유는 두 가지네. 양강 지역에는 역시 윤계선이 필요하다고 판단했기 때문이네. 또 경의 풍부한 경력이나 나이로 미뤄 볼 때 광록시가 적합하다고 판단한 것도 이유가 되겠네. 이에 대해 달리 의구심을 품을 필요는 없네. 그리고 궁금한 건 사천 순무 김휘와 경은 과연 소문대로 친척 간인가 하는 것이네. 그렇다면 경은 김휘의 됨됨이를 어찌 생각하고 있는가? 밀주문을 올려 상주하도록 하게.

건륭은 김홍에게 보내는 주비를 다 쓴 다음 이미 어람을 마친 상주문 중에서 윤계선의 문안 상주문을 찾아냈다. 이번에도 역시 장황하게 주비를 달았다.

일전에 경이 상주했던 대로 남경 등지에는 아직도 아편阿片을 흡입하는 자들이 있다고 하네. 전에 경이 양강을 떠나기 전에 세워놓았던 대처방안이 아주 바람직하다고 생각되네. 배로 밀수되는 아편은 모두 해관海關에서 약물로 취급해 중과세를 안기는 방안 말이네. 이 방법으로 아편이 민간에 확산되는 것을 막아야 하네. 서양의 무역선들이 꼬리에 꼬리를 물고 들어온다고 들었네. 현재 교역량도 건륭 초기의 사십 배가 넘는다는 통계가 나왔네. 광주廣州에도 서양인들이 대거 유입돼 인구가 몇 년 사이 열 배나 증가됐다고 하네. 중외中外(중국인과 외국인)가 잡거하고 화이華夷가 공존하면 시일이 흐를수록 사달이 일어날 위험이 크네. 양교洋敎가 침투하면 아편 이상의 정신적 피해를 불러올 수 있다는 걸 간과해서는 아니 되겠네! 영국英國에서 상관商館을 개설하게 해주십사 청이 들어왔다더군. 우리 측에 유리한 조건을 제시한다면 허락해도 무방하겠네. 그러나 비적과 양인들이 결탁하지 못하도록 눈에 불을 켜고 감시를 강화해야 하네. 허락 없이 사사로이 양인들과 접촉하는 자들은 가차 없이 정법에 처해 일벌백계의 교훈을 내리도록 하게.

건륭이 잠깐 뭔가를 생각하더니 붓을 멈췄다. 그러다 한참 후 다시 붓을 놀렸다.

비단 수출 해금解禁 건 말이네. 일전에 올린 주청을 받아들여 즉각 해금을 시행하겠네. 호부와 협의해 배 한 척에 선적할 수 있는 양을 정하고 이를 엄격히 준수하도록 하게. 그러나 두잠호頭蠶湖에서 생산하는 비단은 여전히 해외반출 금지 품목에 포함되니 법 규정을 어기고 밀반출하는 자들은 엄벌에 처하도록 하게. 곧 양강으로 귀환한다고 광주의 해외무역 업무를 소홀히 해서는 아니 되겠네. 간곡히 당부하네!

건륭이 마침내 붓을 내려놓더니 기지개를 쭉 폈다. 시각은 이미 해시亥時가 지나고 있었다. 돈비 왕씨는 여전히 칸막이 병풍 앞에 두 손을 모으고 서 있었다. 건륭이 온돌을 내려서면서 물었다.

"짐의 저녁 수라는 준비됐는가? 칠보단장하고 짐을 맞이하기 위해 나온 자네를 본의 아니게 냉대했네. 자, 이리 오게. 짐의 오른 손목을 좀 주물러주게."

돈비가 종종걸음으로 그에게 가까이 다가갔다. 건륭은 기다렸다는 듯 손을 내미는 척하면서 그녀의 풍만한 젖무덤을 살짝 건드렸다. 궁전 안에서 시중드는 태감들은 눈치도 빨랐다. 복효의 눈짓에 따라 서둘러 자리를 피했다.

"냉대라뇨, 폐하! 당치않사옵니다."

돈비 왕씨가 살짝 얼굴을 붉혔다. 그리고는 가늘고 매끈한 섬섬옥수로 건륭의 오른손을 가볍게 누르면서 문지르기 시작했다. 얼마 후 건륭이 식탁 앞으로 다가갔다. 돈비는 아쉬운 듯 손을 풀고는 한쪽에 살포시 꿇어앉았다. 이어 박씨 같은 이를 드러내면서 말했다.

"폐하께서 하시는 큰일에 비하면 소인의 상차림 따위는 일도 아니옵니다. 폐하께서는 육류와 기름기를 꺼리시니 담백하게 몇 가지 만들어봤사옵니다. 알록달록한 색깔만큼이나 폐하의 구미에 맞으셨으면 좋겠사옵니다."

과연 돈비의 말대로 크고 작은 접시가 한 상 가득 정성껏 배열돼 있었다. 빨강을 비롯해 노랑, 파랑, 검정, 흰색 다섯 가지 색깔의 배합이 무척이나 화려하고 맛깔스러워 보였다. 머리와 꼭지를 떼어낸 녹두와 빨간 고추를 함께 볶은 요리, 목이버섯 등심볶음, 죽순 간장조림, 오이 계란노른자볶음 등은 모두 건륭이 평소에 즐겨 먹는 것들이었다.

"자네는 오행五行에 대해서도 잘 아는군. 오방색에 따라 만들고 배열한 걸 보니. 어디 맛 좀 볼까?"

건륭이 말을 마치고는 젓가락으로 죽순을 집어 한 입 베어 먹었다. 이어 천천히 맛을 음미하면서 씹었다. 순간 그의 얼굴에 만족한 웃음이 번졌다.

"폐하, 이것도 맛보시옵소서."

돈비 왕씨는 건륭의 칭찬을 받자 신이 나는 모양이었다. 즐거운 듯 웃으면서 작은 공기에 국수를 두어 젓가락 덜더니 건륭의 앞에 받쳐 올렸다.

"웬 국수? 그냥 국수가 아닌 것 같은데, 당면唐麵인가?"

건륭이 말없이 생글거리면서 웃는 돈비 왕씨를 정겹게 바라봤다. 그리고는 국수를 한 젓가락 집어 올려 후루룩 빨아들였다. 이어 조용히 씹으면서 맛을 봤다. 순간 건륭의 얼굴에 놀라는 표정이 떠올랐다. 그러더니 연신 두 젓가락 크게 집어 후루룩후루룩 먹고는 더 달라는 뜻으로 공기를 내밀었다.

"무슨 국수가 이리 아삭아삭하게 씹히는가? 맛도 상큼하고 담백한 게 매우 특별한데? 짐은 그동안 국수라면 수도 없이 많이 먹어봤지만 이런 국수는 처음이네."

옆에서 시중들던 돈비 왕씨가 더욱 밝아진 표정을 한 채 대답했다.

"맛있게 드시니 소인의 정성이 헛되지 않은 것 같아 너무 행복하옵니다. 이는 소인의 고향에서 나는 호박국수라고 하옵니다. 영락없이 호박같이 생겼사옵니다만 찜통에 찐 뒤 젓가락으로 속을 휘저으면 전부 국수 가락이 돼 나옵니다. 소인이 화원 모퉁이에 몇 년 전부터 심어 봤사오나 번번이 실패했는데, 올해에야 세 개가 열렸지 뭡니까? 그래서 폐하께 올리고 싶어서 이 순간을 고대했사옵니다."

건륭은 땀까지 흘리면서 돈비 왕씨가 요리한 국수를 맛있게 먹었다. 돈비는 자신이 차린 음식에 골고루 건륭의 젓가락이 가는 것을 보고 흐뭇한 미소를 지었다. 그러면서도 건륭의 옆에서 부채질을 한다, 수건을 건넨다, 양치물을 부어 올린다 하면서 부지런히 시중을 들었다. 동시에 까르르 웃기도 하고 이런저런 이야기도 나누면서 마냥 즐거워했다. 건륭은 모처럼 포만감을 느끼도록 음식을 먹었다. 그때 멀리서 진미미가 걸어오는 모습이 보였다. 그것을 본 건륭이 웃으면서 돈비의 어깨를 다독여줬다.

"짐이 오늘 맛있는 음식을 즐겁게 먹은 것은 모두 자네 덕분이네. 자네도 짐에게 바라는 것이 있을 것이네. 오늘밤은 다른 처소를 찾기로 했으니 내일을 기대하게. 내일 밤은 정신이 아찔해질 정도로 해 주겠네. 짐은 황후의 처소로 가봐야겠네. 짐을 따라 가줄 텐가?"

돈비 왕씨가 건륭의 제안에 목소리를 낮춰 거의 귀엣말로 말했다.

"당연히 노비가 폐하를 모시고 가야죠. 약조하셨으니 내일 밤엔 꼭 오셔야 하옵니다. 안 오시면 노비는 대단히 슬플 것이옵니다. 지난번에도 철석같이 약조를 하셔놓고 귀비 나랍씨가 머리채를 땋아 드린다고 하니 귀비 처소에 들지 않으셨사옵니까. 소인……, 달거리도 막 끝났사옵니다."

"그래, 알았네! 이번에는 약조를 어기지 않을 것이니 안심하게!"

건륭은 말을 마치고는 바로 궁전을 나섰다. 왕씨가 종종걸음으로 그 뒤를 따랐다.

황후 부찰씨의 정침正寢은 저수궁儲秀宮 정전正殿에 있었다. 귀비 나랍씨는 서편전 북쪽 끝, 혜비 유호록씨는 원래 남쪽 방에 있었다. 그러나 유호록씨는 회임懷妊을 하는 바람에 통풍이 잘 안 되는 서남쪽 방에서 정전 서난각으로 처소를 옮겼다. 모두 황후 부찰씨의 배려 덕분이었다. 그렇게 졸지에 유호록씨의 거처가 된 서난각은 호수와 마주하고 있었다. 매미날개처럼 얇고 투명한 사창紗窓을 통해 호수바람이 불어오는 것이 특징이었다. 그래서 방 안은 한여름에도 더운 줄 모를 정도로 서늘했다.

건륭이 저수궁 광량문廣亮門에 들어섰을 때 정원에는 고요한 정적만 감돌고 있었다. 또 등촉을 환하게 밝힌 창문마다에는 고운 윤곽들이 비치고 있었다. 정전의 복도에는 열몇 명의 야경 태감들도 시립해 있었다. 궂은일을 맡아서 하는 튼튼한 궁녀들은 지게로 나무물통을 지고 각각의 방으로 더운물을 나르고 있었다. 그녀들 역시 발끝을 들고 조심스레 다녔다. 그 때문에 거의 인기척이 들리지 않았다. 건륭의 등 뒤에서 따라오던 태감 진미미는 한발 앞서 황후에게 들어가 황제가 왔다는 사실을 알리고자 했다. 그러나 건륭이 웃으면서 제지시켰다. 이어 까치발로 돌계단을 올라 친히 문을 밀고 정전 대문 안으로 들어갔다.

　황후 곁에서 시중드는 다섯 궁녀들은 이 시각에 불청객이 찾아오리라고는 전혀 예상하지 못한 듯했다. 그녀들은 모두 겉옷을 벗고 속곳만 입은 채 동난각 문 앞 모퉁이에 숨어 수건으로 몸을 닦고 있었다. 황후가 이미 침수에 들었을 뿐 아니라 궁문도 닫아걸었으니 그럴 만도 했다. 그런데 난데없이 황제가 친림하자 다급해진 그녀들은 터져 나오는 비명을 손으로 꼭꼭 누르면서 환한 촛불이 비치는 창문 아래에서 어찌할 바를 몰라 했다. 옷을 입을 수도 없고, 그렇다고 예를 갖출 수도 없는 난감한 상황이었다.

　내낭도 그 궁녀들 중 한 명이었다. 그녀는 얼굴이 빨갛게 달아올라 쥐구멍만 찾다가 급기야 대야에서 발을 빼고 나와 무릎을 꿇었다. 동시에 궁녀들 모두 속옷차림으로 꿇어앉았다.

　건륭은 뜻밖의 횡재에 입이 귀에 걸리며 환호성이라도 지를 태세였다. 그리고는 내전內殿을 가리키면서 황후가 알아서 좋을 게 없으니 입을 다물라는 식으로 손가락을 입에 대고 쉬쉬했다. 고개를 숙인 궁녀들은 쑥스럽고 창피해서 건륭이 어서 들어가기만 기다렸다. 그러나 건륭은 숨을 죽인 채 바들바들 떨고 있는 그녀들의 바람과는 달리 아예 코앞으로 바짝 다가가서는 궁녀들의 몸을 차례차례 감상하기 시작했다. 이어 소리 죽여 웃으면서 입을 열었다.

"모름지기 '신체발부, 수지부모'身體髮膚, 受之父母(몸의 터럭은 부모님으로부터 물려받은 것)라 했느니라. 이다지도 황홀한 몸매로 어찌 쑥스러워하느냐. 세상 그 어떤 미녀목욕도美女沐浴圖가 이보다 더 보기 좋을까!"

건륭은 특별히 내낭에게서 시선을 뗄 줄 몰랐다. 뽀얗고 가느다란 목선, 백옥처럼 매끈한 다리, 빨기만 해도 육즙이 배어나올 것 같은 오동통한 허벅지, 그리고 얇은 속곳에 비친 분홍빛 젖꼭지가 앙증맞고 탐스러웠다. 내낭은 건륭의 눈길에 창피한 나머지 얼굴이 새빨개졌다. 무엇으로든 치부를 가리고 싶었다. 그러나 아무것도 없었다. 내낭은 급기야 두 손으로 가슴을 움켜쥔 채 고개를 푹 숙이고는 눈을 감아버렸다.

"이런 경우는 실례가 아니네. 쥐구멍을 찾지 말고 어서 들어가 보게!"

건륭이 탐욕스런 눈길을 거두고는 미소를 지었다. 이어 눈요기만으로도 충분하다는 듯 손사래를 치면서 내전으로 들어갔다. 그 사이 황후는 황제가 걸음을 했다는 소식을 접하고는 일어나 의복을 정제한 채 기다리고 있었다. 건륭이 들어서자 공손히 예를 갖춰 문후도 올렸다.

"영영의 거처로 거동하실 거라 하시더니, 여기는 어찌……?"

황후는 곧바로 자신의 실수를 깨달은 듯 혀를 홀랑 내밀더니 말끝을 흐린 채 얼굴을 붉혔다. 그녀가 그렇게 쑥스러워하면서 얼굴을 붉히는 건 흔한 일이 아니었다. 황후는 원래 용색이 대단히 미려한 여자였다. 그런 그녀가 오늘은 드물게 교태까지 곁들이고 있었다. 건륭은 가슴이 두근거리면서 욕정이 꿈틀대기 시작하는 것을 분명히 느꼈다. 급기야 침대에 걸터앉아 황후를 당겨 품어 안으면서 속삭였다.

"황후가 오늘처럼 아녀자답게 보인 적이 없었어. 늘 멀고도 가깝고, 가깝고도 멀어 보였지. 언제나 한 점 흐트러짐도 없어 부담스럽기도 했고.

이런 모습을 자주 볼 수 있었으면 좋겠어. 영영에게야 황후와 만리장성을 쌓고 나서 가면 되지 그게 뭐가 대수인가."

건륭이 말을 마치기 무섭게 다짜고짜 황후를 침대 위로 쓰러뜨려 눕혔다. 동시에 허겁지겁 그녀의 입술을 덮쳤다. 손이 어느새 속곳으로 비집고 들어갔다……. 태감과 궁녀들은 엉겁결에 못 볼 것이라도 본 듯 황급히 뒷걸음질 치면서 자리를 피했다.

건륭은 한참 후 만족스러운 신음소리와 함께 황후의 몸에서 미끄러져 내려와 대자로 누웠다. 불같은 운우지정 뒤끝의 나른함이 예외 없이 찾아왔던 것이다. 황후 역시 꼭 다문 입으로 야릇한 신음을 깨물면서 흥분에 몸부림치던 사람답게 건륭의 목을 껴안은 채 촉촉하게 젖은 목소리로 말했다.

"서둘러 일어나지 마시고 잠깐 누워 계시옵소서. 영영이 좀 더 기다리면 어떻사옵니까. 신첩은 아들을 둘씩이나 잃었사옵니다. 하지만 자식 욕심은 여전하옵니다."

건륭이 부찰씨의 긴 머리카락을 쓸어내리면서 손으로 이마에 배인 땀을 닦아주었다.

"황후는 아직 젊고 또 성정이 선하고 온화하니 걱정 안 하셔도 돼. 부처께서 굽어 살피시어 머지않아 귀한 아들을 점지하실 것이야. 이게 그리우면……."

건륭이 말을 마치기도 전에 황후의 손을 당겨 여전히 딱딱하게 일어서 있는 자신의 아랫도리를 만지게 했다. 그리고는 다시 말을 이었다.

"언제든지 좋으니 진미미를……, 아니 내낭을 보내, 내낭을. 짐은 항상 황후를 영순위에 놓고 있다는 걸 잊지 말라고."

건륭이 말을 마치고는 일어나 앉았다. 그러자 황후 역시 따라 일어나 옷매무새를 바로잡았다. 그러더니 갑자기 피식 웃었다.

"왜 웃는 거요, 황후?"

"소인도 그 까닭을 모르겠사옵니다. 실은 두려움이 있사온데 어찌 웃음이 튀어나왔는지……."

"두렵다니?"

"내낭을 보냈다가 꿩 구워 먹은 자리가 될까봐 걱정이옵니다. 또 솔직히 신첩은 침석지환枕席之歡(잠자리의 환희)에 자신이 없사옵니다. 매번 끝나고 나면…… 따끔거리면서 아프옵니다."

황후가 농담을 하듯 말했다. 더불어 어느새 근엄한 황후의 모습을 회복한 듯 정색을 하면서 덧붙였다.

"여염집 여식으로 태어나 입궐해 폐하를 가까이에서 섬기는 비빈들은 그 유복함이 어찌 말로 형언할 수 있겠사옵니까? 세인들의 눈에 신첩들은 신선과 같은 존재일 것이옵니다. 하오나 그중에도 삼육구등三六九等의 차별과 설움이 있음을 그들이 어찌 알겠사옵니까? 체통 있고 격이 있는 황귀비, 귀비에서부터 일반 비, 빈, 귀인, 답응, 상재와 궁녀들에 이르기까지 폐하와의 거리를 얼마나 좁히고 폐하의 성총을 얼마나 받느냐에 따라, 그리고 황자를 생산하느냐 못하느냐에 따라 높고 낮음이 존재한다는 것은 주지하는 바이옵니다. 신첩은 육궁六宮의 살림을 주관하면서 여기에 얽힌 수많은 사연을 들었사옵니다. 어찌 보면 불쌍한 사람들이옵니다. 지금 이 시각에도 나랍씨는 분명히 궁전 밖에서 '산책'을 하고 있을 것이옵니다. 영영이도……, 그리고 언홍이도 폐하의 사랑을 받고 관세음보살께서 아기를 점지해주시기만 고대하고 있을 것이옵니다. 하오나, 폐하의 옥체는 강철이 아니옵니다. 정을 적당히 내리시고 존체 강녕을 염두에 두셔야 하옵니다."

부찰씨가 한참 말을 하더니 가볍게 한숨을 내쉬었다. 이어 건들거리는 촛불을 바라보면서 한참이나 말을 하지 않았다. 건륭이 우수에 젖은 듯한 황후를 보면서 빙그레 웃었다. 이어 그녀의 손을 잡고 보들보들한 손등을 쓸어내렸다.

"황후가 우려하는 것이 무엇인지 잘 알겠어. 짐이 자주 들를 터이니 황후는 황자를 생산할 만반의 준비만 하고 기다리면 되겠어."

황후가 건륭의 말에 기분이 좋아졌는지 웃음을 머금었다.

"과연 신첩이 회임을 해서 황자를 생산할지 모르겠사옵니다. 그렇다면 그것은 곧 모든 이들의 복일 것이옵니다. 신첩이 괜히 내낭에게 질투를 느꼈나 보옵니다. 하오나 자질이 괜찮은 아이임에는 틀림이 없어 보이옵니다. 신첩을 섬기는 정성이 갸륵하옵니다. 그 아이의 사주팔자를 가지고 점을 쳐봤더니 '의남상'宜男相(남편을 이롭게 하는 상)인 데다 장래에 고귀한 신분이 될 거라고 했사옵니다. 평소에 유심히 보니 폐하께서도 그 아이에게 각별하신 것 같사오니 조만간 머리를 올려주고 '답응'答應의 대우를 받게 함이 마땅할 것 같사옵니다."

황후가 말을 마치자마자 곧 밖을 향해 명령을 내렸다.

"내낭은 안으로 들거라!"

건륭이 황후의 말에 어린아이처럼 좋아하면서 그녀의 얼굴을 받쳐 들고 이마에 입을 맞췄다. 그리고는 목소리를 낮춘 채 말했다.

"짐이 독촉한 것도 아닌데 그리 서두르지 않아도 되겠어. 천천히 하지. 아무튼 황후는 참으로 아량이 넓은 사람이야!"

내낭이 주렴을 걷고 들어오는 소리가 들렸다. 건륭은 흠흠! 하고 마른 기침을 하면서 입을 다물었다.

"폐하께서 승건궁承乾宮으로 거동하실 것이다."

황후는 즉석에서 사연을 설명하고 언질을 주려고 했다. 그러나 순간적으로 생각을 달리 했다.

"모시고 가거라. 탁자 위에 꽃신 문양이 있으니 가는 길에 언홍이에게 가져다 주거라. 낮에 보내주기로 했는데 깜빡 잊었구나."

한밤중에 뜬금없이 시키는 황후의 심부름은 누가 들어도 억지스러웠다. 그러나 눈치 빠른 내낭은 '일'은 핑계이고 폐하를 '모시고 가는' 것이 주된 임무라는 사실을 깨달았다.

"예, 황후마마! 그리하겠사옵니다."

내낭이 얼굴이 홍당무가 된 채 고개를 숙이고 기어들어가는 목소리로 대답했다. 이어 건륭의 뒤를 따라 궁전을 나섰다.

밖에서는 과연 나랍씨가 기다리고 있었다. 서쪽 담장 근처에서 긴 그림자를 끌면서 서성거리고 있었던 것이다. 그녀는 건륭을 발견하자 황급히 다가와 예를 갖춰 문후를 올렸다. 건륭이 부드러운 미소를 지으면서 온화한 어투로 말했다.

"밤이슬이 차가워. 여태 월색月色을 감상하고 있었나? 침궁으로 들어가게. 감기 걸릴라!"

나랍씨는 달빛을 등지고 있어 표정이 보이지 않았다. 그러나 나직이 대답하는 목소리에는 외로움이 가득 배어 있었다.

"폐하께서도 한기를 조심하시옵소서……."

나랍씨는 어깨가 축 늘어진 채 마지못해 긴 그림자를 끌면서 멀어져 갔다. 발걸음이 무척 무거워 보였다. 건륭은 기운 없는 그녀의 뒷모습을 바라보자 마음이 편치 않았다. 사실 그녀는 비빈들 중에서도 건륭의 총행寵幸(황제와 잠자리를 같이 함)을 가장 많이 받은 사람이었다. 짧으면 사흘, 길어도 닷새에는 한 번 꼴로 자신의 처소에서 건륭을 맞아 '침석지환'枕席之歡을 나누고는 했다. 하지만 그녀는 천연두로 두 황자를 연이어 잃었다. 이어 까닭 모를 우환으로 세 살짜리 공주마저 잃기도 했다. 이후 나랍씨에게는 더 이상 태기가 찾아오지 않았다. 그래서 건륭은 몇 년 사이에 생때같은 자식을 셋이나 잃고 마음 둘 데를 몰라 하는 나랍씨가 항상 안쓰러웠다. 건륭은 마음이 울적해져서 발길이 닿는 대로 그저 걸음을 옮겼다. 그때 옆에서 등롱을 들고 밤길을 안내하던 내낭이 건륭을 힐끗 훔쳐보고는 조심스럽게 아뢰었다.

"폐하, 이쪽이옵니다."

건륭이 그제야 다시 북쪽으로 꺾어들었다. 그러더니 등 뒤의 태감을 힐끔 바라보면서 물었다.

"내낭, 짐이 무슨 생각을 하고 있었는지 어디 한번 맞춰봐."

"노비가 어찌 감히 폐하의 사려思慮(생각)를 허투루 맞추겠사옵니까? 폐하께서는 당연히 천하대사天下大事밖에 염두에 두고 계시지 않으시리라 생각하옵니다."

"잘 맞췄네! 군주에게는 소사小事가 없는 법이지. 황후가 생산했던 두 황자가 각각 두 살, 아홉 살의 나이에 천연두로 저 세상에 갔네. 귀비 나랍씨의 소생이었던 두 황자도 먼저 하늘나라로 갔고. 지금 짐에게는 첫째와 셋째황자밖에 없어서 슬하가 허전하다네."

내낭은 이럴 때는 도대체 어떻게 대답해야 하는 것인지 알 리가 없었다. 그러나 잠시 입술을 달싹이면서 뭔가 생각하더니 이어 천천히 입을 열었다.

"자식은 하늘이 점지해주신다고 들었사옵니다. 황후마마, 귀비마마를 비롯한 여러 마마들께서는 아직 젊으시옵니다. 또 영명하시고 인덕仁德이 하늘같이 높으신 폐하께서 이같이 강녕하시온데 어인 성려시옵니까?"

다시 잠깐의 침묵이 흘렀다. 얼마 후 건륭이 물었다.

"자네는 지금 무슨 생각을 하고 있는가?"

"달리 생각하는 바는 없사옵니다. 좀 이상한 것 같사옵니다."

"이상하다니?"

"그렇지 않사옵니까? 폐하께서 궁전을 나서시는데 여느 때와는 달리 황후마마께서 밖으로 배웅을 나오지 않으시니……."

"오늘은 누운 채로 꼼짝 않고 있는 것이 이상했다 이 말인가?"

"망극하옵니다, 폐하."

건륭이 크게 웃더니 한 손으로 내낭의 어깨를 껴안았다. 그리고는 연신 껄껄 웃으면서 나직이 말했다.

"바보 같은 계집애 같으니라고! 황후는 그게…… 흘러나올까 봐 그러는 게 아니냐."

"그게 흘러나오다니, 무슨 말씀이시온지……?"

건륭이 더 크게 웃으면서 내낭의 귓불을 살짝 깨물었다. 동시에 귓가에 대고 속삭였다.

"이는 사직강산의 대사이자 인륜지대사를 위해서 하는 말이야. 황후가 자네를 빈으로 들이겠다고 했네. 때가 되면 짐이 가르쳐 주지 않아도 잘 알게 될 거야."

내낭은 그제야 건륭의 말이 무슨 뜻인지 어렴풋이 알 것 같았다. 가슴이 흥분과 긴장으로 터질 것 같았다. 급기야 얼굴을 붉히면서 작은 두 손으로 가슴을 꼭 눌렀다.

아계는 예정보다 5일이나 늦어서야 북경에 도착했다. 그러나 조실부모한 이후 홀로 살아왔을 뿐 아니라 결혼도 하지 않은 탓에 마땅히 갈 곳이 없었다. 가까운 친척은 언감생심 바랄 수도 없었다. 결국 어쩔 수 없이 서편문西便門 내에 있는 역관에 행낭을 풀었다. 이어 부항과 전도를 비롯한 벗들에게는 내일 황제를 배알한 뒤 만나자고 기별을 넣었다. 그런 다음 자신이 북경에 당도했다는 소식을 군기처에 전했다. 대충 저녁 상을 물리고는 몇몇 막료들을 데리고 산책을 나섰다.

북경은 몇 년 사이에 참으로 많이 변해 있었다. 역관 동쪽의 예전 과수원 자리에는 어느 왕공의 저택인지 모를 거대한 건물이 우뚝 솟아 있었다. 여기저기 주인 없는 무덤이 무성한 잡초를 덮어쓴 채 질서 없이 널려 있어 황량하기 이를 데 없던 서남쪽 백운관白雲觀 주위에도 이제는 민가들이 옹기종기 들어앉아 있었다. 집집마다 홰나무를 비롯해 느릅나무, 버드나무, 백양나무 등을 울타리 삼아 두르고 있어 집의 형태는 잘 보이지 않았다. 그래도 백운관 처마 밑에 매달린 방울들이 부딪치면서 내는 맑은 소리는 바람을 타고 주변에 널리 울려 퍼졌다. 아계는 백운관에서 서북쪽 방향으로 시선을 옮겼다. 그나마 청범사淸梵寺 주변의 늙은 송백나무들은 떠나기 전 그대로의 모습을 하고 있었다.

마지막 남은 한줌의 저녁놀이 산 너머로 서서히 넘어갔다. 둥지로 돌아가는 지친 새들의 퍼덕거리는 날갯짓도 빨라진 것 같았다. 집집마다 굴뚝에서 연기가 솔솔 솟아오르고 있었다. 아이들이 골목을 쏘다니면서 뛰노는 소리와 개 짖는 소리는 정겹게 어우러져 사람 사는 냄새를 풍기고 있었다. 백초白草가 쓸쓸하고 황사黃砂가 해를 가리는 서부전선에서 갓 돌아온 아계는 격세지감을 느끼면서 자신도 모르게 깊은 감개에 빠졌다. 순간 이곳 풍경을 닮은 조설근曹雪芹의 집이 떠올랐다. 매번 조설근의 집에 갈 때마다 늑민, 전도와 함께 이 길을 통과하고는 했었던 것이다.

'설근이 붓끝에 마지막 피 한 방울을 묻혀《홍루몽》나머지 부분도 완성했다던데, 부항 대인이 그걸 다 베꼈을까?'

아계는 갑자기《홍루몽》이 끝을 맺었는지가 궁금해졌다. 그러다 깊은 한숨을 내쉬었다. 불세출의 재주꾼 조설근이 참담한 일생을 처량하게 마쳤다는 사실이 생각난 것이다. 그런데 한낱 별 볼 일 없는 말단 관리였던 자신은 무슨 덕으로 개부건아開府建牙의 영광스런 날을 맞았는지

기쁨보다는 무거운 마음이 앞섰다.

아계의 옆에는 이제는 따르는 막료도 있었다. 섬주^{陝州} 감옥 죄수들의 반란을 평정할 때부터 함께 했던 우림^{尤琳}이라는 막료였다. 그가 뒷짐을 진 채 말없이 먼 곳을 응시하는 젊은 장군의 선이 뚜렷한 옆모습을 바라보면서 웃음 띤 얼굴로 물었다.

"가목^{佳木}(아계의 호) 군문, 내일 폐하를 알현해 무엇을 어떻게 상주해야 할지 생각하시는 겁니까?"

"그거야 사실대로, 느끼는 대로 상주하면 되지."

아계가 생각을 거둬들이면서 말했다. 그리고는 덧붙였다.

"폐하께서 나를 다시 금천으로 파견하실지 그게 제일 궁금해. 생각 같으면 전부 내가 키워낸 병력으로 물갈이 하고 싶어. 대부대를 교체하려면 은자도 만만치 않게 들어갈 텐데 폐하께서 윤허하실지 모르겠네. 그렇다고 저대로 가만히 놔두면 사라분에게 겁먹은 자들이 기가 죽어 총대나 제대로 겨누겠는지 의문이야."

우림이 다시 입을 열었다.

"서로군과 남로군의 사기는 그런대로 괜찮은 것 같습니다. 다시 금천으로 돌아가시게 되면 북로군은 전부 사천의 주둔군으로 교체하고 군문을 따라 적들의 심장부인 괄이애로 들어갔던 세 사람에게 맡기면 실망시켜 드리는 일은 없을 것입니다. 하지만 이런 것은 아직 나중의 얘기가 될 것 같습니다. 그런데 제 생각에는 폐하께서는 군문을 군사 담당 보좌관으로 눌러 앉히실 것 같습니다. 부항 대인이 금천 전사에 눈독을 들인 지 오래됐거든요."

아계가 우림의 말에 소탈한 웃음을 지었다.

"부상도 영웅기질이 다분한 열혈남아이니 당연히 큰 관심을 갖고 있겠지. 그렇다면 나는 굳이 부상과 줄다리기 할 생각은 없어. 총대 메고 나갈 기회는 얼마든지 있으니 말이야.”

우림은 십수 년 동안 아계를 보좌해오고 있었다. 때문에 눈빛만 봐도 그 속내를 점칠 수 있을 정도로 그에 대해 잘 알고 있었다. 사실 군기대신이 된다는 것은 곧 천자와의 거리가 가까워지고 앞으로 문치文治의 재주를 드러낼 수 있는 기회가 열린다는 것을 의미했다. 반면 전쟁터에서 아무리 뒹굴어봤자 대장군 이상의 영예는 기대할 수 없을 터였다. 그래서 아계는 부항과의 줄다리기에서 한발 물러서려고 하는 것이 틀림없었다. 우림은 그렇게 이해했다.

그때 갑자기 멀리 서쪽에서 천지를 뒤흔드는 듯한 천둥소리가 들려왔다. 차가운 비린내를 머금은 비바람도 불어왔다. 아계는 오싹 소름이 끼쳐오며 하늘을 올려다봤다. 어느새 시커면 먹장구름이 하늘을 무겁게 덮고 있었다.

“비가 한바탕 시원하게 퍼부으려나 보군.”

아계는 싫지 않은 듯 두 팔을 벌려 습기가 가득한 바람을 힘껏 들이마셨다.

“우박이 쏟아질 것 같은데 어서 역관으로 돌아가시죠, 군문!”

우림이 걱정스레 하늘을 쳐다보면서 재촉했다. 그때 먼발치에서 역승驛丞이 달려오는 모습이 보였다. 그는 영문을 모르고 서 있는 두 사람을 향해 소리 높이 외쳤다.

“군문! 내정內廷에서 기윤 중당이 방문하셨습니다. 역관에서 기다리고 계십니다.”

역승은 거친 숨을 몰아쉬면서 가까이 다가왔다. 이어 허리를 깊숙이 숙여 예를 갖추면서 덧붙였다.

“역관에서 사람들이 총출동해서 찾았는데 여기 계셨군요.”

아계는 역승의 말이 채 끝나기도 전에 이미 발길을 돌렸다. 순간 번개가 번쩍였다. 이어 우렛소리가 진동했다. 대지가 드르르 떨면서 차가운 우박이 머리와 얼굴을 강타했다. 큰 것은 달걀만 할 정도로 큰 우박이 었다. 몸에 맞는 느낌도 적당히 얼얼한 정도가 아니었다. 아니나 다를까, 역승이 "아이고!" 하며 머리를 감싸 쥐고 정신없이 달려갔다. 아계는 뒤를 돌아봤다. 수행원들은 여전히 한 점 흐트러짐 없이 요도腰刀에 손을 얹은 채 바싹 뒤따라오고 있었다. 그는 만족스럽게 미소를 띠며 태연하게 우박 속을 걸었다. 그때 수행원들 중에서 화신和珅이라는 이름의 막내 친병이 앞으로 달려 나왔다.

"군문, 모자를 쓰고도 머리에 구멍이 날 것 같은데 맨머리로 계시면 어떻게 합니까? 비록 조금 작기는 하지만 하관의 모자라도 쓰시죠!"

아계는 아직 앳된 티가 다분한 얼굴로 정색하며 말하는 친병의 손에서 모자를 받아들었다. 그리고는 온화한 미소를 지었다.

"자식, 될성부른 나무는 떡잎부터 알아본다더니, 젖 냄새도 가시지 않은 것이 주인 섬기는 데는 최고로군! 이 모자를 나를 주면 너는 어떡할 거야?"

아계가 모자를 손에 든 채 화신을 유심히 뜯어보면서 말을 이었다.

"장가구張家口 요계영潦溪營의 격룡格隆 유격이 보냈지? 계집애처럼 얌전하게 생겨 가지고 이 바닥에서 버틸 수 있겠냐? 아직 열댓 살밖에 안된 것 같은데!"

아계가 화신의 머리를 한번 쓰다듬더니 다시 모자를 그에게 씌워줬다. 그리고는 총알처럼 빗발치는 우박 속을 태연스레 걸어갔다. 화신 역시 모자를 벗어 쥐고 씩씩하게 아계의 등 뒤를 따라가면서 앳된 목소리로 말했다.

"소인은 겉보기에는 여자처럼 닭 모가지 하나 못 비틀게 생겼으나 실은 고생도 무지 많이 했고 겁나는 구석이 없는 사람입니다. 제가 여덟 살 때 양친 부모님이 다투듯 세상을 뜨셨습니다. 그후 어린 저는 걸식도 해보고 친척집 닭도 훔쳐 먹고, 도박판에서 바람잡이 노릇도 하고……, 안 해본 일이 없습니다. 믿어지지 않겠지만 삼 년 전 채가네 도박장에서 그 개새끼를 죽여 버린 것도 저였습니다. 그 당시 유통훈 대인께서 재판을 맡으셨습니다. 워낙 악명 높은 놈을 죽인 데다 또 제 나이가 열두 살밖에 안 된 점을 감안하셔서 저를 처형하지 않고 장가구 병영으로 유배 보내셨던 것입니다. 바람이 불면 주먹만 한 돌덩이가 날아다니는 장가구에서도 버텨왔는데, 이까짓 우박이 두려울 게 뭐가 있겠습니까!"

"그러면 몇 년 전 세상을 떠들썩하게 했던 사건의 주인공이 바로 너였다는 말이냐?"

아계가 깜짝 놀란 표정을 한 채 화신을 향해 돌아섰다. 동시에 그의 어깨를 덥석 부여잡고는 대견한 표정을 지었다.

"그때는 누군지 몰라도 참 좋은 일을 했다고 생각했었는데, 이게 어찌된 인연이냐? 내가 너희 대장에게 명령해 너를 내 곁으로 오게 해야겠다. 그리 하겠느냐?"

화신이 아계의 말에 박수까지 치면서 뛸 듯이 좋아했다.

"그거야 두말 할 것도 없이 대찬성이죠! 아랫것으로서 주인을 잘 만나는 것보더 더 큰 행운이 어디 있겠습니까? 평소에도 대단한 군문의 덕을 입어 잘 나가는 사람들을 부러워했었거든요. 물은 낮은 데로 흐르고 사람은 높은 곳을 바란다는 옛말도 있듯이 이걸 싫어할 사람이 어디 있겠습니까!"

아이는 다섯 손가락을 모아 꿈틀거리면서 위로 올라가는 시늉을 했다. 아계는 그의 귀여운 모습에 껄껄 크게 웃었다.

일행이 역관으로 돌아왔을 때는 우박도 멈췄다. 대신 보슬보슬 비가 내리더니 땅바닥에 쌓인 우박을 녹이기 시작했다. 기윤은 촛불을 훤히 밝힌 정방 창가에 반쯤 기대앉은 채 커다란 곰방대를 뻑뻑 빨고 있었다. 아계는 서둘러 안으로 들어가 예를 갖춰 인사를 했다.

"죄송하네, 중당! 본의 아니게 오래 기다리게 했어! 내가 돌아온 줄은 어찌 알았는가?"

아계가 말을 마치고는 눈을 돌렸다. 순간 전도를 발견하고는 반색을 했다.

"요 짠돌이도 왔네! 안 그래도 찾아가서 따질 일이 있었는데, 제 발로 잘 찾아왔어!"

"오랜만이네, 아계!"

기윤이 곰방대를 털어 끄면서 말했다. 이어 한쪽 무릎을 꿇어 군례를 올리는 아계를 일으켜 세워주었다.

"무슨 장군이 물에 빠진 병아리 꼴이 됐는가! 어서 옷이나 갈아입게!"

기윤의 말이 채 끝나기도 전이었다. 화신이 이미 마른 옷을 한아름 안고 들어오고 있었다. 전도가 화신의 시중을 받으면서 옷을 갈아입는 아계를 향해 입을 열었다.

"보자마자 웬 시비야? 따질 일이라면 내가 더 할 말이 많지. 왜 그쪽이 그리 기세등등해서 그러는가. 사 개월 전 영양羚羊의 뿔 몇 개를 수소문해 놓으라고 편지를 보냈었는데 여태 꿩 구워먹은 소식이잖아. 아무리 바빠도 그렇지 답장 하나 안 해주는 법이 어디 있는가?"

아계와 전도 두 사람은 만나자마자 입씨름부터 벌일 태세였다. 기윤이 그런 두 사람을 향해 히죽 웃어 보였다.

"군기처에 알렸으면 다 알고 있는 거지. 지금쯤은 폐하께서도 보고 받으셔서 알고 계실 거야. 백관들도 여러 경로를 통해 거의 다 소식을 접했을 테고. 새 군기대신에게 잘 보이고 싶어서 나도 주먹 쥐고 달려왔다는 것 아닌가."

아계는 옷을 갈아입자마자 주안상을 봐 오라면서 화신을 내보냈다. 그리고는 전도에게 말했다.

"우리 군중에 군마가 이백 마리 정도 부족하거든. 그래서 돈 좀 꿔달라고 사정했더니……, 뭐? 이자를 내놓으라고? 그런 말은 안 하는 게 좋을 뻔했지. 우리 사이에 어떻게 그럴 수가 있어. 내가 그까짓 이자나 슬쩍 하려고 떨어지지 않는 입을 뗐겠어?"

전도가 역시 웃으면서 대답했다.

"나도 내 돈이라면 얼마든지 꿔주고 싶지. 돈을 금고 가득 채워 놓고 있어도 나랏돈이지 내 마음대로 할 수 있는 내 돈이 아니지 않은가! 지난번에 여기저기서 거둬들인 이자로 채소와 고기를 사서 군중으로 보내준 건 왜 시치미를 뚝 떼는가?"

아계도 전도의 역습에는 할 말이 궁해진 듯했다. 그저 머쓱하게 웃고 말았다.

그 사이 주안상을 보러 갔던 화신이 크고 작은 식합을 두 손 가득 들고 들어섰다. 식탁 위에 하나씩 차려놓는 손놀림이 재빨랐다. 음식 역시 기름기가 번지르르한 육류 위주였다. 방 안에는 삽시간에 구수한 냄새가 진동했다. 그러자 고기라면 사족을 못 쓰는 기윤이 벌떡 일어나 홀린 듯 식탁을 들여다보면서 화신에게 물었다.

"이게 다 역관 주방에서 만든 건가? 어쩌면 이렇게 귀신같이 내 입맛에 맞췄지?"

"중당 대인께서 육식을 즐기시는 걸 모르는 사람이 천하에 어디 있겠습니까? 아랫것들이 귀하신 나리들의 구미도 맞추지 못하면 어느 짝에 쓰겠습니까? 사실 역관에서 만든 건 아닙니다. 제가 옆집 녹경루祿慶樓 주방으로 들어가 손님상에 올릴 음식을 슬쩍 빼돌렸습니다. 객잔 주인도 이 사실은 모르고 있습니다!"

화신이 남의 비위를 맞추는 데는 자신 있다는 듯 싹싹하게 말했다. 순간 기윤이 석연치 않은 눈빛으로 화신을 바라봤다.

"이게 또 나하고 아계 군문의 얼굴에 똥칠을 한 것은 아니지? 손님상에 올릴 음식을 빼돌린 걸 알면 주인이 가만 놔두겠어?"

화신은 기윤의 말에 빙긋 웃으며 술 주전자를 들어 일일이 술을 따랐다.

"그런 염려는 하지 않으셔도 됩니다. 제가 어찌 대인들의 명성에 누를 끼치는 짓을 하고 다니겠습니까? 요즘 세상에 돈 몇 푼 던져주면 안 되는 일이 어디 있습니까? 일꾼은 용돈을 챙겼으니 주인에게 따귀를 얻어맞아도 싱글벙글할 것이고, 저는 대인들의 비위를 잘 맞춰드려 기분이 좋고요. 누이 좋고 매부 좋고 여러모로 나쁠 게 없지 않습니까."

화신은 어린아이답지 않게 계산이 영악했다. 기윤을 비롯한 세 사람은 술잔을 든 채 연신 고개를 끄덕이며 웃을 수밖에 없었다.

기윤은 주량에는 자신이 없었다. 그러나 고기접시 비우는 데는 누구에게도 뒤지지 않았다. 아니나 다를까, 그가 가장 먼저 소매를 걷어 올렸다. 이어 푹 익은 돼지 뒷다리를 통째로 들고 크게 한입 베어 물었다. 그러더니 입안의 것을 대충 우물거려 넘기고는 입가로 흘러내린 기름을 손수건으로 쓱 문지르고 나서 다시 게걸스레 뜯기 시작했다. 어느새 팔뚝만 한 돼지 뒷다리는 뼈만 앙상하게 남았다. 기윤의 먹는 모습을 넋놓고 바라보던 화신이 얼른 손 씻을 더운물을 받쳐 올렸다. 그러자 기윤이 대견스런 표정으로 화신을 바라보았다.

"꼬맹이가 제법인 걸? 출세하겠어. 나는 배가 부르니 여러분은 천천히 들어. 아까 상서방에서 나오면서 배가 출출해 삶은 고기 두 덩어리를 먼저 먹었거든!"

전도가 기윤의 말에 두 눈을 휘둥그렇게 떴다. 동시에 감탄하듯 말했다.

"소문에 중당은 오곡을 멀리 하고 하루 세 끼 고기만 먹는다고 하더니, 과연 그러네! 나는 옆에서 보기만 해도 배가 부른 것 같아."

"부모님이 이렇게 낳아주셨으니 나도 어쩔 수 없지 않겠나! 나는 물러앉을 테니 천천히 들게."

아계가 그러자 젓가락을 내려놓으면서 본론을 꺼냈다.

"돼지 뒷다리 생각이 나서 다망하신 와중에 걸음을 하지는 않았을 테고……. 설령 어느 총독이 만나자고 해도 얼굴 비칠 시간조차 없으신 분이 장시간 기다리고 계셨다니 무슨 일인지 대단히 궁금하네."

기윤의 검은 얼굴이 아계의 말이 끝나기 무섭게 진지해졌다. 어느새 근엄한 표정도 회복하고 있었다. 이어 그가 새삼 공수를 하고 나더니 입을 열었다.

"사실 나는 가목 공이 북경에 도착하자마자 만나보라는 폐하의 어지를 받고 왔어. 내일은 그대가 폐하를 알현할 것이고, 건청궁은 이목이 많아 대화할 분위기가 못될 것 같아 일부러 찾아온 거야."

아계와 전도는 어지를 받고 왔다는 기윤의 말에 자리에서 벌떡 일어났다. 전도가 먼저 입을 열었다.

"그러면 두 분이 얘기를 나누시게. 나는 먼저 물러가겠으니."

"그럴 거 없어. 폐하께서는 두 사람을 같이 만나보라고 하셨어."

기윤이 말을 마치고는 웃으면서 두 사람과 함께 술자리를 물렸다. 화신이 차를 가져오고 물러가자 기윤이 아계에게 물었다.

"아계, 자네는 늑민과 이시요와는 잘 아는 사이라고 그러더군. 과연 그런가?"

기윤은 어느새 건륭의 말투로 변해 있었다. 금천 패배의 책임소재를 밝히려는 건륭의 의중을 점친 아계는 잠시 고민에 빠졌다. 뻔히 가까운 사이임을 알고 있는데 거짓말을 할 수는 없었다. 사실 막역한 사이임을 고백해도 상관은 없을 터였다. 하지만 금천의 전사가 엉망진창이 될 때까지 늑민과 이시요 두 사람이 어떤 역할을 했는지 잘 알지 못하는 터라 함부로 대답할 수도 없었다. 잠시 생각한 끝에 그가 천천히 대답했다.

"우리는 가까운 사이가 맞아. 그러나 술자리에서의 벗일 뿐이지. 전도도 알다시피 우리들은 만나면 술을 함께 마시고 해롱대는 것이 전부잖아."

"그 이상 그 이하도 아니지."

전도가 아계가 조심스러워하는 이유를 짐작하고는 황급히 맞장구를 쳤다. 기윤이 미소를 지으면서 다시 아계를 향해 물었다.

"그 두 사람의 인품과 재능에 대해 자네는 어찌 생각하는가?"

"가끔씩 만나 술을 마시면서 회문會文하고 시간을 때우는 것이 고작이지. 일을 같이 한 적도 없고 사적인 자리에서 깊은 얘기를 나눠본 기억도 없어 잘 모르겠어. 객관적으로 볼 때 이시요는 명민하고 결단력 있고 호쾌한 반면에 자신의 능력을 과대평가하고 가끔 오만불손하다는 느낌을 주는 것 같더군. 반면 늑민은 매사에 근신하고 부지런하면서 침착한 성정이기는 하나 또 지나치게 소심한 것 같아 조금 아쉽지."

기윤이 고개를 끄덕였다. 그리고는 전도를 향해 고개를 돌리면서 물었다.

"자네 두 사람이 처한 상황에 대해서는 폐하께서 잘 알고 계셔. 그렇다면 장유공이라는 사람은 어떤 것 같은가?"

전도는 느닷없는 기윤의 질문에 잠깐 당황한 표정을 지었다. 그가 그렇게 어떻게 답변해야 할지 몰라 망설이고 있을 때였다. 갑자기 밖에서 흙탕물을 철벅거리면서 들어서는 발자국 소리가 들려왔다. 웃고 떠들면서 우르르 몰려드는 기척이 스무 명 정도는 될 것 같았다. 어찌 된 영문인지 아계가 물으려고 할 때 화신이 들어와 아뢰었다.

"군문, 한 무리의 관리가 군문을 뵙겠노라면서 찾아왔습니다. 소인이 물으니 예부 당관도 있고, 한림원에서 나오신 분도 있고, 군문의 친척이라는 분도 있었습니다."

아계가 근엄한 음성으로 대답했다.

"얼굴 보는 건 급한 일이 아니니 돌아가라고 이르거라. 지금은 중당 대인과 중요한 얘기 중이니 내일 폐하를 알현한 다음 다시 보자고 하거라."

화신이 바로 난감한 표정을 지었다.

"소인이 그리 말했습니다. 그럼에도 나리들께서는 모두 군문과 절친한 사이시라면서 오늘 꼭 만나 뵈어야겠다고 했습니다."

화신의 말이 끝나자마자 기윤이 아계를 향해 말했다.

"얼굴을 보고 싶다고 찾아오는 사람이 많은 것은 좋은 일이지. 대인관계가 원만하다는 방증이 아닌가. 죄인의 신분으로 형구刑具를 쓰고 감옥에 처박혀 있다면 오라고 해도 천리만리 도망가는 게 세상인심 아니겠는가!"

아계가 잠시 생각을 하는가 싶더니 화신에게 분부했다.

"가서 이르거라. 정 그렇다면 우리가 자리를 파할 때까지 서쪽 별채에서 기다리라고 하거라."

"알겠습니다, 군문!"

화신이 날렵하게 한쪽 무릎을 꿇은 채 예를 갖추고는 바람처럼 사라졌다.

8장
기울어가는 태평성대

아계는 의아스러워 하면서 고개를 갸웃거렸다. 기윤이 그 모습을 보고는 웃으면서 말했다.

"아직 잘 모르나보군. 요즘 관리들은 '동'同자를 무척이나 중요하게 생각한다네. 동년同年, 동향同鄕, 동관同官이라는 명목을 만들어 끼리끼리 어울리지. 그중 누구 하나가 관운이 트여 승진을 했다거나 달리 좋은 일이 있으면 우르르 몰려다니면서 한바탕 먹고 마시는 것이 유행이지. 내가 군기처로 들어온 지 얼마 안 돼 자네도 군기처에 들어오게 됐으니 저 사람들이 가만히 있겠나? 태감들과 선을 대고 있어 저마다 정확한 소식통들인데!"

"이런 현상이 고질이 되면 관계官界에 나쁜 영향을 미칠 텐데……."

아계가 기윤의 말에 걱정스런 투로 말했다. 아직 때가 묻지 않은 그다웠다.

그 사이 전도는 기윤이 건륭의 어지를 받고 물었던 질문에 대해 내내 생각하고 있었다. 건륭은 이시요와 늑민에게만 관심을 보인 것이 아니었다. 장유공의 됨됨이에 대해서도 물어왔다. 그러니 딱히 금천 군사의 책임 소재를 파악하려는 것이 전부는 아닐 터였다. 아마 재목에 따라 인재를 발탁하려는 인재용인因材用人(재주에 따라 등용함)의 뜻을 내비친 것은 아닐까. 전도는 그래서 장유공을 어떻게 생각하느냐는 질문에 아계처럼 조심스러워 하지 않고 솔직하게 대답했다.

"장유공과 늑민이 둘 다 장원 출신으로 최고의 인재라는 사실은 온 천하가 주지하는 바이네. 장유공은 어렵게 장원에 급제하고 나서 환희가 지나쳐 거리에서 '나는 장원이오. 나는 천하제일인天下第一人이오'라고 외치고 다녀 웃음거리가 되었으나 나는 그 사람의 정직한 인품은 믿어 마지 않아. 장유공이 악선과 함께 영정하永定河 제방 공사를 맡았을 때 내가 장상(장정옥)의 명을 받고 내려가 본 적이 있었어. 그때 장대비가 기승을 부리는데 악선은 흙탕물을 뒤집어쓴 채 삽을 들고 앞장서서 지휘하고 장유공은 민공들과 함께 모래자루를 등에 지고 나르고 있었어. 내가 깜짝 놀라 소리를 지르면서 부르자 비틀거리다가 그만 넘어지기도 했지. 거센 물길에 휩싸여 저만치 떠내려갈 뻔했었다고! 그때 손을 잡아 보니 온통 굳은살투성이지 뭔가. 얼굴을 보니 까마귀가 친구 하자고 찾아올 정도로 새까맣게 됐더군. 붓 놀리고 글 쓰는 게 업인 학자가 민공들 틈에 섞여서 핏대 세워가며 힘을 쓰는 모습을 보면서 나는 가슴이 뭉클하고 콧마루가 찡해지는 걸 주체할 수 없었지!"

전도는 장유공에 대해 언급하다 감격에 겨웠는지 목이 메는 듯했다. 목을 틔우기 위해 찻잔을 들어 차도 한 모금 마셨으나 더 이상 말을 잇지 못했다.

악선은 영정하 공사에 투입됐을 때 공부工部의 시랑侍郎이었다. 장유공 역시 예부 사이관四夷館에서 한 자리를 차지한 명실공히 정4품 관리였다. 그런 사람들이 밖에서 민공들과 더불어 흙탕물 속에서 뒹굴면서 험한 일에 팔을 걷어붙인다는 것은 말이 쉬워 그렇지 아무나 할 수 있는 일이 아니었다. 그래서인지 아계 역시 전도의 생생한 증언을 듣고 적지 않게 감동을 받은 듯했다. 그러자 기윤이 빙긋 웃으면서 말했다.

"악선에 대해서도 궁금했었는데 이 정도면 충분하겠어. 이 사람 저 사람에 대해 물어본 건 다른 뜻이 있어서가 아니니 괜한 추측과 의심은 삼가도록 하게.《사고전서》편수작업을 거들어줄 사람이 필요해 폐하께 주청 올렸더니 나에게 직접 적임자를 물색하라고 명령하시기에 물어봤던 거야."

기윤이 말을 마치고는 다시 물었다.

"조혜와 해란찰, 두 사람에 대해서는 아는 바가 없는가?"

아계는 곧바로 잘 모르겠다는 듯 고개를 저었다. 그러자 전도가 대신 말했다.

"단 한 번밖에 본 적이 없어 잘은 모르겠지만 둘 다 병사들을 아끼는 마음이 가상하고 야전에 강하다고 들었어. 조혜는 내성적이고 말수가 적은 반면 해란찰은 좀 장난기가 있어 보였어."

기윤이 기다렸다는 듯 말을 받았다.

"그 두 사람이 금천에서 병영을 이탈해 탈영병 신세로 쫓기고 있어. 폐하께서는 이미 사천 순무 김휘, 양강 총독 김홍, 그리고 하남과 운귀 순무들에게 비밀리에 체포 작전을 벌이라 하명하셨어. 아계, 자네도 곧 군기처에서 금천 군사에 대한 업무를 보게 될지 모르니 그들의 동향에 대해 촉각을 곤두세워야 할 거야."

아계가 황급히 일어나며 알겠노라고 대답했다. 그러자 기윤이 문 밖을 향해 큰 소리로 불렀다.

"거기 누구 있나? 서쪽 별채에서 기다리고 있는 관리들에게 들어오라고 이르게!"

바깥 복도에서 화신의 대답소리가 들려왔다. 잠시 후 의자가 삐걱거리는 소리, 발을 구르는 소리, 의관을 정제하는 소리가 들려왔다. 그러는가 싶더니 정방正房 계단을 오르는 어지러운 발자국소리가 들렸다.

삽시간에 정방 안은 시끌벅적해졌다. 기윤과 아계, 전도 세 사람은 자리에서 일어나 웃는 얼굴로 사람들을 맞이했다. 끝없이 꼬리를 물고 들어오는 사람들은 스물네댓 명은 족히 될 것 같았다. 다양한 신분을 반영하듯 관모官帽와 정자頂子, 관포官袍도 저마다 달라 방 안이 알록달록 화려하게 빛이 나고 있었다. 그뿐이 아니었다. 연령대도 환갑을 넘긴 노인부터 스무 살도 안 돼 보이는 새파란 젊은이까지 매우 다양했다. 그들은 저마다 수본手本을 들고 행여 뒤질세라 목청 높여 자신의 이름을 말하고는 문안인사를 올렸다. 그 모습이 마치 전쟁터를 방불케 했다. 기윤은 그 많은 사람들 중에서 방지학方志學이라는 사람만 눈에 익었다. 한림원에 적을 둔 사람으로 언젠가 외관外官으로 보내달라고 기윤을 찾아와 청탁을 한 적이 있었던 것이다. 그 밖에 한림원 서길사庶吉士라는 세 사람도 전에 방지학을 따라 자신의 집을 찾았던 것 같았다. 그러나 기억은 잘 나지 않았다. 기윤과 달리 아계는 어이, 어이 손짓하면서 알아보는 사람이 많았다. 그중 세 명의 사무관은 아계의 옛 동료라고 했다. 거인擧人 출신의 호추륭胡秋隆은 문필이 그나마 봐줄 만한 사람이었다. 또 다른 두 사람은 이름이 각각 고봉오高鳳梧, 오달방仵達邦이라는 사람이었다. 모두들 빗길에 오느라 두루마기 자락이 다 젖어 있었다. 그 와중에 빈부의 차이도 엿보였다. 화려하고 고급스런 의관을 자랑하는 이가 있는가 하면 손재주 좋은 아낙이 천을 덧대 보일 듯 말 듯 기운 두루마기를 입고 뒤에서 얼쩡대는 이들도 있었다. 다들 기윤과 아계를 향해 달려들어 전도는 보기 좋게 꿔다 논 보릿자루 신세가 되고 말았다.

그러나 기윤도 잘 알고 있었다. 비록 군기처에 몸을 담고 있기는 했으나 《사고전서》에만 매달려 있는 자신이 큰 인기가 없다는 사실을. 게다가 그는 예부에는 가끔씩 얼굴만 내비치는 정도였다. 한마디로 찾아온 사람들은 척 봐도 앞으로 군무를 전담하게 될 아계에게 얼굴 도장을 찍는 것이 급급한 이들이었다. 기윤은 아계에게 시선을 돌렸다. 그런데 아계는 전도를 바라보고 있었다. 그러나 전도는 무표정하게 웃기만 할 뿐 말없이 한쪽에 앉아 있었다. 기윤이 곰방대를 꺼내려고 옷섶을 들추는 걸 보고는 전도가 말했다.

"기윤 공이 담배 생각이 나나 보군. 누가 불을 준비하지 그래!"

전도의 말이 떨어지기 무섭게 대여섯 명이 저마다 불을 켜들고 기윤에게 경쟁하듯 달려들었다. 기윤은 먼저 다가선 누군가에게서 불을 받고 두어 모금 빨아들였다. 그러다 그예 참지를 못하고 "푸우!" 하고 웃음을 터트렸다. 그리고는 사래가 걸렸는지 눈물까지 찔끔거리면서 쿨룩거렸다.

"여러분!"

기윤은 가까스로 웃음을 멈췄다. 이어 짐짓 근엄한 표정을 한 채 말을 이었다.

"아계 군문은 오늘 도착하셨소. 우박까지 마다하고 이리 영접을 나와주시니 실로 감동이 물결치오."

그러자 아계가 웃으면서 화답했다.

"환영해주는 마음은 내가 고맙게 받겠소. 그런데 여기서 이러고 있으니 마땅히 대접할 것도 없고 인사치레가 부실해서 미안하오. 나는 내일 폐하를 알현해야 하니 긴히 이 사람에게 할 말이 있는 사람만 남고 그렇지 않은 사람은 오늘 얼굴 본 걸로 만족하고 돌아갔으면 하오. 소털

같이 많은 날에 오늘만 날인 건 아니잖소!"

그러나 순순히 돌아갈 사람들이 아니었다. 행색만 봐도 알 수 있듯 그들 대다수는 관운이 지지리 없거나 사는 꼴들도 고만고만한 사람들이었다. 장래를 위해서라면 체면도 자존심도 버린 지 오래된 사람들이었다. 더구나 그들은 아계가 군기처로 발령을 받아 북경으로 오고 있다는 소문이 장안에 퍼지기 훨씬 전부터 잔뜩 기대에 부풀어 오늘만 기다려왔던 터였다. 그러니 그대로 물러갈 리가 만무했다. 순간 부드럽게 축객령逐客令을 내리는 아계의 말에 크게 서운한 듯 여기저기서 아우성을 치는 소리가 마치 벌집을 건드린 것처럼 요란하게 터져 나왔다.

"아계 대인! 우리가 이 순간을 얼마나 고대했는데요! 손사래로 가볍게 축객령을 내리시면 서운하죠!"

"기윤 공, 뭐라고 얘기 좀 해주세요."

"우리가 비록 관품은 낮아도 의리는 누구 못지않다오."

"이봐, 아계! 조강지처糟糠之妻를 버리면 죄받고 빈천지교貧賤之交를 잊으면 안 된다고 했소! 언젠가 구숙九叔에게 돈을 꾸러 갔다가 쫓겨났을 때 내가 주방에서 찬밥 한술이라도 훔쳐다줬던 기억을 잊었소?"

"나는 풍청표馮淸標요! 풍청표라고 기억 안 나오? 관제묘關帝廟에서 돈을 다 털리고 같이 고구마를 구워 주린 창자를 달래던 그때를 잊었소?"

"이보게, 효람曉嵐(기윤의 호)! 그대가 갖고 싶어 하던 몽념蒙恬의 호부虎符를 내가 얻어왔소!"

"효람, 나도 당백호唐伯虎의 시녀도侍女圖를 가져왔소. 보고 싶지 않소?"

"이보시오, 효람……."

"아계 대인……."

"기윤 중당……."

사람들은 이대로 물러갈 수 없다는 듯 앞을 다퉈 열을 올렸다. 마치

굶어 죽은 악귀들이 그럴까 싶었다. 전도는 최소한의 자존심도 내팽개친 채 두 사람에게 매달리는 그들이 가소롭기도 하고 안쓰럽기도 했다. 그러나 자기가 뭐라고 나설 수는 없는 일이었다. 그저 한쪽에 앉은 채 미묘한 미소를 지으면서 차만 홀짝이고 있었다. 그러다 문득 사람들 틈에서 익숙한 얼굴 하나를 발견했다.

"오청신吳淸臣! 혹시 악준 순무의 형명刑名 막료 아닌가? 유강劉康 사건 때 우리 둘 다 증인으로 끌려와 삼 개월 동안 한 방에 갇혀 있지 않았는가. 그래, 나를 못 알아보겠는가?"

"아이구, 전 나리!"

오청신은 한창 아계에게 매달려 옛날 기억을 상기시켜주던 중이었다. 그 옛날 수박밭에서 신발 끈을 고쳐 매다 뒷덜미를 잡혀 곤욕을 치르고 열 받은 김에 큰 걸로 두 개 훔쳐 배터지게 먹었던 그때 그 시절을 잊었느냐면서 떠들어대고 있었던 것이다. 아무려나 오청신은 전도를 알아보고는 반색을 하면서 다가왔다. 이어 예를 갖춰 인사하고는 아부를 떨었다.

"역시 우리 대청의 재신財神이 최고라니까! 우리 둘은 어려움을 함께 겪은 난형난제難兄難弟 사이이니 정분이 그 누구와도 비할 수 없지."

전도가 오청신의 과장스런 말에 황급히 두 손을 저었다.

"무슨 난형난제씩이나! 여기서 이렇게 떠들지 말고 미리 짠 각본에 따라 확 밀어붙이지 그래. 술을 사기로 했으면 어디 근사한 데로 가서 술을 사든가! 배고픈데 말이 무슨 소용 있다고……."

전도의 말에 오청신이 웃음을 지어보였다.

"그러잖아도 우리가 기가 막히게 한잔 사려고 왔다는 것 아닌가. 바로 옆집 녹경루에서 말일세. 이번에 덕주德州 염도鹽道로 발령이 난 마씨가 한턱내기로 했거든!"

오청신이 말을 하다 말고 목소리를 낮췄다. 이어 전도에게 바짝 다가가더니 썩은 마늘 냄새를 풍기면서 속닥거렸다.

"통주通州에서 으뜸가는 부자 마덕옥馬德玉이 이번에 돈을 내서 관직을 샀지. 대번에 도대道臺 자리에 앉게 됐다면서 입이 귀에 걸렸더라고! 그래서 한턱내라고 우리가 발동을 걸었지."

오청신의 입 냄새는 고약하기 이를 데 없었다. 전도는 급기야 그 냄새를 못 견디고 먼저 자리에서 일어나면서 기윤에게 말했다.

"오늘은 아마도 '재앙'을 피해갈 수 없을 것 같네. 웬만하면 청을 들어주는 게 좋겠어!"

전도의 말에 장내에서는 떠나갈 듯한 환호성이 터져 나왔다. 찰거머리처럼 들러붙는 이 사람들을 어떻게 떼어낼까 골머리를 앓던 기윤과 아계는 어쩔 수 없이 전도의 말에 고개를 끄덕였다. 눈치 빠른 화신도 바삐 움직였다. 우선 방 안으로 들어가 술 깨는 데 효과가 좋다는 해주석解酒石 몇 개를 가져다 전도에게 쥐어주었다. 그리고는 아계가 술을 많이 마셔 고생할 걸 감안해 미리 목욕물을 끓여둔다, 해장에 좋은 매실탕을 준비한다, 모기장을 치고 식향熄香을 피운다 하면서 바쁘게 돌아갔다.

녹경루는 역관에서 불과 몇 십 보밖에 떨어져 있지 않았다. 밖에서는 보슬비가 내리고 있었다. 그러나 아계, 기윤과 전도는 사람들에게 둘러싸여 발이 거의 땅에 닿지도 않은 채 녹경루에 도착했다. 독수리 날개처럼 사방으로 뻗은 녹경루의 처마 밑에는 다섯 개의 빨간 등롱이 내걸려 비바람에 흔들거리고 있었다. 굵직한 기둥에는 영련楹聯이 무척이나 재치 있게 붙어 있었다.

백치: 세상은 원래 큰 무대, 눈물 흘릴 필요 없는 연극무대지.

바보: 무대는 원래 작은 세상, 미친 척해야 살 수 있는 세상이지.

등촉은 대청 안을 대낮처럼 휘황찬란하게 밝히고 있었다. 안에는 10여 개의 식탁이 미리 준비돼 있었다. 심지어 북쪽에는 연극무대까지 설치돼 있었다. 그뿐이 아니었다. 출입구에는 손님이 많아 이제 오시는 분들은 미안하지만 돌아가 주십사 하는 내용의 팻말까지 내걸려 있었다. 그제야 기윤은 마덕옥이 녹경루를 통째로 빌렸다는 것을 알 수 있었다. 기윤이 안으로 발을 들여놓으면서 물었다.

"마덕옥, 하룻밤 빌리는 데 얼마나 들었나?"

"비싸지 않습니다. 한 이백 냥 정도? 집사가 다 했기 때문에 확실한 건 잘 모르겠습니다. 희자戱子들을 부르는 비용까지 합쳐도 사백 냥이면 충분할 겁니다."

기윤이 묻자 살찐 몸을 억지로 관복에 쑤셔 넣은 마덕옥이 황급히 다가와서는 대수롭지 않게 대답했다. 이어 살에 파묻혀 보이지도 않는 눈을 좁히며 웃었다. 기윤은 사람 보는 안목이 탁월하다고 자부하는 터였다. 즉각 마덕옥의 말투가 산서山西 지방의 사투리인 것을 간파해냈다. 더불어 그의 얼굴도 다시 한 번 바라봤다. 원래 산서 사람들은 뛰어난 상술을 자랑하기로 이름났다. 기윤은 순간 마덕옥이 겉보기와는 달리 명민한 사람일 것이라는 짐작을 했다.

"사백 냥이면 내 이 년치 녹봉이군. 그걸 하룻밤에 가볍게 날려버린다는 말이지? 아무튼 대단하네. 돈이 많아 주체할 수 없는 사람이 어찌 벼슬길에 들어 고생을 자초하려고 하는가?"

마덕옥이 웃음을 머금은 채 대답했다.

"누가 아니랍니까! 돈이 아무리 많아도 체면 세우는 데는 역부족이니 말이죠. 향촌의 어떤 말단 관리가 방문해도 조상 받들 듯 해야 하니,

나 원 참 더러워서. 돈도 중요하지만 인간이 인간 대접을 받으려면 그래도 이 바닥에서 얼쩡거려야 하지 않겠어요? 색기를 주체할 수 없는 계집이 기생 노릇하듯 돈보다는 즐기는 쪽이 우선이니 나쁘지는 않네요!"

기윤이 마덕옥의 말에 목을 뒤로 꺾으면서 크게 웃었다.

"관가官街를 기방妓房에 비유하다니, 참으로 재미있네! 자네는 염도에서 일 년에 얼마씩 벌어들이나?"

마덕옥이 입술을 쩝쩝 다시면서 대답했다.

"이만 냥 정도는 될 겁니다. 여름 한철, 겨울 한철 은자를 상납하고 상사의 잔치에 돈 내는 것을 제외하고 그렇습니다. 심지어 상사 마누라의 용돈까지 다 챙겨드리고도 그 정도는 남습니다. 땅 투기를 하지 않고 뇌물도 받지 않으니 누가 장부 뒤질 일도 없겠지만 뒤져봤자 자신들 주머니에 들어간 것뿐이니 이 사람은 마음이 편합니다."

마덕옥은 관계官界의 암흑상과 자신의 치부를 아무렇지 않게 드러내고 있었다. 기윤은 그런 그에게 흥미를 느낀 듯 다시 물었다.

"정말 편하게 사는 것 같아 부럽기는 한데, 그건 너무한 거 아닌가?"

"아무튼 내 주머니에만 검은 돈을 챙겨 넣지 않으면 문제될 게 없다고 생각합니다!"

기윤이 마덕옥의 말에 고개를 갸웃거렸다. 이어 뜻을 알 수 없는 미소를 지었다. 그 와중에 어느새 식탁에는 진수성찬이 그득하게 차려졌다. 미각을 자극하는 음식냄새는 좌중 사람들의 코를 벌름거리게 만들고 있었다. 기윤은 마덕옥을 상석에 끌어다 앉혔다. 이어 아계와 전도에게 마덕옥의 옆자리에 앉으라면서 등을 떠밀었다. 기윤이 먼저 입을 열었다.

"오늘 여러분이 아계 군문을 환영해 준비한 성대한 자리에 나하고 전도가 들러리로 따라오게 됐소. 보아하니 진수성찬도 이만한 진수성찬이 없는 것 같은데, 모처럼 만났으니 즐거운 한때를 보내기 바라오. 다만 우리는 먼저 저녁을 먹었는지라 배가 불러 많이 먹지 못하겠소. 주인의 성의에 결례가 돼서는 안 되니 자리는 지켜주겠소."

기윤의 말이 끝나자마자 마덕옥이 술잔을 들었다. 이어 일장연설을 하기 시작했다.

"여러분! 이 사람은 영웅을 흠모하고 경배하는 영웅 추종자입니다. 평소에 이 세 분의 대인들을 뵐 기회가 주어지지 않아 아쉬웠습니다. 그러다 이번에 아계 군문, 내 마음속의 영웅이신 아계 군문을 뵙기 위해 한림원 방지학 나리를 내세워 이런 자리를 마련할 수 있었습니다. 생각지도 않게 한꺼번에 조정의 세 기둥을 뵙게 되니 이 마아무개의 감개는 실로 무량합니다. 참고로 이 음식들은 이 사람이 정정당당하게 번 깨끗한 돈으로 사는 것이니 혹시라도 꺼림칙하게 생각하시는 분이 계신다면 이 사람은 대단히 서운할 것입니다. 또 이 사람은 대인들께 벼슬을 부탁하고자 마련한 자리도 절대 아니니 누군가 뒤에서 혓바닥을 잘못 놀렸다가는 나 마아무개가……, 거머리처럼 악착같이 들러붙어 피를 다 뽑아버리는 수도 있습니다!"

마덕옥이 말을 마치고는 먼저 한잔 쭉 들이켰다. 좌중의 사람들은 그런 그의 말투와 행동에 웃음보를 터트렸다. 아계와 전도 역시 술잔 든 손을 떨면서 웃었다. 그러나 기윤은 그저 담담한 미소를 지을 뿐이었다. 방금 전 짧은 대화를 통해 마덕옥이 깊이를 가늠할 수 없는 흉금을 지닌 예사내기가 아니라는 생각이 든 탓이었다.

얼마 후 마덕옥이 흐뭇하게 웃으면서 박수를 쳤다. 그러자 무대 양쪽에서 비파, 생황, 통소 따위를 든 여자 여섯 명과 희자戲子 여섯 명이 긴 치마를 끌면서 등장했다. 그와 동시에 알록달록한 긴소매를 무지개처럼 흔들면서 꾀꼬리 같은 목소리로 노래를 부르기 시작했다.

망망한 건곤乾坤에 또 한 해가 이슥해지는데,

소소한 백발 날리는 곳에 노강老江이 말라 있구나.

소슬한 찬바람 지나가고 봄은 쉬이 오건만

높아진 남벼락 넘어 그 사람 보기 힘드네.

무대 위에서는 노랫소리가 한창이었다. 밑에서는 술자리가 무르익어갔다. 아계는 내일 건륭을 만나야 하는 터라 그저 술을 조금 홀짝이는 시늉을 하고는 물러앉았다. 그러나 이튿날에도 별다른 일이 없는 전도는 술잔이 차기 바쁘게 들이마셨다. 그렇게 연거푸 몇 사발을 비우자 취기가 올라 눈앞이 몽롱해지는 듯했다.

무대 위의 사람들은 모두 이팔청춘의 나이인 듯했다. 각각 문관文官, 우관藕官, 애관艾官, 규관葵官, 두관荳官, 방관芳官, 옥관玉官, 영관齡官, 예관蕊官, 약관藥官, 보관寶官, 가관茄官 역을 맡고 있었다. 그러나 그중에서 우관, 방관, 옥관만 진짜 여자일 뿐 나머지는 모두 여장을 한 남자들이었다. 곱게 칠보단장을 하고 머리채까지 길게 드리우니 미색이 여자 뺨치게 황홀했다.

술에 취해 눈이 게슴츠레해진 오청신은 그중 하나를 불러 술을 따르게 했다. 전도는 그가 남자를 더 좋아하는 변태 기질이 있다는 사실을 잘 알고 있었다. 때문에 말없이 웃기만 했다. 오청신이 가까이 다가온 두관을 껴안은 채 기름기 번지르르한 입을 얼굴에 가져다 댔다. 그러자 두관이 쑥스러운 듯 몸을 비틀면서 아양을 떨었다.

"아휴, 입 냄새! 입을 맞추시려면 먼저 양치부터 하고 오세요, 나리!"

두관이 오청신을 보기 좋게 밀어내고는 손수건에 술잔을 받쳐 전도의 입가에 가져갔다. 이어 애교를 부렸다.

"전 나리, 동행하신 두 분 나리께서 못 드시는 대신 전 나리께서 몇

잔 더 받으셔야죠?"

전도는 여자보다 더 여자 같은 두관의 통통한 엉덩이를 슬슬 쓸어내렸다. 동시에 꺼억꺽 술 트림을 하면서 연신 술 세 잔을 더 비웠다.

곧이어 열두 명의 소년과 소녀들이 무대 위에서 내려왔다. 그러더니 온갖 추잡스런 작태를 보이면서 좌중의 남자들을 유혹했다. 그에 응하는 미친 관리도 한둘이 아니었다. 아계는 구역질이 나서 차마 그런 모습을 지켜볼 수가 없었다. 급기야 슬그머니 기윤에게 눈길을 돌렸다. 그는 좌중의 다른 사람들과는 달리 주변에 곁눈질 한 번 하지 않은 채 조용히 차만 홀짝이고 있었다.

"오늘 별 해괴망측한 꼴을 다 보네."

아계가 웃으면서 말을 걸었다. 기윤도 미소를 지으면서 대답했다.

"나는 이번이 벌써 세 번째야. 의외로 이런 변태 같은 짓에 오금을 못 쓰는 자들이 많거든. 그러니 어쩌겠어. 양梁 효왕孝王의 토끼 농장에 왔으니, 토끼 구경을 하는 수밖에(양 효왕은 토끼를 좋아해 토끼 농장을 만들어 놓고 찾아온 사람들에게 구경시켰다고 함)!"

가까스로 자리를 지키고 앉아 있는 아계와 기윤의 인내심이 슬슬 바닥을 보일 때였다. 화신이 종종걸음으로 들어오더니 아계에게 귀엣말을 했다. 아계가 기윤에게 다시 화신의 말을 전했다.

"부상이 역관에 와서 우리를 기다린다고 하네. 중요한 일이 있나 봐."

아계와 기윤은 동시에 자리에서 일어섰다. 전도 역시 따라 일어났다.

"오늘 주인의 환대에 잘 먹고, 눈요기 잘했소! 우리는 볼일이 있어 먼저 가봐야겠소. 얻어먹었으니 우리도 조만간 여러분을 초대하겠소. 나오지는 마시오."

기윤이 어느새 옆자리로 다가온 마덕옥을 향해 말했다. 이어 곧 좌중을 향해 고개를 끄덕여 보이고는 아계, 전도와 함께 자리를 떴다. 느닷없이 자리를 차고 일어난 세 사람의 등 뒤에 대고 사람들이 한마디씩 인사말을 했다. 그러나 셋은 뒤도 돌아보지 않았다.

두 사람을 따라 몇 발자국 걸어가던 전도가 이내 멈춰 섰다. 부항이 아계와 기윤을 불렀는데, 고작 호부 시랑인 주제에 쫄래쫄래 따라가는 게 우습다는 생각이 든 것이다. 아계가 그의 그런 생각을 간파한 듯 히죽 웃었다.

"왜 그러고 서 있어? 수레도 아직 역관에 있잖아! 부상과도 흥허물 없이 잘 지냈으면서 그대로 가버리면 오히려 어색하고 이상하지 않겠는가?"

기윤 역시 맞장구를 쳤다.

"그럼! 여기까지 왔으니 만나봐야지. 부상께서 무슨 말을 할지도 모르니."

전도는 어쩔 수 없이 다시 발걸음을 옮겨 아계와 기윤 둘을 따라갔다. 비는 그쳤으나 먹장구름은 여전히 그대로였다. 부항은 희미한 등롱이 내걸린 역관 마당에서 뒷짐을 지고 천천히 거닐고 있었다. 기윤이 그 모습을 보고 멈춰 서서 말을 건넸다.

"부상, 이런 날씨에도 방 안이 갑갑하십니까?"

"빨리 왔군. 이놈의 날씨가 또 우박을 쏟을까봐 묵묵히 기도하고 있었네. 전도도 마침 잘 왔네."

부항이 그제야 고개를 돌려 아계와 기윤 등을 바라보았다. 그리고는 세 사람을 정방으로 안내했다. 이어 납덩이처럼 무거운 어조로 덧붙였다.

"산서 순무 김휘로부터 눌친과 장광사를 탄핵하는 상소문이 도착했어. 우리 군은 이만 오천 명의 인명 피해를 봤다는군. 송강에 갇혀 있는 병마는 오천 명도 되나마나 하다고 하고……. 눌친이 저리 무능하고 파렴치한 족속인 줄은 몰랐어. 또 귀퉁이에 박혀 사는 사라분 토사土司가 저토록 야생마처럼 날뛰는 줄도 몰랐어."

아계 등은 금천에서 뭔가 불길한 사태가 벌어졌다는 사실은 대충 짐작하고 있었다. 그러나 '이만 오천 명의 인명피해'를 봤다는 말은 금시초문이었다. 세 사람은 그만 가슴이 철렁 내려앉는 듯했다. 기가 막혀 숨이 턱 막힐 지경이었다. 세 사람은 약속이나 한 듯 쉽게 말문을 열지 못했다. 한참 무거운 침묵이 흐른 뒤 기윤이 비로소 물었다.

"폐하께서는 그 상소문을 어람하셨습니까?"

부항의 눈빛은 우울했다. 그가 한숨을 길게 내쉬면서 대답했다.

"그러네. 이런 상소문은 지체하지 않고 보여드려야지! 폐하께서는 안 그래도 몇 가지 일 때문에 심기가 매우 불편하셨어. 하나는 장정옥이 사죄하러 입궐했다고는 하지만 엎드려 절 받는 격이 된 것이지. 다른 하나는 태감 복효가 원명원 재건축에 일임을 담당한 계청桂淸이라는 자와 결탁해 뇌물을 받아 챙겼다는 탄핵문이 올라온 것이야. 설상가상으로 우박까지 쏟아져 민가의 피해를 염려하신 폐하께서 흠천감欽天監 감정監正을 부르니 그자는 술에 취해 인사불성이 되어 있었다지 뭔가. 또 순천부順天府 부윤府尹을 부르니 그자는 어디 가서 처박혔는지 찾을 수도 없다고 하고……. 일이 꼬여도 오늘처럼 꼬인 적이 없었어. 폐하께서 진노할 법도 하셨지. 복효는 그 자리에서 곤장에 맞아죽었어. 계청도 체포령이 떨어진 상태야. 내가 들어갔을 때는 복효의 시신을 밖으로 들어내고 있었지. 태감과 궁녀들은 사색이 돼 바들바들 떨고 있었고……."

부항이 마른침을 꿀꺽 삼켰다. 곧이어 그의 떨리는 목소리가 다시 울려 퍼졌다.

"나는 어려서부터 폐하를 섬겨왔어. 그러나 오늘처럼 불을 뿜듯이 진노하는 모습은 처음 봤어. 용안이 폭풍전야의 하늘은 아무것도 아닐 정도로 무섭게 일그러져 있었지. 그 앞에서 숨소리조차 내고 못하고 서 있었던 순간이 지금 생각하니 몇십 년은 되는 것 같아."

부항은 어느새 눈에 눈물마저 글썽였다.

"나는 폐하께서 그대로 쓰러지실까봐 두려워 급히 무릎걸음으로 다가가 다리를 껴안았어. 그리고 울면서 아뢰었지. '폐하, 제발 고정하시옵소서. 아랫것들이 죄가 있어 죗값을 받는 건 마땅하옵니다. 폐하의 만금지체萬金之體가 염려되옵니다. 눌친은 만고의 죄인이니 북경으로 연행해 엄정한 군법의 심판을 받게 하는 것이 마땅하옵니다. 하오나 군기처에서 군무를 보면서 제때에 그 엄청난 패망을 점치지 못하고 미리 예방책을 대지 못한 신의 착오도 있사옵니다. 이번에 신이 금천으로 가서 필히 폐하의 잃어버린 체면을 찾아드리겠사옵니다'라고 말이야."

부항이 방금 전 건륭에게 했던 말을 다시 들려주면서 온몸을 부들부들 떨었다. 동시에 시뻘겋게 핏발이 선 두 눈에서 눈물을 줄줄 흘렸다. 군주의 아픔은 곧 신하의 굴욕이요, 군주의 굴욕은 곧 신하의 죽음이라는 말도 있지 않은가. 그래서 평소에 마냥 도도한 신사로만 보이던 부항도 저리 눈물을 주체할 수 없이 쏟는 게 아닌가. 급기야 존비귀천의 차이는 엄연해도 평소 허물없는 벗으로 지내온 아계 등 세 사람은 어깨를 들썩이면서 감정에 북받쳐 있는 부항을 껴안고는 함께 눈물을 흘렸다. 그에 아랑곳하지 않고 비는 무심하게 계속 내리고 있었다.

9장
장정옥의 위기일발

　기윤은 한참 후 정신을 가다듬고 생각을 정리하기 시작했다. 상황은 매우 심각했다. 무엇보다 도처에 재해가 잇따르고 있었다. 게다가 직권 남용, 횡령, 뇌물수수 등 관리들의 부패문제 역시 보통이 아니었다. 게다가 심궁深宮에서는 황후의 건강이 변덕을 부리고 있었다. 그러다보니 황자를 생산해 황제의 총애를 독차지하고 싶어 하는 비빈들 간의 암투도 알게 모르게 치열해지고 있었다. 황후 소생의 두 황자가 병으로 죽고 만 것이 결정타였다. 그것만으로도 건륭은 충분히 괴롭고 고달팠을 터였다. 그런데 금천 전사에서 단순한 '패배'를 넘어 전군이 궤멸에 가까운 참패를 당했으니 건륭이 벽력같은 분노를 터뜨린 것은 당연한 일이었다.
　기윤은 갑자기 불안한 생각이 들었다. 오늘 저녁 녹경루 연회석에 자리한 사람들 중에는 순천부順天府의 동지同知인 뇌경雷瓊과 보군통령아문步軍統領衙門의 몇몇 당관堂官들도 있었다는 생각이 뇌리를 스쳤던 것이다. 더구나 지금은 안팎으로 어수선하기 짝이 없는 시기가 아닌가. 그럼에도 업무와 하등 관련이 없는 초대를 받아 질펀하게 술을 마시고 놀았다는 사실이 밝혀지면 어떻게 되겠는가. 아직 관직이 낮은 전도와 이제 막 북경에 돌아온 아계보다는 군기대신인 자신에게 훨씬 큰 문책이 따를 수밖에 없었다.

기윤은 그렇게 생각하자 초조함이 엄습했다. 불안한 마음에 입술도 바싹바싹 타 들어갔다. 얼마 후 그가 용기를 내 부항에게 말했다.

"부상, 금천 전사가 우리 군의 대패로 치욕스런 결말을 고하게 된 데는 군기대신인 저의 책임도 크다고 생각합니다. 폐하께서는 군국치안軍國治安에 국궁진력鞠躬盡力하시고 민생 현안에 노심초사하시느라 불면의 밤을 지새우시는데 이 못난 사람은 개인의 영달에 급급한 무리들과 어울려 술이나 마시고 있었습니다. 참으로 폐하께 죄스럽고 부상에게도 뵈올 면목이 없습니다!"

옆에 시립해 있던 화신은 기윤이 과오를 뉘우치는 말을 먼저 꺼낸 이유를 모르지 않았다. 자신의 착오에 대한 부담감을 조금이나마 털어내고자 하는 의도가 있다는 사실을 본능적으로 간파한 것이다. 화신은 동시에 자신이 어떻게 처신해야 하는지 본능적으로 판단을 내렸다. 최선을 다해 마음을 사야 하는 것이 우선이었다. 화신은 그런 생각을 하고는 감정을 추스르기 시작한 부항에게 황급히 준비해뒀던 찬 물수건을 건넸다. 부항이 얼굴을 닦으면서 울음이 덜 가신 목소리로 말했다.

"내가 경망스런 행동을 보이고 말았네. 폐하께서 문책하실까 두려워서 그런 것은 아니야. 솔직히 우리같이 못난 신하들을 두신 폐하께서 너무 안 돼 보이셨어!"

"폐하께서 달리 어지를 내리신 건 없으십니까?"

전도는 솔직히 원명원 재건축 사안에 대한 궁금증이 없지 않았다. 더구나 뇌물수수로 물의를 빚었다는 계청은 그와 가까운 사이였다. 그뿐이 아니었다. 계청은 며칠 전에 여름철에 필요할 때 쓰라면서 은자 3000냥을 보내온 바 있었다. 물론 그 돈은 아직 봉투도 뜯지 않은 채 그대로 놓아두고 있었다. 하지만 계청이 모진 심문 끝에 모든 것을 발설이라도 하는 날에는 자신의 앞날에도 먹구름이 드리울 수 있었다. 그는 두려움에 가슴이 벌렁거리는 것을 어쩌지 못했으나 애써 진정한 채 물었다.

"부상께서 눌친의 지휘봉을 대신 잡는 데 대해 폐하께서는 최종적으로 윤허를 하신 겁니까?"

"감히 여쭈지도 못했네. 폐하께서는 유통훈, 악종기와 아계에게 내일 패찰을 건네라고 하명하셨어. 그리고 유통훈에게 탈영했다는 혐의를 받고 있는 조혜와 해란찰에 대한 체포령을 내리라고 명하셨어. 이 밖에 화친왕(홍주)에게도 어지를 내리셨지. 장정옥 대인의 집을 수색해 폐하께서 지금까지 그에게 내리셨던 조유詔諭와 하사하셨던 물품들을 전부 압수하라고 말이야!"

찬바람이 회오리를 치면서 처마의 빗방울을 휘감고는 창문을 때리고 지나갔다. 그러자 습기에 눅눅해진 창호지가 바람에 밀려 안쪽으로 불룩한 배를 내밀었다. 소리 없이 명멸하는 번갯빛이 딱딱하게 굳어진 얼굴들을 비췄다. 이어 달구지가 굴러가는 듯한 우렛소리가 먼 곳에서 들렸다. 기윤이 오랜 침묵을 깨고 입을 열었다.

"폐하께서는 어찌 왕유돈을 부르지 않으셨죠? 장정옥 대인은 또 무엇 때문에 그리 내리막길로 추락했는지 궁금합니다."

부항이 고개를 저으면서 아래 입술을 지그시 깨물었다.

"그건 나도 모르겠네. 장상의 속물근성에 혐오감을 느끼신 것은 사실이나 마음을 푸시는 듯하더니 어인 연유로 분을 삭이지 못하시는지 모르겠어. 왕유돈도 말려든 것 같고⋯⋯. 이 일은 내일 폐하를 알현하고 나서 상황을 보자고. 내가 찾아온 건 아계에게 내일 입궐하라는 어지를 전하고 기윤 자네의 《사고전서》 편수작업이 어느 정도 진척을 보이고 있는지 알아보고자 함이야. 전도도 내일쯤 부르려고 했는데 잘 됐어. 만난 김에 몇 가지 물어보겠어."

부항이 말을 마치고는 자리에서 일어나려고 하는 전도에게 그대로 있으라는 시늉을 했다.

"우리끼리 있을 때는 허례허식 같은 건 필요 없어. 호부에서 올해 해관세海關稅를 비롯해 식량, 소금의 조운세漕運稅를 얼마나 징수했는지 알려주게. 또 왕년에 비해 징수율이 높은지 낮은지도 궁금해. 그 외에 재해복구에 곧바로 지원할 수 있는 식량이 얼마쯤 비축돼 있는지, 아직 제 구실을 하는 각 지역의 의창義倉은 몇 군데나 되는지도 알고 싶네. 마지막에 군량미는 어느 정도로 비축해 두었는지 알려주게. 장황하게 늘어놓을 거 없이 대략 숫자만 보고하면 되겠네. 소문에 유림楡林의 식량창고에서 한꺼번에 곡물을 오만 석이나 썩혀버렸다던데, 그게 과연 사실인가?"

전도가 부항의 말에 당치도 않다는 듯 웃음을 터트렸다.

"그래서 제가 직접 내려가 실태를 조사해 봤습니다. 그곳은 숨도 쉬기 힘들 정도로 건조한 지역입니다. 게다가 식량창고는 크고 단단하게 지은 데다 통풍까지 잘됩니다. 웬만하면 장기간 보관이 가능한 곡물이 썩었다는 것은 그야말로 어불성설입니다. 성조께서 친정親征하시면서 지었던 창고가 아닙니까? 그때 남겨놓았던 곡물도 풍화돼 손으로 문지르면 부서지는 경우는 있어도 아직 곰팡이 하나 피지 않았습니다. 모르기는 해도 어떤 시커먼 속셈을 가진 놈이 뒤로 빼돌리고 당치도 않은 핑계를 대면서 조정을 농락하는 것 같습니다."

"그렇다면 진상을 철저히 규명해야겠네. 호부와 병부 무고사武庫司에서 사람을 파견해 조사하도록 하게. 계속해서 말해보게."

부항이 매섭게 부릅뜬 눈으로 앞쪽을 응시하면서 이마의 힘줄을 불끈거렸다. 전도가 다시 의자에 앉은 채 몸을 약간 숙이더니 정중하게 보고했다.

"해관세 징수 상황은 해마다 사정에 따라 다릅니다. 올해는 잠사蠶絲, 칠기漆器, 목면木棉, 황백사黃白絲 등 지방 특산물의 수출이 왕년 대비 몇 할 늘었습니다. 소주, 항주 쪽에 직기織機가 많이 보급됐을 뿐만 아니라 뽕잎 성장세가 아주 좋았기 때문이라고 합니다. 수출이 증대되고 무역이 활발해진 덕분에 해관세가 전년 대비 삼 할 증가했습니다……"

전도는 자신의 업무에 대해서만큼은 손금 보듯 훤히 알고 있었다. 심지어 비단, 자기, 약재, 찻잎 등 주요 수출 품목에 대해서는 조목조목 짚어가면서 십 단위의 숫자까지 정확하게 보고 올릴 정도로 훤했다. 그가 곧이어 처음의 장황한 보고와는 달리 말미에 간단하게 몇 마디를 덧붙였다.

"각성의 수지 불균형으로 인한 부족한 예산은 어림잡아 이천만에서 삼천만 냥 정도 될 것 같습니다. 이는 성조 말년과 세종 연간에 비하면 상황이 훨씬 좋은 편입니다."

3000만 냥! 결코 작은 액수는 아니었다. 장정옥은 강희 42년 전국의 예산부족액이 1500만 냥에 달한다는 보고를 호부로부터 받은 적이 있었다. 그때 그는 기겁을 한 나머지 의자에서 미끄러져 주저앉았다고 했다. 그런데 몇 십 년이 흐른 지금은 그 배에 달하는 숫자에도 놀라는 사람이 아무도 없었다. 조정의 세수는 연간 5000만 냥이었다. 해마다 조금씩 지방예산을 지원할 경우 불과 몇 년 내에 수지 불균형을 만회할 수 있다고 생각했기 때문에 다들 놀라지 않았던 것이다.

"인덕仁德이 하늘과 같으신 폐하께서 해마다 크고 작은 재해 지역의 전량을 면제해 주시다 보니 조정의 국고에 여유가 좀 덜할 겁니다. 그렇지만 않다면 그까짓 삼천만 냥이야 새 발의 피 아니겠습니까!"

기윤이 담배연기를 길게 뿜어내면서 아계의 말을 받았다.

"그런 무사안일주의가 무섭단 말이에요! 천 길 제방도 미꾸라지 한 마리 때문에 무너진다고 했습니다. 선제께서는 강희 사십육 년부터 이치吏治를 정돈하고 국채 환수작업에 팔을 걷어붙이셨어요. 선제의 재위기간 십삼 년까지 합치면 조정에서는 거의 삼십 년 동안 멀고도 험한 국채 환수작업에 매달려왔죠. 그 과정에 나랏돈은 눈먼 돈인 줄 알고 겁 없이 국고에 손을 뻗쳤던 관리들이 얼마나 많이 죽었나요? 나라 전체가 엄청난 홍역을 치렀잖아요? 그렇게 큰 대가를 치르면서 가까스로 이치가 안정적인 궤도에 들어서는 줄 알았는데, 고삐 느슨해진 세월이 몇 년이나 됐다고 벌써 국고 근처에서 얼쩡댄다는 말입니까! 어떤 자들은 지금 국고에 손을 넣었다 뺐다 하면서 조정의 눈치만 보고 있을 거예요. 지금 이 상태대로 계속 방치한다면 이천만 냥에서 사천만 냥, 오천만 냥으로 기하급수적으로 늘어날 겁니다. 국고가 거덜 나는 것은 시간문제죠. 돈이라면 간도 쓸개도 다 빼고 체면도 염치도 없는 것이 요즘 관리들이에요. 몸 팔고 웃음 파는 기생들도 정과 의리는 지킨다는데, 이건 어찌 돈밖에 모르는지!"

부항은 기윤이 장황하게 말을 하는 사이에 어느 정도 마음을 추스른 듯했다. 기윤의 말을 듣고는 여전히 씁쓸한 표정을 짓기는 했으나 차분한 어조로 탄식을 토했다.

"맞는 말이야. 이치라는 것은 초반에 잡아야지 한번 내리막길을 걷게 되면 되돌리기 힘든 법이지!"

기윤도 맞장구를 쳤다.

"폐하께서는 영명하시어 후궁과 태감들이 정무에 관여하지 못하도록 단단히 쐐기를 박으셨습니다. 그래서 큰 사회적인 문제는 염려하지 않아도 될 것입니다."

기윤의 말에 부항 등 좌중의 사람들은 고개를 끄덕이면서 공감을 표했다. 그러나 전도는 그 순간 다른 생각을 하고 있었다. 인편에 받은 편지 때문에 요즘 마음이 울적한 상태인 탓이었다. 원인은 남경에서 혼자 아이 키우기가 힘들다면서 가내 방직공장을 처분하고 북경으로 오고 싶다고 고집을 부리는 기생어멈 조씨 때문이었다. 그녀로 인해 자신의 창창한 앞날에 먹구름이 드리워지지 않을까 지레 겁을 먹고 있던 것이다. 얼마 후 부항이 그렇게 멍하니 생각에 잠겨 있는 전도를 향해 물었다.

"보원국寶源局(화폐국) 공서公署는 현재 어디에 있나? 산하에 주전鑄錢공장은 몇 개나 되지?"

전도가 황급히 잡다한 생각을 떨쳐내면서 대답했다.

"호부에 전해진 철영鐵英의 상주문을 읽었습니다. 그가 상소 올린 내용은 사실과 다릅니다. 보원국은 옛날 주전사鑄錢司를 개조해 쓰고 있습니다. 개보수 비용이 은자 이만 냥 정도밖에 들지 않았습니다. 보원국 산하에는 주전공장이 네 개 있습니다. 동쪽 사조四條 골목, 남쪽 전량錢糧 골목, 서쪽 천불사千佛寺 뒤편, 북쪽 삼조三條 골목에 각각 하나씩 있습니다. 주전 용광로는 각 공장에 삼십오 개 정도, 모두 일백팔십팔 개입니다."

부항이 전도의 설명을 듣고 나더니 다시 물었다.

"매달 보원국에서 동전을 주조하는 데 구리를 얼마쯤 소비하는가?"

"한 달에 사백만 근 가량 들어갑니다. 일 년이면 어림잡아 오천만 근 내외가 들어간다고 보면 됩니다."

"민간에서 동전을 녹여 그릇을 만드는 무리에 대한 단속은 제대로 이뤄지고 있는가?"

전도가 부항의 질문에 자신만만하게 대답했다.

"예, 큰 무리는 대부분 다 없애버린 걸로 알고 있습니다. 제가 운남 동정사에서 삼백 명 가량 목을 치지 않았습니까? 저만 보면 벌벌 떨어요. 전처럼 대규모로 동전을 녹여 그릇을 만드는 소굴 같은 것은 없을 겁니다. 있다면 아직도 미련을 못 버린 자들이 집구석에 숨어 몇 개씩 만들어내는 정도일 것입니다."

부항은 전도의 말을 듣고 고개를 저었다.

"어중간한 규모의 소굴도 아직 있을 것 같아. 다만 교묘하게 은폐돼 아직 색출하지 못했을 가능성이 크지. 내가 조사한 바로 남경에서만 작년에 성조 때 최고액의 스무 배에 달하는 동전 수요가 있었어. 그런데, 정작 무역거래에서는 얼마 통용되지도 않았어. 이게 뭘 뜻하는지는 불 보듯 뻔한 일 아니겠는가? 수사의 고삐를 늦춰서는 아니 되겠어! 이부에서 곧 자네에게 형부 시랑을 겸직하라는 표表가 내려질 거야. 호부와 형부 시랑의 신분으로 남경으로 가서 양강 총독 김홍과 함께 수사에 착수하도록 하게. 나는 일지화 악당들이 이런 수법으로 돈을 긁어모으지 않나 걱정이 되네!"

부항이 길게 숨을 내쉬면서 다시 말을 이었다.

"누군가 밀주문을 올렸어. 요즘은 구리를 캐는 것보다 사들이는 것이 더 이득이라는 거야. 이에 대해 전문가인 자네는 어찌 생각하나?"

전도는 언제부턴가 '일지화'一枝花 세 글자만 들어도 심장이 오그라드는 긴장감에 사로잡히고는 했다. 자신의 아들을 낳아준 기생어멈이 일지화의 역영과 불가분의 관계가 있을 것이라는 생각이 자꾸 들었던 것이다. 아무려나 부항의 물음에 사실대로 대답하려면 구리를 채굴하는 것보다 외부로부터 사들이는 것이 더 이익이라고 대답해야 마땅했다. 그러나 진실을 말할 수는 없었다. 이시요의 동정사에서 은자 1만 냥을 빌려 기생어멈에게 생활비 명목으로 대줬으나 아직 갚지 못한 탓이었다. 더구나 이시요는 벌써 몇 번이나 독촉을 해오고 있었다. 만약 구리를 채굴하는 것보다 사들이는 것이 낫다고 솔직하게 말하면 동정사는 존재의 이유를 잃게 될 터였다. 그렇게 되면 그가 공금에 손을 댄 사실 역시 백일하에 드러나게 된다……. 전도는 당황하고 혼란스러워 좌불안석이기는 했으나 자신에게 형부시랑 직을 겸하게 할 거라는 부항의 말에 그나마 다소 안도할 수가 있었다.

"수입할 경우 대부분 일본에서 들여와야 합니다. 가격대가 구리 백 근에 은자 열일곱 냥 오 전입니다. 운남에서 채굴하는 동은 원가가 열한 냥입니다. 여기에 운임까지 합쳐도 열여섯 냥 오전이니 아무래도 운남 현장에서 채굴하는 것이 수지 타산에 맞을 것 같습니다."

부항이 고개를 갸웃거렸다. 이어 전도의 말은 무시한 채 자신의 생각을 입에 올렸다.

"운반을 담당하는 관리들에게 지불하는 보조금은 계산하지 않았잖아! 인건비니 뭐니 다 합치면 내가 보기에는 거기에서 거기야. 몇 십만 명의 광부들이 산 속에서 집단 거주하다 보면 사달을 일으킬 가능성도 훨씬 커지지."

전도는 그제야 부항이 폐광을 염두에 두고 있다는 것을 눈치챘다. 순간 당황한 나머지 등골에 식은땀이 쫙 솟았다. 그렇다고 지위가 천양지차인 부항과 노골적으로 의견충돌을 빚을 수는 없었다. 그가 겨우 진정을 하면서 말했다.

"지당하신 말씀입니다. 광부들은 기름기만 닿으면 폭발하는 불씨처럼 위태로운 존재가 틀림없습니다. 따라서 동광 단속은 고삐를 늦출 수 없고 동정사에 살인권을 주는 게 마땅합니다. 양동洋銅은 부족한 분량을 채우는 데는 한몫 막겠으나 그렇다고 전부 수입에만 의존해서는 안 됩니다. 일본의 동광은 거의 바닥이 나고 있다고 합니다. 그래서 일본 왕도 대외무역을 제한하고 있다고 합니다. 일본의 동전이 외국에 유출되는 것을 막기 위해서죠."

공사公私가 반씩 반영된 전도의 그럴싸한 이론에 좌중의 사람들은 고개를 끄덕이면서 공감을 표했다. 부항이 다시 말했다.

"경제에 대해서야 자네가 스승이니 무슨 말인지 알겠네. 누군가 폐하께 동광의 문을 닫아야 마땅하다면서 주청을 올렸나 봐. 그래서 폐하의 어지를 받들어 물어본 것이네."

기윤이 부항의 말에 웃으면서 한마디 했다.

"모두들 자네를 '꾀돌이'라 하더니 그른 말이 아니군."

그에 부항이 맞장구를 쳤다.

"하기는, 지금 경제에 대해서는 잘 아는 사람이 확실히 적은 것 같아. 뭐라고 설명해주면 다 알겠다는 듯 '예, 예!' 대답만 잘하고 정작 실전에 가서는 엉망진창으로 만들어놓기 일쑤거든."

아계가 부항의 말에 몇 마디 덧붙이겠다는 듯 입을 열었다.

"'예, 예' 얘기가 나오니 이시요에 얽힌 일화가 생각나네요. 그 사람이 이석離石현에서 통판으로 있을 때였습니다. 당시 객이흠 학대學臺가 도대와 지부를 거느리고 시찰을 온 적이 있답니다. 다들 객이흠 앞에서 감히 크게 숨도 못 쉬는 분위기였죠. 그런데 이시요는 문묘文廟를 보수하라는 객이흠의 말에 '예!'라고 귀청이 떨어질 정도로 우렁차게 대답했다는 것 아닙니까. 밖에 서 있던 사람들마저 깜짝 놀랐을 정도였답니다. 고리타분한 성격으로는 둘째가라면 서러워할 객이흠이 가만히 있었을리 만무했죠. 그래서 '자네, 그게 상사 앞에서 하는 대답인가? 다시 해보게!'라고 말했다고 합니다. 그러자 이시요는 기어들어가는 모기 소리로 '예!'라고 대답했답니다. 객이흠은 너무 화가 나서 책상을 치면서 소리를 질렀답니다. '내가 십사 년 동안 벼슬살이를 하면서 자네처럼 무례한 인간은 처음이네. 다시 공손하게 대답해봐!'라고요. 이시요는 그러자 능글맞게 웃으면서 객이흠에게 이렇게 말했답니다. '하관은 벼슬에 입문한 지 얼마 안 돼 잘 모릅니다. 학정 나리께서 한번 본을 보여주십시오. 될수록 공손하게 말입니다'라고 말이죠."

아계의 얘기가 끝나자 좌중의 사람들은 모두 크게 웃었다. 정무를 의논하느라 침체됐던 분위기는 한결 가벼워졌다. 곧이어 부항이 시계를 꺼내 보더니 자리에서 일어났다.

"시간이 벌써 이렇게 됐나? 자시子時가 다 됐네. 돌아가서 편지도 몇 통 써야 하니 어서 가봐야겠네. 여러분도 내일 폐하를 알현해야 하니 오늘은 이만 헤어지지! 아계, 자네는 준비를 단단히 해두는 게 좋을 거야. 폐하께서 군무에 대해 하문하실 터이니."

아계는 부항을 비롯한 세 사람을 배웅하고 돌아와서는 대충 씻고 자리에 누웠다. 그리고는 금천의 지리와 기후, 지세에 대해 떠올렸다. 경복과 장광사의 병력 배치 상황, 사라분의 변화무쌍한 용병술에 놀아날 수밖에 없었던 상황도 머릿속에 재연해봤다. 그런 다음 황제가 질문을 하면 그에 따라 어떻게 적절한 답변을 할 것인지 고민했다. 무작정 진실을 말하는 것만이 능사는 아닌 것 같았다. 썩어도 준치라는 말이 있듯 눌친은 십수 년 동안 막강한 권력을 행사하면서 조정 구석구석에 친신親信과 문생門生들을 포진시켜 놓고 있었다. 한마디로 조정 최고의 실력자였다. 만약에 그런 그가 운 좋게 처형당하지 않는다면 언젠가 다시 재기할 수도 있지 않은가. 그런 여러 가지 생각이 한꺼번에 밀려오자 그는 머릿속이 복잡해지면서 피곤이 몰려왔다. 동시에 늑민, 이시요 등과 함께 조설근의 집으로 쳐들어가 박주산채薄酒山菜에 술 한 잔씩 나누면서 세상사를 논하던 일도 떠올랐다. 이어 시흥에 북받쳐 밤을 새면서 떠들어댔던 순간이 떠오르는가 싶더니 엉뚱하게 '도망자'의 낙인이 찍혀 쫓기고 있는 조혜와 해란찰의 얼굴 역시 떠올랐다…….

창밖에서 다시 가느다란 빗소리가 들리기 시작했다. 차분히 대지를 적시는 소리는 마치 자장가 같았다. 그는 이리 뒤척이고 저리 뒤척이며 잠을 이루지 못했다. 그러던 중 갑자기 죽었다던 조설근이 종이꾸러미 하나를 옆구리에 낀 채 문을 밀고 들어섰다. 조설근은 언제나 그렇듯 다 해어져 볼품없지만 깨끗하게 빨아 입은 두루마기 차림이었다. 넓은 이마, 높은 광대뼈, 큰 입 등은 언제 봐도 영락없는 푸줏간 백정의 얼굴이었다. 조설근이 식탁에 앉은 채 조심스레 종이봉지를 내려놓으면서 웃는 얼굴로 말했다.

"이보게 가목, 관운이 트이려니 어찌 그리 순간인가? 벌써 부상에 못지않은 반열에 올랐다니 실로 경하드리네. 그런데, 문턱이 너무 높아 이제부터는 자주 못 오겠어!"

"무슨 소리야, 설근!"

아계가 반색하더니 조설근의 두 손을 덥석 잡아 흔들었다. 그리고는 종이꾸러미를 풀어헤치면서 말했다.

"세상 사람들이 다 속물딱지로 변한다고 해도 우리는 질박한 무리들이잖아. 내 어찌 황주黃酒 한 잔에 시름을 달래면서 우정을 꽃피웠던 순간들을 잊겠는가. 그런데, 이건《홍루몽》이 아닌가?"

조설근은 냉차 한 잔을 비우더니 입가를 쓱 닦으면서 대답했다.

"하기야 부상이나 가목과 같은 사람이 또 어디 있겠나? 언제 어디서나 항상 일편단심이지. 그게 늘 눈물나게 고마웠어! 편지에서《홍루몽》 전집을 보고 싶다고 하기에 북경에 도착했다는 소식을 듣자마자 책을 싸들고 달려왔지 뭐야, 잘 보이려고!"

조설근이 말을 마치자마자 어린애처럼 해맑게 웃었다. 이어 덧붙였다.

"사람을 똑똑하게 만들어주는 책이지!"

아계가 아기를 안듯 소중히 책을 감싸 안으면서 말했다.

"음풍농월과 한낱 남녀 간의 무병신음無病呻吟(별것 아닌 연애 등을 일컬음)으로 오인되기 쉬우나 실은 세태와 인심을 따끔하게 꼬집고 삶의 지침을 제시하는 인생의 교본이 되기에 손색없는 책이야. 나는 군기처에 들어가 오로지 군부와 백성들에게 필요한 사람이 되기 위해 노력할 거야. 폐하의 치평성세治平盛世에 조금이나마 두움이 된다면 이 사람은 세상에 나와 놀다가는 보람이 있을 것 같아."

조설근은 아계의 말에 웃기만 할뿐 말이 없었다. 아계가 고개를 갸웃거리면서 물었다.

"내 말이 틀렸어? 어찌 웃기만 하는가?"

조설근이 대답했다.

"그 무엇에도 너무 깊이 빠질 필요는 없네. 세상만사는 모두 인연으로 연결된 것이야. 인연이 닿으면 모든 일은 엉킨 실타래 풀리듯 스르르 풀리겠지. 그러나 그렇지 않을 경우에는 아무리 발버둥 쳐도 소용이 없는 법이지."

아계는 어리둥절한 표정을 지었다.

"너무 심오한 얘기라 잘 모르겠네. 내일 기윤 공을 만나 가르침을 청해야지. 마침 기윤 공에게《홍루몽》을 추천하려던 참이었는데 잘 됐어."

조설근이 그러자 황급히 손사래를 쳤다.

"제발 그러지 마시게.《홍루몽》은 심심풀이용으로 적당한 패관소설일 뿐이야. 우아한 자리에 낄 수 있는 책이 아니지."

"그냥 해본 말인데 그렇게 대경실색할 필요는 없지 않은가? 기윤 공도《홍루몽》에 관심이 있는 것 같아서 그런 건데, 기회가 되면……."

아계가 말을 채 끝마치기도 전이었다. 조설근의 미소 띤 얼굴이 갑자기 온데간데없이 사라지고 말았다. 아계는 허공에 대고 손을 저었다. 그때 밖에서 화신이 부르는 소리가 들렸다.

"군문, 군문! 기침하시고 입궐 준비를 하셔야죠!"

아계는 눈을 떴다. 창밖이 어느새 허옇게 밝아오고 있었다. 빛을 잃은 청등靑燈이 주렴을 밀고 들어오는 새벽바람에 꺼질 듯 펄럭거리고 있었다. 꿈을 꾼 것이었다.

아계는 벌떡 일어나 하품을 하면서 기지개를 켰다. 이어 아직 잠이 덜 깬 목소리로 물었다.

"얼마 안 잔 것 같은데 벌써 시간이 이렇게 됐어?"

화신이 세숫물의 온도를 맞추고 양칫물을 떠놓으면서 대답했다.

"새벽녘에야 주무시는 것 같았습니다. 어젯밤에 나리들이 아침 일찍 자금성으로 들어가야 한다는 얘기를 듣고 큰일을 그르칠세라 용기를 내 깨웠습니다."

아계가 세수를 다 마쳤을 무렵이었다. 화신이 다시 들어와서는 다과접시를 받쳐 올렸다. 아계가 그중 하나를 집어 냉큼 입안에 던지듯 넣었다.

"잘했어! 군사를 이끄는 장군이 지각하면 말이 안 되지!"

역관에서는 이미 4인교四人轎를 준비해놓고 있었다. 떠날 채비가 다 끝난 것이었다. 아계는 조복을 정갈히 차려입고는 의관을 정제한 채 밖으로 나갔다.

밤새도록 내리던 여름비는 어느덧 말끔히 그치고 하늘이 맑게 개어 있었다. 일 년 중 낮이 가장 길다는 하지夏至라 그런지 인시寅時가 끝날 무렵인데도 날은 이미 제법 밝아 있었다. 한여름이라고는 하나 다행히 바람이 서늘해 늦봄의 이른 아침과 비슷했다. 얼마 후 대교大轎는 '문관하교, 무관하마'文官下轎, 武官下馬라고 적혀 있는 팻말 앞에서 내려앉았다. 아계는 가마에서 천천히 내려섰다. 서화문 밖에 20~30명의 관리들이 모여 있는 모습이 눈에 들어왔다. 부항과 기윤의 모습도 보이는 것 같았다. 그는 다행히 늦지 않았다는 생각에 후유! 하고 안도의 숨을 내쉬었다.

아계는 큰 걸음으로 서화문 쪽을 향해 걸어가다 갑자기 너무 빨리 걸으면 무게감이 없어 보일지 모른다고 생각했다. 그래서 다시 속도를 조금 늦춰 걷자 비로소 장정옥의 집 담장을 따라 세 발자국 간격으로 칼을 찬 교위校尉들이 그린 듯 시립해 있는 모습이 눈에 들어왔다. 전부 보군통령아문과 순천부에서 나온 친병들이었다. 아계는 장정옥의 집에 대한 압수수색이 시작됐다는 것을 직감적으로 느꼈다. 가슴이 오싹해졌다. 그는 서화문 남쪽 돌사자 옆쪽으로 눈길을 돌렸다. 그곳에 항쇄項鎖를 쓰고 수갑을 찬 채 무릎을 꿇고 있는 봉두난발의 사내가 보였다. 아계가 의아스러워 그쪽을 기웃거리고 있을 때였다. 부항이 웃으면서 손짓을 했다. 아계는 곧 달려가서 인사를 올렸다.

"죄송합니다, 부상! 늦어서 대단히 불경스럽게 됐습니다!"

"한발 늦기는 했지. 당직 군기대신들은 오경에는 입궐해야 하거든."

부항이 말을 이었다.

"황자마마들께서는 사경이면 육경궁毓慶宮으로 글공부하러 들어가시네. 폐하께서는 그전에 벌써 기침하셔서 포고 연습과 독서를 마치시고 황자마마들의 글공부하는 모습을 둘러보시지. 그리고 군기대신을 불러 밤새 들어온 주장이 없나 확인하시는 것으로 하루 일과를 시작하시네. 그러니 군기대신들은 늦잠은 꿈도 꾸지 말아야 해. 하지만 오늘 같은 날은 괜찮아. 폐하께서 장상의 두 아들을 먼저 접견하신 연후에 우리에게 들라고 하셨으니 말이야!"

아계는 다시 한 번 서화문 앞에 꿇어 앉아 있는 사내를 훔쳐봤다. 그러자 부항이 목소리를 낮췄다.

"바로 조혜라는 사람이야. 양강 총독아문으로 가서 자수한 걸 김홍이 압송해 왔다고 들었어. 가서 몇 마디 위로의 말이라도 해주든가! 우리는 이미 보고 왔네."

아계는 천천히 고개를 끄덕였다. 이어 말없이 조혜에게 다가갔다. 순간 모든 관리들의 시선이 일제히 아계의 뒷덜미에 꽂혔다. 그러나 누구하나 수군거리면서 힐끗거리는 이는 없었다. 조혜는 장시간 꿇어 앉아 감각을 잃은 무릎을 조금씩 움직였다. 이어 자신을 향해 다가오는 아계를 힐끗 쳐다봤다. 그러나 이내 두 눈을 질끈 감아버리고 말았다. 조용히 조혜 앞으로 다가온 아계가 가벼운 한숨을 내쉬었다.

"화보和甫(조혜의 호), 오랜만이네."

조혜는 아무런 대답도 없었다. 단지 앞의 사람이 누구인지 확인하듯 눈을 잠깐 뜨더니 다시 감아버렸다.

"다친 데는 없는 것 같구먼. 길에서 고생 많았겠네."

"괜찮습니다. 마음을 써줘서 고맙습니다."

"해란찰은 안 보이네? 같이 있지 않았나?"

조혜가 눈을 크게 뜨고 아계를 바라봤다. 사실 두 시간 넘게 꿇어앉아 있는 동안 부항을 비롯해 기윤, 전도 등이 다가와 잠깐 위로의 말을 건네기는 했다. 하지만 서둘러 일어났다. 그런데 아계는 그들과 달랐다. 사실의 자초지종을 알고 싶어 하는 것 같았다. 조혜는 잠시 뭔가를 생각하더니 고개를 저으면서 말을 아꼈다. 아계는 그제야 자신이 실언한 것을 깨닫고 진지하게 말머리를 돌렸다.

"위로해준다는 것이 지나친 관심을 보인 것 같네. 전에 장가구張家口에서 함께 황양黃羊을 사냥하고, 성도成都에서 우연히 해후해 오복루五幅樓에서 날 새는 줄 모르고 술잔을 기울이던 기억이 어제 같네. 그런데 이게 어찌된 일인가."

"과거지사를 말해봤자 무슨 소용이 있겠습니까? 나는 지금 항쇄를 찬 죄인입니다."

조혜가 퉁명스럽게 내뱉고는 물었다.

"그런데 조주朝珠도 걸지 않고 폐하를 알현할 셈입니까?"

아계는 조혜의 말에 무슨 소리냐면서 고개를 내렸다. 그리고는 깜짝 놀랐다. 아무리 살펴봐도 조주가 없었던 것이다. 급히 오느라 깜빡한 것이 분명했다. 그는 주변의 다른 사람들을 살펴봤다. 모두들 조주를 걸고 있었다. 그가 당황한 어조로 황급히 조혜에게 말했다.

"나중에 시간을 내서 천천히 얘기를 나누도록 하지. 폐하를 알현하면 그동안의 자초지종을 잘 상주해 올리도록 하게."

아계는 말을 마치자마자 부항에게 달려가서는 난감한 표정을 지었다.

"통 정신이 없습니다. 잊을 게 따로 있지 조주를 깜빡하고 왔지 뭡니까? 다시 돌아갔다 올 시간은 없고 폐하께 잘 말씀드려 주십시오, 부상!"

기윤은 이때 어떤 도사와 나직이 대화를 나누고 있었다. 그러다 아계가 조주를 잊고 왔다는 말을 듣더니 대뜸 도사를 끌고 왔다.

"자, 내가 소개할게. 이 분은 아계 군문이고, 이 분은……."

아계가 기윤의 말에 설명이 필요 없다는 듯 웃으면서 말했다.

"나는 도장道長을 알고 있소. 백운관白雲觀의 장태을張太乙 진인眞人이 아니오. 천하도인들의 수령이고! 지금은 느긋하게 그대와 얘기를 나눌 경황이 없소. 조주도 걸지 않고 폐하를 알현한다는 것이 얼마나 결례인 줄 아오?"

기윤이 아계의 말에 대수롭지 않다는 듯 웃어보였다.

"여기 장 진인에게 도와달라고 조르면 될 걸 가지고 뭘 그리 심각하게 생각해?"

아계는 기윤의 말에 다시 한 번 장 진인에게 눈길을 돌렸다. 팔괘의八卦衣를 입고 뇌양건雷陽巾을 두른 그는 확실히 뭔가 비범한 인상을 강하게 풍기고 있었다. 그러나 수염을 쓸어내리면서 미소를 짓고 있던 장 진인은 기윤의 말에는 적이 놀란 기색을 보였다.

"기윤 공, 빈도가 어찌 없는 걸 만들어낼 수 있겠습니까? 당치도 않습니다!"

기윤이 즉각 반박했다.

"법술인가 뭔가 한가닥 한다면서? 폐하께서도 재앙을 물리쳐 달라고 불러들이셨으니 여부가 있겠소? 방금 전만 해도 도술을 익히면 호풍환우呼風喚雨하고 천 리 밖의 물건을 불러오는 건 기본이라고 떠들어대더니……! 왜? 멍석을 깔아주니 하던 짓도 하기 싫어지오? 그러지 말고 불쌍한 아계를 한번 도와주는 셈치고 재주를 부려보오!"

부항과 전도 그리고 좌중의 몇몇 관리들은 기윤의 말에 모두들 짓궂게 웃었다. 장 진인은 더욱 난감한 기색을 숨기지 못했다.

"남은 조급해 죽겠는데, 기윤 공은 무슨 농담을 하고 그래!"

아계가 볼멘소리를 했다. 기윤이 그제야 정색을 한 채 말했다.

"이렇게 많은 사람들이 한꺼번에 불려 들어갈 것도 아니잖아. 정 안 되면 하나 빌리지 뭘, 그까짓 것! 저기 저 사람 호부의 곽씨 아닌가? 이 보게 곽 대인, 아계하고 관품이 같으니 곽 대인이 아계에게 조주 좀 빌려주게!"

그때 길 남쪽에서 다급한 말발굽 소리가 들려왔다. 사람들이 고개를 돌려보니 달리는 말에 채찍을 가하면서 줄달음쳐오는 사람은 다름 아닌 화신이었다. 그는 멀리 철패 앞에서 고삐를 당겨 멈춰 섰다. 이어 굴러 떨어지듯 말에서 내렸다. 놀랍게도 그의 손에는 아계의 조주가 들려 있었다. 그가 헐레벌떡 달려오면서 말했다.

"군문, 깜빡하고 조주를 걸지 않고 가셨기에 가져왔습니다."

아계가 반가운 기색을 숨긴 채 조주를 받아 걸었다.

"빌리려고 했었는데 때맞춰 가져왔군! 그렇다고 내가 폐하를 알현하러 들어가지도 못할 줄 알았나?"

"아휴, 뭐 그렇기야 하겠습니까!"

화신이 빠르고 날렵한 동작으로 한쪽 무릎을 꿇고는 문후를 올렸다. 이어 의관이 찬란한 지체 높은 주변 관리들을 향해 연신 허리를 굽실거리면서 인사를 하고는 웃음 띤 어조로 덧붙였다.

"물론 빌려서 걸고 들어가실 거라고 생각은 했습니다. 하지만 군문의 이 조주는 폐하께서 하사하신 진귀한 조주라고 몇 번 들은 바가 있습니다."

화신이 말을 마치고는 바로 물러갔다. 그 모습을 찬찬히 뜯어보던 장 진인이 계수稽首(무릎을 꿇고 머리가 땅에 닿게 조아리는 절)를 했다.

"무량수불無量壽佛! 길인吉人은 타고 나는 것입니다!"

"법도에 따라 폐하의 하문에 대답하지 않고 허튼소리를 했다가는 내가 가만 놔두지 않을 거요!"

부항은 장 진인이 미덥지 못한지 갑자기 위협조로 단단히 못을 박았다. 그러자 기윤이 주위 사람들을 향해 말했다.

"장 진인을 보니 우리 고향 자하관紫霞觀의 어떤 도사가 생각나네. 귀신을 쫓고 액운을 물리치는 데 능하다고 소문이 나서 현지인들이 '산월신선'山月神仙이라고 부르더라고. 그런데 우리 이웃 마을에 백白씨 성을 가진 대갓집이 있는데 그 집 아들이 갑자기 미쳐버렸지 뭔가. 그래서 귀신에 씐 것이 틀림없다고 생각해 산월신선을 초청해왔지. 그런데 그 사람은 오자마자 대뜸 향을 사르고, 부적을 태운 재를 마셨어. 그리고 복숭아나무로 만든 목검木劍을 휘두르면서 밤새도록 설치더라고. 이어 드디어 귀신을 쫓아냈다면서 도관으로 돌아가겠다고 했지. 주인집에서는 날이 새면 떠나라고 간곡하게 만류했다네. 마가파麻家坡라는 곳에 주인 없는 무덤이 널려 있는데 거기서 귀신이 자주 출몰한다는 소문이 들린다면서 말이야."

기윤이 귀신 얘기를 꺼내자 먼발치에 있던 관리들도 재밌겠다고 생각한 듯 우르르 몰려왔다. 부항은 그 속에서 예부 주사主事인 진봉오秦鳳梧를 발견하고는 손짓으로 불렀다. 이어 나직하게 물었다.

"어제 마덕옥이 초대한 술자리에 자네도 있었는가?"

진봉오가 대답했다.

"예, 잠깐 다녀왔습니다. 아계 군문을 초대한 자리이고 다들 같은 해에 과거에 급제한 사람들인지라 오랜만에 얼굴이나 보려고 갔었다가 금방 나와버렸습니다. 그들과 자리가 길어봤자 무슨 좋은 일이 있겠습니까!"

부항이 미리 준비라도 한 듯 준엄한 어조로 말했다.

"그 일은 어디까지나 자네의 사생활이야. 내가 간섭할 바는 못 되네. 하지만 자네는 폐하께서 유심히 지켜보시는 '묘목苗木'이라는 사실을 일러두고 싶네. 이 사람에게 자네를 잘 이끌어주고 건실하게 키우라고 하명하셨다는 말이야. 이부에서는 벌써 자네를 대만臺灣 지부로 발령을 내놓고 있네. 지부라면 어떤 자리인 줄 아나? 조정에서 가장 신임하는 관리들만 파견하는 자리가 바로 지부 자리란 말이네! 명심하게, 그런 자리에 두 번 다시 발을 들여놓아서는 안 된다는 걸 말이야. 알고 있는 듯 하니 길게 말하지는 않겠네."

진봉오가 부항의 말에 황급히 상체를 숙였다.

"부상의 훈육 말씀 가슴에 깊이 새기겠습니다! 하오나, 기윤 공께서

답례 차원에서 그들을 초대할 거라고 하셨는데, 이럴 때는 어찌 처신해야 하는지 가르침을 주십시오."

부항이 진봉오의 태도가 못내 기특한지 흐뭇한 표정을 지었다.

"기윤 공이 마련하는 자리라면 가도 무방하지 않을까? 요즘 풍기가 너무 문란하니 장래가 구만리인 사람까지 괜히 희생양이 될까 미리 언질을 주는 거네. 자중자애하는 마음만 밑바탕에 깔려 있다면 어떤 경우라도 올바르게 처신할 수 있을 테지."

진봉오가 연신 허리를 굽실거리면서 명심하겠노라고 다짐했다. 얘기를 마친 부항과 진봉오는 다시 기윤의 얘기에 귀를 기울였다.

"……술이 얼큰하게 취한 산월신선은 큰소리를 땅땅 쳤지. 귀신 쫓는 일이 업인 사람이 귀신을 두려워해서 쓰겠느냐면서 말이야. 결국 그는 사람들의 만류를 무릅쓰고 길을 떠났다네. 마가파라는 곳에 이르자 과연 잡초가 무성한 무덤이 여기저기서 모습을 드러냈다네. 머리카락이 쭈뼛 일어설 정도로 무서웠지만 목검을 휘두르면서 계속 앞으로 걸어갔다네. 그런데 갑자기 앞쪽 무덤가에서 사람 형상을 한 무엇인가가 천천히 몸을 일으키는 게 아닌가. 산월신선은 너무 놀란 나머지 법술을 연마할 때 외우는 주문에 불교의 경經까지 아무튼 아는 것은 다 끄집어내서 소리 높여 외웠다나? 그런데도 '귀신'은 전혀 물러갈 생각을 않고 산월신선에게 천천히 다가왔다네. 이제 남은 것은 삼십육계 줄행랑뿐이라 산월신선은 걸음아 나 살려라 하고 정신없이 불빛이 보이는 마을을 향해 달렸다네. 그런데 한 집의 대문 앞에 이르러 문을 두드리려는 찰나 그만 '귀신'에게 다리를 잡히고 말았어. 산월신선은 그 자리에서 기절하고 말았지. 시간이 얼마나 지났을까, 산월신선이 눈을 떠보니 자신은 여전히 그 자리에 누워 있고 뒤에서는 '귀신'이 그의 신발 한 짝을 들고 히죽거리며 서 있더라는군. 다들 짐작했겠지만 그 '귀신'은 다름 아닌 '백 미치광이'였다네. 결국 법술로 귀신을 쫓는다는 건 다 허튼 소리라는 얘기지."

기윤의 얘기는 허무맹랑하게 결말이 났다. 긴장한 표정을 한 채 그의 얘기에 정신을 집중하고 있던 사람들은 모두 실소를 흘리고 말았다. 그때 서화문 입구에서 태감의 목소리가 들려왔다.

"누가 감히 여기서 떠드는가? 폐하께서 떠든 사람들의 명단을 적어 올리라고 하셨다. 어지가 계신다! 부항, 기윤, 장태을은 양심전으로 들라. 조혜도 압송해 들이거라!"

사람들은 태감의 말을 듣고는 우르르 흩어졌다. 어지를 받은 부항과 기윤은 조혜를 일으켜 세워 함께 서화문으로 들어갔다.

부항과 기윤이 양심전 수화문 입구에 다다랐을 때였다. 마침 젊은 관리 한 명이 물러 나오고 있었다. 유통훈의 아들 유용이었다. 그가 조혜를 힐끗 쳐다보더니 부항과 기윤에게 예를 갖춰 인사를 했다.

"폐하께서 들라고 하십니다. 지금은 장상의 두 아들을 접견 중이신데 곧 끝날 것 같습니다."

부항을 비롯한 세 사람은 공손히 대답하고는 의관을 정제한 차림으로 차례로 들어갔다. 조혜는 맨 끝에서 항쇄를 뒤집어 쓴 채 족쇄 소리를 요란하게 내면서 뒤따라 들어갔다. 태감과 궁녀들은 모두 그 모습에 의아한 표정을 지었으나 수군거리는 사람은 없었다. 잠시 후 안에서 건륭의 목소리가 들려왔다.

"날도 더운데 부항 등은 어서 들게. 조혜도 들게."

"예, 폐하!"

부항 등 네 사람은 고개를 숙이며 대답했다. 안으로 들어가 보니 건륭이 다리를 포갠 자세로 동난각 온돌마루에 앉아 있었다. 마루 아래 작은 걸상 옆에는 두 명의 4품 관리가 무릎을 꿇고 있었다. 둘 다 마흔 살 중반의 나이로 보였다.

"방금 얘기했던 대로 짐은 자네들의 아비 장정옥에게 대단히 실망했네."

건륭이 눈가에 검푸른 색을 띤 채 말했다. 대단히 피곤한 표정이었다. 그러나 말투는 부드러웠다.

"원래 사람은 기대가 크면 실망도 큰 법이지. 장정옥에 대해 짐은 삼조의 원로로 대접할 만큼 해줬다고 생각하네."

장씨 형제가 연신 머리를 조아렸다. 이어 경쟁적으로 입을 열었다.

"가부家父께서는 이마가 깨지도록 머리를 조아려 천은天恩에 감사의 뜻을 표하라고 하셨사옵니다. 이미 잘못을 깊이 반성하고 두 번 다시 폐하를 노엽게 하는 일이 없도록 자중자애하겠노라고 맹세했사옵니다."

"짐은 뼈저린 교훈을 느끼라는 뜻에서 집을 수색하라 명령한 것이네. 충분히 죄를 뉘우쳤다면 곧 철수시키겠노라고 전하게. 죽은 뒤에 태묘太廟를 향유할 수 있는 자격도 여전하고 대학사의 지위도 불변이니 너무 겁먹지 말라고 이르게. 대중의 시선을 받는 사람일수록 그만한 책임이 따른다는 걸 철저히 깨닫는 계기가 됐으면 한다고 전하게. 아비의 착오로 자네들을 연좌시키는 일은 없을 것이니 그리 알고 물러가게."

10장

도망자 조혜의 충정과 분노

건륭은 장정옥의 두 아들이 물러가자 부항과 기윤 등에게 자리에 앉도록 권했다. 그리고는 장태을을 향해 말했다.

"강소江蘇 이북과 회하淮河 이북 몇 곳이 연이어 수해를 입었네. 이 기회를 틈타 일지화의 무리들이 이미 산동 남부에까지 사교를 전파했다고 들었네. 화친왕和親王이 자네를 재앙을 물리치는 도인이라면서 추천했네. 짐은 자고로 경천외명敬天畏命하는 사람으로, 공맹孔孟을 숭상하네. 그리고 오직 유도儒道로써 나라를 다스려 왔네. 그러나 백행百行 중에 효孝를 가장 우선시 하는지라 내키지 않았지만 태후마마의 뜻을 받들어 자네를 들어오게 한 것이네. 어디는 수해를 입어 아우성인데 하남, 산동, 산서에는 또 가뭄이 들어 다 말라죽는다고 하니 짐은 도가道家의 법술로이 재화災禍를 물리칠 수 있을지 묻고 싶네."

"아뢰옵니다, 폐하."

장태을이 오체투지五體投地하듯 엎드려 절을 했다.

"화친왕께서 세 차례 백운관으로 걸음을 하시어 각 지역의 재해 상황을 빈도에게 전하면서 시기를 봐서 길흉을 점치라고 명하셨사옵니다. 하오나 빈도는 황관黃冠(도사道士의 관)의 말단이온데 어찌 감히 천수天數를 예측해 망발을 퍼뜨릴 수 있겠사옵니까? 대도大道 금단金丹의 내결內訣에 비춰보면 천간天干의 음양陰陽이 일치하면 길하옵니다. 반면 그렇지 못하면 흉하다고 했사옵니다. 양이 음, 음이 양을 칠 경우에는 좋은 시기를 기대할 수 있겠사오나 양과 양, 음과 음끼리 상충할 때는 올해처럼 재화가 끊이지 않는다고 보고 있사옵니다. 올해는 태백太白의 기가 성한 금金의 해이옵니다. 동남목東南木은 청룡靑龍의 땅이오니 금수상생金水相生의 원리에 따라 동남쪽은 물이 넘쳐 수재를 입은 것으로 보이옵니다. 게다가 육성六星이 갑오甲午에 삼궁三宮을 비추니 백호白虎가 창궐해 병사兵事가 순조롭지 못한 걸로 점쳐지고 있사옵니다."

기윤을 제외한 좌중의 사람들은 아무도 장태을의 말을 알아듣지 못했다. 때문에 너 나 할 것 없이 오리무중에 빠진 표정을 짓고 있었다. 온통 난해하고 어려운 말 뿐이었으니 그럴 만도 했다. 당연히 건륭도 예외는 아니었다. 그러나 그는 굳이 '무지無知'를 드러내고 싶지 않은 듯 기윤에게 시선을 보냈다. 기윤은 단박에 그 뜻을 알아차렸다.

"들어보니 적송자赤松子의 설을 풀이한 것 같은데, 마지막에 말한 부분은 순 사이비 이론일 뿐이오. 당신은 금천의 병사兵事가 순조롭지 못한 것을 미리 알고 역으로 추리를 했소. 사실《적송자》에서는 육성이 갑오에 삼궁을 비추는 것을 두고 비조飛鳥가 동굴 속으로 내리 꽂히는 대길大吉한 상象으로 보고 있소. 적송자는 이를 '비조가 땅에 내려앉으니 운룡雲龍이 취합하고 군신君臣 간에 단합하니 나쁜 세력의 거동을 제압한다'라고 했소. 이렇게 쉬운 말도 어찌 잊어버릴 수 있다는 말이오! 모르면 모른다고 이실직고할 것이지 감히 당치도 않은 망발로 국사國事를 운운하다니, 이게 무슨 짓이오!"

기윤의 해박한 학식에 좌중의 사람들은 모두 감탄해마지 않았다. 장태을 역시 반론을 제기할 엄두를 내지 못한 채 건륭을 향해 연신 머리를 조아렸다.

"기 나리의 말씀이 천만 번 지당하시옵니다. 빈도는 변변치 못한 학문으로 망발을 했사오니 죄를 물어 마땅하옵니다. 용서해주시옵소서, 폐하!"

건륭은 그러나 장태을을 꾸짖지 않았다. 오히려 미소를 지으면서 격려했다.

"자네가 정무에 간섭을 하고자 한 게 아니니 짐은 개의치 않겠네. 백운관은 도교 전진류파全眞流派의 산실이지. 성정을 다스려 헛된 망상을 버리고 영적인 감응을 키운다는 이념은 유학과 상통하는 데가 있다고 보네. 복지, 밖에 있느냐? 장 진인을 자녕궁 태후마마께 안내하거라."

"예, 폐하!"

태감 복지가 대답과 함께 구르듯 달려 들어왔다. 그리고는 서둘러 장태을을 데리고 나갔다. 건륭이 곧이어 궁전 밖을 바라보면서 조혜를 향해 하문하려고 할 때였다. 기윤이 갑자기 자리에서 나와 무릎을 꿇고 머리를 조아렸다.

"폐하, 신이 폐하께 몇 마디 간언 올릴 말씀이 있사옵니다."

"일어나 앉게."

건륭이 말을 마치고는 미간을 모은 채 온돌에서 내려섰다. 이어 바닥이 두껍고 가벼운 실내화를 신은 채 천천히 궁전 안을 거닐면서 입을 열었다.

"무슨 말이 하고 싶은지 짐은 벌써 알고 있네. 이 도사를 접견하지 말았어야 한다는 얘기 아닌가?"

기윤이 황급히 대답했다.

"그렇사옵니다, 폐하! 신은 바로 그 부분에 대해 간언을 드리고자 하옵니다."

"그런 내용이라면 두 말이 필요 없네. 짐이 아무려면 전명前明의 가정嘉靖황제를 닮을까봐 그러나? 태후마마와 황후가 이런 걸 믿으시네. 저자가 황관黃冠의 말단이어서 쥐도 못 잡는 고양이 꼴이라고 할지라도 어마마마가 원하신다면 짐은 마다할 이유가 없네. 어마마마께 효도하고 황후를 존경하는 의미로 말이네."

기윤이 건륭의 효심에 숙연해진 듯 고개를 깊숙이 숙였다.

"정말 지당하신 말씀이옵니다! 신의 생각이 짧았사옵니다. 진정한 충효성경忠孝誠敬은 바로 인정人情에서 비롯된다는 걸 미처 몰랐사옵니다."

"핵심을 제대로 짚어내는군. 충효의 근본도 모르는 주제에 충효를 밥 먹듯 외치고 다니는 자들이 얼마나 많은가! 선제先帝 때는 이불李紱이 충효를 입에 바르고 다니면서 막판에 뒤통수를 쳤어. 그런데 이번에는 눌친이라는 자가 짐을 바보 군주로 만들어버렸어."

건륭이 기윤의 말에 가볍게 냉소를 터뜨렸다. 그리고는 갑자기 걸음을 멈추더니 고개를 홱 틀었다. 그런 다음 칸막이 앞에 무릎을 꿇고 있는 조혜를 매섭게 노려보면서 말을 이었다.

"눌친은 사나운 개를 마당에 매놓고 뒷거래를 막아 두 소매가 깨끗함을 과시해왔지. 스스로를 그렇게 못 믿고 무슨 큰일을 하겠다고! 금천을 한 손에 움켜쥐고 뒤흔들 것처럼 큰소리를 치더니 고작 저런 파렴치한 탈영병이나 키워낸 주제에!"

악에 받힌 건륭의 질타가 대전에 메아리쳤다. 그러자 외전外殿에서 시중들던 태감들이 두려움에 경련을 일으키듯 다리를 후들거렸다.

건륭의 얼굴에 차가운 미소가 번졌다. 부항은 말을 붙이는 것조차 두려웠으나 진화에 나서지 않을 수 없었다.

"고정하시옵소서, 폐하! 눌친, 조혜, 해란찰 등은 응분의 죄를 받게 될 것이옵니다. 존체가 염려되오니 그만 화를 거두시옵소서."

"화?"

건륭이 코웃음을 치면서 걸음을 돌렸다. 이어 천천히 온돌마루 앞에 있는 수미좌로 가서 앉았다. 곧 그가 다소 평상심을 회복한 듯 찻잔을 들어 뚜껑으로 물위에 뜬 찻잎을 밀어내면서 말을 이었다.

"흥, 짐이 화를 낸다고 생각하나? 눌친 때문에? 어림도 없지! 짐을 이렇게 비참한 꼴로 만들어버린 자 때문에 짐이 왜 화를 내? 그럴 값어치라도 있는 자라면 좋겠네! 경들이 아는지 모르겠으나 해란찰의 조부 다랍이多拉爾 충용공忠勇公은 성조를 따라 서정西征 길에 오른 장수네. 몸에 화살이 무려 열 개씩이나 꽂혔어도 죽는 순간까지 용맹하게 싸웠던 일대 영웅이지. 조혜의 부친 불표佛標 역시 과포다科布多 전투에서 갈이단의 맹적들을 열일곱이나 쓰러 눕히고 성조를 모시고 포위를 돌파한 사람이지. 옛말에 피는 못 속인다고 했거늘 어찌 기개가 하늘을 찌르는 영웅들에게서 도망자 자손이 생겨났는지 짐은 안타깝고 수치스러울 따름이네!"

건륭의 말에는 가시가 잔뜩 돋쳐 있었다. 곤장을 100대를 얻어맞은들 그보다 더 아프고 괴로우랴. 부항과 기윤은 잔뜩 숨죽이고 있었으나 속옷까지 흥건하게 젖을 정도로 식은땀을 흘렸다. 순간 궁전 안에 한밤중의 묘지를 방불케 하는 정적이 감돌았다. 그때 푹 꺾여 있던 조혜의 무거운 머리가 천천히 들렸다. 동시에 격분과 억울함, 흥분과 수치심에 가득 찬 얼굴에서 두 줄기 피눈물이 흘러내렸다. 이어 가슴이 세차게 오르내리던 그는 차가운 표정으로 외면하고 있는 건륭을 바라보다 마침

내 폭 고꾸라지듯 땅바닥에 쓰러졌다. 그리고는 쿵쿵 머리를 조아린 채 목을 놓아 울었다.

"폐하, 부디 이놈의 하소연을 들어주시옵소서. 끝까지 들어주시고 난 연후에는 당장 사약을 내리셔도 여한이 없겠사옵니다."

조혜가 마치 갈가리 찢긴 오장육부에서 시뻘건 선지피를 울컥울컥 토해내는 것 같은 애절한 목소리로 아뢰었다. 사냥꾼에게 치명타를 입고 황량한 벌판에서 피를 철철 흘리면서 울부짖는 승냥이의 울음소리가 따로 없었다. 아니 그보다 더 처절했다. 그때 주장을 한아름 안고 들어서던 태감 왕의가 놀랐는지 손을 부르르 떨었다. 급기야 안고 있던 주장들을 바닥에 모두 떨어뜨리고 말았다. 종이가 사방에 어지러이 날렸다. 다른 태감들이 서둘러 달려가 왕의를 도와 종이들을 주워 올리려고 했다. 하지만 그들의 손 역시 부들부들 떨려 잘 줍지를 못했다. 찻잔을 잡으려던 기윤 역시 그랬다. 손이 저절로 움츠러들었다. 꼼짝 않고 앉아 있는 부항도 속으로는 가슴이 쿵쿵 널뛰듯 뛰었다. 노련한 그마저도 눈앞의 이 광경을 도대체 어떻게 수습해야 할지 방법을 찾지 못했다.

건륭도 안색이 창백하게 질렸다. 지방 순유를 떠났을 때 참혹한 민생의 현장에서 목 놓아 울면서 하소연하는 백성들은 여러 번 봤어도 이토록 혼신을 다해 오열하는 모습은 처음인 탓이었다. 그는 그렇게 당황하는 와중에 문득 '도망자'라는 세 글자 뒤에는 뭔가 큰 사연이 숨어 있을 것이라는 사실을 간파했다. 그러나 목소리는 여전히 차가웠다.

"경을 불러들였을 때는 당연히 그 말을 들어보고자 함이었으니 그렇게 울 것 없네. 경은 병사들을 거느리는 무장 출신임을 잊지 말게. 짐이 설령 경의 무례를 문제 삼지 않더라도 총대 메는 사람으로서 이게 무슨 해괴망측한 짓인가!"

조혜가 건륭의 질책에 다시 크게 흐느끼면서 눈물을 비 오듯 흘렸다.

울음소리를 삼키느라 애쓰는 모습이 역력했다. 신음하듯 울음을 삼키면서 연신 머리를 조아렸다.

"신은 폐하께 상주하고 싶은 말이 너무 많아 어디서부터 시작해야 할지 모르겠사옵니다. 뱃속 가득한 울분에 숨이 막힐 것 같아…… 터뜨리기에 급급하여 그만 못난 모습을 보이고 말았사옵니다. 눌친, 그자는 한마디로 오늘날의 장사귀張士貴이옵니다!"

조혜는 은혜를 원수로 갚으려는 눌친에게 쫓겼다. 그리고는 해란찰과 함께 멀고도 험난한 1000리 도주 길에 올랐다. 도중에 겪은 간난신고는 이루 말로 다 할 수 없을 정도였다. 그는 그런 과정을 떠올리자 억울하고 분한 마음을 삭이지 못한 듯 다시 하염없이 눈물을 쏟았다.

"형구刑具를 풀어 주거라!"

건륭이 드디어 마음의 빗장이 열린 듯했다. 칠 척七尺 사내가 오죽 분하면 저리 눈물을 거두지 못할까, 하는 표정이 그의 얼굴에 묻어났다. 건륭이 태감 왕례에게 형구를 풀어주라고 명령을 내리고 난 다음 기윤을 향해 물었다.

"이보게 효람, 장사귀가 누군가?"

기윤은 소설과 연극을 싫어했다. 당연히 장사귀가 누군지 알 턱이 없었다. 기윤이 잠시 머뭇거리는 사이 부항이 눈치 빠른 그답게 조심스레 대신 대답했다.

"장사귀는 《백포장》白袍將에 나오는 인물이옵니다. 현능賢能한 자를 질투해 해치려 드는 천상천하 유아독존의 대명사이옵니다. 효람은 이런 책을 별로 좋아하지 않사옵니다."

부항 덕분에 위기를 무사히 넘긴 기윤이 변명하듯 입을 열었다.

"폐하께서 읽으라고 분부하신 '좋은 책'들도 다 못 읽었는데, 그런 책을 읽을 시간이 어디 있겠사옵니까!"

기윤이 웃으면서 말끝을 흘렸다. 어쨌거나 몇 마디 말이 오가고 나자 방금 전의 무거웠던 분위기는 한결 누그러졌다. 조혜 역시 형구에서 풀려나자 몸이 가벼워졌는지 건륭에게 다가가 삼궤구고三跪九叩의 대례를 올리면서 사은을 표했다. 이어 작전 개시를 앞두고 소집했던 군무회의에서 몇 가지 의견충돌이 있었던 일부터 소상하게 아뢰었다. 그리고는 전황戰況 판단에 미숙한 눌친과 장광사의 무리한 전략전술, 부하 장군들의 간곡한 조언을 무시하고 끝까지 제멋대로 일관해 패배를 불러오기까지의 자초지종도 세세하게 털어놨다. 또 눌친과 장광사가 자신들의 죄를 덮어 감추고 군주를 기만하기 위해 자신과 해란찰을 죽여 없애려 했던 음모도 낱낱이 고발했다. 궁지에 내몰린 상황에서 비루한 목숨을 부지하기보다는 진상을 규명하고 진정한 죄인들을 심판해야 한다는 사명감으로 탈영을 할 수밖에 없었다는 대목도 진솔하게 밝혔다. 좌중의 사람들은 부실한 작전이 파국으로 치닫는 장면을 눈앞에서 직접 보는 것처럼 조혜의 얘기에 깊이 빠져들었다.

건륭은 가슴속에서 분노와 비애가 밀물처럼 밀려왔다. 그래서일까, 그의 얼굴은 울분이 치밀어 오른 듯 벌겋게 달아올랐다. 찻잔을 으스러지게 움켜쥔 손에는 식은땀이 고였다. 기윤은 미간을 잔뜩 구긴 채 연신 고개를 절레절레 저으면서 자기도 모르게 가벼운 한숨을 토해냈다. 그 역시 충격을 금할 수 없었던 것이다. 그러나 부항은 충격을 받기보다는 김홍을 비롯한 김휘, 늑민, 이시요 등으로부터 받았던 주장내용을 떠올리면서 조혜가 실토한 내막과 대조하느라 바빴다. 그 사이 조혜의 피눈물 서린 하소연은 끝나가고 있었다.

"……폐하! 신들은 결코 사라분의 손에 망한 것이 아니옵니다. 신들은 무능하고 비열한 두 주장主將 때문에 치욕스런 패전을 한 것이옵니다. 사라분이 허술하지 않았던 것은 사실이오나 우리 군이 무능하고 어리석은 것이 더 큰 원인이었사옵니다."

"그래, 해란찰은 지금 어디 있나?"

건륭이 마침내 무거운 입을 열었다. 조혜가 조금씩 진정을 찾아가는 듯 눈물을 닦고 훨씬 안정된 목소리로 대답했다.

"김휘는 눌친의 일당이옵니다. 그자가 추격해 올 것이 두려워 무창武昌에서 저희는 헤어졌사옵니다. 해란찰은 한수漢水를 따라 북상해 북경으로 향했사옵니다. 반면 신은 폐하께서 남순 길에 오르셨다는 소식을 듣고 장강을 거쳐 동쪽으로 내려가 남경南京으로 가게 됐사옵니다. 하오나 막상 남경에 도착해보니 어가御駕는 아직 당도해 있지 않았사옵니다. 신은 벼랑 끝에 내몰린 심정으로 총독아문으로 가서 자수를 했사옵니다. 해란찰은 한수를 거슬러 배를 타고 오게 되오니 지금쯤은 아직 하남성 남양南陽이나 낙양洛陽 일대에 있지 않을까 생각되옵니다."

건륭이 오랜 침묵 끝에 다시 물었다.

"들리는 소문에 경들이 군비와 군량미까지 빼내왔다는데, 과연 사실인가?"

조혜가 머리를 조아린 채 대답했다.

"사실이옵니다, 폐하! 송강松崗의 식량창고는 적들의 수중에 넘어간 것이나 다름없사옵니다. 그것을 그대로 방치하는 것은 곧 적들의 힘을 키워주는 것과 마찬가지라 생각했사옵니다. 그래서 상의한 끝에 신은 황금 오백 냥, 해란찰은 십만 냥짜리 은표를 소지하고 탈영했사옵니다. 황금 오백 냥은 자수하면서 총독아문에 바쳤사옵니다. 해란찰은 신보다 훨씬 영리한 친구이오니 심려 거두셔도 괜찮을 것이옵니다."

조혜의 말을 듣고 난 건륭은 시선을 부항에게로 돌렸다. 사실 조혜와 해란찰이 군비를 소지하고 있었다는 사실은 늑민이 이틀 전에 부항에게 보낸 편지에도 적혀 있었다. 그러나 김홍과 김휘는 그에 대해서는 단한 마디도 언급하지 않았다. 조혜가 황금 500냥을 양강 총독아문에 바쳤는데도 김홍이 함구하고 있다는 것은 과연 무엇을 뜻하는가? 그는 감히 이 돈을 착복하려는 걸까? 부항은 그러나 그런 생각이 아직은 이른 판단이라 생각했다.

"황금 오백 냥이라면 시가市價로 은자 일만 이천 냥에 맞먹는 금액이옵니다. 결코 작은 액수가 아니옵니다. 조사에 착수해야겠사옵니다."

건륭이 이를 악물었다.

"물론 조사해야지! 짐이 관대한 정치를 표방하는 것은 백성들과 더불어 휴양생식休養生息(조세를 줄여 백성들의 생활을 넉넉하게 하는 것)을 하기 위함이었네. 물론 세종 연간의 강도 높은 개혁조치로 지나치게 움츠러든 관가의 분위기를 진작시키기 위함이기도 했지. 헌데 오냐오냐하면 기어오른다더니, 이치吏治는 어느새 바닥을 보이고 있네! 보아하니 피를 보지 않고서는 정신을 못 차리는 것 같은데 몇몇 거물들의 명줄이 얼마나 질긴지 한번 시험해 봐야겠네!"

건륭이 말을 마치고는 회중시계를 꺼내봤다. 이어 조혜를 향해 말했다.

"경의 말은 어디까지나 한쪽편의 일방적인 의견이네. 눌친이 압송돼 온 다음 양쪽의 말을 다 들어본 연후에 각자 책임을 묻도록 하겠네. 복신, 조혜를 양봉협도養蜂夾道로 압송해 유통훈에게 맡기게."

조혜는 곧 태감 복신을 따라 물러갔다. 부항은 순간 땀에 흠뻑 젖은 채 밖에서 애타게 차례를 기다리고 있을 관리들을 떠올렸다. 마음이 조급해진 그가 입을 열려고 할 때였다. 건륭이 먼저 물었다.

"윤계선은 남경으로 출발했다고 하던가?"

부항은 일단 자신의 말을 접어두고 황급히 건륭의 질문에 대답했다.

"어제 출발한다는 전갈을 받았사옵니다. 하오나 양인들이 들어오면서 광동의 군정, 재정, 민정이 예전 같지가 않아 정력의 반 이상을 그쪽에 쏟아도 부족하다고 편지를 보내와 하소연을 했사옵니다."

그 말에 건륭이 웃음을 지었다.

"그 문제라면 밀주문에서도 몇 번 하소연을 했었네. 해금이 돼 바다 길이 훤히 트이니 또 그런 골칫거리가 생기는구면. 그래서? 계속 말해 보게."

"윤계선은 광주로 내려가기 전에 남경에서 몇 번이고 다 잡은 일지화를 놓치고 만 것이 유감인 것 같았사옵니다. 도둑 잡는 데는 이위보다 못하다면서 실의에 빠져 있는 것 같았사옵니다."

부항이 잠깐 말을 끊었다 다시 이었다.

"그래서 황천패를 총독아문으로 영입하고 삼 년 내에 일지화를 잡지 못하면 스스로 죄를 물어 흔쾌히 물러나겠노라고 선언했다고 하옵니다. 현재 광주에는 중국인과 외국인들이 잡거하기 때문에 혹시라도 양인 일지화가 분란의 씨를 뿌릴 수도 있사옵니다. 윤계선은 그로 인해 전전긍긍하고 있사옵니다. 쓸 만한 통역관도 없어 언어소통에 불편을 겪고 있는 모양이옵니다."

"관리들 중에 서양 언어를 잘하는 사람이 없나?"

건륭이 기윤을 향해 고개를 돌리면서 물었다. 기윤 역시 황급히 다른 생각을 털어내면서 아뢰었다.

"있사옵니다. 사이관四夷館에서 외이外夷 사무를 전담하는 사무관들이 외국어를 곧잘 하옵니다. 그러나 그들은 조정朝廷과 어가御駕 전용이오니 그쪽으로 보낼 수는 없을 것 같사옵니다. 아, 한 사람 있사옵니다. 한림원의 가치군賈治軍이라는 자이옵니다. 어려서부터 광주에서 대외무역을 하는 이모 밑에서 자라 영국 말, 프랑스 말을 몇 마디씩 지껄일 줄 아는 것 같았사옵니다. 지난번에도 영국 시인의 시라면서 한 구절 읊어주는데 신은 전혀 알아들을 수 없었사옵니다. 그자가 적임자일 것 같사옵니다."

"가치군이라고? 어디서 들어본 이름인데?"

건륭이 고개를 갸웃거렸다. 기윤이 그 기회를 놓치지 않고 조심스레 끼어들었다.

"폐하께서는 역시 총기가 뛰어나시옵니다! 삼 년 전 관리들을 상대로 치른 시험에서 백지를 냈던 자이옵니다. 폐하께서 그자를 부르시어 따끔하게 훈육을 하셨사옵니다."

그제야 건륭이 고개를 끄덕였다.

"그렇게 말하니 기억이 나네. 말할 때 소가 여물을 씹듯 입안에서 우물대던 그자 말인가?"

"바로 그자이옵니다. 웃는 것도 늘 반 박자 느린 데다 마치…… 요강단지 비우는 것 같은 소리가 나서 곧잘 놀림을 받고는 하옵니다."

기윤의 농담에 건륭이 웃으면서 배를 잡았다. 그리고는 손가락으로 기윤을 가리켰다.

"자네는 참……, 언제쯤 그 버릇을 고치려나? 하기야 가끔씩 이렇게 긴장을 풀어주는 사람이 있는 것도 나쁠 것은 없지!"

부항도 웃으면서 거들고 나섰다.

"기윤 공도 많이 달라졌사옵니다. 오늘은 폐하께서 성려聖慮가 조금 무거워 보이니 끼가 다시 발동한 것 같사옵니다."

건륭은 한결 홀가분해진 표정으로 입을 열었다.

"경들의 마음은 짐이 다 알지. 방금 그 부분은 기록문서에 넣지 말게. 그러면 광주 통역관은 가치군으로 정하지. 나중에 한번 데리고 와보게."

건륭이 말을 마치고는 다시 부항에게 명했다.

"계속 말해보게."

부항이 건륭의 진지한 어조에 웃음기를 빼면서 천천히 입을 열었다.

"김홍과 윤계선을 맞바꾸기로 했사오나, 김홍은 아무리 생각해 봐도 상대가 못된다고 사료되옵니다. 조혜가 바쳤다는 황금 오백 냥에 대해서도 조사를 해봐야 하오니 신은 윤계선이 떠난 광주 총독의 빈자리를 어찌해야 마땅하올지 폐하의 성재聖裁를 부탁드리옵니다."

부항은 말을 마치고는 뒤이어 머릿속에 정리해온 내용들을 술술 입에 올렸다. 우선 재해 구제에 관한 일과 유통훈의 아들 유용을 덕주로 파견하는 것에 대해 아뢰었다. 이어 금천 패전의 책임을 물어 유죄를 받은 관리들을 부의部議에 넘겨 처벌하고 김휘는 즉각 파면시킬 것도 간언했다. 나아가 유림 창고의 곡식이 썩어 폐기했다는 주장에 대한 의문점을 제기하는 것도 잊지 않았다. 운남 동광과 강남 방직공들의 파업이 빈번한 것에 대한 대책 마련 역시 주청을 올렸다.

기윤은 처음에는 부항의 말에 잔뜩 귀를 기울였다. 그러나 시간이 갈수록 머릿속이 점점 복잡해지기만 했다. 자신의 업무인《사고전서》편수작업의 현황에 대해 떠올리니 아직 미흡한 점들이 많아 어찌 상주해야 할지 여간 혼란스러운 게 아니었던 것이다. 실제로 지방관들은 민간 서적 수집에 전혀 열성을 보이지 않고 있었다. 그렇다고 억지로 다그칠 수도 없는 노릇이었다. 편수작업에 일손이 많이 부족하고 서하西夏의 글이나 금金나라 글에 능통한 인재가 없는 것도 큰 문제였다. 어디 그뿐인가. 서적을 수집하려면 돈도 필요한데 호부에서는 어지가 없이는 한 푼도 내어줄 수 없다고 잡아떼고 있었다. 정말 답답한 일이 아닐 수 없었다.

그러나 건륭은 기윤의 고민을 아는지 모르는지 중간 중간 의문점을 짚고 넘어가면서 열심히 귀를 기울이고 있었다. 궁전 안은 후덥지근해져 부항과 기윤은 땀을 비 오듯 흘렸다. 그러자 건륭은 태감들을 시켜 부채질을 하도록 했다. 그렇게 부항은 거의 한 시간이 넘도록 숨 한 번 돌리지 않은 채 업무 보고를 마쳤다. 건륭 역시 다리를 포갠 정좌 자세로 끝까지 꼼짝 않은 채 부항의 얘기를 다 들어줬다. 기윤은 두 사람의 의지에 탄복하지 않을 수 없었다. 드디어 건륭이 입을 열었다.

"보아하니 경은 할 말이 아직도 많이 남은 것 같군. 아계가 내일부터 군기처로 나오기로 했으니 일부 사안에 대해서는 두 사람이 잘 상의한 뒤 다시 상주하도록 하게. 황천패가 유능하고 배짱도 있다고 하니 참장參將 직을 줘서 남경의 윤계선 휘하로 보내게. 그리고 오할자라는 자는 형부 원외랑員外郞 겸 시랑 직을 맡겨 민간의 이 방幇, 저 파派들 간의 조율을 책임지도록 하게. 기윤, 자네는 무슨 생각을 그리 멍하니 하는가?"

"예? 예……, 폐하!"

기윤이 황급히 정신을 가다듬었다.

"신은 신의 업무에 대해 생각하고 있었사옵니다, 폐하!"

기윤은 말을 마치자마자 기다렸다는 듯《사고전서》편수작업에 따르는 여러 가지 어려움을 호소했다. 그리고는 몇 마디 덧붙였다.

"경관이나 외관 모두 도서 수집에 열성을 보이지 않사옵니다. 이런 일은 잘해도 정치적 업적을 인정받기 힘드옵니다. 반면 못하면 사람들에게 미운 털이 박히기 십상이옵니다. 하나같이 그런 사실을 아는지 적극적으로 뛰어드는 사람은 가뭄에 콩 나듯 하는 실정이옵니다."

건륭이 기윤의 말에 한심하다는 듯 타박을 주었다.

"경의 어려움은 여태 올린 주장을 통해 짐도 익히 알고 있네. 이제부터 경은《사고전서》의 총책임자 자리를 내놓고 부책임자를 맡게!"

기윤이《사고전서》편수작업의 총책임자인 사실은 온 천하가 주지하는 바였다. 그런데 무엇 때문에 갑자기 '부'副 책임자로 강등 당한다는 말인가? 부항은 흠칫 놀라면서 궁금증을 참지 못하고 그 이유를 물어

보려고 했다. 그러나 건륭이 먼저 입을 열었다.

"짐이 직접 총괄하겠네. 육부상서六部尙書, 삼경三卿, 모든 대학사大學士들이 공동으로 부책임자를 겸하게 될 것이네. 경은 이들의 의견을 짐에게 반영하는 역할을 하게. 돈이 필요하면 호부에 얘기하고 업무에 비협조적인 자들은 도찰원都察院에 알려 탄핵안을 올리도록 하게. 그리고 《사고전서》 편수작업 참여 경력이 없는 관리들은 일률적으로 남위南闈, 북위北闈 과고科考와 순천부 대고大考 시험관으로 갈 수 없다고 쐐기를 박게. 그러면 너도나도 일을 시켜 주십사 하고 문턱이 닳게 찾아올 거네. 단 경이 탐묵貪墨하면서 부패로 물의를 빚는 일이 발생한다면 짐은 경에게 큰 죄를 물을 것이네. 다른 사람들은 말할 것도 없고!"

"망극하옵니다, 폐하!"

기윤이 납작 엎드려 절을 했다. 이어 싱글벙글 웃으면서 아뢰었다.

"이제부터는 순풍에 돛단 듯 일이 잘 풀려나갈 것 같사옵니다. 이리되면 너도 나도 일을 맡겨 주십사 나설 것이 틀림없사옵니다. 신은 결코 적지 않은 녹봉을 받는 데다 폐하와 황후마마의 은택으로 안거할 집과 농장까지 소유하고 있기에 먹고사는 것은 충분하옵니다. 그럼에도 만족하지 못하고 공금에 검은 손을 뻗친다면 그건 돈에 환장한 것이 아니겠사옵니까? 하오나, 외람되지만 '탐묵' 두 글자는 신의 천성이옵니다."

건륭이 기윤의 엉뚱한 대답에 의아스러운 표정을 지었다. 기윤이 즉각 웃으면서 설명을 했다.

"신은 세 살 적부터 서예 연습, 일기 쓰기, 문장 실력 연마를 위해 하루도 묵과 씨름하지 않은 적이 없사옵니다. 이제 《사고전서》 편수작업까지 맡게 됐사오니, 어찌 '탐묵'하지 않고 견디겠사옵니까!"

건륭과 부항은 장난기 다분한 기윤의 말에 약속이나 한 듯 웃었다. 순간 밖에서 오시午時를 알리는 종소리가 들려왔다. 부항과 기윤은 물러

가려고 자리에서 엉덩이를 뗐다. 그러자 건륭이 만류했다.

"짐이 서두르지 않는데, 경들이 어찌 그리 들썩이는가? 오늘은 중요한 정무에 대해 즐겁게 논의했으니 짐과 오찬을 같이 하세. 왕치, 거기 있느냐! 수라간에 일러 점심은 삼인분을 준비하라고 이르거라. 양은 적되 먹음직한 걸로 가져 오너라."

왕치가 건륭의 명을 받고 나갔다. 건륭은 누군가가 태감 왕치에게 '왕팔치'王八恥라는 별명을 붙여줬다는 우스운 얘기를 들려줬다. 부항과 기윤은 터져 나오는 웃음을 겨우 참았다.

"짐은 경들 같은 고굉股肱 신하들에게는 마음을 열고 이같이 담소를 나누지만 후궁과 태감들은 무섭게 다룬다네. 그리 할 수밖에 없네. 정무에 간섭하는 후궁은 필히 엄벌에 처해야 하고 입을 잘못 놀리는 태감은 가차 없이 목을 쳐야 하네. 한漢, 당唐, 명明 모두 이들에 대한 단속이 부실해 패망을 초래했다고 볼 수 있지."

건륭은 기분이 많이 좋아진 듯했다. 용안이 밝아지면서 말투가 온화해졌다. 부항이 그 틈을 놓치지 않았다.

"장정옥은 몇 세대를 걸쳐 군주를 보필해온 신하이옵니다. 그러나 이제는 노망이 들어 말을 가리지 못하고 사태파악을 제대로 못하는 것 같사옵니다. 두루 못마땅한 점이 많은 줄로 아옵니다만 폐하께서 하늘과 같은 인덕과 하해와 같은 아량으로 널리 용서해 주셨으면 하옵니다."

건륭은 태감 왕례가 받쳐 올린 차가운 물수건으로 얼굴을 닦았다. 그런 다음 천천히 입을 열었다.

"삼조의 원로라서? 나이를 먹는다고 다 저렇게 주제 파악을 못하게 되는 것은 아니네. 장정옥은 성조와 선제께서 어찌어찌 잘해주셨던 것만 생각하고 짐의 배려는 염두에 두지도 않는 사람이네. 짐의 오늘이 있기까지 본인의 공로가 크다는 걸 너무 부각시키려고 들어. 적당히 하면 누가 뭐라고 하나! 성조, 선제와 비교해 마치 짐이 그에게 엄청난 빚을 진 것처럼 툭하면 버티고 앉아 생떼를 부리고……. 그 마음가짐이 틀렸다 이 말이네. 왕유돈은……, 선탁膳卓을 정전正殿에 차리거라. 왕유돈은 여태 맡은 바 업무에는 게을리 한 적이 없네. 군기처에 들어오고부터는 모름지기 제이第二의 장정옥이 되고자 노력하는 모습도 보였네. 그래서 이번에 장정옥이 위태로워지니 토사호비兎死狐悲의 측은지심을 가진 게 아니겠나. 짐이 사석에서 했던 말을 몰래 장정옥에게 전해 장정옥은 울며 겨자 먹기로 '친히' 죄를 청하러 온 게 아니겠나. 어찌 됐건 짐을 배신한 죄는 용서할 수 없어. 왕유돈은 군기처에서 물러나 산질대신散秩大臣으로 만족해야 할 것이네."

부항과 기윤은 그제야 왕유돈이 건륭의 눈 밖에 난 이유를 알게 됐다. 새삼 황제의 마음은 헤아리기 어렵다는 말을 실감했다. 자신들 역시 몸가짐, 마음가짐에 추호라도 흐트러짐이 생기면 언제든 왕유돈의 전철을 밟게 될지 모른다는 생각도 들었다. 건륭은 그런 두 신하의 속마음에는 아랑곳하지 않은 채 수라상이 올라오자 두 사람에게 권했다.

"기 대학사, 부 대장군! 짐이 내리는 음식이니 어려워하지 말고 편히 앉아 배불리 먹게. 식후에 또 경들하고 할 얘기가 있네."

부항과 기윤은 건륭이 온돌에서 내려서기를 기다려 조심스레 정전으로 따라갔다. 그리고는 입을 모아 아뢰었다.

"신들은 폐하께서 정오에 잠깐 휴식을 취하시는 걸로 알고 있사옵니다. 신들은 물러갔다가 폐하께서 부르시면 다시 와서 의사議事하는 것이 어떨까 하옵니다."

건륭이 정전에 도착해 수라상을 마주한 두 신하에게 양쪽에 앉으라고 명한 다음 말했다.

"오늘은 예외이네. 경들만 알고 있게. 짐은 북경을 떠나 바깥바람을 좀 쐬고 올까 하네."

부항이 막 수저를 들다 말고 깜짝 놀랐다.

"폐하, 곧 삼복이옵니다. 이 더위에 어찌 하시려고 그러시옵니까!. 전에 이위가 폐하를 모시고 하남으로 갔다가 폐하께서 더위를 먹고 쓰러지시는 바람에 크게 경을 쳤다고 들었사옵니다. 떠올리는 것만으로도 끔찍하옵니다."

건륭이 부항의 말에 히죽 웃으면서 죽순 하나를 집어 밥그릇에 올려놓았다.

"그래도 지금 가봐야 하네. 이치吏治와 하공河工 둘 다 직접 보고 와야겠네. 듣는 것과 보는 것은 분명 다를 테니까. 어쩔 수 없네!"

태감 복신은 조혜를 양봉협도에 위치한 옥신묘獄神廟로 데려다줬다. 이어 어지를 전했다. 그는 그것으로 자신의 임무가 끝났다고 생각했다. 그러나 옥신묘를 관장하는 전옥은 난색을 표했다.

"공공公公(태감에 대한 존칭), 이 사람이 감히 어지를 거부하는 게 아닙니다. 하지만 천天, 지地, 원元, 황黃 네 감옥이 모두다 꽉 찼으니 방법이 없습니다. 원래는 황黃자 옥에 방이 몇 개 있었으나 어제 산서山西에서 범죄를 저지른 한 무리의 관리들을 압송해오는 바람에 지금은 발 디딜 틈도 없습니다. 이를 어쩌죠?"

"나는 어지를 전할 뿐이오. 그건 당신들이 알아서 할 일이지 어찌 나한테 되묻는 거요?"

전옥이 복신의 말이 끝나기 무섭게 재빠른 동작으로 주머니에서 은자 두 냥을 꺼냈다. 그는 재빨리 그걸 복신의 손에 쥐어주면서 사정을 했다.

"이걸로 차라도 한잔……. 상부에서 지시가 있었습니다. 이제부터 압송되는 범인들은 순천부 감옥으로 보내라고 말입니다."

그러나 복신은 은자를 뿌리쳤다.

"폐하께서는 죄인을 유통훈 대인에게 인계하라고 하셨소. 나는 모르겠소. 가서 유통훈 대인을 모셔오시오. 그때까지 기다리고 있을 테니."

그러자 전옥은 두 손을 싹싹 비비면서 매달렸다.

"얼옥사讞獄司의 당관이 방금 다녀갔습니다. 연청 대인은 지금 사건 수사차 보정保定으로 가고 안 계신다고 합니다. 모레나 되어야 돌아오실 것 같다고 합니다. 아니면 수고스럽지만 돌아가서 이 상황을 아뢰고 다시 어지를 받아오는 것이 어떻겠습니까?"

조혜는 전옥이 무엇을 원하는지 알 수 있었다. 환경이 훨씬 열악한 순천부 감옥으로 가고 싶지 않으면 뒷돈을 내라는 뜻일 터였다. 울컥 화가 치민 조혜가 내뱉듯 말했다.

"제기랄, 가라면 못 갈 것도 없지. 됐어, 순천부로 데려다 줘!"

"사람을 맡겼으니 내 임무는 끝났소. 알아서 하오!"

복신 역시 퉁명스레 내뱉고는 발길을 돌려버렸다. 전옥은 조혜가 눈을 부라리면서 배짱을 부리자 한풀 꺾인 표정이었다. 이어 그에게 다가가 직함과 범죄 사유를 물었다. 조혜는 사실대로 대답을 했다. 순간 전옥의 표정이 확 바뀌었다. 그러더니 나오지 않는 웃음을 배시시 웃으면서 아부를 떨었다.

"어쩐지 대단하신 분 같았습니다. 절대 오해하지 마십시오. 소인은 추호도 나리를 무례하게 대할 마음은 없었습니다. 현실적으로 정말 어려운 상황입니다. 하지만 나리처럼 지체 높으신 분을 오라 가라 할 수는 없지 않겠습니까. 이곳에 오는 분들은 대부분 대관大官들이어서 이러고 있다가도 은지恩旨 하나로 풀려나서 다시 크게 성공하는 경우가 비일비재하거든요. 한 다리를 들었다 놓아도 소인의 키보다 높으신 분들 아니옵니까. 그러니 어쩌겠습니까? 잠시 그쪽으로 가 계십시오. 유 중당께서 돌아오시는 대로 대책을 강구해 다시 모셔오도록 하겠습니다."

조혜는 그렇게 해서 다시 승장繩匠 골목에 위치한 순천부 감옥으로 이송됐다. 순천부 감옥의 전옥 역시 그를 별로 환영하지 않았다. '탈영한 죄로 하옥된 장군 한 사람을 보내니 당분간 부탁함. 이름: 조혜'라고 쓴 쪽지를 읽어보고는 마치 아침 굶은 시어미 같은 얼굴을 하면서 그의 아래위를 훑어봤다. 그리고는 대충 출생지와 범죄 사유를 확인했다. 이어 옥졸에게 소리쳤다.

"호부귀胡富貴, 죄수복을 입혀 육호 방에 갖다 넣어!"

감옥 안은 대단히 어두웠다. 호부귀와 두 명의 옥졸은 그에 아랑곳하지 않고 마치 쑤셔 박듯 조혜를 콧구멍만 한 감옥에 밀어 넣었다. 조혜는 "쾅!" 하고 문이 굳게 닫히자 비로소 철창 속에 갇힌 신세를 실감할 수 있었다.

조혜는 감옥의 천장에 조그맣게 난 창문으로 스며드는 한줌의 빛을 빌어 주위를 살펴봤다. 우선 문어귀에 악취를 풍기는 요강이 놓여 있었다. 또 그 옆에는 짚으로 길게 엮은 멍석이 깔려 있었다. 눅눅한 냄새가 코를 찔렀다. 조혜는 다시 주위를 둘러봤다. 놀랍게도 자신만 독방에 갇혀 있었다. 반면 동서 양쪽 방에는 여러 명이 갇혀 있었다. 모두들 혹형을 당한 듯 피멍이 든 몰골들이 말이 아니었다. 그랬으니 피비린내, 땀 냄새, 발 냄새, 요강 냄새가 뒤섞여 참기 어려운 악취가 코를 찌를 수밖에 없었다. 정신이 혼미할 지경이었다.

조혜는 서쪽 방을 살펴봤다. 두 죄수가 꼼짝도 않고 죽은 듯 멍석 위에 엎드려 있었다. 등골에 피가 질펀하게 배어있는 데다 아직 혼수상태인 것 같았다. 한쪽으로 돌린 얼굴에도 피가 흥건해 형체를 알아볼 수가 없었다. 둘은 파리 떼가 까맣게 들러붙어 무척 괴로울 터인데도 물리칠 힘조차 없는지 손가락 하나 까딱 하지 못하고 있었다. 한편 피고름이 뭉친 발가락에는 하얀 쌀 같은 벌레가 바글거렸다. 놀랍게도 그것은 구더기였다. 조혜는 우욱! 하는 소리와 함께 헛구역질을 하면서 고개를 돌렸다. 그리고는 반대편으로 다가가 철창 사이로 동쪽 방을 기웃거렸다.

그곳에는 무려 열 몇 명이 수감돼 있었다. 지저분하고 구역질이 나기는 마찬가지였다. 그러나 혹형의 흔적은 별로 보이지 않았다. 우선 얼굴이 구레나룻으로 덮인 사내가 족쇄를 질질 끌고 다니면서 싯누런 옥수수떡을 뜯어먹고 있는 모습이 보였다. 그는 다른 사람들이 군침을 흘리면서 쳐다보거나 말거나 게 눈 감추듯 떡을 먹어 치우더니 손을 툭툭 털었다.

"똑바로 앉아, 이것들아! 하늘이 무너졌어, 땅이 꺼졌어? 신삼甲三아, 너는 희자戱子 출신이니 한 곡조 뽑아 보거라. 이 위韋 나리가 어디 좀 들어보자꾸나!"

조혜는 그제야 감옥에 갇혀 있는 죄수들 중에도 3, 6, 9 등급의 차이가 있다는 사실을 알 수 있었다. 그렇다면 이 '위 나리'라는 자가 이곳의 대장격일 터였다. 어쨌거나 신삼으로 불린 자는 곧 목을 빼들고 창을 하기 시작했다.

아버지 말씀에 겨울이 가면 봄이 온다고 하셨네. 엄동설한이 닥쳐 춥고 배가 고파도 따스한 봄이 온다는데 뭐가 두려우랴. 언 땅이 풀리고 눈이 녹아내리는 날이면 다 함께 더덩실 춤이나 추자꾸나.

"좋아, 좋아!"

신삼의 노래에 방안 가득한 죄수들이 환호성을 내질렀다. 순간 그렇게 와자지껄 떠드는 와중에도 가만히 앉아 꾸벅꾸벅 조는 노인 한 명이 조혜의 눈에 띄었다. 조혜는 창살 사이로 손을 내밀어 등을 돌리고 앉아 있는 노인의 어깨를 건드렸다. 노인이 화들짝 놀라면서 퀭한 눈으로 조혜를 돌아다봤다. 이어 허옇게 말라붙은 입술을 덜덜 떨면서 두려움에 찬 눈빛으로 조혜를 향해 물었다.

"내가……, 내가 뭘 잘못했습니까?"

"그런 거 아니에요. 저쪽 방에 두 사람이 다 죽도록 얻어맞은 것 같은데 왜 그런지 아는가 싶어서……."

노인이 벌겋게 부어오른 코를 실룩거리더니 우물거리며 대답했다.

"나도 어제 들어 왔어요. 강서에서 붙잡혀온 백련교 일당이라고 하는데 구름을 타고 날아다니는 비상한 재주를 지녔다고 하더군요! 벌써 세 번째 저리 죽도록 고문을 당하고도 아직 자백하지 않았나 보군요. 후유!"

구름을 타고 날아다닌다는 자들이 붙잡혔다고? 조혜는 속으로 코웃음을 쳤다. 그리고는 노인을 향해 다시 물었다.

"그럼 노인장은 무슨 죄를 지어 들어왔소?"

노인이 땅이 꺼져라 한숨을 지었다.

"농사가 하도 안 돼서 소작료를 못 냈더니 주인이 찾아와 집을 허물고 딸년을 끌고 가려고 하는 바람에……."

노인의 말이 끝나기도 전에 어디선가 벽력같은 고함소리가 들려왔다.

"이봐, 하경금何庚金! 뭐라고 나불대는 거야!"

노인이 큰 소리에 흠칫 놀랐는지 바로 고개를 돌렸다. 소리를 지른 사람은 옥졸이 아닌 위 나리라는 자였다. 노인은 음험한 웃음을 지으면서 악의에 차 노려보는 그의 눈길에 주눅이 든 듯 더듬거리면서 물었다.

"내가……, 또 뭘 잘못했습니까?"

"어제 들어올 때 정해준 '규칙'을 잊은 게로군. 내가 분명히 쐐기를 박았을 텐데? 여기는 집이 아니고 감옥이야. 그러니 마음대로 말하고 지껄일 자유가 없다고 말이야!"

위 나리라는 자가 음흉한 눈빛으로 조혜를 노려보더니 하경금을 향해 소리를 질렀다. 조혜는 움푹하게 꺼진 두 눈으로 매섭게 위씨를 노려봤다. 위씨가 어이없다는 듯 피식 웃음을 터트렸다.

"뭘 봐, 이 새끼야? 눈깔은 꼭 쥐새끼처럼 생겨가지고!"

조혜는 웃기지 말라는 듯 바로 말대꾸를 했다.

"오줌 물에 네 꼬락서니나 비춰봐라, 이놈아! 포악무도한 악질 지주 면상을 해 가지고……. 네놈이나 나나 다 같은 처지에 누구를 깔아뭉개려 드는 거야?"

위씨 역시 냉소를 머금으면서 조혜를 다그쳤다.

"말은 또 달변이네. 먹물 좀 먹었다 이거야? 이 안에서 나 위천붕韋天鵬을 모르는 사람이 있는 줄 알아? 나는 말이야 당신같이 글공부 좀 했노라고 거들먹거리는 자들을 제일 싫어해! 삼진삼출三進三出(천하에 당할 자가 없다는 의미) 위천붕, 나는 이 지옥의 건륭乾隆이라고! 오후에 바깥바람 쐴 때 내가 군기 좀 잡아야겠구먼!"

조혜는 위씨의 우습지도 않은 유세에 이가 갈렸다. 주먹도 불끈거렸다. 그는 소름끼치는 웃음을 터뜨리면서 소리를 질렀다.

"너 같은 작자는 내 손에서 가루가 돼 풀풀 날릴 것이야. 어디 한번 붙어보지!"

위천붕은 조혜의 만만치 않은 저항에도 불구하고 스스로 '지옥의 건륭'이라고 칭하던 사람답게 다시 냉소를 흘렸다. 이어 자신의 '어좌御座'로 돌아가 앉았다. 그리고는 얼굴을 무섭게 일그러뜨린 채 "탁!" 소리나게 허벅지를 내리쳤다. 순간 죄수들이 덜덜 떨면서 무릎을 꿇었다. 위천붕이 먹다 흘린 떡 부스러기를 손가락으로 찍어 먹던 신삼이 외쳤다.

"위 나리께서 승당昇堂하신다!"

"죄수 하경금을 끌어내라!"

'건륭'의 추상같은 명령이 떨어졌다. 그러자 두 죄수가 다짜고짜 하경금 노인을 위천붕의 발 아래로 끌고 갔다.

"묻는 대로 답해라. 네놈은 이름이 뭐고 몇 살이냐? 또 어디에서 왔느냐?"

하경금은 진짜 공당公堂에라도 끌려온 듯 혼비백산했다. 연신 머리를 조아렸다.

"소인은, 소명小名이 하경금이라 하옵고, 올해 나이 쉰셋입니다. 직예直隷 통주通州 사람입니다."

"무슨 죄를 지어 들어왔느냐? 말해!"

하경금이 마른침을 꿀꺽 삼키고는 대답했다.

"그게……, 삼 년 전에 못 낸 소작료가 이자에 이자가 불어 쌀 네 석이 넘었습니다. 올해 소작료까지 합치면 모두 열 석 안팎이오나 가뭄으로 인해 농사를 망쳤지 뭡니까. 그래서 주인 요귀성姚貴盛 어르신께 사정 얘기를 했지만 받아주지 않았습니다. 겨우 바람막이나 하는 초가집을 다 헐어 대들보를 빼가고 도련님을 시켜 소인의 셋째딸년을 빚 대신 데려가겠노라고 막무가내로 달려들었습니다. 그런데 소인이 말린다는 것이 잘못 돼 그만 도련님의 다리를 분질러 놓고 말았습니다. 빚을 졌으니 죄를 물어도 할 말은 없지만 절대 딸년만은 내놓을 수 없습니다!"

"아하, 그랬었구나!"

위천붕이 몇 가닥 안 되는 수염을 쓸어내리면서 낄낄거렸다. 그러자 신삼이 뱁새눈을 치켜뜬 채 다그쳐 물었다.

"노인장 딸년이 예뻐? 젖통이 커?"

"하하하하!"

죄수들이 신삼의 말에 뒤로 넘어가면서 웃어댔다. 조혜는 분노가 치밀어 창살을 으스러지게 붙잡았다. 주먹이 덜덜 떨리고 있었다. 그렇게 한바탕 왁자지껄 떠드는 와중에 감옥의 자물쇠가 열리는 소리가 났다. 이어 호부귀가 들어왔다. 그의 등 뒤에는 바구니를 팔에 낀 소녀가 겁먹은 표정으로 서 있었다. 하경금은 소녀를 보자마자 덮치듯 달려가면서 애절하게 불렀다.

"운아(雲兒)야, 애비 여기 있다!"

죄수들은 하경금의 딸이 갈아입을 옷과 먹을 것을 가져온 것을 눈치챘다. 순간 그들의 입에서 또다시 온갖 지저분한 소리가 터져 나왔다.

"하, 고 계집 꽤나 먹음직하게 생겼는데?"

"먹을 것 가지고 왔냐? 우리는 너만 먹으면 되는데!"

"지난번에 먹은 마 과부보다 백배는 더 맛있게 생겼군, 안 그래?"

…………

귀가 따갑고 얼굴이 뜨거운 말들이었다. 조혜 역시 그랬다. 그 말들을 듣고는 차마 얼굴을 들 수가 없었다. 그러나 호부귀는 못 들은 척 아무 말도 하지 않고 있었다. 조혜는 그들의 음담패설이 멈출 기미를 보이지 않자 참다못해 한마디를 던졌다.

"이봐, 호부귀! 당신은 조정의 녹봉을 먹는 옥졸이야. 이것들이 이다지도 무법천지이거늘 어찌 단속은 하지 않고 같이 시시덕거리는 거야?"

호부귀가 갑자기 욕을 먹자 세모눈을 치켜떴다. 그리고는 조혜를 쏘아보면서 뇌까렸다.

"꼴 보기 싫으면 안 보면 될 거 아니야! 누가 여기 들어오라고 손짓했어? 내가 초대했어?"

조혜의 눈에서 불꽃이 튀었다. 서로 부둥켜안고 서럽게 울고 있는 하경금 부녀를 목도하자 가슴이 아팠다. 욱하는 마음에 사고를 칠 것 같왔다. 호부귀가 당장 불을 토할 것처럼 씩씩거리는 조혜를 쳐다보면서 던지듯 말했다.

"여기 있는 동안은 싱겁게 이 일, 저 일 끼어들어 괜히 긁어 부스럼 만들지 마. 그건 아둔한 자들이나 하는 짓이야! 위천붕을 썩을 놈이라고 아무리 욕해도 소용없어. 나를 대신해 이 많은 죄수들을 관리해주니 나에게는 동료나 다름없다고!"

호부귀가 말을 마치더니 서로 떨어질 줄 모르는 부녀를 발로 차면서 고함을 질렀다.

"시간 다 됐어! 정신 사나워 죽겠네. 여기서 울다가 뒈진들 무슨 소용이 있다고 질질 짜고 난리야?"

11장
원로 재상의 고집

죄수들은 운아가 감옥 문을 나서기 무섭게 벌떼처럼 바구니를 덮쳤다. 그리고는 하경금이 갈아입을 옷을 꺼내 저만치 내던졌다. 동시에 그 밑에 숨겨놓은 먹을거리를 빼앗느라 한바탕 법석을 떨었다. 사실 음식이라고 해봤자 밀가루 떡 열 몇 개, 절인 반찬 조금과 찐 달걀 두 개가 다였다. 신삼은 누구에게 빼앗길세라 냉큼 달걀을 집어 들었다. 그러나 감히 먹을 엄두는 내지 못했다. 대신 밀가루 떡을 한 입 크게 떼어 쩝쩝 소리나게 씹었다.

"고년 음식 솜씨도 제법인 걸. 맛있네! 둘이 먹다 하나가 죽어도 모르겠어. 위 나리, 이 달걀은 당연히 나리께서 드셔야죠? 여기 있어요!"

떡과 달걀은 하경금에게 하나도 돌아가지 않고 순식간에 거덜이 나고 말았다. 운아는 다른 죄수들이 아버지 입에 떡 부스러기 한 점 들어가는 것조차 용납하지 않은 채 자신이 가져온 음식을 손가락까지 쪽쪽 빨면서 게 눈 감추듯 먹어치우는 것을 창살 너머로 멍하니 바라봤다. 그러다 결국 땅에 주저앉아 엉엉 울음을 터뜨렸다. 호부귀가 시끄럽다면서 어르고 달랬으나 그녀는 일어나려고 하지 않았다.

그때 위천붕이 한 손에 달걀 하나씩을 들고 머리 하나는 넉넉히 드나들 만큼 사이가 넓은 칸막이 창살로 다가왔다. 이어 한 손을 내밀면서 조혜의 약을 올렸다.

"이봐, 이거 먹을래? 먹고 싶어서 군침만 질질 흘리지 말고 좋게 말할 때 하나 받아 처먹으라고!"

"……"

조혜는 온몸의 피가 거꾸로 솟구치는 것 같았다. 몸을 부르르 떨면서 눈앞이 핑그르르 돌았다. 달걀을 내밀면서 징그럽게 웃고 있는 위천붕의 얼굴을 노려보는 그의 두 눈에 불기둥이 치솟았다.

'이 불한당을 혼내주지 않으면 하늘을 우러러 부끄러워 못 살겠군!'

조혜가 잠시 그렇게 생각하는 사이 갑자기 위천붕이 달걀을 내던지고는 조혜의 머리채를 사납게 낚아채면서 확 잡아당겼다. 전혀 무방비상태였던 조혜는 꼼짝없이 끌려가고 말았다. 조혜의 머리는 어느새 나무 창살 사이에 끼어 옴짝달싹 못하게 되었다. 그 사이 호부귀는 땅바닥에 낙지처럼 들러붙어 일어나지 않는 운아를 떼어내느라 곤욕을 치르고 있었다. 발로 차보기도 하고 눈을 부라리기도 하면서 진땀을 흘렸다. 그때 위천붕이 다시 호부귀를 힐끔 쳐다보았다.

"호 나리는 여기를 관리하시는 분이기에 죄수들에게 손을 못 대지. 몰랐지? 우리 둘은 죽고 못 사는 의형제 사이야! 팔이 안으로 굽지 밖으로 굽는 걸 봤냐? 내가 호형을 대신해 네놈을 손 좀 봐줘야겠다!"

위천붕이 말을 마치자마자 등 뒤에서 나불대는 몇몇 죄수들을 향해 소리쳤다.

"이 자식이 힘깨나 좀 쓸 것 같지 않아? 자, 다들 와서 있는 힘껏 이 자식을 밟아!"

죄수들은 위천붕의 말이 떨어지기 무섭게 굶주린 이리떼처럼 조혜에게 달려들었다. 위천붕은 움켜쥔 조혜의 머리채를 놓칠세라 손에 칭칭 감았다. 곧이어 창살 사이에 꽉 끼어 꼼짝 못하는 조혜의 머리와 얼굴에 주먹세례가 우박처럼 쏟아졌다. 가슴팍과 배에도 발길질이 이어졌다. 뜻하지 않게 그런 광경까지 보게 된 운아는 아예 땅바닥에 드러누운 채 사색이 돼가고 있었다. 호부귀는 고소하다는 듯 뒷짐을 진 채 주위를 어슬렁거렸다.

"아랫도리는 차지 마! 집구석에 은자를 산처럼 쌓아 놓고 살면서도 털하나 안 뽑으려 드니 괘씸하기는 하다만 씨까지 말릴 필요는 없잖아!"

곤경에 처한 사람을 향한 비인간적인 구타는 그렇게 한참이나 계속됐다. 조혜로서도 얻어맞는 것 외에는 어떻게 할 방법이 없었다. 아무리 사막을 종횡무진 누비던 맹장이라고는 하나 손에 무기 하나 없었으니 어쩔 수 없었다. 더구나 몸까지 묶여 꼼짝할 수 없었으므로 방법이 없었다. 조혜는 그러나 경황이 없는 와중에도 구석에 놓여 있는 도자기 대접 하나를 발견했다. 하지만 손이 닿지 않았다. 그래도 그는 포기하지 않았다. 나중에는 몸을 조금씩 움직여 발을 뻗었다. 다행히 대접이 발가락에 걸렸다. 그는 날렵하게 다리를 놀려 대접을 허공에 띄워 올렸다. 이어 공중에 뜬 대접을 오른손으로 받아 쥐고는 두 손으로 힘껏 눌렀다. "딱!" 하는 소리와 함께 그릇이 두 쪽으로 갈라졌다. 조혜는 그것을 한 손에 한 조각씩 움켜쥐었다. 그러자 대접은 바로 비수처럼 예리한 무기가 됐다. 그 다음부터는 거칠 것이 없었다. 조혜는 대접 조각으로 인정사정없이 앞에 있는 자들을 찔렀다. 두 죄수가 눈과 목에 치명타를 입고는 "으악!" 하는 비명을 지르면서 나자빠졌다. 위천붕은 그 광경을 보고 혼이 반쯤 나간 듯 손에 칭칭 감은 조혜의 머리채를 조금씩 풀면서 뒷걸음질을 쳤다. 다른 죄수들 역시 감히 가까이 다가오지 못했다. 호부귀는 그때까지 강 건너 불구경하듯 서 있더니 상황이 점점 악화되자 버럭 고함을 질렀다.

"다들 그만하지 못해? 이것들이 법도 없어!"

"너도 법을 운운하냐? 호아무개, 너 오늘 잘 걸렸다. 내가 살아 있는 한 네놈을 없애버리지 않으면 사람이 아니다!"

조혜가 분노로 일그러진 얼굴로 호부귀를 노려보면서 이를 악물었다. 머리채가 아직 위천붕의 손에 감겨 있었던 탓에 겨우 고개를 호부귀 쪽으로 조금 돌린 상태였다. 곧이어 그는 피가 철철 흐르는 '비수'로 뒤를 향해 힘껏 찔렀다. 위천붕이 손을 놓고 다급하게 비명을 지르면서 저만치 달아났다. 조혜는 그때를 놓치지 않고 감각이 없어진 머리채를 어깨 너머로 힘껏 넘기면서 몸을 홱 돌렸다. 그리고는 '비수'를 내던졌다.

날카로운 대접 조각은 휘잉 소리를 내면서 날아가 정확하게 위천붕의 목을 베듯이 지나 바닥에 떨어졌다. 위천붕은 그 자리에서 굳어지더니 비명 소리도 지르지 못한 채 쿵! 하고 쓰러졌다. 쓰러진 위천붕의 목에서 핏줄기가 물기둥처럼 솟았다. 위천붕은 헉헉거리면서 가쁜 숨을 몰아쉬었다. 두 눈을 희번덕거리며 힘없이 몇 번 발버둥을 쳤다. 목에서 흘러내린 피가 사방으로 퍼져나갔다. 얼마 지나지 않아 위천붕은 자신이 흘린 핏물 속에 고개를 처박고 말았다. 그의 몸은 낭자하게 흘러내린 피가 꺼멓게 굳어가는 동안 딱딱하게 굳어져갔다.

죄수들은 얼빠진 얼굴로 죽은 위천붕과 아직도 씩씩대며 이를 갈고 있는 조혜를 번갈아 쳐다봤다. 그때 얼굴이 창백하게 질린 호부귀가 문을 열고 들어왔다. 그는 이미 굳어버린 위천붕을 바로 눕혀놓고 코끝에 손을 댔다. 눈꺼풀을 뒤집어 보고는 숨이 끊어진 것도 확인했다. 방금 전까지만 해도 하늘이 낮다고 길길이 날뛰던 사람이 바람에 촛불 꺼지듯 허망하게 숨이 끊어졌으니 기가 막힐 노릇이었다. 호부귀는 한동안 충격에서 헤어나지 못한 듯 눈을 질끈 감고 말이 없었다. 그러다 갑자기 두려움이 엄습했는지 문에 자물쇠를 잠그는 것도 잊은 채 성신없이 뛰쳐나오면서 고함을 질렀다.

"여기 사람이 죽었어. 탈영병 조혜가 사람을 죽였다! 여봐라, 저놈에게 항쇄를 씌우고 수족을 묶어라! 저놈을 때려 죽여라!"

호부귀의 고함 소리에 10여 명의 옥졸들이 우르르 조혜에게 달려들었다. 곧이어 아무렇지 않게 앉아 있는 조혜의 목에 40근도 넘는 자작나무 항쇄가 씌워졌다. 이어 세 아역이 옆방에서 혈흔을 닦는다, 시체를 옮긴다 하면서 어수선한 가운데 조혜는 그런 일이 자기와는 상관도 없는 듯 전혀 아랑곳하지 않았다. 그런 조혜에게 호부귀의 무자비한 채찍 세례가 가해졌다. 조혜는 가죽채찍이 내리치는 곳마다 피와 살이 엉켜 차마 눈 뜨고 볼 수 없을 지경이 됐으나 반항도 하지 않고, 이를 악문 채 신음소리 한 마디 내지 않았다. 밖에 있는 운아는 그 모습을 보면서 창살을 부여잡고 울며 사정했다.

"때리지 마세요. 이러다 사람 잡겠어요. 제발 부탁이에요."

옆방에서 운아의 아비 하경금 역시 울면서 사정했다.

"호 나리! 모두 다 이 늙다리 탓입니다. 때리려면 차라리 날 때리시오."

"운아 처녀, 나는 괜찮으니 그만 돌아가시오. 내가 목숨이 끊어지지 않는 한 그대의 아버지를 반드시 구해주겠소."

조혜가 가까스로 눈을 뜨더니 낯빛이 파랗게 질린 채 발을 동동 구르면서 울고 있는 운아를 향해 말했다. 호부귀가 그 말에 크게 코웃음을 치면서 내뱉듯 뇌까렸다.

"죄인 주제에 계집은 꽤나 밝히네! 정신 차려, 당신은 조정에서 체포령을 내린 탈영병이야. 제 코가 석 자인 주제에 누구를 구해주겠다는 거야?"

호부귀가 이어 발길질로 운아를 저만치 걷어차면서 눈을 부라렸다.

"썩 꺼지지 못해? 연놈들 때문에 내가 벌봉罰俸을 당할지도 모르게 됐는데, 재수 없이 계속 울고 있을 거야?"

두 명의 옥졸이 호부귀의 말을 듣자마자 달려와서는 악착같이 버티는 운아를 밀고 끌면서 밖으로 끌어냈다. 호부귀는 다시 감옥 안으로 달려들어가 기진맥진한 조혜를 무자비하게 후려치기 시작했다. 완전히 이성을 잃은 모습이었다. 그는 한참이나 채찍질을 하더니 제풀에 지친 듯 스르르 손을 떨어뜨렸다.

"하경금을 이쪽으로 끌어다 한곳에 가둬. 위천붕을 때려죽인 공범이니 함께 처벌할 거야. 장인 어르신께서 사윗감을 좀 잘 보살피겠어?"

조혜는 어느새 인사불성이 돼 있었다. 호부귀는 그래도 여전히 분이 풀리지 않는지 계속해서 씩씩거리고 있었다. 그러다 마지막으로 비스듬히 쓰러져 있는 조혜의 옆구리를 걷어차며 욕설을 퍼부었다.

"뒈진 척 하지 마. 소금물에 두어 번 들어갔다 나오면 정신이 번쩍 들 거다!"

호부귀는 말을 마치자 문을 쾅 닫아걸고는 밖으로 나가버렸다. 조혜의 생사는 안중에도 없는 듯했다.

그날 오후 호부귀는 몇몇 옥졸들을 데리고 다시 나타났다. 시간이 많이 지났는데도 여전히 살기등등해 있었다. 뭔가 준비를 단단히 해온 것 같았다. 옥졸들은 우선 다짜고짜 동아줄로 조혜를 묶었다. 그리고는 땅바닥에 반듯하게 엎어놓았다. 이어 얇게 쪼갠 대나무 회초리에 소금물을 묻혀 서너 명이 번갈아가면서 후려치기 시작했다. 일명 '소금물 고문'

이었다. 오전에 받은 무자비한 채찍세례와는 완전히 차원이 다른 고문이었다. 회초리를 내려치자 소금물이 금방 상처에 스며들어갔다. 그러는가 싶더니 마치 살가죽을 화덕 위에 올려놓고 기름이 배어나오도록 굽는 것 같은 고통이 느껴졌다. 조혜는 차라리 죽여 달라고 빌고 싶었다. 회초리를 한 번씩 내리칠 때마다 심장이 박동을 멈춰버릴 것만 같았다. 피와 살점이 범벅이 된 채 사방으로 흩뿌려지는 것은 그나마 참을 만했다. 조혜는 몇 번이나 기절했다 깨어나고 다시 기절하기를 반복했다. 그러면서도 끝까지 신음소리 한 번 내지 않았다. 그는 마음속으로 '내가 이 감옥에서 나가는 날이 바로 네놈의 제삿날이다'라면서 이를 부득부득 갈고 또 갈았다.

감옥 안 죄수들은 처음에는 재미난 구경거리라도 생긴 듯 고개를 한껏 빼들고 구경을 했다. 그러나 언제부턴가 쥐 죽은 듯 조용해졌다. 점점 조혜가 안쓰럽다고 느끼는 것 같았다. 죄수들 중 한 명이 가슴을 졸이면서 사태를 지켜보다가 자기도 모르게 "진짜 사나이야!"라고 외쳤다. 그러자 수십 명의 죄수들이 여기저기에서 "사나이! 사나이!"라고 소리 높이 외치면서 조혜에게 힘을 북돋아줬다. 그러나 조혜는 그들의 외침소리를 듣지 못했다. 끝내 기절해 버린 것이다……

조혜는 꼬박 사흘 밤낮을 혼수상태에 빠져 있었다. 그러다 가까스로 눈을 떠보니 원래 갇혀 있던 감옥이 아니었다. 훨씬 크고 깨끗한 독방 침대 위에 누워 있었다. 머리맡에 자그마한 탁자가 있는 곳이었다. 또 그 위에는 물주전자와 찻잔, 약봉지 등이 놓여 있었다. 항쇄와 족쇄도 채워져 있지 않았다. 몸에는 흰 붕대까지 감겨져 있었다. 조혜는 혹형을 당한 것까지는 기억이 났다. 그러나 지금 이곳이 어딘지는 도무지 알 수가 없었다. 그는 주위를 두리번거렸다. 순간 멀리서 누군가가 고문을 당하는 애처로운 비명소리가 들렸다. 그제야 조혜는 자신이 아직도 끔찍한 감옥을 벗어나지 못했다는 사실을 깨달았다. 그저 감방만 바뀌었던 것이다.

"후우! 후우!"

어디선가 입으로 불씨를 불어 살리는 소리가 들렸다. 조혜는 소리가 나는 쪽으로 고개를 돌렸다. 저쪽 구석에서 하경금이 엉덩이를 쳐든 채 약탕관에 약을 끓이느라 여념이 없는 모습이 보였다. 빼꼼히 열린 문 밖에서는 뭔가를 비벼 씻는 소리도 들렸다. 또 조그마한 꽃신이 왔다 갔다 하면서 바쁘게 움직이는 모습도 보였다. 여자가 움직이는 것 같았다. 조혜는 그제야 길게 숨을 몰아쉬면서 혼잣말처럼 중얼거렸다.

"아직 감옥이구나……."

"조 나리, 아이고 조 나리! 드디어 깨어나셨네요. 갈증 나시죠? 시장하지는 않으십니까?"

하경금이 좋아서 어쩔 줄 몰라 하더니 엉금엉금 다가왔다. 조혜가 미처 대답하기도 전에 밖에서 운아가 문을 열고 들어왔다. 그러더니 안도의 한숨을 내쉬었다.

"나무아미타불 관세음보살! 무사해서 다행이에요. 얼마나 가슴을 졸였는지 몰라요. 꼬박 사흘 밤낮을 인사불성이셨으니……."

조혜는 운아의 말에 깜짝 놀라 물었다.

"내가 사흘 동안이나 정신을 잃었다는 말이오?"

"엄밀히 말하면 나흘입니다. 사흘 전에 이쪽으로 옮겨왔으니 말입니다. 호부귀 놈은 목숨이 간신히 붙어 있는데도 끝까지 발길질을 멈추지 않았습니다."

하경금이 한숨을 지었다. 조혜가 바로 물었다.

"그런데 어째서 이리로 옮겨 온 거요?"

하경금이 곤혹스런 표정으로 고개를 저었다. 그리고는 다소 미안한 어조로 대답했다.

"그건 소인도 잘 모릅니다. 대우가 갑자기 하늘과 땅 차이로 달라진 걸 보면 누군가 나리를 위해 은자를 좀 썼다는 얘기가 아니겠습니까? 의원이 와서 진찰을 하고 약까지 지어준 걸 보면……."

하경금의 말에는 일리가 있었다. 그러나 조혜는 아무리 생각해봐도 그럴 만한 사람이 떠오르지가 않았다. 머리가 지끈거려 더 깊이 생각할 수도 없었다. 조혜가 하경금이 떠주는 물을 몇 숟가락 받아 마시면서 말했다.

"배가 고프네. 저 탁자 위에 왕만두가 있는 것 같은데, 하나 주시오."

하경금이 조혜의 말에 바구니를 가리키면서 말했다.

"바구니 안에 있는 저 만두 말씀입니까? 저건 운아가 아비 먹으라고 가져온 겁니다. 나리는 저걸 드시지 말고 흰 쌀밥에 고깃국을 드셔야 합니다. 운아야, 준비 다 됐느냐?"

"조금만 기다리세요, 다 됐어요!"

운아가 밝은 목소리로 대답했다. 그러면서 더욱 빠르게 손을 놀렸다. 잠시 후 김이 모락모락 피어오르는 흰 쌀밥과 구수한 고깃국이 올라왔다. 운아는 혼자 일어나 앉으려는 조혜를 부축해서 벽에 반쯤 기대어 앉혔다. 그런 다음 베개를 등에 받쳐줬다. 이어 숟가락에 고깃국 물을 떠서 호호 불면서 조혜의 입안에 떠 넣어 주었다. 난생 처음 누군가로부터, 그것도 여자로부터 음식을 받아먹는 조혜는 그저 어색하고 난감할 뿐이었다. 그러나 아직 손목을 제대로 쓰지 못하니 혼자 먹겠다고 고집을 부릴 수도 없었다. 따끈한 국밥이 속으로 두어 숟가락 넘어가자 한결 살 것 같았다. 그가 입가로 흘러내린 국물을 손수건으로 조심스레 찍어내는 운아를 바라보면서 뭔가 물으려고 할 때였다. 밖에서 발소리가 들려왔다. 곧이어 문이 열렸다.

전옥이 등 뒤에 열댓 살쯤 된 젊은이를 데리고 들어섰다. 아직 앳된 외모였으나 어딘지 어른스럽고 늠름해 보이는 젊은이로, 질감 좋은 청색 비단두루마기에 자줏빛 허리띠를 두르고 있었다. 머리에는 까만 비단으로 만든 과피모瓜皮帽(머리에 꽉 끼는 육각형 모자)도 쓰고 있었다. 호리호리한 등에는 머리채가 길게 드리워져 있었다. 부드럽고 온화한 미소를 짓는 얼굴이 퍽 호감이 가는 인상이었다. 얼마 후 전옥이 가까이 다가오더니 허리를 굽혀 붕대를 감은 조혜의 팔을 쓸어내리면서 다정하게 물었다.

"오늘 약을 갈아주고 갔습니까? 하루에 두 번씩 갈라고 분부했는데요! 그래 몸은 좀 어떠십니까?"

"선생은 뉘신지? 어인 일로 걸음을 하셨는지요?"

조혜가 전옥은 무시한 채 젊은이를 향해 조심스레 물었다. 그러나 전옥은 조혜의 본체만체하는 태도에는 별로 무안해 하지도 않고 황급히 젊은이를 소개했다.

"이 분은 화신 선생이십니다. 아계 중당을 모시고 군기처에서 일하시는 장래가 촉망되는……."

화신이 전옥의 말이 끝나기도 전에 그의 말허리를 잘랐다.

"아계 군문께서 특별히 분부하셔서 찾아왔습니다. 그런데 한발 늦었더군요. 혹형을 받으시느라 고생하셨습니다."

조혜는 아무런 대답도 하지 않았다. 반면 전옥은 헤헤거리면서 다가와서는 아부를 했다.

"그동안 소인들이 크나큰 불경을 저질렀습니다. 부디 하해와 같은 아량으로 용서해주십시오. 시키는 대로 할 수밖에 없는 소인들의 처지를 너그러이 이해해 주십시오."

조혜는 전옥의 구역질나는 몰골에 끝까지 시선을 주지 않았다. 동네

개가 짖으면 뒤라도 돌아보련만 그에게는 그러고 싶지 않았던 것이다. 그가 전옥을 철저히 외면한 채 얼굴을 돌려 화신에게 물었다.

"해란찰에게서는 아무 소식이 없소?"

화신이 대답했다.

"저 같은 말단 중의 말단이 어찌 감히 그런 걸 알 수 있겠습니까? 소식이 있었다면 나리께서 먼저 알게 되시겠죠. 당분간은 아무 염려 마시고 몸조리나 잘하십시오. 갑갑하시면 정원으로 나가 산책을 하셔도 됩니다. 필요한 물건이 있으시면 운아 처녀에게 부탁하세요."

화신이 말을 마치고는 미소를 지으면서 공수를 해 보였다. 이어 조용히 밖으로 나갔다. 전옥은 굽실거리면서 화신을 문밖까지 배웅하고 돌아와서는 감옥 출입문을 잠그는 것도 잊은 채 하경금 부녀를 뜰로 불렀다.

"알고 보니 이 조 나리는 예사로운 분이 아니야. 원래는 거물들을 수감하는 양봉협도로 가셔야 될 분인데 어쩌다 이리로 와서 팔자에 없는 고생을 하신 모양이야. 위에서 지시가 내려왔어. 이제부터 조 나리는 두 부녀가 좀 보살펴드려야겠어. 잘 모시게! 보아하니 하 노인, 자네는 운수가 대통한 것 같구먼! 폐하께서 일전에는 재해가 끊이지 않아 대사면을 실시하더니 이번에는 황후마마의 봉체鳳體가 안녕치 못하시어 대사면을 할 예정이라고 해. 대단한 나리를 가까이에서 모시게 됐으니 사면이야 두말하면 잔소리겠고, 잘하면 더 좋은 일도 생기겠소!"

전옥은 조혜가 하경금을 편들기 위해 위천붕과 맞섰다는 사실을 전해 들었다. 또 그러다 위천붕을 죽이게 됐다는 것도 알게 되었다. 그러니 조혜와 하경금 사이에 뭔가 깊은 관계가 있다고 추측할 수밖에 없었다. 마지막에 약간의 경어체까지 섞어가면서 하경금 부녀에게 잘 보이려고 애쓴 것도 다 그 때문이었다. 그러나 하경금은 전옥과는 완전히 다른 생각을 하고 있었다. 조혜에게 잘 보이고 싶은 마음보다는 그저 자신을 위해 초주검이 된 조혜가 무사하기만 간절히 바랄 뿐이었다. 아무려나 그는 연신 고개를 주억거리면서 알겠노라고 대답했다. 그러나 운아는 달랐다. 턱을 약간 쳐들면서 따지듯 물었다.

"조 나리께서는 도대체 무슨 죄를 지었기에 이런 몹쓸 곳으로 끌려와 생고생을 하시는 겁니까?"

"금천에서 패망하고 도망을 나온 탈영 장군이라지, 아마?"

전옥이 말을 마치기 무섭게 뒤통수를 긁적이더니 덧붙였다.

"그런데 꼭 그렇지도 않은가봐. 뭔가가 복잡하게 얽혀 있다는데······, 폐하의 심문을 거쳐 최종 결정을 내린다는 것 같았어."

"이런 말은 혀끝에 올리기도 싫지만 최악의 경우에는 어떻게 되는 거예요?"

"그거야 당연히 정법正法에 처하겠지. 그래도 이런 사람들은 목을 치는 바로 직전에도 기가 막히게 살아나는 수도 있어. 그러니 딴생각 말고 마지막 순간까지 잘 모셔야 해."

"정법에 처한다고요?"

운아의 눈이 전옥의 말에 휘둥그레졌다. 그러자 전옥이 싯누런 이를 드러낸 채 징그럽게 웃으면서 목을 베는 시늉을 했다.

"카악! 이거 몰라? 머리통이 이사 간다 이 말이야! 그런데 너는 뭐가 그리 궁금하냐? 설마 저 사람을 마음에 두고 있는 것은 아니겠지? 하하하, 고년 참!"

전옥이 낄낄대면서 짓궂은 농담을 던졌다. 그리고는 이제 가봐야겠다는 듯 돌아서서 걸음을 옮겼다. 운아의 얼굴이 자기도 모르게 새빨갛게 달아올랐다.

화신은 승장 골목에서 나오자마자 아계에게 보고를 올리기 위해 숨

돌릴 새도 없이 군기처로 향했다. 그러나 아계는 군기처에 없었다. 군기처에서는 부항이 유통훈에게 업무 지시를 하고 있었다. 또 몇몇 형부 주사主事와 어사御史들이 옆에서 조용히 듣고 있었다. 칸막이로 가린 옆방에서는 군기처 장경들이 전국 각지에서 올라온 상주문들을 정리하느라 바빴다. 화신은 그 광경에 감히 입도 뻥긋하지 못하고 살며시 문을 닫고 나왔다. 이어 문 밖에 있는 태감들에게 묻고서야 아계가 방금 전 장정옥의 집으로 갔다는 사실을 알았다. 그로서는 아계가 없으니 군기처에 더 머물러 있을 이유도 없었다. 물론 그렇다고 시간을 때울 만한 곳이 따로 있는 것도 아니었다. 그는 생각 끝에 아계를 찾기 위해 서화문에 있는 장정옥의 집을 향해 걸음을 옮겼다.

화신은 걸어가면서 가만히 생각을 더듬었다. 불과 사흘 전에 장정옥의 집을 찾던 때가 떠올랐다. 솔직히 그는 처음에는 깜짝 놀랐다. 담 안팎에 초소가 즐비할 뿐만 아니라 보군통령아문에서 나온 어림군이 도처에서 감시의 눈을 번뜩이는 것이 궁궐 못지않게 경계가 삼엄한 탓이었다. 그때 그는 이문二門도 채 들어가지 못한 채 쫓겨났다. 아계만 내원內院으로 들어갈 수 있었다.

그런데 두 번째인 이번에는 대문 앞 풍경이 지난번과 완전히 달라져 있었다. 그 많던 초소는 소리 소문 없이 사라지고 없었다. 까맣게 덮여 있던 어림군 역시 전부 철수한 상태 같았다. 물론 내무부 신형사愼刑司에서 나온 몇몇 아역들은 여전히 대문을 지키고 있었다. 그러나 전날의 험악한 분위기는 아니었다. 화신은 군기처 근무 인원임을 증명하는 패찰을 건넸다. 아역들은 패찰을 훑어보더니 두말없이 통행을 허락했다. 그는 이문을 지키고 있는 아역에게도 찾아온 이유를 설명했다. 아역은 알겠다는 듯 서쪽 내원 끝에 있는 방을 가리켰다.

"아계 군문과 기윤 중당께서 들어 계십니다. 들어가 보세요."

화신은 성큼성큼 내원으로 향했다. 동쪽 별채를 비롯해 방들에 자물쇠가 굳게 걸려 있는 모습이 보였다. 특이한 것은 그곳에 하나같이 노란 종이딱지가 붙어 있다는 사실이었다. 심지어 복도에 가득 쌓인 상자들에도 노란 종이딱지가 붙어 있었다. 그러나 장정옥이 외관을 접견할 때 사용하는 서쪽 별채는 문이 활짝 열려 있었다. 주렴도 걷혀져 있었다. 안에서 사람들의 말소리가 흘러나왔다. 아계의 목소리도 들렸다. 화신은 감히 크게 인기척을 내지 못하고 살금살금 문으로 다가가 숨을 죽인 채 기다렸다. 이윽고 장정옥의 늙고 쉰 목소리가 들려왔다.

"요즘은 많이 반성하고 있네. 폐하께서 그리 말씀하셨다니 정말 황감해 몸 둘 바를 모르겠네. 후유! 이래서 늙으면 죽어야 한다는 말이 맞는 것 같아. 빈손으로 왔다 빈손으로 가는 인생인데 내가 허황된 욕심을 부린 것 같아. 평생 욕심 없이 살았는데 송장이나 다름없이 다 늙은 마당에 새삼스레 욕심을 부렸어. 그렇지 않아도 어수선한 정국 때문에 노심초사하시는 폐하께 큰 불경을 저질렀으니 이를 어찌하면 좋단 말인가. 후덕하신 성은에 머리 조아려 감지덕지할 뿐이네! 두 분 대인께서 부디 이 사람의 진심을 폐하께 대신 아뢰어 주시기 바라네. 못난 이 사람은 결코 토끼 꼬리만 한 공로를 들먹이면서 성심을 혼란스럽게 해드릴 생각은 추호도 해본 적이 없어. 감히 삼조 원로입네 하면서 성의聖意에 역행하려는 마음 같은 건 한 번도 품어본 적 없어. 내 말을 그대로 전해드리면 고맙겠어. 그리고 나잇값도 못하고 분수에 어긋난 짓을 한 신하에게 지금의 처벌은 너무 가볍다고 전해주시게. '폐하를 노엽게 해드린 죄를 묻기에는 벌이 너무 가볍다 사료되오니 부디 통촉하시어 더 무거운 죄를 내려주십사 주청을 올리옵니다' 이렇게 말이지."

아계가 장정옥의 말을 들으면서 창밖을 내다봤다. 그러다 화신을 발견했다. 그는 흐뭇한 미소를 짓더니 입을 열었다.

"장상, 굳이 그렇게까지 할 필요는 없지 않겠습니까? 장상을 향한 폐하의 성총은 변함이 없습니다. 더 이상 향리로 돌아가느니 어쩌니 그런 말씀만 안 하시면 됩니다. 장상께서 고집을 꺾으셔야죠. 그렇다고 폐하께서 성심을 거두시겠습니까? '만 마디 옳은 말보다 한 번의 침묵이 소중하다'는 말은 바로 장상의 평생 좌우명이 아닙니까? 끝까지 훌륭한 스승님의 모습을 보여주셨으면 합니다."

화신은 아계의 말을 듣자 비로소 사람들이 그를 일컬어 '문무를 겸비한 전재全才'라고 입을 모으는 이유를 알 것 같았다. 솜으로 싼 바늘처럼 정중히 예를 갖추면서도 필요할 때는 신하된 도리를 끝까지 해주십사 하고 따끔한 충고도 하는 훌륭한 말솜씨였다. 화신은 순간 학문이라는 것은 겉으로 드러내지 않고 사람의 마음을 움직이는 데 있다는 사실을 깨달았다.

화신이 감개에 젖은 눈빛으로 아계를 훔쳐보고 있을 때였다. 이번에는 기윤의 짧은 기침소리가 들렸다. 기윤은 아계와는 달리 진지하고 엄숙한 말투였다.

"장상, 후생은 어려서부터 가부와 스승으로부터 모두 형신衡臣(정정옥의 호) 재상을 본보기로 삼아 큰 사람이 되라는 가르침을 받고 자랐습니다. 장상은 고산高山이 고개 숙여 인사하고 실개천이 가던 길을 멈추고 예를 갖추는 위대한 사람이라고 항상 경앙해 왔었습니다. 그런데 제가 어른이 된 지금 이다지도 답답한 마음으로 하늘 같은 장상을 마주하게 될 줄은 몰랐습니다. 후생의 몇 마디 충고를 들어주실 의향이 있으십니까?"

장정옥이 주름 깊은 얼굴에 표정 하나 없이 차갑게 대답했다.

"당연하지! 후생가외後生可畏라는 말도 있지 않은가. 게다가 나는 죄를 지은 몸이야. 허니 어찌 그대의 충고를 마다하겠는가."

기윤은 장정옥의 밑에 앉은 자세 그대로 몸을 앞으로 숙였다.

"말할 기회를 주시니 감사합니다! 방금 아계 군문도 말했으나 장상께서 평생을 하루같이 폐하와 조정을 위해 노력하신 것은 삼척동자도 다 아는 일입니다. 사십 년 재상이 그 동안 무얼 했나 싶게 호화로움이나 사치와는 거리가 멀었습니다. 이는 시사하는 바가 상당히 크다고 생각합니다. 장상은 엄연한 정인正人입니다. 학생의 어리석은 생각이기는 하나 장상께서는 일선에서 물러나시고 고문으로 한가롭게 지내시면서부터 폐하와 사직을 위한 일에 심려를 덜 쏟았던 것 같습니다. 반면 사후의 명성과 가문의 광영을 좇는 협애한 마음은 커진 것 같습니다. '우리'가 아닌 '나'를 위하는 일반인들의 한계를 벗어나지 못했다는 점이 대단히 유감스럽습니다. 옛말에 '늙으면 욕심을 경계하라'고 했습니다. 이는 천고의 진리라고 생각합니다. 아니 그렇습니까, 장상?"

아계는 기윤의 지나치게 직설적인 말에 자신도 모르게 낯빛이 변했다. 아무리 그래도 기윤이 장정옥의 체면을 너무 고려하지 않는다는 생각이 들었던 것이다. 그는 불안스레 몸을 움찔거리면서 장정옥의 눈치를 살폈다. 아무리 죄를 지어 한풀 꺾였다고는 하나 그는 누가 뭐래도 까마득한 선배이자 친왕들마저 대빈大賓의 예를 깍듯이 갖춰 대접하는 살아 있는 전설이 아닌가! 장정옥 역시 그랬다. 그는 기분이 상하고 고까운 마음에 당장 등을 돌려버리고 싶었다. 하지만 꾹 참았다. 기윤의 말을 끝까지 다 듣고 나서는 허허로운 웃음까지 지었다.

"도리를 따지는 데야 자네를 당해낼 사람이 어디 있겠는가. 그러나 내가 '늙으면 욕심을 경계하라'는 이치도 모르는 한심한 인간은 아니라고 말하고 싶네. 내가 그렇게 부족하고 가벼운 사람이라면 어찌 삼대에 걸쳐 성주聖主들을 모실 수 있었겠나? 자네는《삼분》三墳과《오전》五典,《팔색》八索과《구구》九丘를 두루 섭렵한 대학자야. 또 요즘은《사고전서》편수작업의 중책을 맡고 있지. 그러니 황사성皇史宬 금궤에 소장돼 있는 서적들도 시간이 나면 다 읽어보기 바라네. 그 중에 '계득'戒得(욕심을 경계하라)이라는 말에 대해 논한 나의 저서도 있으니 한번 읽어보면 해가 되지는 않을 거네."

"장상의 책을 학생이 어찌 배독拜讀하지 않을 수 있겠습니까!"

기윤은 말을 마치고는 장정옥의 말투를 가만히 음미했다. 여전히 장정옥의 말투에서는 건륭의 징계를 받는 것에 대한 뼈저린 뉘우침 같은 것은 전혀 없었다.

'아직도 저리 기가 살아 펄펄하니 앞으로 또다시 찾아올지 모를 화를 어떻게 피하겠는가!'

기윤은 내심 속으로 그렇게 걱정하면서 웃는 얼굴로 다시 말을 이었다.

"제 기억이 틀림없다면 '계득'을 논했다는 그 책의 제목은 《논삼로오경》論三老五更입니다. 그뿐만 아니라 장상께서 승덕의 피서산장避暑山莊에서 지으신 《성득거기》成得居記라는 책도 이 학생은 이미 배독했습니다. 외람된 말씀이오나 스승께서는 이 두 책을 학생에게 권하기에 앞서 다시한 번 열독하시면서 곰곰이 사색하는 시간을 가지셨으면 합니다. 물론 스승의 말씀이 계셨으니 학생도 다시 배독할 것입니다. 조정의 많은 신료들이 읽어보면 대단히 유익하리라 믿어 의심치 않습니다."

《예기》禮記의 〈문왕세자〉文王世子 편에서는 정직正直과 강剛, 유柔의 성품을 두루 지닌 노신老臣, 이른바 삼로三老라면 마땅히 오사五事를 알아야 한다고 했다. 여기에서의 '오사'는 다른 것이 아니다. 바로 모貌, 언言, 시視, 청聽, 사思를 뜻한다. 천자는 이 삼오지덕三五之德을 겸비한 노신에게는 '부형父兄을 대하듯 애양愛養'하는 마음으로 효를 다해 천하에 모범을 보여줘야 한다. 강희 연간의 명신 탕빈湯斌 때는 그랬다. 그가 소임을 나하고 향리로 돌아갈 때 강희는 이 고례古禮를 인용해 텅빈을 극진히 예우한 바 있었다. 당시 조정의 중추 부서에 막 입문했던 장정옥은 이를 보고 "신하된 사람은 복이 지나치면 그 복이 화로 바뀐다"고 하면서 《논삼로오경》을 썼던 것이다. 그는 당시 이 책에서 신하는 천자의 성은이 넘칠수록 자중자애의 초심을 잃어서는 안 된다고 역설했다. 그 글은 강희를 크게 감화시켰다. 텅빈 역시 장정옥의 충고를 받아들인 덕분에 죽을 때까지 변함없는 영총榮寵을 받았다. 사후에도 '문정'文正이라는 시호를 하사받아 후세가 경앙하는 인물로 남았다. 그러나 기윤의 주장에 의하면 다른 사람에게 그런 가르침을 줬던 장정옥이 지금에 와서는 본인이 '삼로오경'의 참뜻을 잊고 있다는 것이다. 장정옥은 기윤이 그렇게 주장하고 나서자 할 말이 궁해졌다. 돌을 들어 제 발등을 찍은 것이다. 장정옥이 그예 불안한 표정을 지으면서 혼잣말처럼 우물거렸다.

"인신人臣으로서 주제를 알아 물러나려고 한 것이 군주에게는 다르게 비춰질 수도 있겠네. 음……, 내가 군주의 명을 거역하는 걸로 비쳐졌나 보군! 나는 선제께서……. 아니, 그게 아니지! 아무튼 내가 우매하고 멍청해 착오에 착오를 거듭한 것 같네. 뇌정우로雷霆雨露 중 그 무엇인들 폐하의 홍은鴻恩이 아닐까! 내가 죄인이야, 내가 잘못했네."

"너무 자책하지 마십시오."

무관인 아계는 솔직히 장정옥과 기윤의 대화 내용을 전부 이해하지는 못했다. 그러나 장정옥의 당황해하는 모습을 보면서 한마디 끼어들었다.

"폐하의 어지에 따라 하문하는 것이 아니고 학생들이 스승을 배알한 자리이니 그리 불안해하실 건 없습니다."

아계의 말이 채 끝나기도 전이었다. 밖에서 저벅저벅 발소리가 들려왔다. 좌중의 사람들은 습관적으로 문에 걸려 있는 발 사이로 밖을 내다봤다. 건륭의 유일한 아우인 화친왕和親王 홍주弘晝가 들어서는 모습이 보였다. 화신은 역시 영민한 그다웠다. 이미 엎드려 머리를 조아리고 있었다. 좌중의 세 사람 역시 황급히 자리에서 일어나 영접할 자세를 갖췄다. 내원의 태감과 아역들도 일제히 무릎을 꿇고는 문후를 올렸다.

"강녕하십니까, 친왕마마!"

삼십대 중반에 접어든 홍주는 조금 마른 체형이었다. 하지만 신색은 매우 좋아 보였다. 걸음걸이도 가랑이에 바람이 일 정도로 씩씩했다. 그러나 그는 병이라고는 앓아본 적도 없으면서 이미 세 번이나 자신을 위한 '장례식'을 올린 바 있었다. 그 때문에 '황당친왕'荒唐親王으로도 불렸다. 건륭의 형제 열 명 중에서 유일하게 살아 있는 사람이기도 했다. 그래서인지 건륭의 홍주에 대한 관심은 남달랐다. 타고난 성정이 속박을 싫어하고 자유를 즐기는 사람이었기에 건륭은 아우를 배려하는 차원에서 가끔 어지나 전하게 하는 등 간단한 일만 맡겼을 뿐, 군국대사나 중책은 맡기지 않았다. 홍주 역시 평소의 황당한 거동과는 달리 건륭이 맡긴 일만은 추호도 게을리 하지 않고 빈틈없이 잘 처리했다. 그 때문에 세상 조용한 꼴을 못 본다는 어사들조차 홍주에게서는 이렇다 할 문제점을 찾아내지 못해 뒤에서만 궁시렁거릴 뿐이었다.

화신은 사실 홍주 같은 지체 높은 사람은 이제까지 본 적이 없었다. 잔뜩 숨죽인 채 엎드려 있던 그는 치밀어 오르는 궁금증을 어찌할 수 없었다. 간간이 고개를 들고는 그를 힐끗힐끗 훔쳐봤다. 홍주는 앞머리를 마치 거울처럼 반들반들하게 빗은 모습이었다. 그에 반해 긴 머리채는 목에 아무렇게나 걸쳐 놓았다. 또 웃옷은 무릎에 닿을 듯 말 듯 짧은 청포靑布 장삼, 바지는 고급스런 영주비단으로 만든 것을 입고 있었다. 짧게 걷어 올린 바짓가랑이 밑으로는 버선도 신지 않은 허연 발이 옷과는 어울리지 않게 짚신 사이로 삐죽 나와 있었다. 화신은 기상천외한 홍주의 옷차림에 무척이나 황당해 하면서 다시 그를 살펴봤다. 두 엄지빌가락에 쇠로 민든 커다란 반지가 끼워져 있는 것이 보였다. 화신은 그만 고개를 숙인 채 다급히 입을 막았다. 하지만 쿡쿡 웃음이 터져 나왔다. 때마침 그 모습을 본 홍주가 욕설을 퍼부었다.

"저놈이! 저게 뭘 보고 킥킥대는 거야? 질식하겠다, 큰 소리로 웃어!"

장정옥이 그런 홍주를 향해 부들부들 떨면서 무릎을 꿇은 채 문후를 올렸다.

"죄신 장정옥이 친왕마마께 삼가 문후를 올립니다!"

홍주가 황급히 장정옥을 부축해 일으켰다.

"아휴! 몸도 성치 않은데, 뭘! 폐하께서는 그래도 아직까지는 형신, 형신 하면서 정답게 불러주시던데 어찌 그리 겁을 먹어서 꼼짝도 못하오? 아계도 일어나 앉게. 기윤, 왜 웃어? 나에게 빚진 게 생각나서 그러나? 나한테 서화 작품을 선물하기로 했잖아?"

기윤이 홍주의 말에 따라 몸을 일으켰다. 이어 다시 한쪽 무릎을 꿇었다.

"차림새가 참으로 특이하십니다. 어초경독魚樵耕讀(고기잡이와 나무하기, 농사짓기, 책읽기를 일컬음) 어느 쪽도 아닌 것 같아서 말입니다. 친왕마마를 수행한 이분들도 어딘가 눈에 익습니다. 태감도 아니고 가인도 아닌 것 같고……. 가만 있자, 이쪽은 규관葵官이고, 그 옆은 보관寶官, 여기는 가관茄官이신 것 같네요. 연극 희자들 중에 남장을 한 여자 희자들이군요. 그런데 반지는 왜 발가락에 끼우셨는지요?"

기윤의 질문이 떨어지기 무섭게 홍주가 자신의 기괴한 행색을 내려다봤다. 이어 대수롭지 않다는 듯 대답했다.

"어지를 전하러 온 것도 아닌데 쩌죽을 날씨에 무슨 격식을 차리겠나! 이 계집애들은 내가 키우는 희자들이네. 진종일 갇혀만 있다 보니 답답해 숨이 막힌다고 바깥구경 좀 시켜달라면서 아침부터 조르기에 데리고 나왔을 뿐이네. 남장을 해놓으니 그런대로 비슷하네! 오리 목소리를 내는 태감들을 달고 다니는 것보다야 훨씬 낫지. 발가락에 반지를 낀 건 태의가 시키는 대로 한 것이네. 요즘 내가 속 열이 좀 있나봐. 그래서 발가락에 실을 감고 다니라는데 실보다야 반지가 훨씬 멋져 보이지 않겠나? 그래서 끼웠네."

홍주가 말을 마치고는 자리에 앉았다. 그런 다음 장정옥의 가복家僕이 받쳐 올린 차를 한 모금 마시고는 미간을 찌푸렸다.

"물맛이 왜 이러오? 옥천산玉泉山의 샘물이 아니군. 찻잎도 몇 해 묵은 것 같고! 사람이 어찌 이렇게 사오? 죽을 때 죽더라도 끝까지 할 건 다하고 살아야 하지 않겠소? 안 그렇소, 형신?"

홍주가 따지듯 장정옥에게 물었다. 무겁기만 하던 좌중의 분위기는 악의가 없는 그의 말에 훨씬 부드러워졌다. 심서心緒가 복잡하게 얽혀 있던 장정옥도 마음이 한결 홀가분해진 것 같았다. 곧 그가 한숨과 함께 실소하듯 웃으면서 말했다.

"친왕마마께서는 여전하십니다. 이 마당에 누가 옥천수를 갖다 바치려고 하겠습니까? 그리고 죄인이 어찌 찬밥 더운밥 가리겠습니까? 해묵은 차라도 있어 만족합니다. 아직도 향리로 돌아가 산수와 벗하면서 어초경독의 조용한 나날을 보내고 싶은 마음은 버릴 수 없습니다. 폐하께서 지금이라도 윤허해주신다면 더할 나위 없이 기쁘겠습니다."

장정옥이 잠시 숨을 돌렸다. 그리고는 다시 말을 이었다.

"하남성 총독을 맡았던 왕사준王士俊이라는 사람을 기억하시나 모르겠습니다. 재임 시절에는 기거팔좌起居八座(여덟 명이 드는 가마를 타는 것을 의미함. 지방의 순무와 제독은 이용할 자격이 있음)하면서 일호백응一呼百應(한 번 부르면 백 사람이 대답함)의 권위를 자랑했습니다. 그러나 작년에 전도가 귀주로 가는 길에 찾아보니 촌로가 따로 없더라고 하더군요.

나이 일흔에 히리춤에 새끼줄을 질끈 매고 도끼 들고 땔감을 하러 산으로 오르는 모습이 그렇게 정정해 보일 수가 없다고 전도가 혀를 차더라니까요!"

장정옥은 말을 하는 동안에도 저절로 얼굴에 드러나는 부러움을 감추지 못했다. 아직도 은퇴에 대한 자신의 생각을 완전히 버리지 못하는 듯했다. 그러나 홍주는 단호했다.

"장상은 아무 데도 못 가오! 폐하께서 놓아주시지 않으실 뿐더러 나도 장상이 없으면 심심해서 안 되오!"

홍주가 말을 마치자마자 익살스런 웃음을 지었다.

"세상만사 다 마음먹기에 달렸노라고 가르치더니만 다 늙어서 왜 이리 고집을 부리는 거요! 장상이나 나나 가고 싶으면 가고 오고 싶으면 올 수 있는 자유인이 아니지 않소. 우길 걸 우겨야지. 그러지 말고 마음을 바꿔 먹어보면 어떨까? 북경을 고향 동성桐城이라고 생각해 보시오. 장상이 어부가 되면 나는 나무꾼이 되어 대랑묘大廊廟, 서산西山, 서해자西海子, 원명원圓明園…… 등등 발길 닿는 대로 돌아다니면서 고기도 잡고 나무도 하면 되잖소. 기분이 울적할 때면 담자사潭柘寺로 가서 며칠 절밥도 먹고 오고 말이오. 졸리면 등짐을 내려놓고 양지바른 산비탈에 누워 한숨 낮잠도 자면 얼마나 재미있겠소!"

말을 마친 홍주가 이마를 쓸어 올렸다. 그러면서 다시 "하하하!" 소리와 함께 크게 웃었다.

홍주는 겉보기에는 건들거리고 단순해 보였다. 그러나 사실은 대단히 영리하고 명민한 사람이었다. 장정옥은 그 사실을 누구보다 잘 알고 있었다. 그러나 기윤과 아계는 홍주의 그런 모습을 처음 보는 터라 속으로 적지 않게 놀랐다. 아계가 놀란 표정을 지우지 못한 채 말했다.

"역시 소문대로 화친왕께서는 멋을 아시는 분입니다!"

"군기대신도 아첨 떨 줄을 아는가? 나는 말 그대로 '황당친왕'일 뿐이네!"

홍주가 웃으면서 아계의 말에 대답을 하고는 고개를 돌려 기윤에게 물었다.

"내가 부탁한《홍루몽》전집은 얻어났나? 천하의 도서를 관장하는 사람이 설마 그 정도 부탁도 못 들어주지는 않겠지?"

장정옥이 갑자기 기윤 대신 끼어들었다.

"소인의 아들놈에게도 삼십 회까지는 복사본이 있는 것 같았습니다. 부상과 이친왕부恰親王府에 전집이 있는 걸로 알고 있습니다."

홍주는 장정옥의 말이 떨어지기 무섭게 고개를 절레절레 흔들었다. 그리고는 단호한 어조로 다시 기윤을 다그쳤다.

"안 돼, 안 돼! 그건 모두 전집이 아니오! 내가 벌써 다 뒤져봤는데 전집은 아직 못 봤소. 기윤, 서두르게."

홍주가《홍루몽》전집을 얻어달라고 재촉한 것은 처음이 아니었다. 벌써 세 번째였다. 그러나 기윤은 사람들이 도대체 무엇 때문에《홍루몽》에 열광하는지 그 이유를 알 수 없었다. 급기야 홍주가 잊지 않고 볼 때마다 책 타령을 하는 것에는 뭔가 다른 뜻이 숨어 있지 않을까 하는 생각까지 들었다. 기윤이 결국 안 되겠다고 생각했는지 넌지시 홍주의 의중을 떠보았다.

"《홍루몽》은 경사經史도 아니고 자집子集도 아닙니다. 귀에 못이 박히도록 들어오기는 했으나 소인은 아직 읽어본 적은 없습니다. 경세지언警世之言은 한마디도 없이 단순히 야화夜話를 짜깁기 한 패관소설인 걸로 알고 있습니다. 친왕마마께서 꼭 읽으시겠다면 소인이 구해오겠습니다. 시중에는 전집이 없습니다. 조설근의 미망인이 아직 북경에 살고 있다 하니 소인이 찾아가 보겠습니다."

홍주가 그제야 알겠노라고 고개를 끄덕였다. 그때 마침 태감 한 명이 들어섰다. 홍주가 그를 보더니 즉각 물었다.

"오, 멀끔하게 잘 생겼는데? 이름이 뭔가?"

"소인 고봉오高鳳梧라고 합니다, 친왕마마!"

태감이 공손히 아뢰었다. 홍주가 다시 물었다.

"보정保定 사람인가? 누가 지었는지 이름 한번 멋진데. 그 이름 석 자에 손색이 없다고 생각하나?"

고봉오가 홍주의 질문에 황송하다는 듯 연신 머리를 조아렸다.

"예……, 아닙니다! 소인의 어머니가 소인을 낳을 때 가부께서 봉황 한 마리가 집 앞 오동나무에 내려앉는 꿈을 꾸셨다고 하옵니다. 그래서 이름을 이렇게 지었다고 합니다."

기윤이 그러자 웃으면서 말했다.

"잘도 갖다 붙이네! 그럼 닭鷄이 울타리籬笆를 날아 넘는 태몽을 꿨다면 계파鷄巴(남성의 생식기를 의미함)라고 지었겠네?"

기윤은 역시 그다웠다. 고봉오의 대답을 듣자마자 바로 음담패설을 입에 올렸다. 좌중의 사람들은 그의 말에 폭소를 터뜨리고 말았다. 홍주가 웃음을 거두면서 말했다.

"내가 내무부에 명령을 내려 이름을 고쳐주라고 할 테니 그리 알게. 무슨 태감의 이름이 그래? 내가 몇 가지 일을 맡길 테니 즉각 시행하게."

"하명만 하십시오, 친왕마마!"

"이 집에 붙어 있는 노란 딱지들을 당장 떼어내. 그리고 서류들은 전부 황사성으로 옮겨 놓아라."

"예!"

"또 내무부와 순천부에서 파견한 사람들은 지금 당장 철수하라고 이르거라. 소란을 피우지 말고 조용히 물러가라고 해. 그리고 수사를 한

답시고 건드려 놓은 물품들은 고스란히 제자리에 원상복귀시키라고 하거라."

홍주의 말은 사실상 장정옥의 손발을 묶어둔 금령禁令을 해제시키는 것이나 다름없었다. 그랬으니 고봉오는 그의 지시에 따라도 되는지 잠깐 망설일 수밖에 없었다. 그는 용기를 내 물었다.

"하오면……?"

홍주가 답답한 듯 버럭 고함을 질렀다.

"이놈이 왜 대답이 이 모양이야! 장상의 부저府底를 이 꼴로 만들어 놓고 뭣들 하는 거야? 원상태로 해놓지 않으면 뒈질 줄 알아. 그리고 전처럼 하루에 두 수레씩 옥천수를 공급해. 이 일은 잠시 태감들이 맡아야겠어. 따로 어지가 내려올 때까지는 내 명에 따라!"

"예!"

"꺼져!"

"예!"

홍주는 그제야 일어나 장정옥에게 작별인사를 고했다. 이어 노구를 일으켜 배웅하려는 그의 어깨를 눌러 앉히면서 "가끔씩 입궐해 폐하께 문후 올리는 걸 잊지 마시오", "하늘의 뜻에 따르고 마음을 비우시오"라는 몇 마디 당부의 말을 건넸다. 그런 다음 돌아서서 나가려고 할 때였다. 갑자기 양심전의 태감 왕치가 찾아왔다. 홍주가 먼저 입을 열었다.

"무슨 일인가, 왕팔치王八耻(왕치의 별명)? 폐하께서 또 다른 어지를 내리셨나?"

왕치가 즉각 대답했다.

"폐하께서 악종기의 처소로 걸음을 하시면서 이놈에게 아계 중당을 찾아오라고 하셨습니다. 육부를 샅샅이 뒤져도 안 계시기에 이리로 달려왔습니다. 지금 빨리 건너오라고 하십니다, 군문."

"알겠네!"

아계가 대답과 함께 서둘러 일어나려고 했다. 그때 홍주가 말했다.

"내 말을 타고 가게. 그게 빠를 거네. 서화문까지 가서 수레를 타고 가려면 어느 세월에 도착하겠나!"

아계는 장정옥과 홍주를 향해 예를 갖춰 인사하고는 바로 물러갔다. 장정옥이 바람처럼 사라진 아계의 등 뒤에서 흔들리는 문발을 바라보면서 감개를 토로했다.

"내가 남쪽 서재에 들어 성조를 시중들 때가 저 나이였지. 이제는 뒤에 오는 수레가 빨리 지나가게 길을 비켜줘야겠습니다."

홍주는 장정옥의 말에 그저 웃기만 할 뿐 대답을 하지 않았다. 이어 기윤에게 말했다.

"내가 금화金華에서 공납한 절인 고기를 두 덩이 보내줄 테니 책을 빨리 구해 놓게! 듣자하니 마덕옥의 술을 얻어 마시고 답례 자리를 마련한다는 것 같던데, 그 자리에 나 화친왕을 초대하는 걸 잊어서는 아니 되네! 그리고 자네는 《홍루몽》에 대한 견해가 좀 편파적인 것 같군. 원래 작품이라는 것은 모든 사람의 입맛에 다 맞을 수는 없거든. 자기 취향이 아니라고 비하하는 건 조금 신중하지 못한 태도 같네."

홍주가 말을 마치고는 기윤의 어깨를 다독여줬다. 그리고는 바람처럼 자리를 떴다.

12장

의로운 살생

　해란찰은 온갖 고초를 겪고 나서야 비로소 서부 내륙을 탈출해 중원 땅을 밟을 수 있었다. 그러나 중원에 들어선 뒤에도 마음의 긴장을 한시도 늦추지 못했다. 행여 눌친의 측근인 사천 순무 김휘가 추격해 오지나 않을까, 온 천하에 내려진 수배령 때문에 관부에 잡혀 들어가지나 않을까 하는 등등의 두려움 때문에 사람 많은 곳은 일부러 피해 다녔다. 역관에 투숙한 다음에도 혹시 10만 냥짜리 은표를 비적에게 빼앗길세라 감히 발 뻗고 잠을 잘 엄두를 못 냈다. 더구나 그의 주머니에는 은표 외의 은자는 단 한 푼도 없었다. 그 때문에 궁여지책으로 패검佩劍에 박혀 있던 진주 몇 알과 모친으로부터 물려받은 옥 관음상을 내다 팔수밖에 없었다. 그러나 그걸 다 합쳐봤자 고작 은자 열 냥에 불과했다. 북경까지 가는 노자로는 턱없이 부족했다.

　해란찰은 더 이상 다른 방법이 생각나지 않자 아예 거지행색을 한 채 동냥을 하기로 했다. 그렇게 해서 호북湖北에서 남양南陽, 다시 구리산九里山과 분수령分水嶺을 넘어 낙양洛陽으로 걷고 또 걸었다. 가는 동안 따뜻한 밥 한 끼 못 먹었을 뿐 아니라 잠도 제대로 자지 못했다. 그렇게 걷고 또 걸었다. 절을 보면 무작정 들어가 밥 한 그릇 얻어먹고 짚더미만 보면 다짜고짜 헤집고 들어가 잠을 자는 것이 다반사일 정도였다. 정 허기지고 기운이 떨어질 때면 객잔으로 들어가 국수 한 그릇이라도 구걸해 비우고는 다시 길을 재촉했다. 그렇게 해서 점점 눌친의 포위망에서 멀어질 수 있었다. 북경과는 점점 가까워졌다. 그랬으니 아무리 힘들고 고달파도 마음은 점점 가벼워졌다.

해란찰은 낙양에서는 어느 객잔 일꾼의 옷으로 갈아입은 다음 사흘을 머물렀다. 그런 다음 조금 더 편히 가기 위해 수로水路를 이용하기로 했다. 황하黃河를 건너 산서山西로 들어가면 거리와 시간을 훨씬 단축할 수 있었던 것이다. 그렇지 않고 육로를 선택할 경우 문제가 많을 수 있었다. 우선 더 이상 걸을 힘이 없었고, 비적들이 자주 출몰하는 태항산太行山을 무사히 통과할 수 있을지도 장담할 수 없었다. 그는 주머니에 남은 돈을 대충 헤아려봤다. 뱃삯은 대충 맞아떨어지는 것 같았다. 배를 타기로 한 것은 탁월한 선택이었다. 하지만 아무래도 여객선은 가격이 부담스러웠다. 마침 그때 출항을 앞두고 있던 염선鹽船 한 척이 있었다. 관부의 호송을 받으면서 운항하는 염선이었으므로 안전하기도 했다. 뱃사공은 은자 두 냥을 받고 하남성河南省 개봉開封까지 태워주겠노라고 단단히 약속했다.

염선은 무척 큰 선박이었다. 그러나 앞뒤 선창에는 소금자루가 빽빽이 실려 있었다. 선실 앞쪽의 좁은 공간 역시 마찬가지였다. 뱃사공들이 밥을 짓는 곳이었다. 그나마 가운데는 조금 괜찮았다. 두 명의 뱃사공이 번갈아 쉬어갈 수 있도록 침대 두 개 놓을 만큼의 공간이 있었다. 어쨌거나 뱃사공까지 합쳐 세 사람이면 넉넉하지는 않으나 누워서 갈 수는 있을 듯했다. 그런데 공교롭게도 배가 정주鄭州 화원구花園口라는 곳에 이르자 다시 네 사람이 비집고 올라왔다. 나이가 50을 넘긴 두 노인과 서너 살쯤 되는 아이가 딸린 젊은 여인이었다.

뱃사공들은 어쩔 수 없이 소금자루를 다시 쌓아 자리를 마련했다. 그렇게 겨우 다섯 승객을 앉히고 나자 해란찰은 젊은 여인과 비스듬히 마주앉게 됐다. 그녀는 지쳤는지 맥없이 눈을 감은 채 소금포대에 무거운 머리를 기대고 있었다. 그러나 품안의 아이는 조금도 가만히 있지를 않았다. 젖을 먹겠다고 칭얼대면서 가슴을 파헤치는가 싶더니 금방 오줌이 마렵다고 징징댔다. 여인은 짜증을 부리면서 아이를 들쳐 업고 선실 밖으로 나갔다 들어오곤 했다. 그럴 때면 그녀의 다리가 휘청거렸다. 전족纏足(중국에서 여자의 발을 인위적으로 작게 하기 위하여 헝겊으로 묶던 풍습)을 했기 때문인 듯했다.

갈수록 태산이라고, 여인이 겨우 엉덩이를 붙이고 앉자 아이가 이번에는 다시 물을 달라고 고사리 손을 내밀었다. 그녀는 급기야 사람들도 많은데 오늘 따라 유별나게 군다면서 아이 엉덩이를 찰싹찰싹 소리 나게 몇 번 때렸다. 아이는 "으앙!" 하고 울음을 터트리면서 어미의 품으로 감겨들었다. 그녀는 그러거나 말거나 아이를 달래지도 않았다.

오히려 두 노인이 곰방대를 뻑뻑 빨면서 아이의 엉덩이를 토닥거리고 달랬다. 그러면서 아이가 꼭 자신들의 손자 같다면서 중얼중얼 사설도 늘어놓았다. 안 그래도 머릿속이 복잡하고 혼란스럽던 해란찰은 아이의 울음소리와 노인들의 수다가 너무 시끄러웠다. 기분도 자꾸 언짢아지기 시작했다. 여인 역시 표정이 딱딱하게 굳어진 채 아이를 흘겨보는 그에게 곱지 않은 시선을 보냈다. 가끔 두 노인과 간단한 대화를 주고받을 뿐 해란찰에게는 말도 걸지 않았다.

아이는 금세 울음을 그치더니 이제는 호기심이 동하는 것 같았다. 배를 처음 타보는 듯 이것저것 만지면서 돌아다녔다. 선실 밖으로 나가지 말라고 하자 아슬아슬하게 쌓아둔 소금자루 위로 오르락내리락하면서 잠시도 가만히 있지를 않았다. 여인은 해란찰의 눈치를 힐끔힐끔 보면서 아이를 끄집어내려 무릎에 앉혔다. 그러자 얼굴이 감자처럼 토실토실 여문 아이가 창밖을 가리키면서 소리쳤다.

"엄마, 저 산 위에 탑이 있다!"

"그래."

여인이 보지도 않고 대답했다. 아이가 다시 말했다.

"외할머니네 집 앞에 있는 게 더 멋있는데! 그렇지, 엄마?"

아이는 어미가 맞장구를 쳐주지 않자 재미가 없어진 듯 다시 어미 무릎에서 주르르 미끄러져 내려왔다. 이어 반쯤 들어 올린 사람들 다리 사이로 요리조리 빠져 다니면서 혼자 놀았다. 얼마 후 아이가 숯덩이 하나를 주워들고 와서 물었다.

"엄마, 이게 뭐야?"

여인이 아이의 물음에 처음으로 얼굴에 미소를 지으면서 대답했다.

"먹을 만드는 숯이라는 거야. 이 배가 전에 숯을 실어 날랐나봐. 이리로 와, 엄마가 안아줄게. 바닥이 지저분하잖아. 옷 더럽히면 갈아입을 옷도 없는데……."

아이가 노인들의 다리 사이로 기어 나오더니 새까만 눈을 반짝이면서 이 사람 저 사람을 바라봤다. 그러다 갑자기 해란찰에게 달려들었다. 그리고는 그의 무릎을 흔들면서 불렀다.

"아빠! 아빠!"

느닷없는 아이의 행동에 좌중의 사람들은 깜짝 놀랐다. 두 노인 역시 어리둥절한 표정을 지었다. 그러다 피식 웃음을 터뜨렸다. 해란찰은 벌떡 일어나 앉아 아이를 찬찬히 뜯어봤다. 커다란 눈망울을 깜빡이면서 반쯤 흘러나온 코를 훌쩍이는 아이가 귀여웠다. 해란찰은 자신을 빤히 쳐다보는 아이의 머리를 쓰다듬으면서 빙그레 웃었다.

"아가야. 나는 네 아빠가 아니야."

"이것이 아무나 보고 아빠래. 네 아빠는 죽었잖아. 한 번만 더 허튼소리를 했다가는 강물에 내던져버릴 거야!"

여인은 쑥스러운지 얼굴이 홍당무가 된 채 아이의 뒤통수를 쥐어박으며 으름장을 놓았다. 그녀의 말에 두 노인과 뱃사공은 허허 하고 그만 웃음을 터뜨리고 말았다. 여인의 엄포에 기가 죽은 아이가 조용해지자 배 안에는 다시 정적이 감돌았다. 끝없이 포효하는 황하의 파도소리와 낡은 배가 삐걱대는 소리만이 크게 들려올 뿐이었다. 그러나 아이는 역시 아이였다. "황하에 던져버린다"는 어미의 협박이 있은 지 불과 몇 분도 채 안 돼 또다시 느슨해진 어미의 팔을 뿌리치고 무릎에서 미끄러져 내려왔다. 그리고는 쪼르르 해란찰에게 달려가 고개를 쳐들고 다시 큰 소리로 불렀다.

"아빠!"

좌중의 사람들은 재차 어리둥절한 표정을 지었다. 여인은 몸 둘 바를 몰라 하더니 아이를 와락 끌고 가서는 엉덩이를 힘껏 때리기 시작했다.

"요 원수야! 이 어미가 창피해서 중간에 뛰어내리든지 해야겠다."

여인은 해란찰을 힐끔 훔쳐보더니 다시 말을 이었다.

"누가 네 아빠야? 아무나 보고 아빠래. 네 아빠 귀가 저팔계猪八戒의 귀처럼 저렇게 못 생겼어?"

아이는 그러나 어찌 된 영문인지 해란찰에게서 미련을 버릴 줄 몰랐다. 울먹이면서 어미를 노려보기도 했다. 이어 아이가 다시 기를 쓰고 해란찰에게 파고들었다.

"아빠야, 아빠. 우리 아빠란 말이야!"

해란찰은 아이의 행동에 어이가 없어 웃음이 나왔다. 또 다른 한편으로는 자신의 귀를 '저팔계의 귀'에 빗대 욕한 여인 때문에 기분이 언짢기도 했다. 순간 그는 은근히 장난기가 발동해 아이의 머리를 쓰다듬다 말고 말했다.

"아가야, 나는 정말 네 아빠가 아니야. 엄마한테 가. 내 입을 봐, 얼마나 잘 생겼어? 네 아빠 입은 저팔계 입처럼 못 생겼잖아."

좌중의 사람들은 해란찰의 말에 웃음을 참지 못하고 키키거렸다. 두 노인은 컹컹 기침까지 하면서 웃었다. 여인은 화가 난 듯 한사코 고집을 부리는 아이를 끌어다 죽어라고 엉덩이를 패대기 시작했다. 가슴이 아픈지 어느새 두 눈에는 눈물까지 그렁거렸다.

"이것이 오늘 따라 왜 이래! 하지 말라는 짓은 기를 쓰고 해요. 꼴이나 보고 아비라고 해라, 이것아!"

뺨까지 얻어맞은 아이는 또다시 울음을 터트렸다. 급기야 해란찰이 어이가 없다는 표정을 지었다.

"이봐요, 누님. 내가 뭘 잘못했다고 그러는 거요? 내 꼴이 어때서!"

"그쪽은 왜 괜히 불쌍하게 죽은 남의 남정네를 저팔계 입이네 어쩌네 하고 시비를 걸어요?"

"내가 먼저 시비를 걸었소? 가만히 있는 나에게 그쪽 아이가 아빠라면서 우악스레 덤벼들었어요. 그러고도 미안하다는 소리 한마디 없이 내 귀가 저팔계 귀라고 욕한 건 누군데요?"

"별꼴이야!"

"별꼴? 지금 말 다 했소?"

"다 했다, 왜! 주먹 좀 쓰게 생겼는데 어디 한번 쳐보시지!"

해란찰은 여인의 말에 화를 주체하지 못하고 벌떡 일어났다. 노인들은 갑작스런 상황에 당황한 듯 벌떡 일어나더니 허겁지겁 해란찰을 눌러 앉혔다.

"요즘 다들 수재다, 가뭄이다 해서 먹고 살기 힘드니 신경이 날카로워진 것 같은데, 이럴 때일수록 참아야지. 보아하니 둘 다 막돼먹은 사람들은 아닌 것 같구먼. 길 떠나 고생하는 사람들끼리 서로 잘 대해줘야지, 어찌 남자가 주먹을 함부로 쓰려고 하나?"

여인이 노인들의 말이 끝나기 무섭게 아이를 안고 홱 돌아서서는 해란찰을 등지고 앉았다. 해란찰 역시 느슨해진 자신의 주먹을 내려다보고는 맥없이 자리에 주저앉았다.

한바탕 소란을 겪고 나자 무거운 침묵이 감돌았다. 해란찰은 자신이 오늘처럼 이렇게 못나 보이고 초라해 보이기는 처음이었다. 적들을 산적散炙처럼 장검에 꿰고 다니던 전장의 영웅이 어쩌다가 이렇게 비좁은 배 안에서 힘없는 아녀자와 목청을 높이고 다투는 지경에까지 이르렀는지 생각하니 정말 서글프고도 속상했다.

그렇게 어색하고 무거운 분위기 속에서 배는 어느덧 개봉 부두에 정박했다. 두 노인은 내리지 않고 그대로 청강淸江까지 간다고 했다. 반면 해란찰과 여인은 배에서 내린 다음 인사말도 없이 헤어졌다.

개봉은 황하와 운하가 만나는 곳이었다. 그러나 황하의 수위가 운하보다 높기 때문에 남으로 가든 북으로 가든 모두 물살을 따라 내려가는 순행順行이었다. 그러나 몇 차례 황하의 물이 범람하면서 다른 배를 갈아탈 수 있는 부두는 정작 개봉에 있지 않았다. 개봉에서도 모랫길을 무려 십 리 이상 더 가야 하는 곳에 있었다. 여간 불편하지 않았으나 달리 방책이 없었다.

해란찰은 옷이 땀에 흠뻑 젖을 정도로 열심히 걸었다. 그러다 잠깐 걸음을 멈췄다. 그리고는 아무 생각 없이 뒤를 돌아봤다. 놀랍게도 여인이 멀리서 따라오고 있는 모습이 보였다. 등에 아이를 들쳐 업은 채 팔에는 커다란 보자기를 들고 불가마 같은 땡볕 아래에서 한 발자국씩 내디디는 모습이 대단히 힘겨워 보였다. 게다가 발까지 전족이어서 뒤뚱뒤뚱 걷고 있는 것이 자칫 쓰러질 것처럼 위태위태했다. 해란찰은 걸어가면서 자꾸만 시선이 뒤로 향하는 것을 어찌할 수 없었다.

여인은 보따리를 내려놓고는 아이를 고쳐 업었다. 이어 천천히 걸음을 옮겼다. 그러다 근처에 물웅덩이가 보이자 아이를 내려놓고는 손으로 물을 떠서 먹였다.

해란찰은 문득 자신의 누이가 생각났다. 그가 여인의 아이보다 조금 더 컸을 무렵이었다. 그때도 지금처럼 무더운 날이었다. 당시 두 남매는 함께 멀리 창도昌都의 대영大營에 있는 아버지를 찾아 길을 떠났었다. 가는 길이 험했던지 그는 길에서 목이 마르다고 칭얼댔다. 그러자 누이는 여인이 그랬던 것처럼 두 손으로 물을 떠서 그에게 한 모금씩 먹여줬었다. 그는 오래전의 기억이 새삼스럽게 떠오르자 갑자기 콧마루가 찡해지면서 여인이 측은했다. 급기야 몇 번이고 돌아가 아이를 업어주고 싶은 생각도 들었다. 그러나 곧 씁쓸한 웃음을 지으면서 고개를 저었다.

때는 밀을 수확할 철이었다. 부두에는 배들이 적지 않게 정박해 있었다. 모두 여객선들이었다. 그런데 뱃사공들은 통주通州까지 은자 15냥에서 단 한 푼도 깎아서는 안 된다고 못을 박았다. 해란찰로서는 도저히 엄두도 못 낼 일이었다. 결국 어찌할 방도가 없어 부둣가에서 서성일 수밖에 없었다. 그때 한 사람이 그에게 다가왔다. 그리고는 덕주德州까지 가는 양선糧船을 다섯 냥에 타겠느냐고 물어왔다. 해란찰은 이게 웬 떡이냐는 생각에 통사정을 한 결과 뱃삯을 3냥 5푼까지 깎을 수 있었다. 그렇게 해서 일단 덕주까지라도 갈 수 있는 길이 열렸다.

해란찰은 아침도 걸렀기에 배가 너무 고팠다. 그는 큰마음을 먹고 가는 길에 끼니를 때울 요량으로 구운 떡 열 개와 소금에 절인 무짠지를 한 봉지 샀다. 이어 선실로 들어가 떡을 뜯어먹으면서 배가 출발하기만 기다렸다.

그런데 이게 웬일인가. 떡을 우물우물 씹으면서 하염없이 창밖을 내다보는 해란찰의 눈에 익숙한 모습이 들어왔다. 원수는 외나무다리에서 만난다고, 해란찰에게 삿대질을 하던 여인이 장난꾸러기 아이를 데리고 뱃사공과 뱃삯 흥정을 하고 있었다. 그녀는 얼마 후 겨우 흥정을 끝낸 듯 아이를 앞세우고 배에 올라탔다. 동시에 해란찰을 발견했다. 그러더니 못에 박힌 듯 그 자리에 굳어진 채 잠시 어찌할 바를 몰랐다. 반면 아이는 그새 해란찰을 알아보고는 고사리 같은 손가락으로 가리키면서 활짝 웃었다. 아이는 해란찰이 정말 반가운 모양이었다.

"엄마, 엄마! 아……."

여인이 아이의 입에서 미처 '빠'자가 터져 나오기도 전에 아이의 입을 사정없이 틀어막았다. 그리고는 엉거주춤 일어나 알은체를 하려는 해란찰을 본체만체하면서 식량자루 위에 털썩 걸터앉았다. 이어 눈이 말똥말똥한 아이를 억지로 재우려고 다독거렸다.

이윽고 배가 출발했다. 둘이 소 닭 보듯 하면서 가기에는 뱃길이 너무 멀고 적적할 터였다. 더구나 사방 4척尺도 되나마나한 공간에서 8, 9일을 어색하게 외면한 채 동행한다는 것은 너무 힘든 일이었다. 그래서 해란찰은 몇 번이고 여인에게 말을 걸고 싶은 유혹을 느꼈다. 그러나 그런 해란찰의 속마음을 아는지 모르는지 여인은 눈길 한 번 주지 않았다. 그저 장난이 심한 아이를 재우려고 억지로 껴안은 채 토닥거리기만 할 뿐이었다. 하지만 그럴 때마다 아이의 눈은 잠들 기미라고는 없이 말똥말똥하기만 했다.

아이는 이후 더 이상 해란찰을 '아빠'라고 부르지는 않았다. 하지만 그에 대한 호기심만은 여전한 것 같았다. 얼마 후 해란찰을 향해 두리번 거리던 아이가 문득 그가 사들고 온 떡을 발견하고는 손가락으로 가리키면서 졸라대기 시작했다.

"엄마, 엄마! 나 떡 먹고 싶어. 저거……."

여인이 바로 아이를 달랬다.

"저건 우리 떡이 아니야. 덕주에 도착하면 엄마가 유명한 덕주통닭을 사줄게. 떡보다 훨씬 더 맛있어, 알았어?"

아이는 그러나 두 다리를 버둥대면서 마구 떼를 썼다.

"싫어. 나는 떡이 먹고 싶어! 떡 사줘 엄마, 떡!"

해란찰은 이때가 기회라고 생각하고는 떡 세 개를 꺼내 내밀었다. 이어 웃는 얼굴로 말했다.

"누님, 아까는 미안했어요. 애가 먹고 싶어 하는데 지금 어디 가서 살 데도 없으니 이걸 주세요. 그쪽이나 나나 속 편히 다니는 사람들은 아닌 것 같은데, 며칠이라도 서로 돕고 웃으면서 갑시다!"

여인이 해란찰을 힐끔 쳐다보더니 고개를 숙였다. 그리고는 아이에게 말했다.

"떡 타령하더니 받아. 삼촌이…… 주시잖아."

그렇게 해서 두 사람의 불쾌한 감정은 봄눈 녹듯 녹아 내렸다. 나중에는 누님, 동생 하면서 급속도로 가까워졌다. 급기야 두 사람은 가끔 부두에 정박할 때면 해란찰이 돼지 머리고기를 사 와서 나눠먹기도 하면서 저마다의 고향집에 대한 얘기도 했다. 조금씩 서로의 사연을 보따리 풀 듯 풀어놓기도 했다.

여인은 이름이 정아丁娥였다. 그녀가 털어놓는 신세타령의 내용은 정말 딱하기 그지없었다. 원래 그녀는 덕주의 어느 고을에서 마을 지주 고인귀高仁貴의 땅 20무畝를 소작으로 받아 남편과 함께 농사를 지었다고 했다. 그런데 가뭄이 들든 수해를 입든 상관없이 해마다 양곡 2000근씩을 소작료로 내야 했다. 그러니 한 해 동안 뼈 빠지게 일해도 수중에는 남는 것이 없었다. 그 와중에 지병으로 수년간 투병생활을 하던 남편은 빚만 산뜩 남겨놓은 채 먼저 가버렸다. 이태 전이었다. 정아는 당연히 지주의 빚 독촉을 견디지 못했다. 급기야 집을 통째로 넘겨주고 홀몸으로 아이를 데리고 거리에 나앉았다. 나중에는 오갈 데가 없어 외딴 주막에까지 들어가 있었다. 그랬으니 마을의 어중이떠중이들이 혼자 사는 여자라고 업신여겨 밤마다 찾아왔다. 그녀는 도무지 살맛이 나지 않았다. 몇 번이고 죽을 결심도 했다. 그러나 아이 때문에 죽지도 못했다.

정아는 띄엄띄엄 얘기를 하면서 하염없이 눈물을 쏟았다. 아이도 따라 울었다. 뱃사공 역시 눈가를 훔쳤다.

"그런데……, 낙양은 무슨 일로 갔었소? 친척이 있소?"

해란찰 역시 코를 훌쩍이면서 물었다. 정아가 흐느끼면서 대답했다.

"친정엄마 손에서 컸다는 외삼촌이 있어요. 거인擧人에 급제해 숭산현嵩山縣 현령으로 있다고 들었죠. 엄마가 출세한 삼촌이라면서 자꾸 가보라고 하셔서 패물을 저당 잡혀 노자를 만들어 겨우겨우 찾아갔어요. 그런데 헛걸음만 하고 왔지 뭐예요!"

"왜, 문전박대를 당하기라도 했다는 거요?"

정아가 해란찰의 다그침에 눈물을 닦고는 한숨을 내쉬었다.

"그게 아니고……, 외삼촌이 현령이면 뭘 해요. 째지게 가난한 걸요! 몇 푼 안 되는 양렴은養廉銀으로 여름, 겨울 일 년에 두 번씩 위에 충성을 하기 위해 빙경冰敬, 탄경炭敬을 바쳐야 하잖아요. 게다가 현령의 집이라고 찾아드는 손님에게 찬밥을 먹여 보낼 수도 없잖아요. 또 대가족을 먹여 살려야 하고……. 게다가 나처럼 어려운 사람들이 사돈의 팔촌까지 찾아오니 도무지 생활을 유지할 수가 없다고 하더군요. 어쩔 수 없이 번고藩庫인가 뭔가에서 몇 백 냥을 꺼내 썼는데 그걸 제때 못 갚으면 큰일 난다면서 울상이 돼 있더라고요. 아무튼 우리보다 별로 나을 것도 없었어요! 겨우 은자 열 냥을 쥐어 주면서 먼저 돌아가라고, 그러면 나중에 돈을 좀 부쳐주겠노라고 말이라도 고맙게 합디다."

정아가 가볍게 냉소를 흘리면서 다시 말을 이었다.

"어릴 적부터 엄마는 외삼촌이 똑똑하고 유능하고 인정 많고 의롭다면서 귀에 못이 박히도록 칭찬을 했어요. 전에는 그랬겠죠. 누구나 관직에 오르기 전에는 그나마 사람냄새가 나니까요. 그러나 다들 출세만 했다 하면 그 순간부터 사람도 아니에요! 전에 우리 집에서 기거할 때는 나를 그렇게 끔찍이 귀여워하더니 이번에 가니까 하녀들 방에서 며칠을 먹고 자는데 숨이 콱콱 막히더군요. 세상에 가장 흉한 것이 변심한 사람의 모습이 아닌가 생각했어요."

정아가 잠시 말을 끊었다. 긴 눈초리에 다시 눈물이 대롱대롱 맺히고 있었다. 하얀 얼굴이 더욱 창백하게 보였다. 해란찰은 정아의 사정을 다 알고 나자 가여운 마음에 상대가 '누님'이 아닌 품어주고 아껴줘야 할 여동생 같다는 생각이 들었다. 그러나 그 생각을 잠시 누르고 다시 물었다.

"외삼촌이 아문에서 쫓아낼 때까지 더 버텨보지 그랬소."

"자존심이 밥 먹여주는 건 아니지만 그래도 그렇게까지 비굴하게 들러붙고 싶지는 않았어요. 게다가 고향집에는 거의 실명이 된 늙은 어머니가 오늘일까 내일일까 손꼽으며 기다리고 계실 텐데 가봐야죠."

정아가 한숨을 내쉬었다. 해란찰이 다시 안타까운 어조로 물었다.

"내가 뭐 도와줄 일은 없겠소?"

"그쪽 처지도 별로 신통해 보이지 않는데 뭘 어떻게 돕겠어요? 설령 도움을 줄 수 있을지라도 오다가다 만난 사이에 내가 무슨 염치로 그런 도움을 받겠어요."

정아는 새까만 두 눈으로 해란찰을 그윽하게 바라보았다. 그러자 해
란찰이 해맑게 웃어보였다.

"오다가다 만난 게 어때서? 이것도 기막힌 인연이 아니라고 누가 말
할 수 있겠소. 그자들에게 갚을 빚이 얼마나 남아 있는지 말해줄 수 없
소?"

정아는 해란찰을 순수하고 의협심이 강한 사내쯤으로 짐작하고 있었
다는 듯 피식 웃으면서 농담조로 내뱉었다.

"만 냥! 그 돈을 내놓을 수만 있다면 나는 평생 그쪽을 따라다니면서
몸종 노릇이라도 하겠어요!"

정아가 말을 마치고는 가냘프게 웃었다. 그 모습이 처연하면서도 아름
다웠다. 해란찰은 그녀의 말이 농담인 줄 뻔히 알았다. 그러나 이상하게
마음이 동하는 걸 느꼈다. 그건 억지로 속일 수 없는 감정이었다. 정아가
갑자기 멍한 눈길로 자신을 뚫어지게 바라보는 해란찰을 향해 물었다.

"한시도 조용할 새가 없더니 어째 그리 절간의 불상처럼 가만히 앉
아 있는 거예요?"

해란찰이 정색을 하고 다시 물었다.

"장난치지 말고 말해보오. 빚이 얼마나 남았소?"

"후유! 이자가 눈덩이처럼 불어 아직 은자 백이십 냥은 남아 있을 걸
요?"

"걱정하지 마오, 내가 도와주겠소. 그까짓 빚 가지고 몸종 노릇을 하
네 어쩌네 구차하게 말하지 마오! 갚을 필요도 없소. 왜 그리 째려보오?
나는 나쁜 사람이 아니오. 원하는 것도 없고! 그저 사정이 하도 딱해서
도와주고 싶어서 그러오."

해란찰은 두 뱃사공이 선실 밖에서 바삐 움직이는 틈을 타서 안주머

니 깊숙한 곳에서 은표 한 장을 꺼내 정아 앞에 내밀었다.

"삼천 냥짜리 은표요! 이거면 팔자를 고치고도 충분하겠지?"

"어머!"

깜짝 놀란 정아가 갑자기 뒷걸음질을 쳤다. 마치 비수를 겨눈 강도를 대하듯 비명이라도 지를 태세였다. 그러더니 얼굴이 하얗게 질린 채 입을 덜덜 떨면서 해란찰을 아래위로 훑어봤다. 곧이어 떨리는 목소리로 말했다.

"대체…… 뭘 하는 사람이에요? 여태까지 어찌 그리 가난한 척을 하면서 나를 상대했다는 말이에요?"

해란찰은 기절초풍할 것처럼 놀라는 정아의 모습을 보면서 재미있는지 껄껄 웃었다. 이어 은표를 도로 거둬들이면서 식량자루에 몸을 기댔다.

"걱정하지 마시오! 나는 비적도 아니고 강도도 아니오. 나는 전장에서 싸우던…… 장군이오!"

해란찰이 잠시 말을 멈췄다가 특유의 익살스런 표정을 지은 채 다시 말을 이었다.

"나의 사정을 다 털어놓으려면…… 사흘 밤낮을 꼬박 얘기해도 다 못할 거요. 천천히 의혹을 풀어드리리다."

해란찰과 정아 일행은 마침내 덕주에 도착했다. 덕주는 서쪽으로 석가장石家莊과 통하는 곳이었다. 또 동쪽으로 산동성 수도인 제남濟南과 맞닿아 있었다. 게다가 남북으로 역로가 시원하게 뻗어 있을 뿐 아니라 운하까지 있었다. 그러니 그야말로 수륙교통의 요충지였기에 전국 각지에서 몰려든 선박과 장사꾼들로 장사진을 이루는 것은 당연했다. 이날도 덕주 부두에는 사람들이 개미처럼 바글거렸다.

해란찰은 배에서 내리자마자 은자 200냥을 정아에게 주면서 빚을 갚으라고 말했다. 그리고 자신은 덕주부아문으로 가서 자수하기로 마음을 먹었다. 정아는 형언할 수 없는 감정에 사로잡혔다. 과연 이 돈을 받아도 되는 것인지, 불운한 장군의 앞날이 어찌될지 불안하고 걱정스러웠던 것이다. 그녀는 또 '몸종'을 운운한 것은 물론 농담이었으나 어느 사이엔가 염치없기는 해도 그를 따라갈 방법은 없을까 진지하게 생각하기도 했다. 그러다 시골바닥의 애 딸린 청상과부라는 자신의 처지를 떠올렸다. 그녀는 자신감이 바닥으로 가라앉는 것을 뼈저리게 느꼈다.

두 사람이 각자 무거운 심사를 안고 부두를 나섰을 때는 정오의 햇볕이 한창 따가울 무렵이었다. 강렬한 햇살에 눈을 뜰 수가 없을 정도였다. 더구나 둘은 아흐레 동안 흔들리는 배에서 고생하다 나온 터였다. 육지에 서 있는 것이 오히려 부자연스러웠다. 그 와중에 더운 바람까지 불어와 숨이 턱턱 막히고 등골에서 땀이 쉴 새 없이 흘러내렸다.

해란찰과 정아는 부두 서쪽의 객잔 옆에서 서로를 마주보면서 말없이 서 있었다. 할 말은 많았으나 어디서부터 풀어야 할지 둘 다 머릿속이 정리가 되지 않았다. 그때 아이가 목이 마르다면서 칭얼댔다. 정아는 머릿속이 복잡하고 날도 더워 짜증스러웠던 터라 신경질적으로 아이를 밀어내면서 혼을 냈다.

"요게 끝까지 사람 진을 빼요! 아까 배에서 마시라고 할 때는 안 마시겠다더니 그새 목이 말라? 참아! 울어? 뚝 그치지 못해?"

해란찰은 이별을 앞두고 날카로워진 정아의 기분을 충분히 헤아릴 수 있었다. 애써 웃음을 지었다.

"애가 그럴 수도 있지! 날도 더운데 화내지 마시오. 배가 부두와 가까워지니 물에서도 냄새가 나서 어른들도 안 마시는데 애가 그걸 마시려 하겠소? 저쪽에 복숭아도 팔고 참외도 파는구먼! 마침 나도 갈증이 나오. 내가 가서 몇 개 사 올 테니 기다리고 있으시오."

과일을 파는 수레는 객잔에서 빤히 보이는 곳에 있었다. 해란찰이 그 수레에서 복숭아와 참외를 몇 개씩 골라들고 막 일어서려고 할 때였다. 갑자기 등 뒤에서 윽박지르는 소리와 울음소리, 비명소리 등이 한꺼번에 뒤섞여 들려왔다. 귀에 익은 아이의 울음소리도 섞여 있었다. 해란찰은 깜짝 놀라 두 손을 이마에 댄 채 소리 나는 쪽을 바라 봤다. 열댓 명의 사내들이 정아를 빙 둘러싸고 있는 모습이 보였다. 그들이 거칠게 밀치는 통에 정아는 이미 땅바닥에 쓰러져 있었다. 또 정아의 품에 안긴 아이는 자지러지게 울고 있었다.

해란찰은 직감적으로 정아가 빚을 졌다는 고인귀의 소행이라는 사실을 알아차렸다. 그의 눈에 불이 일었다. 그는 과일을 내던진 채 정신없이 달려갔다. 그 사이에 정아는 사내에게 잡혀 짐짝처럼 질질 끌려가고 있었다.

해란찰은 쏜살같이 달려가 사내의 뒷덜미를 우악스레 움켜잡았다. 그리고는 저만치 내동댕이쳤다. 사내는 멈춰 있던 수레바퀴에 머리를 부딪치고 쓰러지더니 일어나지 못하고 버둥거렸다. 그러자 다른 두 놈이 악을 쓰면서 달려들었다. 하지만 해란찰은 추호도 당황한 기색 없이 한 손에 한 명씩을 휘어잡고는 무릎으로 사타구니를 찼다. 이어 먼저 쓰러진 사내를 향해 둘 다 집어던졌다. 셋이 한 덩어리가 돼 비명을 지르는 그 사이에 다른 놈들은 뿔뿔이 도망쳐버렸다. 해란찰이 정아를 일으켜 세웠다.

"두려워하지 마시오, 내가 있지 않소. 어떤 놈이든 털끝 하나라도 건드렸다가는 내가 껍질을 벗겨버릴 거야!"

해란찰은 아직도 일어나지 못하고 끙끙대는 셋을 가리키면서 정아에게 물었다.

"저기서 어떤 놈이 주동자요?"

정아는 머리가 뜯겨 봉두난발이 돼 있었다. 게다가 온몸에 먼지를 뒤집어쓴 모습이 처참하기 이를 데 없었다. 그러나 그녀는 서슴없이 손가락으로 세 사내 중 한 명을 지목했다.

"바로 저자예요. 고인귀의 셋째아들 고만청高萬淸이라는 놈이에요! 야, 이놈들아! 너희들은 새끼도 없고 누이도 없냐? 내가 빚을 안 갚겠다고 했냐? 갚는다는데 왜 지랄이야! 아이고 내 팔자야……."

정아가 악에 받쳐 바락바락 소리를 질렀다. 그러다 아예 땅바닥에 주저앉아 땅을 치면서 통곡을 했다.

"이놈의 세상에는 대체 왕법이 있는 거야, 없는 거야? 아무리 법보다 주먹이 먼저라고 하지만 이래도 되는 거야? 개놈들아!"

"바보같이 뭣들 하는 거야?"

고만청은 갑작스레 튀어나온 해란찰에게 보기 좋게 얻어맞고는 놀라서 멍해 있었으나 이윽고 상대가 해란찰 한 명뿐이라는 사실을 알고는 보란 듯이 다시 기고만장해졌다. 그 사이 다른 자들도 어디서 삽과 낫, 곡괭이를 하나씩 들고 되돌아왔다. 고만청이 장정들을 향해 눈을 부릅뜨면서 고함을 질렀다.

"정아 년의 새서방이야. 우리 스무 명이 저 잡종새끼 하나 해치우지 못하겠어? 덤벼라!"

고만청은 소작농들을 데리고 읍내로 농기구를 사러 왔다가 정아와 우연히 맞닥뜨렸던 차였다. 그는 갑자기 나타난 정아를 보고 놀랄 수밖에 없었다. 소작농들 역시 마찬가지였다. 그러나 그들은 해란찰의 괴력에는 더욱 놀랐다. 급기야 걸음아 나 살려라 하고 달아났다. 하지만 주인의 명령이 떨어지자 어쩔 수 없이 손에 무기 하나씩을 든 채 "우우!" 하고 괴성을 지르면서 다시 달려들었다. 해란찰은 코웃음을 치면서 당장 일전을 벌일 태세를 취했다. 그러나 아무리 천하의 해란찰이라 해도 나무젓가락 하나 없이, 그것도 정아 모자를 등 뒤에 보호해가면서 그 많은 장정들을 대적한다는 것은 결코 호락호락한 일이 아니었다. 위기일발의 상황이었다.

해란찰은 전쟁터에서도 홀몸으로 적들에게 포위된 적이 많았다. 그럴 때는 적들의 대오가 흐트러지지 않은 채 일사불란하게 사방에서 천천히 포위망을 좁혀올 때가 제일 두려웠다. 그러나 한낱 농사꾼에 불과한 장정들이 그물 치듯 포위망을 쳐야 한다는 이치를 알 턱이 없었다. 주인의 명령을 거역할 수 없어 억지로 나선 그들은 해란찰의 당당한 모습에 다들 주눅이 들었는지 앞서 덤비는 자들의 꽁무니를 따라 길게 늘어섰다.

곧이어 낫을 든 자가 해란찰의 앞에서 덤빌 듯 말 듯 하면서 약을 올렸다. 그 사이 해란찰의 뒤에 서 있던 자가 해란찰을 향해 나무 지팡이를 휘둘렀다. 정아는 비명을 지르면서 눈을 질끈 감아버렸다. 그러나 해란찰은 마치 뒤통수에 눈이 박힌 듯 발을 날려 낫을 든 자의 손을 걸어차는 동시에 홱 뒤돌아서면서 손으로 지팡이를 확 낚아챘다. 이어 비틀거리면서 앞으로 끌려온 자를 머리 위로 번쩍 들어 올리고는 한 걸음씩 물러나는 자들을 향해 두어 걸음씩 다가갔다. 거의 동시에 곡괭이를 들고 얼굴이 하얗게 질린 채 뒷걸음치는 자를 향해 머리 위의 '물건'을 힘껏 내던졌다. 장정들은 곧 산지사방으로 흩어졌다. 넘어져 깔린 몇몇의 사내들은 아우성을 치면서 일어나지를 못했다. 해란찰은 내친김에 한 걸음 더 성큼 다가가서는 낫을 집어 들었다. 바로 그 순간 갑자기 살의가 치밀어 올랐다.

그때 작살을 든 장정이 눈치 없게 해란찰과 정아를 한데 꿰어버릴 태세로 우악스레 덤벼들었다.

"얏!"

해란찰은 떠나갈 듯한 기세로 기합을 넣었다. 동시에 한 바퀴 공중회전을 하면서 발을 날려 작살을 걷어찼다. 그 서슬에 허공에서 두어 번 돌아가던 작살은 마치 눈이 달린 것처럼 작살 임자의 가슴팍에 푹 들어가 박혔다. 그의 가슴에서 피가 분수처럼 솟구쳐 나왔다. 사내는 고통스레 꿈틀대면서 헐떡거리는가 싶더니 마지막 숨을 몰아쉬었다. 고만청은 사내가 어이없이 죽어버리자 대경실색한 듯 겹겹이 둘러싼 구경꾼들을 향해 외쳤다.

"이놈이 우리 사람을 죽였소. 이놈을 잡아 관아로 끌고 가야 해! 덤벼라. 연놈들을 때려죽여!"

그러나 좌중의 구경꾼들은 일대 이십 명 가까운 싸움을 지켜보면서 더위도 잊은 듯했다. 이게 웬 떡이냐는 표정으로 마구 함성을 지르면서 박수갈채를 보냈다. 그때였다. 또 다른 장정이 분위기가 조금 느슨해진 틈을 타서 쇠스랑을 든 채 해란찰을 향해 전속력으로 달려왔다. 해란찰은 짐짓 모르는 척하고 있다가 장정이 가까이 다가오기 직전에 몸을 살짝 피했다. 그만 허공을 찌른 장정은 제풀에 넘어지면서 노새의 엉덩이를 찌르고 말았다. 그러자 열 마리도 넘는 노새들이 놀라서 미친 듯이 장내를 휘저으면서 돌아다녔다. 그 탓에 땅에 널브러져 있던 자들은 노새 발에 밟혀 죽는다고 비명을 질러댔다. 고만청은 언제 도망을 갔는지 모습조차 보이지 않았다. 그에 반해 미처 피하지 못한 장정 몇 명은 편자를 박은 노새의 예리한 발굽에 얼굴이 짓이겨져 피가 낭자했다.

고만청은 죄 없는 장정들을 죽거나 다치게 만들고 뒤처리는 생각하지 않았다. 그저 아우성치면서 흩어지는 인파 속에 숨어 잽싸게 달아나고 있었다. 그러나 이미 살기가 등등해진 해란찰이 주범을 놓칠 리 만무했다. 쏜살같이 고만청을 쫓아가서는 자라목처럼 움츠러든 그의 목덜미를 덥석 움켜잡았다. 이어 피 묻은 낫을 그의 목에 바싹 들이댔다. 그리고는 사람들을 향해 크게 외쳤다.

"구경꾼 여러분! 가지 말고 내 말을 들어보시오!"

노새들이 장내를 아수라장으로 만드는 통에 뿔뿔이 흩어졌던 사람들은 해란찰의 말에 하나둘씩 다시 모여들었다. 그들의 눈에 몇 명 남지 않은 성한 장정들이 혼비백산한 나머지 모두 무기를 던진 채 그 자리에서 벌벌 떨고 있는 모습이 들어왔다. 하기야 주인의 목숨이 경각에 달렸으니 그러지 않으면 이상할 터였다. 어디 그뿐인가. 노새들이 짓밟고 간 자리에는 서너 명의 장정들이 피투성이가 되어 널브러져 있지 않은가. 아무려나 수천 명의 구경꾼들은 그 참혹한 현장을 지켜보며 서 있었다.

정아는 이때 온몸의 기운이 다 빠진 듯 땅바닥에 주저앉아 있었다. 그러다 악몽에서 깨어나 허우적대듯 온몸 가득 피를 뒤집어쓴 해란찰을 향해 소리쳤다.

"큰일 났어요. 사람들이 너무 많이 죽었어요. 어서 빨리 도망가요!"

"그건 당신이 걱정하지 않아도 되오."

해란찰은 정아를 안심시키고는 자신의 손아귀에 잡혀 있는 고만청을 험악하게 노려봤다. 이어 준엄한 어조로 물었다.

"왜 사람을 그리 개 끌듯 끌고 갔어?"

고만청은 얼굴이 하얗게 질린 채 덜덜 떨고 있었다. 그러나 그 순간 갑자기 멀리서 어지러운 말발굽소리가 들려오자 언제 그랬냐는 듯 기가 다시 살아났다. 아문에서 신고를 받고 달려오고 있다는 것을 눈치챈 것이었다. 곧 그가 목에 힘을 빳빳이 주면서 겁 없이 대꾸했다.

"죽여라, 죽여! 네놈은 살인마야!"

해란찰은 땅에 닿지도 않는 다리를 버둥거리면서 슬슬 기가 살아나는 고만청을 보자 자신도 모르게 피식 웃음을 터트렸다. 이어 보따리를 내려놓듯 손을 놓아버렸다. 고만청은 "쿵!" 하는 소리와 함께 그 자리에서 엉덩방아를 찧었다. 그는 그러고서도 정아에게 삿대질을 하면서 계속해서 목에 핏대를 올렸다.

"저년이 우리 집 땅을 소작 맡고 소작료를 떼먹고 달아났단 말이야. 오늘 외나무다리에서 만났는데 내가 가만 놔두면 병신이지!"

해란찰이 바로 맞받아쳤다.

"빚은 갚으면 되잖아. 여기가 삼척왕법三尺王法도 안 통하는 데야? 빚을 안 갚으면 법대로 처리하도록 관부에 넘길 일이지 벌건 대낮에 사람을, 그것도 애 딸린 아녀자를 그렇게 질질 끌고 가도 되는 거야?"

"빚을 누가 대신 갚을 거요?"

"내가 갚는다!"

"당신은 저 여자와 어떻게 되는 사이인데?"

해란찰이 정아를 힐끔 바라보더니 자신 있게 말했다.

"저 여인은 이 사람의 부인夫人이다, 왜!"

부두가의 인파가 해란찰의 말에 다시 술렁거렸다. 청나라 제도에서 귀부인貴婦人은 부인夫人, 의인宜人, 공인恭人, 유인孺人, 안인安人 등 다섯 등급으로 나눠져 있었다. '부인'은 조정의 1품, 2품 대신의 집사람을 칭하는 것이었다. 그런데 객잔의 일꾼 행색을 한 사람의 입에서 부인이라는 말이 튀어나왔으니 사람들은 놀라지 않을 수 없었다. 정아도 놀란 나머지 아이를 껴안고는 빨갛게 달아오른 얼굴을 재빨리 숙였다. 그러자 해란찰이 어이가 없는 듯 쓴웃음을 짓고 있는 고만청과 좌중을 향해 선언하듯 외쳤다.

"나는 대청大淸 금천 초무대영招撫大營의 거기교위車騎校尉이자 폐하께서 친히 봉하신 이품 부장副將 해란찰이라는 사람이오! 미복으로 북경에 돌아가 폐하께 주사奏事하고자 이곳 덕주를 지나던 중이었소!"

그때였다. 덕주부 성문령城門領의 아역들이 겹겹이 둘러싼 구경꾼들을 거칠게 밀치면서 들어왔다. 그들은 해란찰이 자신의 신분을 밝히자 감히 불경을 저지를 수 없다고 생각한 모양이었다. 다시 자신들의 지부知府를 부르러 쾌마快馬를 보내는 기지를 발휘했다.

"이 사람이 오늘 덕주 부두를 피로 물들인 데는 부득이한 사정이 있었음을 밝혀두오!"

해란찰이 이제 자신을 완전히 영웅처럼 우러러보는 인파를 향해 큰 소리로 다시 외쳤다. 사실 해란찰이 자신의 신분을 서둘러 밝힌 데는 이유가 있었다. 만인에게 본인의 신분을 밝힌 이상 덕주 지부, 더 나아가 직예 총독도 감히 이 사건을 밀실에서 독단적으로 처리할 수 없을 것이기 때문이었다. 또 정아가 자신의 '부인'임을 강조하면 아문에서도 감히 두 모자를 괴롭히지 못할 것이라는 생각도 했다. 어차피 '도망자'의 신분이니 살인죄는 혼자 뒤집어쓰는 것이 나았다. 게다가 나중에 건륭에게 모든 사실을 상주하고 조정의 공정한 수사를 거쳐 상응한 죗값을 받는다면 설사 참수형에 처해진다고 해도 억울하지는 않을 터였다. 그러나 그러지 않고 자신과 정아 모자가 지방관들의 수중에 들어가 불문곡직하고 궁지에 빠진다면 그건 결코 있어서는 안 될 억울한 일이었다. 아무려나 아역들이 데리러 간 지부는 한참이 지나도 오지 않았다. 서로 잠시 대치하는 것 외에는 달리 방법이 없었다. 그때 고만청이 다시 정아에게 삿대질을 하면서 해란찰의 인내심을 시험하는 말을 내뱉었다.

"흥! '부인'은 무슨! 궁상맞은 저 꼴이 '부인' 같기나 해? 말해! 빚은 언제 갚을 거야? 조금 있다 지부 나리가 오시면 너희들은 꼼짝없이 감옥에 들어갈 거야!"

해란찰이 고만청의 말에 도무지 못 참겠다는 듯 소름 끼치는 소리를 내면서 뿌드득 이를 갈았다.

"이런 포악무도한 놈! 네 이놈, 어찌 조정 명관命官의 부인을 그리 매도할 수 있다는 말이냐? 누가 모르는 줄 아느냐? 너희 고가네가 이곳 덕주에서 마馬 과부寡婦의 세력을 빌어 갖은 패악을 저지르고 백성들을 도탄에 허덕이게 만든 장본인이라는 사실을! 여태까지 이곳에서 백성들을 괴롭힌 것만으로도 부족해 이제는 감히 조정 명관의 머리 위에까지 기어오르겠다는 거냐? 내가 내친김에 네놈의 명줄을 따버려야겠다!"

해란찰이 말을 마치고는 다시 한 번 좌중을 향해 큰 소리로 물었다.

"여러 부모형제들! 대답해보시오. 이자를 죽여 없애기를 원합니까, 살려두기를 원합니까?"

"저놈을 난도질해 바다에 처넣어야 합니다!"

"저놈의 목을 따는 게 마땅합니다!"

"죽여! 죽여! 죽여……!"

부둣가 사람들의 고함소리가 천지를 울렸다. 해란찰은 두말없이 다가가 벌벌 떨면서 뒷걸음질을 치는 고만청을 덥석 집어 들었다. 그리고는 죽음을 앞둔 그의 마지막 항변을 들어볼 생각 따위는 없다는 듯 서슬 퍼런 낫을 들어 닭 모가지 긋듯 목을 그어버렸다. 고만청은 마치 썩은 고목이 무너지듯 끽소리 한 번 못 내고 쓰러지고 말았다. 해란찰은 피가 흥건한 그 자리에 낫을 던져버리고는 대수롭지 않다는 표정으로 정아에게 다가갔다.

"이제 됐소! 개도 급하면 담을 넘는다는 이치를 행동으로 보여줬으니 이곳 백성들을 괴롭히던 악당들도 조금은 간담이 서늘할 거요. 내가 있으니 두려워하지 마시오. 부부가 함께 있으면 지옥인들 못 가겠소!"

정아는 시종 담담하기만 한 해란찰에게서 힘을 얻은 듯했다. 그녀는 마음을 단단히 먹고 고개를 힘껏 끄덕였다. 그때 덕주 지부 위지근현尉遲近賢이 도착했다. 그는 여기저기 널브러져 있는 시체들을 보고는 눈이 휘둥그레졌다. 그러나 잠시 후 정신을 차리고는 몇몇 아역을 거느리고 다가와서 해란찰에게 물었다.

"전부 해란찰 장군이 죽였습니까?"

"보시다시피! 전부 내가 죽였소. 그쪽은 덕주 지부요?"

해란찰이 담담하게 입을 열었다. 위지근현은 무서울 정도로 담담한 해란찰을 뚫어지게 쳐다봤다. 그러면서도 머릿속으로는 어찌할 바를 몰랐다. 사실 관직을 따지자면 해란찰이 까마득한 상사였다. 때문에 위지근현은 바로 예를 갖춰 인사를 올려야 마땅했다. 게다가 위지근현은 얼마 전 내정內廷으로부터 관련 소식도 들은 터였다. 먼저 잡혀 들어간 조혜가 건륭의 보호를 받고 있을 뿐 아니라 두 사람의 탈영 사건은 눌친이 북경으로 압송된 후 얼마든지 번복될 여지가 있다는 내용이었다. 그는 이러지도 저러지도 못하고 잠시 난감한 표정을 지었다. 그러나 곧 조정에서 아직 체포령을 거두지 않았다는 생각을 하고는 흠명欽命(황제의 명령) 범인을 대하듯 지극히 사무적인 어투로 말했다.

"이 사람은 진사에 급제해 작년에 이곳으로 발령받은 덕주 지부 위지근현입니다. 어찌됐건 해란찰 장군에 관한 것은 모두 조정에서 판결할 것이니 하관은 마음대로 할 수 없습니다. 일단 아문으로 걸음을 하시죠. 아, 부인과 공자께서도 함께 가주셔야 하겠습니다. 잠시 아문의 수용소에 계시다가 조정의 조치에 따르면 될 것입니다."

"알겠소. 그게 순서지!"

해란찰은 여전히 대수롭지 않다는 듯 덤덤한 표정이었다.

〈8권에 계속〉